同学们大都是未婚青年，又是莘莘学子，问候语应当有些创新。所以两位同学在校园内相遇，一般会用"出了没"来打招呼。问："你们老板最近出了没？"回答："出了，出了，送你一本。"意思是说和导师合作的专著出版了。也有另一种回答："出了，出了，我也可以轻松一下了。"这意思是说老板出国讲学或者外出讲课了。要说明的是当着导师的面不叫老板，大家还是叫老师，也有称先生的，不过都带着姓氏。比方我们老板姓邵，叫邵景文，我们有时也叫他邵先生。带着姓氏以示区别，说明老邵是我们先生而不是你们先生。再者也说明了老邵不是文人们特指的那位叫鲁迅的"先生"，更重要的是老邵不是他家里的那位特殊的"先生"。女生称导师为先生者少，省了姓氏的就更少了。师姐可以说是一个特例。师姐柳条有意混淆"先生"和"先生"的界线，这说明她有某种野心，说不定是想改变在老板身边的身份，提高在我们身边的地位，改变在同学们中间的辈分，就是梦想取代师母也未可知。

　　本来师姐柳条比我们年龄小，我们之所以称她为师姐，是因为师姐比我们早一年读研，师从的又是同一个老板，为此我们不得不尊称她为师姐。师妹甄珠的情况和师姐刚好相反。师妹的年龄比我们都大，可低我们一级，我们照样称她为师妹。可见校园内是十分讲辈分的，绝对的先入为主。教授也一样，等级森严。从小助教到大教授现在已有八个级别，每一个级别的岗位工资差别很大。这个级别就像一架登天的梯子，你就一级一级往上爬吧，上到最高一级离西天也不远了。要说高校的辈分排列也没有什么特别的，这就像回到故乡喊一个刚学会走路的小丫头片子为二大娘一样，和年龄无关。无论是师姐柳条还是师妹甄珠她们都很乐意这样。当我们几个大男人喊甄珠这么个老姑娘为师妹时，甄珠自然而然便找到了当师妹的感觉，她会很忸怩地扭动腰肢抒情，做天真可爱状，仿佛又回到了十八岁。师姐柳条年轻漂亮，

图书在版编目（CIP）数据

桃李：20周年纪念版/张者著. —北京：人民文学出版社，2022
ISBN 978-7-02-017331-0

Ⅰ.①桃… Ⅱ.①张… Ⅲ.①长篇小说—中国—当代 Ⅳ.①I247.5

中国版本图书馆 CIP 数据核字（2022）第 125893 号

责任编辑　付如初　脚　印
装帧设计　黄云香
责任印制　任　祎

出版发行　人民文学出版社
社　　址　北京市朝内大街166号
邮政编码　100705

印　　刷　三河市中晟雅豪印务有限公司
经　　销　全国新华书店等

字　　数　277千字
开　　本　640 毫米×960 毫米　1/16
印　　张　23.75　插页3
版　　次　2002年6月北京第1版
印　　次　2022年10月第1次印刷

书　　号　978-7-02-017331-0
定　　价　55.00元

如有印装质量问题，请与本社图书销售中心调换。电话:010-65233595

1

第三天，老板回来了。

老板从南方回来的消息是师姐柳条来宿舍告诉我们几□□师姐说："先生回来了，要召集大家见个面，还是老地□□师姐称之为先生的就是我们老板，也就是我们导师。可是□□不称老板也不叫导师，唤先生。现在社会上流行称自己未□生师姐又不是不知道。她明知道先生有另外一层含意容□会，她还先生、先生地唤着，而且把姓氏也省了，这就□题，有些暧昧。

知识经济时代，把导师称为老板是高校研究生的独□遍的。老板这称呼在同学们嘴里既经济了一回，也增加□成分，很具有时代感。这个称呼不知从何时开始的，无□几个理由。第一，把导师称作老板喊着踏实，叫着通俗□师有钱有势；第二，老板这称呼在同学们心中已赋予□意，老板已不是生意人，也不是一般人理解的大款了。□么，大款只有几个臭钱，而老板不仅是大款也可能是□家；第三，老板这称呼已根本上和一般公司经理区分□们称自己勤工助学打工所在的公司经理为老总。不过，□一种称呼也只是在学生之间用用。比方两个同学遇着□候一下，当然不会再用"吃了没"之类的传统用语，□土了，也不会用"离了没"这些已婚老男人和老女人□

自我感觉良好，我们喊她师姐，她会乐得合不拢嘴，像占了多大便宜似的做老实成熟状，挺着丰乳很庄重的样子。

目前，我们有一位年龄比我们小我们却要喊她为师姐的师姐；还有一位年龄比我们大我们却要喊她为师妹的师妹，这使和她们相处有些力不从心，惹祸的事时有发生。比方甄珠师妹，年龄便成了她的禁忌。她年龄大，又没找到婆家，如果你好心提出为她过一次生日，她会勃然大怒。被激怒的师妹就不是师妹了，成了老娘。骂："老娘过不过生日管你们屁事，婊子养的！"师妹是湖北武汉人，她用家乡话骂人特别凌厉，那时候你只有逃之夭夭的份。

在师姐面前你最好不谈爱情。柳条师姐从读本科时就爱上了我们老板，最后考上老板的研究生恐怕也是醉翁之意不在酒。可是，邵先生是有家有口的人，就是说我们不但有师母赵茹影，他们还有一位千金邵茜茜，送到国外读书去了。关于师姐柳条对老板的痴情这已是公开的秘密，要谈论这件事千万别让她听到，否则师姐就不是师姐了，会成为最难哄的师妹。她的脸色在相当长一段时间会像她家乡的梅雨季节阴郁不散，泪水如淅淅沥沥的细雨持续不断，那种阴霾的感觉会让你心中长满白毛。

师姐柳条来通知我们和老板见面时，我们几个正躺在床上谈女人。师兄王莞觉得失败得要命，他和董茵都好了一年多了，才进展到手拉手的程度。这一点比起师弟李雨来就差远了。师弟和蓝娜才好不到一个月，就在学校"出了一下事"。出事后师弟一不做二不休，干脆和蓝娜在校外租起小平房，过上了两个人的小日子。

这样我们宿舍四个人就很难团圆了。师弟听说老板回来了才回宿舍的，他戏称回来休息休息，休息完了是要走的。在兄弟们团圆的时候，大家便拿师弟现身说法开导师兄。那时候集体宿舍的灯已熄灭，如果有月光，月光会从窗台上爬进来；如果是无月的夜幕，楼角的路灯也会把少许的光线匀一点儿进宿舍的。总之四个人躺在能见度还可以的黑暗中，师弟便开始介绍他把女朋友"办了"的经验。

第一步怎么开始，第二步怎么办，第三步又如何如何……最后他敬告师兄说，如果在毕业前不把女朋友搞掂，一毕业她准会飞。

师弟和女朋友蓝娜从相识到相爱到"办了"，的确只用了一个月的时间。在这一个月的时间师弟的求爱过程基本上是通过电话进行的，因为电话有一种隐秘性和神秘性，即便求爱遭到拒绝，脸面上也过得去。师弟的整个求爱过程前后只用了四次电话。

一般情况下，要想拨通女生宿舍的电话是十分困难的（女生宿舍整幢楼只有一部电话。打通后楼长通过送话器把你要找的人喊下来，在楼长办公室说话）。这样，师弟在一个月的时间给女朋友只打通了四次电话。为了给她打电话，师弟不惜代价花几千块钱买了一部手机。为了支付每月的手机费用，师弟不得不到律师事务所打工。在周末女生宿舍线路最忙的时候，师弟用手机每隔五分钟便发射一次信号。

在周末的下午，有无数条的电波向女生宿舍的一部电话机射去。而师弟的电话是最频繁最强烈的，这使我们想起彗星撞地球的故事，哪一颗最有力量，哪一颗就会穿越表层进入核心，然后完成一次生命的孕育。最终，师弟的电波终于战胜了其他电波把电话打通了（虽然这种胜利在一个月只有四次）。

这四次电话的基本内容概括如下：

第一次，师弟在电话中对她说："我爱你！"

结果蓝娜在那边回答："呸！"

然后急忙挂断了电话。

第二次，师弟在电话中对她说："我爱你！"

蓝娜在那边回答:"你爱去吧。"
然后犹豫着挂断了电话。
第三次,师弟在电话中对她说:"我爱你!"
蓝娜在那边用鼻音回答:"嗯哼……"
然后很温柔地挂断了电话。
第四次,师弟在电话中对她说:"我爱你!"
蓝娜在那边回答:"你敢不爱!"
然后很愤怒地挂断了电话。

2

大家正躺在床上为师兄鼓劲,用脚跟呼呼地擂床板,非常激情地喊:"办了!办了!"鼓动师兄把女朋友也"办了"。喊声未落,便有人敲门了。敲门的是隔壁的老魏,他边敲门边趴在门缝往里喊:"把谁办了?"三师弟张岩便没好气地道:"滚……有你什么事!把你办了。"

"谁这么牛呀?"于是我们听到了师姐柳条的声音。我们几个鼓动师兄把女朋友董茵办了被师姐柳条听见了,不知道她在门口站了多久。据事后老魏说柳条女生在门口站了至少有十几分钟,像个女特务似的,我才敲的你们的门。

师姐来了,我们只有起身点蜡烛。师姐通知我们事总是在熄灯之后,这倒不是师姐心理阴暗,故意在熄灯之后来男生宿舍图谋不轨,师姐也是没办法,在熄灯之前根本找不到我们。师姐通知我们和"先生"见面,说完还迟迟不想离去,后来忍不住说:"先声明我可不是有意偷听。你们坏得要命,董茵还小呢,才读大三哪。"

我们反驳,那师弟的女朋友蓝娜不才读大三嘛。师姐说:"那不一样,师弟和他女朋友年龄相当,只大了四五岁。"我们对师姐的逻辑大为不解。师姐的逻辑是两个人年龄相差太大就不能办,要是年龄相当就可以办。如果我们反问,难道两位年龄相当的小学生也能办?不知师姐怎么回答。当然,我们不敢这样和师姐争。

　　师兄的女朋友董茵是学外语的,是漂亮而又纯情的一位。真纯情还是假纯情谁也说不清楚,反正你要是说了什么,她总是现出一种迷惘而又无知的情态,然后问你一句:是吗?你别以为她是真问你,当你真去给她解释了,她会转身偷着乐。她一乐你就有一种被涮的感觉。可能那女孩太纯情太漂亮了,所以师兄在女朋友面前总自惭形秽,有一种莫名其妙的自卑。其实董茵是不该选择年龄已二十八的师兄的。她应该找一位年龄相当的本科生哥哥正常进入恋爱季节。可是她偏偏拒绝众多的追求者,和师兄处起了朋友。我们用"处朋友"来表达师兄和董茵的关系,而没有用"投入师兄的怀抱"之类的说法是因为师兄根本就没有拥抱过董茵。师兄和董茵的关系纯之又纯。可是,两个人对外界又都承认是恋爱关系。

　　董茵和师兄处起了朋友完全是受校园内一句顺口溜的影响,叫"博士生太老,本科生太小,研究生正好"。这句本科女生找男朋友的顺口溜是董茵之所以成为师兄女朋友的一个重要原因。另一个原因是董茵自己说的,那就是师兄能给她一种安全感,可以信赖,可以依靠。师兄不会欺负她。那女孩压根儿就不知道找男朋友的实质是什么,或者说压根儿就不知道男女之间是怎么恋爱的。恋爱一个重要的内容就是互相欺负嘛!一个不互相欺负的恋爱关系有什么意思?

　　每当师兄和董茵单独在一起想有所作为之时,作为女朋友的她总是露出那种天真无邪的样子。师兄荡漾在内心深处如大海一样的激情,潮头还未泛起便被那天真无邪的目光止住,平静如初显现出枯燥的沙滩。师兄面对他女朋友无从下手,更不可能听师弟李雨的馊主意。我说师弟的办法是馊主意,是因为我们太看不上师弟的那种方式。什么呀,先带女朋友泡吧,把女朋友灌得似醉非醉。然后拖时间,等女生宿舍关门回不去了,再带着在校园内乱走，找一处树丛先欣赏月光，然后……据师弟说他就是用这种办法把女朋友"办了"的。

师兄算是个正人君子，加上他性格沉稳，浑身都透着一种庄重。他不会也不大可能采取师弟那种有些"卑鄙"的方式。不过，师兄也不是什么柳下惠式的人物，在黑暗的宿舍中和我们谈起女人来还是一套一套的，他也毫不隐瞒对女朋友的欲望。只是这种冲动面对一位如花似玉的女孩，有点儿力不从心，有点无能为力，让人愁得不行。对于师兄的欲望我十分理解，师兄毕竟是大男人了。如果师兄不是太有上进心要读什么劳什子研究生，他正该过上那种保质、保量、准时的性生活，说不定还有了儿子。可是，师兄现在还停留在恋爱层面，而这种恋爱还只是一种纯情的。真是太可悲了。

可想而知，师兄的这种恋爱是一种痛苦。我们几个都替师兄焦虑。师弟李雨说如果师兄不尽快把董茵办了她就会飞的。这不是没有根据，因为师兄的女朋友已有了飞的迹象。董茵正在考GRE，准备出国呢。

虽然我们不同意师弟的观点，一时也想不出更好的办法，但也坚决反对师哥的观点。师哥也认为师兄和董茵不合适，岁数相差太多。董茵还是在做梦的年龄，心眼儿活着呢。师兄什么时候才能熬到结婚过日子的时候呀！对于师哥俗不可耐的观点，我们深恶痛绝。难道恋爱的目标就是结婚吗？难道师哥忘了结婚是爱情的坟墓之忠告了吗？难道他不知道只求一朝拥有，不求天长地久，已成格言了？最重要的是这样一位如花似玉的姑娘，弄到手了还要放弃，也太没男子汉气概了。

在这里我要说明的是师兄和师哥不是一个人。师兄是宿舍的老大，师哥却是老板的博士，他不住在我们宿舍，却整天待在我们这里。后来师弟李雨被交流出国，我们宿舍便只有三个人住了，师哥来玩有时候一懒不想走了就住师弟李雨的空床上。

别看师哥嘴上说得一套一套的，他自己还没女朋友呢。师哥今年都三十八岁了还是一个未婚青年。师哥老孟是标准的老博士。这一点和他同宿舍的雷文就不能比了。雷文人家才二十五岁，也是博士，而且专业不比老孟差，是经济学博士。无论是法学还是经济学都是热门专业。

年龄像一把利器将老孟和雷文严格地区分开来。三十八岁的老博士和二十五岁的小博士这其中的高下明眼人一见就知道了。在校内老博士是吃不开的，若有同学在理论上发生了争执，一个就会骂："傻×，傻得像老博士似的。"

另一个还嘴："我操，你比老博士还傻。"

这些校骂在校内十分流行，不过你千万别让老孟听到了，他听到了会冲学弟们嚷："谁傻？你们说谁？你们才傻呢！"

小学弟见状一定会逃之夭夭，然后争议的双方会在阴暗的角落里讲和，捂着嘴笑，说："我操，真碰到老博士了。"

雷文当着孟师哥的面是绝对不会有任何不尊重的言语的，不过年龄那把利器却实实在在地握在雷文手中，只要雷文一挥手，老孟必输无疑。可是，老孟又是一个不服输不服老的人，要不老孟就不会在三十八岁上还在读博士了。老孟也拿年龄这把利器和雷文抗衡，倚老卖老地在雷文面前充大哥。老孟说："大哥我毕竟比你多喝几年稀饭，过的桥比你走的路还多，在社会上摸爬滚打了这么多年，很多事比你有经验。你从幼儿园到博士没有一天离开过学校，不知江湖的险恶，这回你就听我的没错。"

老孟说这番话是在他和雷文逛旧货市场的时候。应该说老孟和雷文开始相处得还是不错的，要不两个大男人不会一起逛街。两人在宿舍就商量好了，合伙买一台旧电视，平常学习累了可以看看足球，将来找工作还可以看看招聘会。在旧货市场上雷文一眼就看上了一台八成新的平面直角的21英寸的长虹彩电，要价才二百元。就像白送一样。可是老孟却看上了一台八成旧的老式

9

的18英寸的牡丹，要价也是二百元。两个人在旧货市场发生了争执。

雷文认为老孟有病，都是二百元怎么会买牡丹而不买长虹呢？为此老孟便有了以上的那番话。老孟不要那21英寸的八成新的长虹彩电有他的道理。首先，老孟看那卖电视的不顺眼，贼眉鼠眼的。老孟认为那电视来路不正，老孟向那人要发票，那人说要啥发票呀又不报销，没有。雷文也说，就是，又不报销要发票干什么？

老孟把雷文拉到一边说："这电视有可能是偷的，他在销赃呢！"

雷文说："这不关我们的事，又不是我们偷的，我们掏钱买的。"

老孟说："我是学法律的，你知不知道我们这种行为在法律上叫什么？叫不当得利。"

"什么？什么？"雷文不解。

老孟说："按我国《民法通则》第九十二条规定，没有合法根据，取得利益并造成他人损失，即构成不当得利。受害人有权请求受益人返还不当得利，受益人有返还不当得利的义务。"

"你拉倒吧。"雷文说，"即便是偷的失主也不可能找我们，不当得利是贼而不是我们。"

老孟说："贼反而不是不当得利者，贼属于侵权行为，如果情节严重还可能构成犯罪，盗窃罪。我们才是不当得利者，这种不当得利是基于第三人的行为而产生的不当得利，所以失主可以直接找到我们返还。到那时如果我们又拿不出取得物品的合法根据，那我们就要返还所得物。我们只有找贼退钱，若找不到贼那我们就亏了。"

"等到失主真找到了我们，电视机已发挥完效力了，也就是说我们花二百元也值了，就当租用的吧。"雷文想用他经济学那一套说服老孟,"如果失主真找到了我们,那电视也可以扔垃圾箱了,如果失主要求返还那就返还呗。"

"如果我们明知电视机没有合法根据,其返还利益的范围应是受益人取得利益时的数额,即使该利益在返还时已经减少甚至不复存在,返还义务也不免除。之所以如此,是因为受益人明知其取得利益没有合法根据,却仍然置受害人的合法利益于不顾,这在法律上属于恶意。法律在这里专门惩戒那些占小便宜的人,所谓占小便宜吃大亏就是这个道理。"

雷文冷笑了一下说:"电视机是我们花二百元买的,到时大不了还失主二百元吧?"

老孟说:"返还的时候就不是二百元了。这个长虹按正常价至少值一千元,我们花二百元就买了,我们至少有八百元的不当得利,等我们把电视看报废了,那么我消耗了一千元而不是二百元,如果返还就应是受益人取得利益时的数额,也就是要返还一千元。"

雷文想骂,你这研究的是什么狗屁法律,忍了忍没有吭声。雷文觉得老孟无法理喻,买一个破电视机搞出了这么多说法,真他妈的是傻博士,书呆子。雷文想那失主怎么会找到我们呢,即使找到我们又怎么证明这电视就是他丢的呢,同样牌子的电视有的是。不过雷文觉得这些说服力都不强,如果在理论上说服不了老孟,在具体事件上较劲没有意义。

无论孟博士还是雷博士都认为,要消灭一个人的行为,首先要消灭他的理论;要消灭一个人的思想,就要消灭他的肉体。肉体不存在了他就没办法和你论争了。两人在同一宿舍经常性地论争,有时候连饭都吃不好,为此,他们便痛苦地总结出了这套结束论争的方式。

其实,老孟的说法也只是一家之言,关于第三者是否构成不当得利,在法律上也还没有一个定论,争论还在继续。不过,雷文是经济学博士，法律不是他强项，在一些法律问题上研究得就没有老孟那般透彻了。最后，雷文只有依了老孟，雷文痛苦地认为在自己和老孟的论争史上这是最黑暗的一天。为此雷文后来对那台旧电视一直没有好感。

卖牡丹电视机的是一个老太太，也许她听到了老孟向那卖长虹的要发票，便把发票从怀里掏出来，在风中抖着，说："我有发票，原价二千五百元，现价二百五十元，一折优惠。你回去还可以报销。"老太太以为老孟为了报销才要发票的。

雷文一听极为生气，刚才老太太还开价二百元，转眼要二百五十元了。雷文坚决不干，不买了。老太太见状连忙说："二百元就二百元吧，我这是跳楼价，就算我吃点亏吧。"老太太开始啰嗦，"卖给你们我放心，一看就知道你们是知识分子，爱惜东西。我对这电视有感情了，要不是儿子媳妇孝顺又买了一台新的，我说啥也不舍得卖呀！这电视质量那个好呀，我看了十几年没坏过……"

连老孟也嫌老太太啰嗦了，把那发黄的发票拿过来，在太阳底下映着看，像验一张百元大钞。发票是十几年前的，可想这电视的确有些年头了。老孟把发票上的编号和电视机上的编号仔细对了对，见无误也无涂改之嫌，这才放心。在付钱时老孟硬让老太太写了一张卖旧电视的证明。老太太说不会写字，不愿写。老孟说那我写，你按手印。

老太太在按手印时望望老孟说："我咋觉得这么别扭，卖个旧电视像杨白劳卖女儿似的。"雷文在一边冷眼旁观，一脸的不悦，最后只能苦笑。当老孟把旧电视放在自行车后座，推着走时，那个卖长虹的在后头恨恨地骂："傻×。"

老孟肯定听到了，不过装没听到。雷文乐坏了，算是解了心头之恨。

3

电视买回来后师哥老孟把我们都叫去了。那天在老孟房间看电视的总有十几个人吧。十几个人在老孟房间看电视，这种情况在后来并不多见，除了看足球谁他妈的去看电视，面对的又是老孟那台老掉牙的牡丹。大家对电视节目并不感兴趣，电视剧被同学们称之为"电屎剧"，新闻吧又都是会议简报，娱乐节目是一群假模假式的家伙出题考另一群自以为是的傻子，还有就是把大人当幼稚园的小朋友哄，让成人玩一些少儿的游戏……电视上除了球赛也没有什么好看的了。不过，球赛能看的并不多，甲A已让人提不起兴趣，甲B把全国人民当傻×，踢假球。最多能看看德甲、英超之类的。

除了看球赛外，十几人在老孟宿舍看电视后来只有过一次，那是看《大话西游》。那一次的直接后果导致了整层楼展开了一次关于文学与电视的大讨论。这也是少有的现象，因为楼上住的没一个是中文系和艺术系的，专业大多为经济、法律、数学、化学、国际政治的。

十几个人看《大话西游》看得哈哈大笑。看完了，老孟说："无聊，这是对文学名著的亵渎。"

雷文说："能让大家快乐就行。"

这样争论便拉开了序幕。这次争论的直接后果是电视被暂时封存了。关于文学与电视的论争和其他论争一样最后也不可能有什么结果。后来学术论争演变成了争吵。老孟说:"下次再看这种垃圾片我就关机。"

雷文说:"这电视也有我一份,你关机还要看我同不同意。"这样艺术争论又变成了权利的争夺。不过后来两人还是达成了妥协,除了球赛和电视招聘广告外一律不看。球赛当然不能不看,否则买旧电视干什么;电视招聘广告也不能不看,因为两个人都是博士,已把书读到头了。本科生可以赖着不找工作读研,研究生也可以赖着不找工作去考博,博士生就必须找工作了。不找工作是不行的,一辈子的书都读完了。

为了严格执行看电视的协议。老孟拔掉了开关,雷文拔掉了选台盘。那旧电视无论是电源开关还是选台盘都是手动的,只有两个人都同意了才能开电视。通常情况是这样的,老孟说咱看会儿电视吧,把开关从锁着的抽屉里拿了出来,打开电视。雷文把选台盘也拿出来,开始选台。两人互相配合,缺谁也不成。

后来我们几个都准备了一个尖嘴钳,用尖嘴钳夹着不但能打开电源,而且也可以选台。再后来连老孟和雷文都买了尖嘴钳,因为不用尖嘴钳不行了,开关已被尖嘴钳扭滑丝了。最先使用尖嘴钳的是师妹甄珠。那天师妹急着到他们宿舍看一个大型招聘会的直播,老孟不在。雷文拿出选台盘说:"我只有一半权利,没办法了。"师妹一急便到商店买了一个尖嘴钳,把电视打开了。老孟回来见电视机开着,大吃一惊,正待发作,见是师妹只有作罢。况且又是招聘会的直播也就跟着看了。

用尖嘴钳篡夺师哥老孟的开关权,只有师妹敢带头。因为师妹和老孟的关系不一般。据老孟说师妹正追他,而我们在师妹处却得到了相反的说法。

把师妹许配给师哥最初是老板的动议。老板有一次曾对我们说:"你看孟同学都三十八岁了也没个女朋友,你们当师弟的就不知为他张罗一下。"

我们说："没有合适的。"老板又说："你看甄同学年龄也不小了吧，虽然是你们的师妹，年龄却比你们大，二十九的大姑娘了还整天疯疯癫癫的。你们也应当关心一下吧。"

当时我们很感动，老板对他的弟子就像父母一样。父母只有养育之恩，而导师却有再造之恩呀！从老板处回来我们一合计，便笑了。老板这是让我们为师哥和师妹牵线搭桥呢。虽然老板没有明说，但他的意思是明摆着。于是，我们就开始拿师哥和师妹说事。开始我们对师哥说，甄珠师妹一直在我们面前夸你好，你用什么贿赂了师妹，要知道师妹是不轻意夸一个人的，在师妹眼里天下男人都不是好东西。你居然成了师妹眼中唯一的好东西了，真不容易呀。然后，我们又对师妹说，你给师哥老孟下了什么迷药，他怎么整天在我们面前夸你呀！要知道在师兄眼里天下女人都是水性杨花的祸水，你成了他心中唯一的贞女了。

听了我们的这些谣言，两个人都露出了得意和害羞的神情。不过，两个人的害羞不太一样，师妹照常把腰扭扭，像个少女似的。她嗔怪地瞪我们一眼，面现桃红，用食指点了一下师兄的太阳穴说："去！你真坏。"

老孟听了我们的话脸一红，眼睛睁大，羞过了却跟在我们身后不离左右，给我们说这说那的。其实我们知道他说的都是废话，想把话题往师妹身上引。我们装作不知，不理他。半天之后他急了，会唐突地问，师妹在哪说的？原话是怎么说的？当时还有谁在场？怎么一个表情？师哥的问号串起来像一个铁锁链，那链子一下便捆住了他的手脚。这样他就会老实一些，再不会和你争论什么了，你说什么，他就会应和什么。这时你可以报过去的一箭之仇，你过去和他争论的问题，这时都可以搬出来，你可以任意发挥自己的观点，老孟这时成了一个最没有主见的人。不仅这样，平常最小气的铁公鸡也会拔下最美丽的羽毛献给你。要是和他一起去打饭，他会给你买一个鸡腿，硬塞进碗里。他才不管你喜不喜欢鸡腿呢。

师哥和师妹再见面的时候，两个人的感觉就不对了。平常像二小子似的甄珠师妹会穿上真正的女装，搽一种怪颜色的唇膏。师哥会拿出他压箱底的只有在招聘会上才穿的衣服，西装领带的。

大家见面基本都是在师哥老孟宿舍。因为博士生两个人一个宿舍，人少。这事在我们硕士楼就不行了，人多嘴杂，干不成事。去老孟宿舍是为了看电视。师兄王莞、三师弟张岩、师弟李雨、师姐柳条都去。看电视前师哥和师妹成了我们的主要娱乐节目。有一次我们甚至一个一个地溜出去。雷文这时候不太懂事，我们怎么向他打手势他都不理。

后来我们只有把雷文叫出去说明情况，没想到雷文说："你们师妹和老孟不合适。老孟大人家十来岁呢！像甄珠师妹这么优秀的女孩找什么样的不行。"

我们说："你别师妹、师妹地叫，我们又不是一个老板，不存在兄妹关系。她可比你大。"

雷文说："大怎么了，常言说女大三，抱金砖。"

"啊！"我们目瞪口呆，难道雷文看上甄珠师妹了。我们有意逗雷文，说："女大三抱金砖不假，可是我们师妹可比你大四岁呀。"

雷文说："我算过了，不到四岁，还差半个多月呢。"

这一下就热闹了，师哥碰上了劲敌。最后我们商定保持中立，停止撮合师哥和师妹，让他们三个自由组合。反正师妹和师哥都是老大难，解决一个算一个。不一定非让师哥和师妹好，同一个专业的算是近亲繁殖。最关键的是小博士雷文是一个不错的小伙子，如果成了我们妹夫，那是一桩美事。如果师哥和师妹好了，我们夹在中间都难办，不知是该叫师哥妹夫呢，还是该唤师妹嫂子。无论是师哥还是师妹其角色的转换都让人别扭。

4

　　老板这次回来不知带回什么案例。老板不仅是名校的著名教授、学者、法学家，而且是大律师。老板每次出门都会带回一个生动有趣而又能阐释某个法律教义的案例。这些案例基本都是老板代理的案子。通常情况下老板出差是为了和委托人签订书面委托合同，单纯的讲学和会议越来越少了。老板签了合同首先会和我们见一面，通报案情，然后下次上课进行讨论。这时的老板像一位虚心老实的旁听生，坐在一边听我们的发言。在讨论的过程中老板也会记笔记，然后根据大家的讨论发表自己的看法。

　　当然如果谁不同意老板的观点也可以反驳。最后有关案子的法律问题在大家的讨论中越来越清楚了，讨论结果将成为老板代理词的核心内容。老板这种理论和实践相结合的教学方式一举数得，效果显著。不但教育了学生，打赢了官司，也赚了大钱。老板这学期一周只给本科生上两次课，而这两次课却经常拉到周末的晚上或者周日的下午补。老板非常忙，除了在校带研究生外，挂职颇多。所以，他给学生上课反而有些业余的意思了。对于这一点几乎没有人提出异议。本来嘛，法律这东西是实践性比较强的专业，蹲在书斋里就不行。老板这次回来正赶在周末，他又要给本科生补课了，也就是说我们首先得上课，然后再和老板在会议室见面。虽然老板是为本科生上课，但作为他的研究生你得去扎场子。

周末的午后，你可以骑着单车穿过任意一条用鲜花修饰过的小径，在阳光里不经意地踏车而行。那时太阳暖洋洋的，校园内显得清爽而明快。当我们赶到教室时，老板还没来，却座无虚席了。对于这一点我们并不感到意外。因为是周末和其他课不发生冲突，加之我们老板的名气大授课内容实用，业余来听者极多，每一次授课都像讲座一样。好在我们有先见之明，在下午便用书包在第一排占了位置。其他教师的课我们是绝对不坐第一排的，一般情况下前三排的位置以女生为多。由于是老板的课，坐在第一排是为了让他看见，表示小生我到了。另外有个啥事也好帮着干干，比方擦黑板之类的。我们发现来听课的女生很多，不但多而且个个都挺漂亮，仿佛天女下凡似的让我们觉得奢侈。她们都挺会打扮，极白领的样子，女律师的做派。这些漂亮女生平常在校园内极少遇到，不知从何处突然冒出来的，有些老谋深算的味道。猛一进教室迎面碰到那么多如电的目光，让人头皮发麻。你只有硬着头皮才敢跨进教室。这会让人误以为回到了八十年代听文学课的情景。

据说，老板是八十年代的文学青年，标准的中文系才子，这和他现在从事的专业有所不同。他现在是法学教授、博导、大律师，腰缠万贯。这种变化的过程复杂而又充满戏剧性，这种变化的案例极为普遍，具有时代特征。如果从理论的高度去论述，这种变化其实就是从人文主义走向科学主义的过程。按老板自己的话说，文学是感性的，法学是理性的；文学是人文主义的，而法学是科学主义的；文学以情动人，法学以理服人。如果同时掌握了这两门学科，知识结构也就合理了，就可以达到合情合理之要求。情与理有机地组合在一起，相生相克。那将前途光明，功德无量。走向社会就能立于不败之地。

我们对老板的说法深信不疑，老板是现身说法，他的成功证明了这一点。

老板的这个观点，最早可以推到他考法学硕士研究生时的面试。当时老板的导师也就是我们师爷蓝其文教授在其他几位面试导师问完问题后，看了看老板的简历随口问了一句："邵景文，你是学文学的，怎么考法学研究生？"

邵景文迅速搬出了这套说法，可谓观点新颖，思路明确，使在场的面试导师眼前一亮。有导师还当场表扬了邵景文同学，并表示法学院就应当多招一些非法学专业的特别是中文专业的本科毕业生。邵景文同学在面试时用了不少时间，弄得其他几个导师想问的问题都没时间回答了，其实邵景文是答非所问。不过这没有关系，因为其他几个面试的导师不觉得邵景文同学没有回答自己的问题，都高高兴兴地在邵景文名下打了个勾，放行了。

最后蓝教授却给邵景文泼了一瓢冷水。蓝教授说："你的观点挺新颖的，不过中听不中用。你考我的研究生难道只是为了求得知识结构的丰富，那是为了学习而学习。法学是一门非常实用的也是十分讲究实际的学科。如果将来你毕业后当法官，你面对的将是控、辩双方的激烈交锋，他们会采用各种方式来影响你的判断。声情并茂的，振振有词的，苦痛不堪的……各种各样的表情。这时候你手中完全掌握了他们的生杀大权，人命关天，任何的感情用事都影响司法的公正。到那时你才会认识到那所谓的自我完善，知识结构的合理，功德圆满等准宗教色彩的观点都是瞎扯淡。"

蓝教授的一席话让邵景文浑身冒冷汗，连大气都不敢出。因为邵景文考的是蓝教授的研究生，如果蓝先生这一关过不去，其他几个教授都放行了也没用。不过，邵景文只是虚惊了一场。因为蓝教授话锋一转说："我希望你在将来的学习中克服以上的那些感情用事的东西，学中文的嘛，感情丰富，动不动就编一些故事感动人，提倡什么世俗关怀和人文精神。这些东西是法学的大敌，法学就是铁面无私的学问，一就是一，二就是二，讲的是以法律为准绳,以事实为根据,法律面前人人平等。法律不相信眼泪。"蓝教授最后说,"你去吧,我们将来再交流。"

邵景文懵懵懂懂地起立,看看考官又看看蓝其文教授,十分感激地鞠了一躬。邵景文觉得如醍醐灌顶,茅塞顿开。蓝教授用他那惯常的严厉表情向邵景文点了点头。邵景文知道自己被录取了。虽然蓝教授把自己批驳得体无完肤,但从他那严厉的目光中,看到了欣赏和鼓励,认同和鞭策。蓝教授的下马威就像一百个杀威棒,使邵景文这个不知天高地厚的文学青年蔫了下去。在后来漫长的岁月里,无论邵景文怎么得意,但在蓝教授面前总是夹着尾巴做人,不敢有半点的张狂。当然,邵景文并没有忘记自己的那套情理说,当他成为我们的导师后,他第一堂课就搬出了这套理论。

其实邵景文是否改变自己的观点已经不重要了,关键是蓝教授的一席话基本上消灭了一个文学青年。这使邵景文把扎实的文学功底和文字功力用在了后来的律师辩护中。虽然他没能实现年轻时的梦想,成为一名作家或者诗人,但他却成了文学的真正受益者,这使他的嘴皮子和笔头子都比较硬,人称邵铁嘴。他的法庭辩护和法律文书在圈内闻名遐迩。这样,从另一个侧面印证了他情理说的合理性。这也是让我们叹服的主要原因。现在看来社会上少了一个文学青年多了一个大律师还是划算的。我们正处在社会转型期,文学已被挤到了社会的边缘,而法律却走到了社会的中心位置,以法治国这是现代社会的需要。

从这个方面说,我们老板从文学转向法学与其说是他导师蓝教授的影响,不如说是一种社会变革的需要。邵先生读本科是在八十年代,那正是文学的辉煌期。为此在大学校园里有人便把文学和女人相提并论,曾流行着一句很时髦的话,说,男生要是喜欢文学就说明他喜欢女生;女生若喜欢文学说明她喜欢自己。

看看这话多狠。那时候文学的重要性是和日常生活联系在一起的。男人的日常生活中如果没有女人那生活就一点也不日常了。

那时候的黄昏仿佛就是为文学青年准备的。在草坪上，在竹林中，在花坛边……随处可见手捧诗集的少男少女。如果你走近你会发现男生总是很苦闷的样子，而女生会现出忧伤。不论是苦闷还是忧伤，都是文学的关键词和基本表情。

5

现在看来，在八十年代我们老板成为文学青年是十分正常的事，加之他又是中文系的，正处在文学的中心位置，在文学的风头浪尖上，年轻气盛的他不出风头才怪呢。老板不但是一位文学青年和校园诗人，而且还是诗社的负责人。更重要的是老板还是一位文艺骨干，是大学演出队的成员。老板的拿手好戏是吹箫。每当节日来临学校需要演出时，老板的"箫配诗"和"诗配箫"是两个保留节目。这两个节目的主次老板分得十分清楚，绝不混淆。箫配诗是以箫为主，而诗朗诵是为了伴箫。那往往是某一首古诗词，是为了深化箫声之主题，说穿了是为了点题用的。比方：如果邵景文要吹那首叫《寒山寺》的古曲，当洞箫声声、如泣如诉之时，便有一位叫曲霞的女生从幕后出来，朗诵那首叫《枫桥夜泊》的唐诗：

  月落乌啼霜满天，
  江枫渔火对愁眠。
  姑苏城外寒山寺，
  夜半钟声到客船。

这时箫声呜咽，深沉悠远，幽寂的气氛渲染使全场寂静无声。人们眼前出现了水乡多彩的景物和秋夜箫瑟的景象，一个秋夜、孤舟、游子愁的多层次画面如在目前。这时后台会有同学敲一下钟,让钟声为箫音点缀。可惜,那钟声太清脆了,有些突兀。过分清脆、晴朗、欢快、明亮。这多少有些影响同学们的欣赏氛围。不过没关系,那时是八十年代,没有人敢去消解古典的诗意。虽然大家觉得那个,也不敢喷出笑声。

接着便是诗配箫了。诗配箫是以诗为主,箫为诗伴奏,箫为诗烘托气氛。朗诵的诗是邵景文的作品,那首诗叫《麦田》。而朗诵者还是那位曲霞。幕布拉开,蓝色的光芒洒满舞台,那位叫曲霞的报幕员会用很舒缓的声调报幕:

"诗朗诵,作品:《麦田》,作者:邵景文,朗诵者:曲霞,箫伴奏:邵景文。"

全场鸦雀无声。这时的舞台上空无一人,只有蓝色光静静地等待着。箫声起了,从后台传来。邵景文穿长衫,方口布鞋,缓步入场,边走边吹。当邵景文步入那蓝色聚光灯之下时,全场掌声雷动。邵景文坐在那蓝色光环中心,像五十年代一位忧国忧民的"愤青"。那箫吹得呜呜咽咽像风吹过麦田。这时曲霞白衣飘飘地上场,她飘到邵景文身边,立于邵景文之后,一双柔手轻轻搭在邵景文的肩部,开始朗诵《麦田》:

> 是神为冬天刻意的绿化
> 是天地赠予劳动者的草坪
> 从脚下铺向天涯
> 一望无际,一望无边
> 只有阳光敢在麦田里散步
> 只有农人有资格在那里午休
> 有两只鸟儿误入麦田
> 一只衔起往年的麦粒
> 另一只却矢口否认

曲霞那声情并茂的样子,同学们在台下一看就明白了,这两个肯定有一腿。曲霞是经济学院的,虽然学的是经济却也是一位文学青年,关键是曲霞还是一位漂亮的文学青年,一位女诗人。她是我们老板邵景文的第一个女朋友。

无论是箫配诗还是诗配箫都十分精彩,极大地丰富了同学们的业余生活,受到了同学们的欢迎,在同学们中引起了轰动。作为校广播电台的播音员兼记者,曲霞还为邵景文录制了节目,并且对邵景文进行了采访。以下是曲霞对邵景文的访谈。

曲霞(以下简称曲):"你吹箫是什么时候学会的?"
邵景文(以下简称邵):"初中的时候。"
曲:"谁是你的老师?"
邵:"我父亲。"

(邵景文当时用了一句家乡话回答,说:"是俺爹。"后来这句话被重录了一遍。邵景文便改用了纯正的普通话。开始邵景文不愿改,说我从来都叫爹,没叫过父亲。曲霞说,这句话太土,在校园里应当提倡普通话,要是大家都讲家乡话,同学们就无法交流了。)

曲:"这箫的古谱是你父亲整理的吗?"
邵:"是。"
曲:"那你父亲一定像西部歌王王洛宾那样,是生活在民间的音乐家?"
邵:"我父亲大字不识一斗,是个睁眼瞎。"
曲:"那他怎么整理这散失在民间的古谱呢?"
邵:"靠死记。我父亲吹箫是我爷爷教的。"
曲:"那吹箫是你家的祖传了?"
邵:"是的。"
曲:"那你们祖上肯定是有钱人,是地主吧?"

(曲霞问过这句话后自己先哈哈大笑起来。说,请原谅我用了这个名词。这个词会带给人们不好的回忆。不过,现在改革开放了,党的十一届三中全会以来,所有地、富、反、坏、右的帽子都摘掉了。)

邵:"我祖上不但不是地主,恰恰相反,是名副其实的贫农。我家祖祖辈辈都是要饭的,一直到我父亲这一辈。就是靠吹箫要饭,不会吹箫就没有饭吃。"

曲:"噢——"

邵:"我考上大学后,父亲把箫传给我了,说咱邵家再不用靠吹箫要饭了。你把箫带上,不要忘本,好好学习……"

采访到此结束,广播里便有了箫配诗,诗配箫的录音。

每到黄昏之时,那箫声依旧。散步的同学面对着黄昏一遍又一遍地听那箫声。由于同学们知道这箫是邵景文家要饭用的,心中便增添了一些沉重。

6

  第二学期，广播里基本上听不到箫声了，取而代之的是欢快的摇滚和节奏分明的迪斯科。据说有同学向广播站提了意见，说整天箫声平添了思乡之情，弄得像断肠人在天涯似的，不利于同学们安心学习，总想往家跑，特别是大一的新生，听到箫声便暗自垂泪。这样在校园内有一段时间就没有了箫声，天天都是迪斯科。大家在校园内散步屁股都是一扭一扭的节奏分明，要不就是摇头晃脑地像吃了摇头丸似的。

  某一天，同学们突然听到湖边有了久违的箫声，便寻声而去。吹箫人当然是邵景文，他正立在湖边的垂柳下对着晚霞呜咽。有不少女生散步路过湖边，望着邵景文的背影如痴如醉。

  可是，男生却觉得邵景文古典得矫情，浪漫得有些做作。本来邵景文在舞台上吹吹，出些风头大家还是能够忍受的。因为舞台本来就是搭来给人做戏用的。广播也一样，那毕竟和现实生活有距离，在一个电线杆子上的盒子里发音，觉得也远。可是，他却在湖边吹，引来了那么多女生的目光，就有些让男生受不了了。特别是一些校园诗人，认为邵景文用箫伴奏着自己的诗作，有自吹自擂之嫌；认为邵景文那诗写得臭。不过不服也不行，因为校园诗人中会吹箫的只有邵景文一个，虽然不服也无法和邵景文争长短。

  可是，他邵景文在湖边吹就有些过分了，有故意做戏给人看的嫌疑。因为在现实生活中做戏给人看是虚伪的,是让人讨厌的。现实生活中的人生舞台和专为人搭建的演出舞台是有距离的。这些男生不愿让箫声在自己现实生活中出现,散步的同学们便远远地望着邵景文的背影唯恐避之不及。散步路过时便有意大声说话,咳嗽、擤鼻涕、随地吐痰以及吹口哨和唱歌,从而消解那让人难为情的箫声。

当邵景文的女朋友曲霞听说邵景文在湖边吹箫之时,便急忙向湖边奔去。曲霞的脚步匆忙而又零乱。曲霞觉得不妙,因为上周邵景文接到了电报,说家里出事了,急归。邵景文回家后便没有了消息,连他什么时候回来的曲霞都不知道。邵景文回来了不去找分别多日的女友却躲在湖边吹箫,这其中必有隐情。曲霞曾多次要求男朋友在仲夏夜的湖畔为自己吹一曲,让箫声伴着入怀,都被邵景文拒绝了。

邵景文说:"箫声最好不要在现实生活中吹奏,因为它和苦难连在一起。如果你在某一个黄昏听到了我的箫声,那肯定我有了无法忍受的痛苦。"

曲霞问:"那你为什么在演出时吹?"

邵景文说:"那仅仅是演出,和现实生活无关。"

曲霞说:"有什么呀,人家都能成双成对地在湖边弹吉他、唱歌,我们为什么不能在湖边吹箫吟诗。"

邵景文说:"因为吉他之声是欢快的,为牛仔们的狂欢伴奏;而箫声是沉郁的,是断肠人在天涯。"

曲霞说:"箫声虽然低沉,但也静谧,那声音让人安静。如果两个相爱的人在一起吹箫吟诗,它不但不会勾起愁肠,而且还会平添柔情。"

"可是……"邵景文说,"我每一次吹箫之时,眼前就会浮现出我父亲,我爷爷,我家祖祖辈辈要饭的身影。你知道我吹的那所谓的《富贵调》是什么吗?那其实是我家祖传的要饭调。还有词呢！"曲霞问："能念给我听吗？"邵景文说："可以。"然后念道：

> 行行好，行行好，
> 你家堂屋堆元宝。
> 行行好，行行好，
> 儿孙满堂遍地跑。
> 行行好，行行好，
> 牛羊成群满山腰……

邵景文说："这所谓的《富贵调》是念给富人听的，让人家高兴了好赏碗饭吃。"

曲霞说："你别忆苦思甜了，一切都过去了，那都是万恶的旧社会。"

"什么旧社会，我爷爷是1959年饿死的。我爷爷临死时把箫递给我爹问，在万恶的旧社会没有饿死我，咋在新社会把我饿死了呢，我弄不明白死不瞑目。爹说，新社会不让要饭，要饭就是给人民公社抹黑。爷爷说，种粮食的饿死了，那城里人不种粮食的咋还活着。爹说，那是因为城里人识字。爷爷问，那识字能当饭吃。爹说，识字了，就可以吃商品粮了，不用种地粮食由国家发。爷爷问，那粮食谁种呢？爹说，我也不知道。爷爷说，咱祖祖辈辈受穷，靠要饭活命，我一直以为那是没有地。现在看来不是那么回事，这新社会地都分给穷人了咋还饿死人呢。看来光有地还不行，要识字。最后爷爷握住爹的手说，我死了啥也留不下，把这箫留给你，万一将来政府又让要饭了，靠它还能混口饭吃，最要紧的我留下两句话你要记住。爹问，哪两句话。爷爷说，农民没有地不行，有地不识字不行。你一定要让邵家后人记住，要识字。"

曲霞后来再没有要求邵景文到湖边吹箫。没想到邵景文却独自在湖边吹起来了。也就是说邵景文肯定有了无法忍受的痛苦。当曲霞来到湖边时，邵景文正在吹《富贵调》。

曲霞静静地走近了邵景文。也许邵景文感觉到了女友的临近，在吹箫的过程中随着箫声扭转了身体，这使曲霞只能看到他的背影。曲霞急切地转到邵景文面前，她发现邵景文正在流泪。泪水随着箫声流淌像两行低沉的音符。曲霞定定地望着邵景文不知说啥才好。一曲终了，曲霞静静地过去挽住了邵景文的胳膊问："出什么事了？"

邵景文说："俺爹死了。"

"得了什么病？"

"没有病。"

"那怎么死的？"

"被人逼死的。"

"什么年代了，还有这种事，谁？"

"我也有份。"

"什么？"

"要不是我上学，爹就不会为我下学期的学费发愁了，就不会铤而走险去割高压线卖钱了。我爹是被电打死的。"

"天！"曲霞睁大了眼睛，"你爹怎么这么糊涂。你下学期没学费我可以为你想办法呀。"

"我怎么能要你的钱呢？"

"我们俩还分什么你我，是不是你写信回家要钱了。"

邵景文哭着说："我配不上你，我也对不起俺爹。"

7

我们老板的确是苦出身,这些他后来都给我们说过。痛苦的经历浸泡着他,使他成为一个八十年代的文学青年。老板现在基本上不承认自己是文学青年了,因为现在许多男人都不敢公开谈论文学了,说自己是文学爱好者脸上就发烧,怕得一个好色的骂名。这只说明男人不想做一个职业的文学爱好者了,因为那会像做职业的女人爱好者一样让人尴尬。从文学课堂走向法学教室,这种转移说明现代社会的女人不但自恋自爱,而且还要自强自立。于是,想成为女律师、女法官的便多起来。

我们周末去听老板的课,完全是为了给老板扎场子,面对成群的漂亮女生,你只能坐在位置上胡思乱想。这时,有位女生却让我身边的师兄起立,说位置是她占的。师兄头也没抬指着书包说,位置早已占下了。那女生却很自信地将师兄的书包移开,指着桌子上的一张白纸说:"我先占的。"我见那白纸上写了几个字:"此位有人。"

师兄低头看看,嘿嘿笑了起来。想说用一张白纸占位置太史无前例了,不算。可师兄抬起头来却咽了下口沫,改了口,师兄说:"哦,用白纸占位置挺有新意,我让你吧。"

她坐下了,有些俏皮地望着我们笑了笑,说:"不好意思呀!"

我们觉得她笑得属于天真无邪的那种,除了嘴唇涂了紫色的口红让人觉得另类外，其他方面基本上能让人接受。就如她用来占位置的白纸，有几个字，更多的却是空白。即便没有那几个字，师兄也会心甘情愿地让她的。

师兄走向讲台把为老板准备的椅子搬了下来，放在她身边，坐了。师兄知道老板授课从来不坐，他说提不起劲来。师兄让了座位，桌位却不能让，万一要写个什么的也好有个着落，只有和那女生共用了。

从上学期开始，作为邵先生的研究生，我们师兄弟几个不觉都换上了浅色的西装；并且在上衣袋里也装上了手机，手机露点尖尖角，像个小饰物。夏天的时候手机装在淡色的T恤口袋里也一样。当然，这不是老板要求的，这纯属自然而然地学来的。我们基本修足了获得学位所要求的学分，除了老板的课其他课不听了。于是，我们一边准备论文，一边在律师事务所实习。说是实习，其实也是打工。每个月有几千块钱的收入，干得好了还有提成。不过，我们不在老板的所里干。老板不让，说会近亲繁殖，让我们自己找所实习，开阔眼界，他也不推荐。老板很自信地说："我不相信我的研究生在外头找不到活干。"

当然，我们一找就找到了。不久，我们基本上都配上了手机。配上手机也不是为了好看，那纯属业务需要，也证明我们干得不错，这和有些同学买手机为了泡妞不同。比方师弟李雨就有这个嫌疑。师弟的女朋友蓝娜就是他靠打电话泡上的。为了对师弟打电话泡妞有一个了解，我觉得有必要对这四次电话进行一些说明或者说注释。注释的内容其中包括：1.打电话前的交往。这十分重要，因为每一次电话都是以打电话前的交往为铺垫的。没有这些铺垫那求爱电话就失去了存在的基础，就成了一种骚扰。2.打电话中的其他对话。如果没有其他对话，就没有一种语言的过渡，没有一种语言过渡的求爱电话显得唐突。那会给对方一种不严肃或者神经病的感觉。 3.打电话时师弟所处的环境。对于蓝娜来说，她只能在宿舍一楼的楼长办公室接电话，而师弟有手机可以在任何一个环境中给蓝娜拨通电话，无论师弟在一个什么环境，师弟都要寻找一个没人的地方。否则"我爱你"那几个字实难启口。 4.当对方挂断电话后，师弟对对方心理的分析。否则下次会失去再打电话并在电话中求爱的勇气。总之，对于一种恋爱经过的注释是颇为让人为难的。虽然如此这也比用长长的篇幅把这个过程完完全全地记录下来而来得简单。

注释1：开始是个雨季。蓝娜穿了一身白，矫情地撑一把古老的油纸小红伞，一塌糊涂地在风雨飘摇的校园内徘徊。那时候蓝娜只有一条白裙子，白皮鞋是下铺刘唱的，古老的小红伞还是隔壁女生的。为了使蓝娜心满意足地走进校园，她们将衣物合二为一，塑造出典型人物蓝娜。于是这个典型人物便可以在典型环境中出现了。好在漂亮女生们都不愿结伴而行，她们只能转换着走进雨季。这也是她们都满意的结果。要知道两个漂亮女生同时出现，无论是对男生还是对女生都是一场灾难。所以，女生们双双出去往往是有反差的，一个漂亮另一个一般。

蓝娜穿过那些用黄颜色的迎春花藤搭起的花径，在校园内很有诗意地走着。路边的鲜花开满了心田。她会看到校园内那古老的四合院内，紫色丁香像紫色云雾一样飘浮在朱红的门楣之上。那是中文系的所在地，她幻想着一位中文系的浪漫才子会突然出现在身边，她甚至把那位才子的台词都拟定好了。比方，他会从蓝娜的手中接过红油纸伞，然后说："让我为你撑起一片晴空吧！"

可是一次次的都让人失望。正当蓝娜感慨男生都怕雨之时，师弟出现了。那天师弟在校园里顶着雨幕乱走，这种雨是不用打伞的，细雨打在脸上凉丝丝的惬意。不打伞的师弟走过一个用冬青修剪起来的花坛。他看到了一位拿着红伞的女孩。

蓝娜身着白衣裙正在那花坛边踯躅。红油纸伞不是撑着头顶的，而是挡在胸前的。一双看不见的手在红油纸伞后用力，那红油纸伞旋转如风，雨花飞溅。当她看到师弟时，她停止了旋转，把伞稍稍举高了一些。这正好挡了她半个脸，犹抱琵琶半遮面那种。这样，只能看到她那双能传情的美目。师弟顿足看她的时候，她挺严厉地瞪了师弟一下，这使师弟有些支持不住。不过，师弟还是想等待着她把红油纸伞拿下来的一瞬。师弟的等待已经十分长久了，师弟几乎失去了信心。师弟觉得无论她是什么样子的，只要让看一眼就够了。师弟其实没有任何非分之想。那只是男人的一种好奇心罢了。因为她那身着白衣，手持红伞、玉树临风的样子太那个了。

其实，这种探究已使师弟多次失望。比方在校园内当你骑着破自行车咋咋呼呼地追上一位在你前方走着的美好背影时，你希望她长得和你想象的一样美，可是超过她蓦然回首，你会大失所望。

不知过了多久，她终于不经意地将红油纸伞从嘴边移了下去。师弟只觉得眼前一亮，像被闪电击中了。师弟听到心中咯噔一下，有什么被绷断的声音，接着心中便是一阵抽搐。师弟长长地叹了口气，心中产生了一种无可奈何的忧伤，这种忧伤带着一种莫名其妙的自悲。原来是蓝娜。李雨知道蓝娜是同学们公认的法学院院花，也知道是蓝教授的掌上明珠，可是谁敢泡呀。危险。不过蓝娜不认识李雨。法学院有三千多学生，谁认识谁呀。别说本科生和研究生了，就是本科生和本科生只要不是一个班也不认识呀。当然蓝娜就不一样了，人家是院花，联欢会时又经常上台，属于校园名人。

其实，在师弟青春期相当长的一段时间，师弟见到其他漂亮女孩也会要产生一种自卑心理。师弟时常感叹在自己的生活经历中为什么没有出现过这样出众的女孩，为什么这样的女孩和自己没发生过一段难忘的爱情故事。

师弟意识到该走了，只能走了，远远离去，只有这样才能还我自尊，才能脱离危险。可是，师弟当时无论如何也移不动脚步，一种勇气和另外一种勇气注入师弟的胸怀。师弟勇敢地跨上了一步，并且说了一句什么。

师弟当时说了什么连自己也没听清。后来那蓝娜成了师弟女朋友后曾告诉师弟，那句话是：

"同学，你迷路了吗？"

蓝娜学当时的腔调告诉师弟时，闹得师弟脸上发热。

蓝娜答："我为什么要迷路？"

师弟说："在雨中很容易迷路的。"

关于迷不迷路的问题，他们似乎探讨了许久。这时，一辆小汽车莫名其妙地驶进了校园，就像一个大巡洋舰驶进了一个陌生的海湾，在林荫道上东突西窜，迷路后四处徘徊。他们基本没有理会小车司机的问路，只是因小车司机的迷路而好笑。当时蓝娜说："真有迷路的，不过不是我。"

师弟后来在上自习占位置时再一次碰到了蓝娜。这种巧遇可能为我们这所学校独有。因为其他高校不会因上自习占位置的。

有人说，如果你在天黑之后还看到谁在校园里闲逛，那么他不是失恋者便是没占到位置的。那时候校园里的灯光疏朗而又明媚。失恋者在空寂的校园中独走，是因为他失去了爱而忧伤；没占到位置者在空落的校园中游走，是因为他上不成自习而烦恼。

我们都曾因占不到位置上不了自习而在校园内独走过。望着教室或图书馆门前静静候着的一排排自行车，心中会产生一种说不出的惶恐。或许有人问教室和图书馆座位紧张，为什么不在宿舍看书呢？宿舍里是不可能上自习的，哪怕是空无一人也要到教室或图书馆想法占一个座。因为在宿舍中看书你无法静下来，即使是一个人在宿舍那感觉到的也只是一种寂寞而非安静，一种被抛弃感会紧紧地攥住你的心。你会坐立不安。去教室或者图书馆看书就不同了，那里有一种气氛，几十上百人在一个空间，大家都悄无声息的，只听到翻书声和笔尖在纸张上的摩擦声。如果你闭上眼睛，屏声静气地凝听，你会听到遥远的乡村田野里禾苗吱吱拔节吮吸养分的声音。你听着那声音心情稳定，心平气和，思想活跃。可见，哪怕是最个人化的学习，在我们学校也讲究一种群体意识，共同的学习和生活才会摆脱孤独和寂寞。

其实，在教室占位置并不保险，经常临时排课或安排讲座之类的。相比之下在图书馆占位置要保险些，而且早晨占上全天受用。如果你白天有课，只要把书包放在位置上即可，下课回来若见有人坐了，你站在他（她）身边笑笑说声不好意思呀！他（她）便起身让你，然后又到另一个暂时没人的位置上。这种上自习的方式叫打游击。打游击的情况谁都碰到过，是一件挺痛苦的事。往往在你刚进入状态的时候，有人会去你身边立着轻轻碰你，然后笑着一脸的不好意思。这时你的思路便被打断了，可也无可奈何，谁让你不早点来占位置呢？

所以，在图书馆占位置要起得早。在冬季有雪的早晨，图书馆的门还没开，门前却早有排队的学生了。大家在朦胧的清晨跺着脚呵着手在那里等待着开门的时间。当大门一开之时，同学们便一哄而上，用书包为自己占一个，再用饭盒、水杯之类的为同学占一个。这样，偌大个自习室一瞬间成了一个饭厅。饭盒和水杯，明晃晃地摆满了。

那天师弟在图书馆用水杯占了位置就去吃早饭了，可是当师弟回到自习室时却已找不到自己的位置了。师弟的水杯被放进了一个陌生的饭盒里。显然，不知是谁乱点鸳鸯谱，把师弟的水杯和谁的饭盒当成了一对。不久，那饭盒的主人来了，是蓝娜。她来了立在师弟身边，很不好意思的样子。师弟有些诚惶诚恐地连忙立起了身。

为了不影响同学们自习,师弟压底嗓门问她:"这饭盆是你的呀?"

她点了点头,然后指指水杯,也压低嗓子问:"水杯是你的吗?"她说话的声音很轻,加上又是压低了嗓门儿的,这样她只有把头凑向师弟的耳边,说,"它们怎么搁在一起了?"

师弟答:"我也不知道,我出去吃了饭它们便混在一起了。"

她有些嗔怪地看看师弟说:"难道它们长了腿?"

"是的,"师弟回答,"肯定是我的水杯长了腿。"于是,师弟把水杯从她饭盆里拿出来,做了请她坐的手势,她笑笑坐下了。师弟只有站着,茫然四顾,图书馆自习室里早已座无虚席。

后来,在一次《合同法》课上师弟又碰到了蓝娜。当时,师弟正在听老师讲课,边听边记正进入状态。这时一双手像老鼠一样焦急地将师弟的笔记本一把拉了去。师弟正要发怒抬头见是她,很有意思地笑了。而她连头也不抬抓了师弟的笔记猛抄,却把老师的讲课当成了耳旁风。抄完了便把笔记本像扔破布一样扔给了师弟。她这样一弄师弟已跟不上老师的讲课节奏,而她仿佛进入了状态似的边听边记起了笔记。于是,师弟便带有些报复的意思如法炮制,把她的笔记本抢了来。她愣了一下,然后便放下了笔,以手托腮望着师弟抄她的笔记。师弟不理会她,抄完了把她的笔记也像扔破布一样扔给她。她看看师弟,然后在师弟本子上写了几个字。

"怎么处处都碰到你!"

师弟在笔记本上大胆地回答:"能处处碰到是我们的缘分。"

于是,俩人便无心听课在笔记本上交头接耳。

几个月后,老师为了解学生的上课情况,也为平时成绩提供一些依据,便突然把所有的课堂笔记收了去。结果老师在师弟交谈的笔记本上用红笔问:"她是谁?"

我们见了哈哈大笑。老师肯定没找到蓝娜的笔记。因为她当时听研究生的课只是玩玩的,又不要成绩,当然就不需要交什么课堂笔记了。

后来师弟请蓝娜到校园散步。这次散步师弟运用了各种各样的暗示性的语言。而蓝娜却有意把话岔开了。这样当师弟把蓝娜送回宿舍后,师弟迅速地拨通了她的电话。这次电话打得十分容易。因为送蓝娜上楼后师弟根本没有离开她宿舍的大门,一直在门口窥视楼长办公室的电话机。当师弟见一位女生终于说完挂断电话后,师弟立刻用手机发射信号。这样电话铃在师弟不远的地方响了。

当时,师弟躲在她们楼门前不远处的一个大杨树后,看着蓝娜走下了楼,然后看着她立在楼长办公室的窗口接电话。

"喂,你好!"她在电话中和师弟打招呼,当她听到是师弟,她笑了。说不是刚分别吗?怎么又打来了电话,说了一晚上了,话还没说完。

师弟说,什么话都说了,还有一句十分重要的话没有说。

她问是什么话,师弟便在电话中说,我爱你!蓝娜在那里愣了一下,然后"哑"的一声把电话挂了。师弟见她挂电话后十分羞涩地四处望望,好像怕有谁听到似的。接着她偷偷地笑了,然后一蹦一跳地哼着歌上了楼。

师弟站在树边的暗影里,心花怒放。

8

　　老板来了,开着车。老板的"宝马"我们都认识,七系列的。宝马这牌子本身说明一种身份。所谓开宝马坐奔驰嘛。老板讲课很帅,不带讲稿,也无教案,上课来打空手。到了,随便在谁手里找一本他的专著,打开目录顺着讲,讲课时双手插在西裤里,西服不扣,一条领带随着他在讲台上来回走动在胸前潇洒。他也不写板书,口若悬河,滔滔不绝,不知不觉就是一节课。下课后老板还喜欢和同学们聊天,如果这时哪个学生投其所好,说某某某地有一个案子挺复杂,他会很注意地听同学讲,如果同学不讲完上课铃响了也不进教室。望着现在的老板,我们无法和当年的贫困生邵景文联系在一起。谁能想到当年他爹为了供他上大学,去割高压线卖钱。邵景文成了我们导师后,他告诉我们关于他爹的死。不过,当时老板已没有痛苦了,只有感叹。那好像是在某一个案子二审审结之后,老板作为胜诉方的代理律师,为了表示庆贺请他的弟子在草坪上搞烛光晚餐。在草坪上搞烛光晚餐这种事一般只有本科生才干,一个法学教授带着他的研究生搞还是很少见的。可见,老板还是比较浪漫的,文心未泯。

　　那天晚上老板还带上了他的箫。那是我们第一次听老板吹箫。不过,我们从箫声中只听到了笛子的欢快。其实我们都分不清箫和笛子的区别,当时师姐柳条和师兄王莞为此还争论了一阵,后来只有让老板告诉大家他吹的是箫还是笛子。老板长叹一声说:"你们这一代太幸运了。"

老板的箫声一点也没有影响到我们兴奋的情绪。老板见状说:"你们想听听为师的故事吗?"

"想呀!"大家都没肝没肺地鼓掌。

老板说:"我原本也是一个苦孩子呀。"

"是吗?"大家都哈哈笑起来。

老板拿着箫说:"这是箫,不是笛子。你们知道这箫在我们家做什么用的吗?"

师姐说:"吹呗!"

师弟说:"也不一定,说不定还可以当兵器使,金庸的武侠小说中就有手持洞箫闯江湖的侠客。"

老板说:"这箫是我们家祖祖辈辈要饭用的。"

大家一听都不吭声了。

老板说:"我上小学时,在假期还随父亲要过饭。我爹一边吹,我一边唱那首《富贵调》,沿村乞讨。一天下来能要一口袋红薯干,在集上可以卖几毛钱。出去要饭还要偷偷地溜出村,不能让支书发现了,被支书发现后肯定要拉回来,说是给人民公社抹黑。要一个学期饭我开学就有学杂费了。我父亲就是靠吹箫要饭供我上的学。"

师妹甄珠眼泪花花的问:"那后来呢?"

老板说:"我上大学后,土地都承包了,我父亲以为从此就可以不要饭了,靠种地就能供我上大学了,没想到靠种地供不了我上大学。眼看第二学期的学费交不上来,我父亲被逼急了去割高压线,被电打死了。"

天,大家都嗟嘘不止。师姐问:"那你父亲为什么不重操旧业,吹箫要饭呢?要饭又不丢人,你看现在地铁站有很多年轻小伙子弹着吉他在那卖唱,一天也能要几十块钱。要是你父亲在地铁站一坐,箫声一响黄金万两。"

师姐的一席话差点把大家逗乐。老板瞪了师姐一眼,对她的"箫声一响黄金万两"之说大为不满,说:"我考上大学时,父亲把箫送给了我,让我把箫随身带着,不要忘本。我当时只会拿着箫在舞台上演出,却从来没想到去地铁站吹箫卖唱。没钱了就写信向爹要,结果就造成了爹的惨剧。"老板说,"要是我爹活到现在多好。"老板说着有些难过,又说,"当时我接到电报赶回家后,我爹已经死三天了。死了三天也没有人把他从电线杆上弄下来。我娘带着弟弟、妹妹只会跪在电线杆下哭。我望着电线杆子上的爹,他老人家已被烧焦了,像一张剪纸随风飘荡。我问,为什么不把爹弄下来?我娘说,支书不让收尸,要在电线杆上挂三天,示众。看今后谁还敢割电线卖钱。"

"他妈的,太残酷了!"李雨骂起来,"一点也不人道,这是违法的,可以告他。"

老板说:"我当时气急了,找了个竹竿把爹挑了下来。我用手去接却没接住,我爹一飘就飘到了稻田里了。我连忙把爹抱起来,爹像一捆干柴,连一点分量都没有。我娘哭着喊,景文呀,你爹冤枉呀,你要替你爹申冤呀!"

据邵景文他娘后来说,邵景文他爹是被逼死的。村里根据上级指示搞"村村通"工程,也就是每一个村都要通电,安电灯,结束点油灯的历史,这当然得到了农民的欢迎。为此上级还拨了专款,禁止向农民集资,增加农民负担。可是村支书瞒着上头已拨了专款的事实,还是向村里人集资。为了结束祖祖辈辈点煤油灯的历史,村里人一改过去对集资的抵触情绪很主动地交了钱。其实这笔集资款都被支书贪污了。

不久,电来了,村里人欢天喜地地点上了电灯,开洋荤了。可是好景不长,到了月底一算一个15瓦的泡子要几十块钱电费,这下村里人傻眼了,这要是点煤油灯一年也点不完。这样第二个月大家不敢用电了。可到了月底,收电费的又来了,一家还摊好几十块。这下村里人不干了,说我这个月没点电灯为什么还交电费?收电费的说,反正一个村一个电表,大家平摊。

村里的电表安在支书家,村里人不用电,支书却用,家里电视机、冰箱,都买了。还有就是村委会的那几盏长明灯,都是上百瓦的,村干部天天在那里打麻将。村里人说,他们用的电为什么让老百姓交?不交。电费收不上来电管所就拉闸。拉闸就拉闸,继续点煤油灯,有啥。人老几辈都点煤油灯也没见饭吃到鼻子里。

这一拉闸就是三个月,结果电线也被人割了卖给废品收购站了。电管所拉闸支书不好说什么,可线被割了支书就有话说了。支书开会说,割线是反党,是破坏社会主义,是对抗中央村村通的政策……必须重新集资,把线拉上,否则无法向上级交待。支书一训话村里人就怕了,听支书那口气又要搞运动了。这次集资把安电表的钱也收上来了,家家都安上了电表,为了以示公正,每家门口都栽了一根高高的电线杆子,只有电管所查电表的人才能用"老虎蹬子"爬上去。

这次集资虽然更劳民伤财,不过村里人还是舒了口气,最起码不用为支书交电费了,可以安心点电灯了。没想到老百姓这次又上当了,到月底收电费的时候,一个十五瓦的泡子每天只点不到两个小时,电费还是几十块。因为在电费中加进了线路维护费、电管所管理费、爬杆费等。老百姓当然不愿交,电管所又拉闸,结果线又被割了,线割了又集资。这样一来二去的,村里人苦不堪言。

后来为了防止电线再次被割,电管所不拉闸了。有钱的用电,没钱的点油灯。这样一个村里就一半光明一半黑暗。特别是支书家的电视机一开就是大半夜。这让村里人眼红,觉得不用电也吃亏了,因为那电线是大家集资拉的,凭什么只有你们支书几家有钱的用,这不合理。于是,有人在深更半夜带电把电线割

41

了。线割了又集资拉，拉上了又割，村里人和支书打起了游击战，连支书派民兵都守不住。

这时，邵景文他爹发现每一次集资前后左右的邻居都很积极，便暗下打听，这才知道原来邻居都割过线。大家都编成顺口溜了，说，支书集资俺不怕，割线卖钱赚一把。

这样，在一个伸手不见五指的黑夜，邵景文他爹也去割电线。邵景文他娘哭着对邵景文说："俺拉都拉不住呀，不让他去，他非去。人家割线用老虎钳子，他割线用镰刀，他以为割线就像割麦子。"

邵景文他爹被电打死后，支书不让收尸，说示众三天，看谁还敢割线。支书说，久走夜路必遇鬼，他割了那么多次线，这次是咎由自取。支书新账老账一起算，都算在邵景文他爹头上了。支书带人把邵家的牛也牵了，说是补偿损失。支书说，这钱公家一分也不留，返还过去的集资款。

这就是老板他爹死的经过。老板的家史也只有他的几个研究生知道，一般的学生肯定不会了解这些的。同学们只会看到一个儒雅、智慧、潇洒的名教授，他讲课时的风度让无数学生倾倒。比方，今天老板讲的是关于国际货物买卖合同的要约，他先告诉了大家要约的概念，然后告诉大家一项要约的构成，根据《联合国国际货物销售合同公约》第十四条规定，要约具备三个条件：1. 向一个或一个以上的特定人提出；2. 提出的内容必须准确；3. 必须表明要约人在其要约一旦得到接受就将受其约束……最后老板提出了一个问题，问商店里的商品明码实价标在那里算不算一种要约形式。对于这个问题大家有很大争议。一种观点认为不是要约，因为标价不是向特定人提出的；另一种观点认为是要约，因为当你走近商品提出看货的一瞬便成了特定人；还有人认为可能是要约也可能不是要约，如果看货人还了价那么原标价就是要约邀请，还价者等于又提出了一个要约。

老板最后总结说，刚才大家的观点都有道理。是不是要约所产生的法律后果不同，如果是要约，那么就意味着商店必须把商品出售给你，否则便构成违约，违约便产生违约之债，你可以提起诉讼，请求赔偿损失。一般情况下"英美法系"国家不把它当成要约，而"大陆法系"国家包括我国认为这是要约的特殊形式。比方在美国你看到柜台里的蛋糕明码实价摆在那儿，你以其所标之价购买，他可能售你可能不售你，可能以比所标之价高的价位售你。

9

  大家讨论得正热烈，突然老板的手机响了。大家便望着老板的西装衣袋，有同学便活学活用说"要约"来了。大家便哄堂大笑。老板的手机焦急地叫了两声后，老板便对同学们说对不起，我接个电话。老板说："上课接电话不好，这是最后一个，从下次上课开始无论是我还是同学们，手机和呼机都要关闭。"

  老板说着就出去了。同学们都张着嘴往教室门口望，觉得老师实在忙。接过电话后，老板走进教室说一个案子的事。有同学问多少标的呀？老板说不多，也就五百多万……

  老板还没说完，同学们便夸张地"啊"了一声，老板只有来个大喘气让同学们啊完，才吐出最后"美金"两字，这下同学们连啊的力气也没有了，都在心里默默为老板计算。按官价3%至5%的比例，老板这个案子代理费二十多万美金，换算成为人民币一百六十多万……

  老板见同学们傻傻地望着他，便说对我来说金钱并不重要，重要的是诉讼本身所出现的值得研究的法律问题。案例的积累对教学和研究是非常重要的。

  老板的授课内容对研究生来说已不是什么新鲜内容了。在课堂上没事，我开始写师弟的爱情注释。

  注释2：第二次打电话是在"玫瑰舞会"之后。

这个舞会是这所大学一年一度的迎新舞会。玫瑰舞会是学校团委专为学生免费举办的，每一个在校学生都可以凭学生证进入。男生往往会得到一朵红色的玫瑰，女生当然是没有的。虽然有女生曾提过意见，说这是重男轻女，为什么只发男生不发女生呢？不过学校对此没有任何答复也没有任何改变。因为，每一次的玫瑰舞会都是男生手持玫瑰进去，而女生手持玫瑰出来。那玫瑰最终还是在女生手上。

那天学校举行玫瑰舞会之时，师弟却在校外参加了一个朋友的聚会，回到学校已九点了。这样当师弟赶到时，舞会已举行了多半。在门前工作人员只向师弟遗憾地摊了下手，说："对不起，你太晚了，玫瑰早已发完。"

作为一个手中不持玫瑰者，师弟走进了玫瑰舞会。舞厅里师弟看到男生手里的玫瑰越来越少，而女生手中的玫瑰却越来越多。手持玫瑰的女生很安静地立在男生身边，低头轻轻地闻着那玫瑰。师弟走过一个个手持玫瑰的漂亮女生身边，去寻找那些手中无玫瑰者。

这是一件十分困难的事情，大凡手持玫瑰者都是那些漂亮、温柔的女孩，而手中无玫瑰的女生却让你无法打起精神。师弟这种心态有些以貌取人的感觉。其实在舞会上你只能以貌取人，因为美好的心灵早已被黯然的灯光遮挡了，喜欢漂亮女孩我想这是男人的本性。

师弟在舞会上寻找着蓝娜，两人曾相约在玫瑰舞会上相见，可是，师弟来晚了，并且手中没有玫瑰，师弟在舞会上四处寻觅着，专盯着那些手中无玫瑰的女孩看，师弟想蓝娜在自己到达之前不会接受其他男生献出的玫瑰的，虽然蓝娜也属于漂亮的一类。送玫瑰的有之，可她会拒绝。

师弟在舞厅里绕场一周，当师弟又绕到门口时，看到了蓝娜。于是，师弟尾随而至，并且在其他男生还没有做出反应时邀请了她。

两人一句话也没说，一口气跳了三曲。这时候任何一种交谈都是多余的。最初双方都试探着，设法迈过那用音乐堆起的暗礁，两人完全可以看到作曲家在音符的流动中神秘的微笑。渐渐地双方才开始步入一种和谐之中，这种和谐使两人随着音乐滑入了欢乐的海洋，足以将师弟迟到留下的不愉快忘却。师弟看到她的表情开始从矜持变得柔和并露出了笑容。当一曲再次结束后，她站在师弟的身边用一种疑惑的目光望着师弟的手。师弟读懂了她那目光中的玫瑰颜色。可是，师弟手中却没有了红玫瑰。

为了不让她误以为已把玫瑰送出去了，师弟说："由于参加了一个朋友聚会所以来晚了，真的对不起，没有领到玫瑰。"

她笑了，笑得十分宽容。这让师弟心存感激，师弟迟到她非但没有生气，却显得十分理解。师弟想这是一位比较大方的女孩。

师弟开始四处地张望，希望寻找一朵玫瑰，这时师弟发现对面墙上插了一朵红色的。那朵玫瑰插在墙上，不知是哪位男生没送出去，还是哪位女生把已接受的玫瑰放弃了。于是，师弟十分有勇气地拉着蓝娜。师弟将那玫瑰从墙上取了下来，师弟像取一朵原本就属于自己的一样。然后，师弟把玫瑰双手递给了她。

"谢谢！"她说。这是她在玫瑰舞会上第一次和师弟说话。她说真怕你不来了，如果一位女生在玫瑰舞会上得不到玫瑰，那是一件多么尴尬的事呀。

师弟说："谢谢你接受了我的玫瑰。"师弟指着地上被谁扔的一朵玫瑰说，"不知有多少男生送不出去玫瑰呢。如果一个男生手持玫瑰进场又手持玫瑰出场，那也是让人难堪的事呀！"

"可是，也不应当扔呀！插在墙上不失为一种方法。"

"是的。否则，我拿什么送你呢？"

在玫瑰舞会的第二天晚上师弟又打通了蓝娜的电话。由于当时快十点钟了（过了十点楼长就不传电话了）。这样电话打通后，楼长便提出了警告，说只有几分钟时间，请长话短说。于是，师弟在电话中和她没说几句话便直奔主题。所以，她在电话中的回答显得很暧昧，在挂断电话时也显得十分犹豫，也许她还想在电话中说点什么，可是由于师弟的那句话她不得不挂断电话。师弟发现蓝娜每当听到"我爱你"那几个字就会挂断，这几乎和"再见"和"goodbye"一样成了告别语了。为此，在后来的电话中师弟基本上在通话结束时才说出那句话。还有，如果师弟打算挂断电话，也会说出那句话。

注释3：打这次电话的那天下午师弟和蓝娜在湖边坐。当时湖边的人不多。那天蓝娜破天荒地着意打扮了一下，并且涂了紫色的口红。据说那紫色的口红是一位韩国留学生送给她的。

那天湖边归来她已很疲惫了。后来她告诉师弟她身体不舒服，嘴唇连一点血色都没有，所以才涂了紫色的口红。师弟问她生了什么病，她笑笑说这是女孩子的特殊情况，这样师弟便知道了她来了月经。加之她有痛经的毛病，所以情绪不好。

在电话中两人基本没说什么，师弟说出那句话是因为想挂断电话。师弟不想在她心情不好的情况下打搅她。

值得一提的是，在两人的交往中她告诉了她来"特殊情况"的日子。我们认为这在恋爱经过中是一个大事件或者可以称为大事记，这是一种十分重要的信号是一个转折点。有了这个信号，那么离成功几乎不远了。

注释4：这个电话是在那个月圆之夜之后的第二天。

师弟的女朋友蓝娜住李园。从我们住的桃园到李园大约有三百六十米的距离，这个距离据师弟说是他一步一步测量出来的。我想这个距离误差肯定会有的，因为迈出的步子时大时小时快时慢的。如果在黄昏师弟站在五楼的阳台之上，师弟会看到女朋友所在的宿舍楼正没入一种阴影之中，就如大海里将要沉没的邮船，只剩下一点桅杆浸泡在夕阳的余晖里。师弟也许可以看到女朋友凭窗而立的样子。女朋友蓝娜会穿一条白裙子，裙子里面是师弟为她买的唯一的礼物。那是一套乳白色的内衣。

给女朋友送一套内衣是我们斟酌很久才为师弟决定的。我们觉得给女朋友送内衣是一种十分暧昧的事情，那其中包含了不少东西。首先，女朋友身上的"一个中心两个基本点"是重点保护的对象，保护的成功与否是爱情的基本原则。如果不坚持保护这"一个中心两个基本点"，那么女朋友就不成其女朋友了；其次，女朋友那"一个中心两个基本点"也是最渴望亲近的地方，在暂时无法亲近时，有礼物替代着亲近也是挺好的，那是一种间接亲近；第三，作为内衣的礼物只能由作为男朋友的独自欣赏。这比外套好多了，外套是穿给别人看的，只有内衣才是穿给情人看的。如果你是一个比较自私的人，那么你就去给女朋友或者老婆买内衣吧！那将是最好的礼物。

为了买这套内衣，师弟花去了近两个月的研究生津贴，整整八百多块钱。这样我们大家都成了师弟的债主。为此师弟每一步进展都要向我们汇报。在商场里我们看到那套乳白色的内衣穿在一个模特身上。那模特的体内有灯光设施，打开开关，模特周身发出一种乳白色的光辉。那套内衣在灯光下立刻就把大家迷住了。我们当即动员师弟把那套内衣从模特身上剥下来穿在女朋友身上。当时师弟没问价格，也没问尺寸，觉得那内衣穿在女朋友身上肯定合适。当开了票后才知是名牌，太贵，可又不好意思不买了。无论是师弟还是我们都是要面子的人，虽然师弟的钱不够，我们都毫不犹豫地给他凑齐了，这样我们便成了师弟的债主，对于他和女朋友蓝娜的一些事情便有了知情权。

师弟女朋友穿上那套内衣后开始陷入一种莫名的烦躁之中。每当她穿上师弟送给她的内衣就会失眠。她会感到师弟从四面八方地拥抱住了她，使她喘不过气来，使她在一种渴望和激情中百感交集。如果脱去内衣她又觉得心中空落落的，整个身体便会向一种深渊中沉没。这种熬煎使师弟女朋友在相当长一段时间痛苦不堪。

于是，在一个月圆之夜，师弟女朋友穿着我们为她凑钱买的那件乳白色的内衣和自己那件白色的长裙敲响了我们宿舍之门。

师弟打开门，看到她立在门前。她似乎很苦闷地望望我们大家，像一个莫名其妙的受害者，仿佛连申诉的力气都没有了。师弟甚至没来得及请她进来，便上前搂住了她，迫不及待地下楼向外去。月圆之夜的校园一贫如洗，有一点点风，校园内极少有三五成群者，不是成双成对的情侣，就是渴望成双成对的孤独者在徘徊。师弟搂着女朋友蓝娜一句话也没说，师弟觉得她全身都在发抖，用全部的身心贴住了自己。她那激情的冲击波一次又一次地向师弟冲去，师弟像一个海绵如饥似渴地将她的激情如数吸收。然后化作另外一种激情反馈给她。两人在校园内漫无目标地走着，在湖边走了一圈又一圈。最后几乎把最猛烈的激情都消耗在湖边了。两人像甩掉了一个大包袱，觉得心中轻松了许多，同时轻松又伴随着疲惫。这时两人都觉得该找个地方坐坐了。

可是，在月圆之夜。在这美丽而又静谧的校园里，找一个可坐的地方谈何容易。在湖边的垂柳下的长椅早被占领，剩下不少孤独者在长椅四周徘徊着守望。两人只有离开那风水宝地向黑暗和更黑暗中走去。在月圆之夜十分黑暗的地方是没有的，只有那浓绿的树荫下勉强可以藏身。只是当他们在一个地方停下来，慢慢适应了四周的光线，他们又发现四周随处都是潜伏者。两人无奈地在绿荫下四处乱走，就像一个急着下蛋的母鸡要找鸡窝。（这个比喻实在是俗不可耐，可是我也找不到更好的比喻来表达他们当时的心情了。）

最后他们来到了那湖边小院，这里莫名其妙地阒无人迹，一人多高的冬青将整个小院围得水泄不通。他们走在那用木片制作的门前，偶尔发现那门是虚掩着的。于是他们毫不犹豫地走了进去。

小院里仿佛已沉寂了一个世纪，两人被一种真正的沉静打动了。其实这里在白天还是人声鼎沸的。此时的湖边小院自然是没有人的，那虚掩的院门没锁，可能是哪位工作人员走时的疏忽。两人在月亮地里走了几圈，然后来到了那竹林边。两人顺着一条小路来到了竹林下，在一片自然而然的空处终于找到了可以坐下来休息的地方。

这是一片多么好的地方呀，几乎与世隔绝。月亮穿过竹叶疏朗地给了些少许光点，这使他们能互相看清对方贼溜溜的眼睛。地上的竹叶柔软如棉，似一张羊毛厚毯。两人席地而坐，蓝娜靠在师弟身边仿佛终身找到了依靠。两人长久地沉默着，几乎都在享受着这难得的一片净土。

这时师弟望望她问："我给你送的礼物合适吗？"（如果当时真这样问了，肯定是不怀好意。）她瞪了师弟一眼，说："害人的礼物！"师弟不由在心里得意地笑了，又问，"好看吗？"她没有回答，躺在了师弟的怀里，反问："你想看吗？"

这句话如一根闷棒一下击中了师弟，师弟觉得头"嗡"的一声响了。师弟紧紧地闭上了眼睛，只用口呼吸，这样师弟听到自己的呼吸气喘如牛。模特穿着那套内衣晶莹别透，华丽而又性感，那么女朋友蓝娜穿着会是什么样的呢？心里想着，师弟的手不知何时却有了行动。这样女朋友的白裙子如盖在模特身上的慢纱被师弟轻轻一扯便轻而易举地脱离了身子，那高雅而又洁白的长裙一瞬间便成了无人问津的幕布，堆放在一隅。这堆幕布后来被垫在了蓝娜的身下。

蓝娜穿着内衣的身体精彩绝伦。商场里的模特体内安有灯光装置，灯光从内向外，有一种晶莹别透的感觉；竹林中的蓝娜在月光下却奶白如玉。只是这种玉是有温度的，正应了那"温玉"

的世俗比喻。不一会儿,那套内衣便渐渐失去魅力不知不觉地成了无用的可恼的东西。师弟思谋着让那套内衣彻底退休,可是师弟的多次努力都没成功,因为蓝娜用手紧紧地抓住了师弟的双腕,师弟动弹不得。于是,两人便开始了一场不动声色的搏斗。如果有外人在竹林外听到了喘息声,还以为是一对情人在欣赏月下美景时发出的叹息。这是一场几近残酷的搏斗,一场真正的恶战。只是这场搏斗似乎没有任何形式的暴力。因为这场搏斗进攻是走了样的,躲闪得虚假而又缓慢,谨慎而又庄重。在搏斗的间歇,有充分的时间让羞答答的玫瑰静悄悄地开……

在搏斗最激烈的时候,师弟听到不远处有脚步之声,这声音让师弟兀然停止了一切活动。这时,师弟感到身下一热,同时师弟听到女朋友在身下惊悸地呻吟了一下。等脚步没有了,两人坐了起来。师弟把那白裙子盖在女朋友的身上,月光下两人看到那衣裙之上血迹斑斑。蓝娜望着那血迹哭了,她的哭泣寂寞无声。末了,她抬起头来恨恨地看着师弟说:"我恨你!"

师弟知道女朋友有理由恨他,因为他使蓝娜从一个女孩瞬间变成了女人,这种历史的转变是在双方都还没有思想准备时发生的。师弟不安地双手撑地坐在那里,这时师弟感到右手正压着一个柔软的东西。师弟好奇地抓起那东西,发现是一个谁用过的避孕套。师弟心中一阵恶心。这说明此地并不干净也不安全,在他们之前已有过人在这地方干过同一件事,而且是双方有预谋的。

师弟说:"我们快走,这儿不干净。"师弟连忙让女朋友穿好衣服,准备逃之夭夭。可是来不及了,几束手电光一起射向他们……

蓝其文教授的宝贝女儿蓝娜和一个研究生在校园内胡搞,被校保卫科巡逻队当场抓了个现行,此事一下便轰动了校园。俗话说好事不出门,坏事传千里。流言蜚语像春天的柳絮,在风中飘散,让你挥之不去。特别是在法学院的学生和教职员工中简直就引发了一场地震。大家议论纷纷。

本科生论证的是时间。有同学说是在一个月黑风高的夜晚，四周伸手不见五指，两个人搞得声音太大了，才被保卫科发现的。有同学说是在一个明月之夜，在月光下两个人抱成了一团阴影，这当然会被发现了。

研究生关心的是地点。因为有些正谈恋爱的同学认为，在校园内根本没有这么个好地方能出事。有同学说或许是在湖边的树林里，因为那里比较幽静；有同学说应该是在草坪的竹林里，那里虽然不幽静但乱中取静反而好成事；还有同学说肯定是在林荫道边的竹椅上，因为往往最不安全的地方最安全。

校工们的议论就有些庸俗了，他们关心的是方式。由于他们的想象有限，就此只能拿电影《红高粱》说事。他们边说边舔着嘴，认为这"红高粱"式的野合是张艺谋发明的，自然别有一番滋味。当然，持反对意见的也有。有一位校工居然说，肯定是坐在路边的竹椅上，男下女上，相拥相抱，什么事干不成？这位校工谈得形象生动，仿佛曾经有过这种经历似的，赢得了大家的喝彩。

当然，教授们绝不议论这么庸俗的话题，可是他们互相也想就此探讨一下，这样就有点犹抱琵琶半遮面了。他们探讨此事对德高望重的蓝教授之影响，并从中吸取一些教训，教育好自己的孩子不出类似的事。最后教授们叹口气，说，现在的世风每况愈下，社会环境简直是太糟糕了，直接影响到校园，孩子大了真让人不放心呀。

当时，我和王莞接到通知到院长办公室谈话，我对王莞说："这次师弟的祸闯大了，他现在不知躲到哪里去了，几天不见人影。师弟这次是在劫难逃，院里放过他，蓝老爷子这次也不会轻饶他。"王莞说："这又一次证明了女人是祸水呀。"

我和王莞一起进了院长办公室。院长问："你们邵先生啥时候回来?"王莞说:"我们已经给他打电话了,他明后天回来。"院长又问:"你们师弟李雨呢?"我和王莞互相望望不敢吭声。院长说:"你们师弟这下闯的祸可不小,我决定让他下学期出国。"

"什么?出国。"我和王莞愣了一下。

院长说:"我们和国外大学每年都有交流项目,互派留学生委托培养一年。今年你们这个专业就让李雨去吧。这件事我还没和你们邵先生商量,我想派李雨出去是没错的,省得他和蓝娜再弄出什么事来。让他假期哪也别去了,办护照,到时候统一签证。"我和王莞不知说什么才好。李雨那小子运气也太好了,本来出了这档子事我们还担心给他处分,没想到他却因祸得福,被派出国委托培养一年。这可是我们梦寐以求的事。这事放在别的专业还不知道怎么去勾心斗角呢!就因为院长是我们邵先生的师兄,所以这事就显得十分简单了。我和王莞在路上商量,一定要让师弟李雨请客,狠狠宰他一刀。不过,他小子检查还是要写的,这也是院长临走让我们给李雨带的话。我和王莞在路上商量准备好好整他一下,假传圣旨让他写五十页的检查,否则出不了国。写死他。

老板听说了李雨和蓝娜的事后,把李雨幽默得够呛。老板说:"李雨同学你行呀,在学术上暂时无法和我平起平坐,从其他方面努力了,想从弟子一举成为我的妹夫。"李雨咧咧嘴想笑,却没笑出来。

后来,当师弟第四次给蓝娜打电话时,她的回答是那样干脆而痛快。

你敢不爱!

注释5:我不得不对师弟和蓝娜后来的同居生活省略,因为那其中的内容有部分是他们的隐私。无论是绝对隐私还是相对隐私以及单身隐私,我都不会拿出来公布于众,因为侵犯人家的隐私是要负法律责任的。那是他们两个在那小平房里的生活内容。

我在上课时写爱情注释，被身边那位用白纸占位置的女生发现了。我写得正得意，身边的女生突然凑到我耳边说："你写的什么呀？"

我抬起头来学着她的腔调说："不告诉你。"

她瘪了一下嘴说："我都看到了，在注释一个爱情故事。"

我说："你怎么能这样，上课就上课怎么能偷看我写东西。如果你有兴趣研究一个爱情选题，你找一个爱情故事研究去吧，干嘛看别人的。"

她不屑一顾地说："我对研究别人的爱情故事没有兴趣，我只对制造爱情故事有兴趣。"

我暗暗心惊，正想说点什么，这时王莞凑过来问："你们在聊什么，这么热烈？"

我说："这位女生正向我打听你的情况。"

"真的？"王莞向那女生撩了一眼，那女生一下就读懂了王莞的目光，夸张地向王莞抛了个媚眼。我在一边偷着乐，我不知道这是在制造爱情故事还是在找寻爱情故事的新选题。

这时，下课了。下课后同学们便在教室门前围着老板聊天，聊着聊着有同学便在老板的车轮上跺了一脚，那车子便驴子一样叫起来，女生们便拿眼瞪那同学，弄得那同学窘迫着，脸都红了。那同学便往黑暗处钻。老板做出无所谓的样子，说有防盗装置也不好，一碰就大惊小怪。老板怪车不怪人的做法让那同学舒了口气。

10

无论从哪个方面说,老板的发展都是十分神速的。几年前我们还没考上老板的研究生时,他的知名度还只是在学术界。那时候他还没申请律师资格。没有律师资格的老板却意外地代理了一个案子。那也是他代理的第一宗案子。现在看来那完全是一次巧合,当时老板去南方开一个什么学术会议,在飞机上认识了民营企业家宋天元,这就是后来和老板过往甚密的宋总。宋总为了打官司不惜代价,不但出钱而且还出人。他把公司的公关小姐梦欣派到了老板身边,说是公司派往北京的法律联络员。

当时,老板在飞机上刚好和宋总坐在同排,两人很客气地交换了名片。当宋总得知身边坐着的就是著名大学的法学家、国内知名的邵教授时,眼睛一下就亮了。宋总激动地握着老板的手说:"邵教授,我久闻大名,今日在天上相遇,这是上帝的安排。"

老板对宋总的过激反应大感不解。一般情况下,大家萍水相逢出于礼貌交换一下名片客气几句也是有的,如宋总者就有些少见了。老板说:"请别客气,我只是一个穷教书的。"

宋总说:"你是教授我知道,但不会是一个穷教授吧,像你这样的知名法学家,在外面随便帮人打几个官司也就发财了。"

老板笑说:"诉讼代理是律师的事。"

"当教授也可以当律师呀。"宋总说。

"可以兼职当律师，我主要是没有时间。再说当律师去找案源也挺麻烦，我的学生有当律师的。"

宋总神秘地笑笑，说："邵教授如果有意帮人打官司，案子就摆在你面前。"

老板望望对方道："难道宋总要和人打官司？"

宋总无可奈何地叹了口气，摇摇头说："我本来不想和人打官司，谁不知和气生财的道理。可是对方要置你于死地而后快，你只有奋起还击，官司躲是躲不过去的。"

老板说："宋总别烦忧，把你的案子说来我听听。"老板得知宋总有法律纠纷来了兴趣。长期以来老板一直都在搜集案例。老板搜集案例已到了痴迷的程度。虽然法院每年都有很多审结的案例公布，可老板却不感兴趣。老板认为那些案例都是有了定论的，束缚了思路，无法激发他的灵感，没有挑战性。老板研究案例也需要新鲜、新奇、新意，这样才有刺激，才产生激情。从这个角度来说，老板是一个天生的好律师。

可是当时宋总却闭口不谈案子，全心全意地想说服老板做他的诉讼代理人。宋总说："邵教授愿意帮我打这个官司吗？"

老板说："我只是对案例感兴趣。"

宋总说："案情当然要说，关键是你愿不愿成为我的诉讼代理人。你不愿做我的代理人，案情说了也白说。"

"我不了解案情没有把握怎么敢轻言答应做你的诉讼代理人呢？"

"这案子对你这个名教授来说是小菜一碟。"

"那你说说案子吧。"

宋总说："你还是先答应我。"

两个人像孩子一样发生了争执。末了，宋总哈哈笑起来。宋总问："邵先生属牛的吧？"

"你怎么知道的？"老板不解。

"我也是属牛的，属牛的就是犟。"

"是嘛！"老板也哈哈笑起来。老板说，"我就是想帮你恐怕也无能为力。我现在还没申请律师资格，就是有资格了，还要等一年之后才能拿到执业证；拿到执业证后还要设立律师事务所。等我把所有手续办齐了，你的案子早结了。"

宋总又笑了，说："邵教授，有句话我说了你可别生气，你也太书生气了。不是律师就不能帮人打官司了？"

"那倒不是。"

"这就对了。我虽不懂什么法律，但《民法通则》和《民事诉讼法》我还是翻过的。《民事诉讼法》第五十八条规定：'律师、当事人的近亲属、有关的社会团体或者所在单位推荐人、经人民法院许可的其他公民，都可以被委托为诉讼代理人。'邵教授，我背得对不对？"

老板点着头，说："看不出你的记忆力这么好，背得一字不差。"

"唉——"宋总叹了口气说，"我是有病翻医书。谁没点麻烦翻那法条干什么？我那事只有诉诸法律了。我已找律师事务所咨询过，还没开口先谈钱，我不是舍不得钱，我根本信不过那些律师。我这个案子不仅仅是法律问题，不但打官司还要打关系。"

"我可没什么关系，也不认识大官。"老板说。

宋总神秘地微笑着望望老板，说："你教了几年书了？"

"十几年。"

"邵教授也是桃李满天下了。你的学生都分在什么单位？"

"没有什么当官的，有一部分当了律师，有一部分去了公、检、法。"

"在我们市有吗？"

"有。"

"这就对了，你代理的案子你的学生敢乱判吗？"

"谁也不能乱判呀,你可以上诉的。"

"任何一位法官都不敢乱判,这个我信。关键的问题是我们的法律现在还不健全,有些法律问题本身还有争议。这要看法官看问题的角度,站的角度不同判决就不同。这和政治斗争差不多,无所谓谁对谁错,关键看立场。如果你是我的代理人,你的学生肯定站在你的立场上来判案。"

老板听了宋总这番话,不由对宋总另眼相看,说:"宋总可以当个政治家,刚才你说的是法官的自由裁量权问题。"

"哪里,哪里,我只不过说出了普遍现象。"

"你那案子有多大标的,把你急成这个样子。"

"不瞒你说,这个案子关系我整个公司的生死存亡,如果我输了至少要拿出28%的股份,公司成立之初28%的股份也就五万多块钱,现在的28%价值两千多万。"

"你的公司发展得这么快。"

"越发展得快,内部争权夺利的斗争越残酷。"

"两千多万的标的,代理费近百万呀!"

"我知道你们的规矩,诉讼代理费一般在3%至5%,标的越大比例越小,我这个案子愿意出一百万元代理费。"

老板觉得可笑,谈着谈着谈到代理费上去了,这和案情无关。老板说:"看样子你知道的还不少。"

"我刚才都说了,为了打这个官司,我把该了解的都了解了,就是还没找到合适的代理人。如果邵教授愿意帮我打这个官司,一下飞机我就给你写委托书,诉讼费先付你一半,怎么样?"

老板只有苦笑,说:"你让我帮你可以,即便做了你的代理人,我也不敢收你的钱。《律师法》想必你也翻过,第十四条规定:'没有取得律师执业证书的人员,不得以律师名义执业,不得为牟取经济利益从事诉讼代理或者辩护业务。'我收你的钱是违法的。"

"你可以不以律师名义做我的诉讼代理。至于钱嘛……我给你现金，连个白条都不让你打。这事只有天知地知，你知我知。"

"你就不怕我不认账？"

"我百分之百相信你，你是赖账的人吗？"

"咱先不谈这些，你告诉我案情吧。"

"你先说同不同意吧！"

两个人相视一下又哈哈笑了。笑过了两人都不愿再说话。这样较劲太累了。后来，老板和那个宋总都睡着了。老板在飞机上做了一个梦。在梦中他走进了一个金碧辉煌的宫殿。在宫殿内到处都是金银财宝，老板捡呀捡呀的，正捡着猛然发现宋总正笑眯眯地望着自己。老板有些不好意思地笑笑，正要说点什么，一阵颠簸把老板颠醒了。老板睁开眼刚好面对宋总，梦中那不好意思的笑在脸上还没退去。这使老板有些羞赧。

宋总问："睡了？"

"睡了。"老板答。

"做了个好梦？"

"做了个好梦！"

"在天上做的好梦，在地下一般都能成为现实。"

"是吗！"

两人互相望望像是有了一种默契。

宋总使老板的美梦成为了现实。老板现在有多少钱谁也说不清楚，反正豪华别墅、宝马香车都有了，至于有没有小蜜……呵呵，作为他的学生不好乱说。当然老板也不是小气的人，案子结了之后他也多少给我们表示一下，经常请我们吃饭、泡吧、唱歌之类的。老板要求他的学生手机二十四小时开着。老板说："放心吧同学们，手机费由所里报销。"这当然会引起我们的一阵欢呼。

在同学们中间流行的几句话可以说明一些问题："读研要读邵教授的，打工要打邵主任的，泡妞要泡邵先生的。"

这几句话的意思是说读研读邵教授的将来找工作不用愁，只要邵教授帮你推荐一下，基本没问题。在读研期间给邵主任的律师事务所打工，报酬可观，不会成为贫困生。泡妞要泡邵先生的，因为邵先生律师事务所有一群漂亮妞。她们一律称老板为邵先生，只要能泡一个，衣、食、住、行都解决了。当然，这句话中还暗含一个人，那就是师姐。师姐也称老板为先生，只不过略去了姓氏，以示和那群让师姐不屑一顾的女同胞的区别。不过师姐没人敢去泡，想泡也泡不上，不信你问问师兄王莞，他在师姐身上花了不少精力吃过不少亏，至今没有追上。因为师姐柳条心目中只有老板。

老板对他的学生从来不厚此薄彼，一碗水绝对端得平。当师兄弟谁有好事了你不必嫉妒，好事情肯定会临到你的。所以，无论老板给谁派活，我们大家都会齐心协力帮助他完成，绝不互相拆台。

老板一般情况下不来学校，上课时才来，下了课开着车就走了。他也不在学校办公，他的律师事务所在校外租有写字楼，比学校的办公室豪华多了。我们平常要找老板，打他的手机就行了。如果老板找我们，他会让事务所的梦欣小姐打电话给我们。梦欣是宋总派往北京的法律联络员，在北京常年有包房，一切费用由北京的分公司出。老板后来把梦欣又安排到自己的律师事务所兼职，并且还发给了她一份工资。这样，梦欣的年薪已高达二十多万了。

梦欣小姐的声音十分好听，我们都喜欢她的声音。我们几个无论谁的心情不好，只要接到梦欣的电话，心情就像蓦然晴朗的天空极为开阔。这不仅仅因为梦欣是一位真正的美女，关键是梦欣的电话代表老板。老板找我们那肯定有好事，对于这一点我们深信不疑。只要老板单独给谁派个活，报酬是极为可观的。我曾经因在老板的授意下写了一篇几千字的文章在报上发表，拿过一万块钱。师兄曾帮老板写过一次小案子的代理词拿过两万块，所以，师兄在苦闷的时候可以去泡吧。

  师兄泡吧喜欢喝闷酒，这一点我们实在受不了。一般情况下泡吧总应该讲一些什么段子当下酒料吧。那些段子在酒吧中常常发酵成一个大气球，笑声往往会在气球爆炸声里响起，这样心中的郁闷便随着笑声散了。师兄不，师兄坐在那里一句话也不说，只是喝闷酒。我曾和师弟去过几次，一般情况下都是师兄请客。师兄在这方面大方而又实在。不过他也大方得起。在我们四个中师兄干得最出色，他在一个律师事务所实习，说是实习收入比一般公务员要高好几倍，所以师兄经常请我们喝酒。开始我们几个都愿意去，有人请客呀！后来先是师哥不去了，然后师弟也不干了。我虽然又坚持了几次，最后也不愿去了。即便是喝不掏钱的酒，闷着喝也难受呀！

11

对于师兄和他女朋友痛苦的恋爱关系，我们除了同情和关注外，都在尽力发挥着自己的想象，想办法让师兄把女朋友办了，让师兄的恋爱有些实质的内容。师兄一时办不了便独自到酒吧痛苦地泡。在师兄无数次出入那酒吧之后，他有了一个大收获，他又认识了一个女人。

师兄告诉我们这件事是在一天晚上，那天师兄显得有些激动，他一反常态从听众成了言说者，非常雄壮地宣布："我又认识了一个女人。"

此话一出我们便像林中的山雀听到了夜莺的高唱，安静了下来。大家都屏住呼吸鸦雀无声地等他的下文。虽然他半天没有下文，不过我们还是听出了他那雄性的用词。他告诉我们不是认识了一个女孩，而是认识了一个"女人"。女人和女孩的区别当然是不言而喻的。师兄说"女人"那两个字显得雄赳赳的，这比他谈女朋友显得气派多了，师兄真被女孩害苦了。

师兄在周末去泡吧，人很多，在师兄进去时基本上没有台位了。也许是老客户，服务生问师兄愿不愿意和陌生人同台。本来和陌生人同台，这在酒吧是比较烦的，又不是食堂，大家挤挤凑合着一顿饭工夫就算了。酒吧就不一样了，一泡就是好几个小时呢！和一个陌生人就没有感觉了，简直大煞风景。当然，这也有例外，看和谁同台了，如果是一个单身的、漂亮的女人那就另当别论了。

师兄在服务生带领下来到一个阴暗的角落。那个角落四周被木栅栏隔了一下，酒吧里本来黯淡的灯光照到那里便无能为力了。小桌上的红烛懒洋洋地发着光，火苗在气流中翩翩起舞。那里远离酒吧的中心位置，属于边缘地带。平常那地方会出现一些恋爱场面，而今天却独坐一位女士。师兄基本上看不清那位女士的脸，整个面部被长发挡去了多半，能看清的是那双出神的眼睛。

她双手托腮，目光专一地盯着红烛的火苗，像在欣赏千年的舞蹈。在她桌上摆了一本书，打开着，用一张名片当书签。一杯红葡萄酒已下去了大半，杯缘处留下了少许的残红。烟灰缸里一支燃去一半的香烟，烟雾正袅袅升起，在头顶上形成一部分雾霭⋯⋯

其实师兄站在酒吧间的出口处等位置时已注意她了，师兄觉得那位女士矫情得让人心动。而且，师兄觉得这种矫情的样子完全是摆给单身男人看的，就看单身男人敢不敢上了，当然这还要看合不合那女人的意。当服务生问师兄愿不愿意和那位女士同台时，师兄的回答十分含糊。服务生像是看穿了师兄的心事，抿嘴笑了笑，便领着师兄往那台子走去。

服务生十分礼貌地躬身问那女士，能加一位吗？那女士被服务生打扰后没有答话，只是极不耐烦地瞪了服务生一眼。不过，当她的目光从服务生头顶漫过落在师兄身上时，她不好意思地笑了，那种笑除了欣喜外还带有一些羞涩。师兄面对一位漂亮女人，目光会像两束火苗，赤裸裸地烫人家。后者似乎激灵了一下，被灼着了，下意识地将酒杯向自己手边移了移。这个小动作服务生和师兄都看在了眼里，服务生充满谢意地鞠了一躬，而师兄却反而现出庄重，款款落座。

关于"羞涩"只是师兄的感觉，因为师兄向我们诉说整个过程时用了这个词。当时我们觉得羞涩这个词用得肉麻。在酒吧里哪还有羞涩的女人呀！也就是说师兄被那位女士的羞涩感染了，也陪着羞涩了一回。按师兄的话说那位女士十分优雅，十分女人味，有一种成熟美，这正是师兄需要的一种女人。所以师兄自己当时也有些羞涩了。但凡人们碰到自己想要的东西都会不好意思，那就是羞涩了。

师兄在心里十分羞涩地把眼前的女士和自己的女朋友进行了一下比较。师兄觉得论漂亮，眼前的女士似乎还在女朋友董茵之下，但是这女士身上的气质是女朋友没有的。骨子里透出了一种所谓的文化气质，这种文化气质没有五六年在高等学府的修养和熏陶怕是出不来的。女朋友董茵在师兄心里就如在高原上采集圣火的圣女，让人可望而不可及，让人不敢有任何邪念；而眼前的女士让师兄怦然心动，而且有一种唾手可得之感。师兄对我们说，看到这样的女人，只要是两个人的时候，哪怕是荒郊野外，他都敢将她弄在怀里，一阵蹂躏，进行一次气吞山河的性爱。而自己女朋友却不行，即便是单独在一个房间，面对一张大床，他也没勇气碰她一下。最后师兄说，可见我并不是像你们说的那样胆小，而是看面对什么人。

开始两人都没说话，充分展示着各自的矜持。就连服务生送来扎啤，师兄也没说声谢字，很"酷"的样子。师兄煞有介事地喝着酒，时不时旋转着脑袋，仿佛正一心一意地欣赏酒吧里的音乐，虽然当时他心急如焚。那女士有一页没一页地翻着书，散漫而又随意，目光如漫无头绪的丝线，散落满桌。这种此时无声胜有声的交流十分充分地煎熬着各自的心。谁也不先说话，谁也不敢先说话，生怕第一句话会打破了最初的美妙感觉。

最后，一切都归功于那支蜡烛。那支蜡烛在师兄和女士的冷战中，已精疲力竭，将热情燃烧殆尽，渐渐熄灭。女士不由抬起头来，求救似地望望师兄。师兄读懂了女士的目光，声若铜钟地喊了一嗓子：

"服务生，换根蜡烛！"

服务生将蜡烛点燃后，师兄和那女士都由衷地对烛光说了声谢谢。当服务生回答不用谢时，师兄和那女士互相望望会心地笑了。他们知道感谢的并不是点燃烛光的人，而是烛光本身。

于是，师兄便邀请了那位女士跳舞。两人相拥着随轻柔的音乐摇晃。这时，在外人看来一定以为师兄和那女士是一对正热恋的情人。其实师兄这时候才和那女士说了第一句话。师兄问："你看的什么书？那么认真。"

女士答："《静静的顿河》。"

师兄"哦"了一声没敢吭声，因为师兄对文学没有研究。师兄后来对我们说，他其实知道那是一部长篇小说，是一个苏联人写的。我说，好在当时你有自知之明，没有像议论国内国际大事那样侃文学，否则不露怯才怪了，那就泡不上妞了。

不过，师兄当时却说了句最让女人动心的话。师兄说："这音乐真长，就像一条永远也不停顿的河。"当时，轻柔的音乐的确像一条河，经久不息，绵绵柔长，一点也没间断的意思，仿佛世界上所有的柔情舞曲都被编辑在一起了，组合得连一点间歇都没有。那音乐汇成的河连结了整个世界，从"蓝色的多瑙河"到"美丽的松花江上"，师兄和那位女士随波逐流，顺水而去，成了一对迷途者。

当师兄和那位女士迷途知返的时候，已是凌晨两点了。两个人走出酒吧后，才发现外头曾下了一场大雨，马路上的积水如一条真正的河。那女士在酒吧门前打开了自行车，两人肩并肩走了一段时间，在这段时间里两人只是默默地说着心里话，没有声音的传递。这时，两人在一盏路灯下停了下来，在金色的光芒之下，彼此都能看清对方脸上泛起的温柔之光。那女士望望师兄问："有女朋友吗？"

师兄有些轻松地笑了，这个话题其实早就压在各自的心上了，像一块石头，只是彼此都没敢去搬动它。师兄的回答是轻松的，几乎是不假思索的。

"没有！"

师兄这样回答时，虽然脑海里一瞬间出现了女朋友董茵的影子，不过师兄迅速便把那影子抹去了。师兄觉得在某种状态下无论有没有女朋友，都应该持否定态度，因为那是剧情的需要。在当时的情景中，师兄不愿回到现实中，他愿意成为一个剧中人，并忠于剧情。然后，师兄微笑着反问小姐：

"你呢？"

这种反问也基本上是台词，是一种符合剧情发展的台词。师兄觉得对方的回答也应当是早已写好的，和自己的回答基本相同。为此，师兄问完后并没想到对方的回答，只是意味深长地望望她，想笑。并且想说下句台词了。比方：这是一个多么美好的夜晚呀……只是，这些台词还没来得及说出，便被她的回答打断了，她说：

"有！"

师兄觉得像是被谁推了一下，有些站立不稳。师兄当然万万没想到对方会这样回答，这样回答会使剧情太过复杂。师兄定了定神，决定还是按照自己设计的剧情走。师兄像一位忧伤的王子，或者像一个被真正伤害了的痴情少年长长地叹了口气，然后道：

"真遗憾！"

无论是现实中还是在剧情中，师兄的这声长叹都是十分到位的，也是十分经典的。这声长叹出自多部文学作品，并对推动情节的发展起到过十分重要的作用。或许师兄的叹息是发自内心的，表达了师兄的多种情感。师兄叹了口气后便把目光投向了别处。师兄发现路上的积水少了，像暗礁一样的路面，在路灯下虽然还明晃晃的，但已没有河流的流畅。

这时，师兄听到对方说：

"有什么遗憾的，有了也可以吹嘛！"

如果说她刚才的回答只是推了师兄一把，而这句话就像冷不丁给师兄的一记重拳，这一拳打在师兄心上，使师兄痉挛了一下，有些吃不消。师兄茫然地望望她，觉得她是一个演戏的高手。她懂得将剧情设计得更加曲折，更加动人，更加出乎意料。真是一个文学爱好者呀！师兄暗暗感叹。

这时她又说："我走了，再见！"她说话中已骑上了自行车。

师兄这时突然无助地问："你走了我怎么办？"她回头笑笑，说："我会呼你的。"

师兄看到路面的积水在自行车轮子的碾轧下一派纷乱，哗啦啦地响着，卷起一圈水花。等她骑过马路进了校门，师兄还发愁地在路边等着。师兄自言自语地说，原来是本校的女生。被那女生自行车碾过的路平静了，依然像一条河，师兄不知如何渡过。

12

我们和老板见面在法学院小会议室。

老板的气色不错，西装革履，头发纹丝不乱，说话也心平气和，很儒雅。老板问大家最近怎么样。大家都不吭声，其实老板也没想让大家回答。这句问话是他说话前的开场白，就连上课都用这句问话开场。只不过老板的课上座率极高，有他的研究生，有本科生，其他专业的学生也来听。人多嘴杂，老板用这句问话开场时，不了解情况的同学就有人回答"还可以"，或者"不怎么样"之类的。所以老板上课前几分钟比较乱，嘻嘻哈哈地闹哄哄的。老板对这种局面充耳不闻，自顾自讲下去，七嘴八舌的说话声一会儿就平息了。

老板和我们在法学院的小会议室见面已成为惯例。大家坐在沙发上很有修养地准备听讲。所以当老板见面和我们打招呼，问最近怎么样时，大家都知道他的习惯，就不吭声。不久老板就会给我们讲外面的事情。

可是，师姐这次却贫嘴地回答了一句，说："不怎么样，就是想你了。"

师姐的话可谓发自内心，可这种公开表白却引起了大家的哄堂大笑。老板有些下不了台，脸上挂不住了，又不好保持沉默，就打个哈哈，说："我也想同学们呀！"

我们都听出来了，师姐是说她想老板了并没代表我们，老板的回答是面对大家的，也没单指师姐。老板和师姐的对话很能说明他们的微妙关系。

算起来第一次去小会议室和老板见面还是在两年前，那是他代理了"28%案"之后。所谓的28%案指的是老板给宋总代理的"天元公司诉杨甲天28%股份投资无效纠纷案。"从这个案名你就可以看出我方的观点，我们认为投资无效。如果对方起案名，他们会叫"杨甲天诉天元公司28%股份退出案"。可见，双方观点不同，连案名都不同。甚至连原、被告的位置都换了。事实上杨甲天是原告，后来老板让宋天元提出了反诉，所以双方既是原告，也是被告。在这里"天元"为公司的名字也是宋天元宋总的名字，为被告（反诉为原告）；杨甲天为宋天元的合伙人，为原告（反诉为被告）。

宋天元及李某、徐某、梁某早先都是铁哥们。所谓铁哥们就是"同过窗的，扛过枪的，分过赃的，嫖过娼的"。宋天元和李某、徐某、梁某属于"同过窗的"大学同学。宋天元和杨甲天属于"嫖过娼的"，他们称之为"唱歌"。宋天元说大家本来和杨甲天是在一起唱歌的好兄弟，所以大家才合计成立一个公司。公司由宋天元为法人并兼董事长及总经理，占股份22%；李某占股份18%为常务副总经理；徐某占股份17%为副总经理兼财务总监；梁某占股份15%为副总经理兼总工程师；杨甲天在当地有关系有势力，官不大能量却很大，是公司成立之初大家仰仗的靠山，所以大家都同意让他占28%的股份，虽然不在公司兼职，但可以享受公司领导的一切待遇。

公司注册资金为二十万元人民币。公司虽小也五脏俱全，大家在分股份时可能也没当回事，有些嬉戏的成分，啥多一点少一点的，大家都是哥们无所谓。所以当时杨甲天占28%的股份大家并没提出异议，况且占的股份越多，拿出的现金也越多。就是让其他股东多占一点股份，也拿不出钱来。就是这么点股本也还是东借西凑欠了一屁股债才弄来的。在公司成立之初，大家整天如履薄冰，提心吊胆，都怕把公司搞垮了血本无归，所以股东们十分团结，也很卖命。经过几年的努力，公司渐渐发展起来了。从一个注册资金只有二十万的小公司，几年后一跃成为年利润上千万元的大型民营企业。

企业发展起来后，争权夺利之事便开始了。我们称之为企业的"兵变"。企业的兵变在国内实在是太普遍了。著名的兰州黄河企业股份有限公司是一家乡镇企业，是中国十大啤酒集团之一，也是一家上市公司。这家公司由于兵变，在同一家公司，同一时间，在不同的地方召开了两个董事会。一个由董事长主持，一个由总经理主持⋯⋯

中国C网，兵变突起，冒出了两个董事会，两个董事长，两个总经理，接着发生对峙，不久拳脚相加。公司被迫宣布进入紧急状态⋯⋯

更著名的是联想集团，柳传志和倪光南的矛盾曝光，"柳、倪之战"成为国内重大新闻。在这场旷日持久的战争中，双方伤痕累累，有硬汉之称的柳传志当众遮面而泣，院士倪光南最后黯然离去⋯⋯

这种伤筋动骨的内战，往往是在企业发展起来之后，否则大家也没本钱折腾。

"28%"事实上也是一个"兵变"。公司发展起来后杨甲天首先发难，他提出当公司法人，当董事长。其理由是他占的股份最多，并且在哥几个中年龄也最大，既然平常都大哥、大哥地叫，那我就当一个名副其实的大哥。杨甲天的要求被宋天元拒绝，他联合其他股东提出反对意见，认为杨甲天没有直接参加过公司的经营，虽在公司的发展中利用自己的关系起到一些作用，但对公司的业务也不熟，没有管理公司的能力。大家也都认为杨甲天没有必要当法人，不当法人你也是公司的最大股东，分红没少你一个,工资和法人一样,专车也是豪华的,一切待遇都是董事长的规格,你何必要当法人呢!再说当了法人就要离开所在的位置,自然少了层关系和背景,对公司今后的发展也不利。

杨甲天的要求遭到拒绝后有些恼羞成怒,也就失去了理智。他首先向公安局举报,说公司"偷税漏税",宋天元本人也有"诈骗"嫌疑。由于杨甲天在公安局有熟人,宋天元被公安局收审,时间长达九十九天。后经检察机关调查,认为此案子虚乌有,案由不成立,予以撤销,宋天元无罪释放。在宋天元收审期间杨甲天曾想变换法人未果,因为杨甲天的所作所为引起了其他股东的不满,犯了众怒。宋天元放出来之后自然没有杨甲天的好果子吃。这样,杨甲天便首先向法院提起诉讼,要求"退股"。如果杨甲天退股,那就意味着公司垮台,按现在的比例杨甲天退出,公司不但没有任何流动资金,连办公楼恐怕也要劈一半。

就在这个时候宋天元和我们老板在飞机上相遇,宋天元见了我们老板,自然就像见了救星一样。老板后来代理了这个案子,从那之后老板便开始了他的律师生涯。回到北京后老板便在法学院小会议室召集他的弟子们开会,那是我第一次以弟子身份参加案例的讨论会,也是第一次见到梦欣小姐,是她给我们介绍的案情。从那之后每次老板代理了新案子必然要召集大家开案例讨论会,梦欣小姐便成了当然的案情介绍人。和老板见过面,老板往往要请我们撮一顿。

一次,老板请我们吃饭,多喝了几杯,居然开始和我们称兄道弟。老板大着舌头说:"你们知道我为什么中文系毕业后要考法律系的研究生吗?"

师兄王莞说:"不是为了完善自己的知识结构,达到合情合理的圆满嘛!"王莞打了饱嗝,拍着老板的肩说,"老板,你这是在考我们吧,这是你给我们研究生上的第一堂课,不会忘,不会忘的,同学们私下都叫你……邵圆满。"

"哈哈……"老板傻笑了一下，骂了句粗话，说，"狗屁，什么为了完善自己的知识结构，为了达到合情合理的圆满。那些话都是应付蓝老爷子的面试。"老板语重心长地说，"每一个人都有两种话语方式，一种在公开场合，是摆在桌面上说的；一种是私下里说的。往往私下里说的话才是真话。桌面上的话放在私下说，人家会说你打官腔；私下说的话摆在桌面上说，人家会说你没水平。其实什么是真话，什么是假话，大家心里都清楚。有些话是不能说破的。"

甄珠师妹问："邵老师，那你为什么改专业？能不能说真话？"

老板嘻嘻笑了，说："今天是在酒桌上，说的酒话。什么是酒话呢，不是实话，也不是假话……"

后来我们理解所谓的酒话其实就是真话，只不过这种真话要喝醉了才说，酒醒了可以不承认。酒话和官话不同，官话是在主席台上或者电视台里大官或者大官人说的。那些是大话也是空话，放之四海而皆准。即便是小官人只要往镜头前一站也能官话连珠。酒话和实话也不同，现在的实话真实的成分越来越少了，所谓的实话实说已经是电视上做秀的主要栏目了。只有酒话才是真话，酒后吐真言嘛。因为一个人喝多了一般不会上主席台也不会让他上电视台，也就没有必要说官话，也说不出那大而空的官话了。还有就是人喝多了舌头不打弯，也不会做秀了，所以喝多了只能说真话。

老板说："你们都是我的弟子，没有外人，我说句酒话吧，我考法学研究生当时只有一个目的，那就是为俺爹报仇雪恨，把那支书告倒。"

大家听老板这样说都笑了。

"好笑吧！"老板说，"我当时真的是这样想的，现在看来是有点幼稚。办完俺爹的丧事后我就回到了学校，我在湖边为俺爹吹了一阵箫，然后在心里暗下决心。君子报仇十年不晚，我要考法学研究生，毕业后分回家乡的法院，然后再法办那个支书。"

三师弟张岩问："那你后来为爹报仇了吗？"

"报个屁，我研究生还没毕业时回了一趟老家，那支书已经下台了。他不在位置上连个臭狗屎都不如。在位时干了太多的坏事，下台了村里人都不理他。他也活不了多久了，酒喝多了，酒精中毒，基本上是个废人了。在村里见了他我沮丧极了，就像一个找不到目标的斗士。再说，真的告他上法庭我也找不到他什么罪状了。告他不人道，告他横征暴敛……那都是过去的事了。他贪污的那点小钱该退赔的退赔了，组织上该处理的也处理了，你说我还告他个什么劲呀。"

甄珠师妹说："至少让村里把你家的牛钱退赔了吧？"

"怎么退赔？我找谁退赔？那钱后来让支书分给了村里人。即便我打赢了官司，我能去一家一户地把钱要回来？再说，法律的宗旨是维护一种现存的秩序，维护一种安定。如果你去翻旧账，那就是破坏现有的秩序，引起社会的不安定，这违背立法的宗旨。为什么法律中要规定诉讼时效呢？在诉讼时效过去后你就无权再进行诉讼，从而破坏已有的秩序。民间也有一句话，叫过了这村就没那店了。"

王莞说："你父亲那事还没过诉讼时效吧？"

老板说："我刚才阐述的是法律精神，具体到我父亲那事，我即便是能要回那钱，我也不会要了。村里人已经把钱分了，而且都心安理得，我让村里人退钱，将来我母亲和弟妹怎么在村里生活？再说，那几个钱值得我去费心费劲的要吗？还不够浪费我时间的。"

老孟说："那不是钱的问题。"

"那是什么问题呢？"老板说，"最终也证明不了什么，证明我父亲被电打死前没割过线有什么意义呢？我爹割线被电打死了这是事实，至于过去割没割过已经不重要了。他挂在电线上三天，谁都看到了。后来我回老家把我母亲、弟妹接到县城住，村里人都出来送。大家还在议论我爹的事。说这是邵家的老大，现在出息了，当了教授，发达了，把娘接到县城了，听说在县城买了房子。有人就叹气说，可惜老邵无福享受了，他为供老大上大学偷电线被打死了。又有人说，值啦，如果我儿子能上大学当教授，我被电打死十次也干。"

老板这么一说，我们都笑了，敢情他父亲成了乡亲们心目中舍己供儿上大学的英雄了。

老板说："是呀，什么都有官方用语和民间用语。如果现在有一个记者去采访，问我父亲的事，村里人肯定不会这么说。"

师姐说："不过，父亲当年实在太惨了。"

老板说："为了不让母亲触景生情，也为了让弟妹抬起头来做人，我把他们弄到了县城，结果为买的那房子还打了一场官司。"

老板所说的官司我们都有耳闻，就是那著名的"楼梯案"。当时老板还没有当律师，留校几年还是一个副教授。虽然老板当时还不算富裕，住在学校的筒子楼里，但他还是存了几万块钱。老板为老母买了房子，把一家人接到了县城。可是，那房子住了没三年就和楼下的业主为楼梯发生了纠纷。

师弟李雨说："你那著名的楼梯案，是师娘告诉我们的。当年她好像还帮了你一把。"

老板顿了顿说："你们师娘处处都想展示自己的能耐。"

大家见老板谈师娘不悦，便转移了话题，李雨便说："你第一个女朋友好像不是现在的师娘……"

老板笑了，老板不想谈师娘却愿意谈过去的女朋友。老板装着很不高兴的样子指着李雨说："你在背后尽打听为师的隐私。"

"没有！"李雨有些不好意思。

老板说："这都是蓝老爷子的千金我那小师妹蓝娜告诉你的吧？"

"嘿嘿……"李雨笑。

无论何时老板一提到前女朋友脸上便会放出光彩来，不用问他都会说和前女朋友的故事。不过，老板和他前女朋友的故事一点也不圆满，所以老板谈到前女朋友总是露出遗憾的表情。

老板说："你们师娘赵茹影是我第二个女朋友，也是我的师妹。她是我师兄也就是现在的法学院院长做的媒。我第一个女朋友叫曲霞，经济管理系的，她后来出国了。她开始是反对我改变专业的。"

老板当时把为父报仇，改学法律的想法告诉了女朋友曲霞。曲霞叹了口气说："景文，我能理解你的心情，我也恨那个支书。可是如果你因为父仇去改变自己的专业，那是十分荒唐的。你喜欢的文学怎么办？你不是立志要当作家，当诗人嘛！"

邵景文红着眼说："诗人，诗人能为俺爹报仇吗？！"

曲霞说："你就是把一个村支书拉下台又能怎么样呢？难道为一个村支书连自己的理想都不要了？"

"你一点也不理解我，也不了解我。"

"我太了解你了，你想为父亲报仇这个我能理解，但是你要为此而改变自己的人生道路这就让人无法理解了。你从小受苦，是在苦难中浸泡大的。你身上有一种忧郁的气质，而这正是一个诗人必备的，也是诗人特有的。如果你坚持下去，我相信你能成功。"

老板说："你不用劝我，我已经决定了。你要出国考托福我都没拦你，我考法学研究生你也别管。"

曲霞只有不吭声了。

在老板和他女朋友快毕业时，两人决定合出一本诗集，算是为自己的文学梦画一个句号。那时候老板已顺利地通过了蓝教授的面试，而曲霞也联系好了出国留学。那本诗集的名字叫《电》，老板曾送给过我们一本。诗集中曲霞的诗作占了三分之一。集子收录了老板当时的最新作品，怀念父亲是诗集的主要内容。为此，老板还在那诗集的封面上加了一个副标题，叫"——献给我的父亲"。诗集中有这样的诗句：

> 父亲像硕大的纸鸢
> 挂在闪电的末梢
> 在暴雨中淋湿
> 在太阳下晒干
> 在母亲的哭泣中颤抖
> 在人群的围观中蒙羞
> 而秋天的风却高兴地吹
> 父亲的灵魂随风而去。

诗集整理出来后，两人十分激动地寄给了某家出版社。两个人甚至认为这本诗集出版后将引起诗坛的轰动，将被人们传颂，将被写入文学史，将千古流传……而他们的爱情故事也将感动千千万万的人。

可是，诗集寄出去没过多久便迅速地被退回了，出版社连一句片言只语都没有。两人觉得这个出版社不识货，然后又寄了一家，不久诗集又被退回了。就这样退了寄，寄了退，终于有一位好心的编辑给他们写了一封信。信中说，并不是你们的诗稿不好才被退回的，其实我从你们的诗里读到了我年轻时的激情。关键是现在诗集根本卖不出去，出诗集出版社是肯定亏本的。你们也知道现在都和经济效益挂钩了，哪个责任编辑出的书亏本，就扣那个编辑的奖金。你们都是很有才华的大学生，建议你们写点别的，也许我们将来会有合作的机会。

这位编辑语重心长,实话实说,一点都不虚情假意。后来曲霞找到了这位编辑商谈自费出书,包销。可是一个书号在当时最少也得五千元,更不用说还有印刷费了。就老板的经济条件哪怕是不吃不喝,也没能力自费出书。

在大学毕业的最后日子里,曲霞一直为诗集的出版而努力。可是那诗集最终也没有真正出版。后来诗集由曲霞掏出一千块钱打印、复印、装订了几十本,算是给自己一个交待。在诗集印出的那天晚上,两个人望着一堆书一派茫然,连翻翻的心情都没有了。后来两人都很沉重地走进了校园。当时校园内正热闹非凡,草坪上围坐着一堆一堆的学生,大家正兴高采烈地吃着自带的水果。两人找了一片空处坐下,望着草坪上欢快的学生,曲霞沉沉地说:"你看同学们正享受毕业前的轻松呢,我们却为那本破诗集劳命伤财。"

邵景文说:"我一开始就反对出什么诗集,你看,得不偿失吧?"

曲霞叹了口气说:"虽然你改变专业的原因我觉得可笑,显得幼稚,但是你改变专业本身也许是对的。"

"你支持我考法学研究生了?"邵景文得意地望望曲霞。

"是的,"曲霞说,"我算是看透了,现在搞改革开放,以经济建设为中心,文学注定要边缘化。"

邵景文说:"我看得还没那么远,我只觉得应当学一门更实用的专业。比方你的专业就不错呀!"

曲霞说:"我的专业是我爸为我选的,现在看来还是我爸有眼光。我老爸曾对我说,文学可以当业余爱好,但不能当成职业。我考大学本来想填中文系,后来在我老爸的坚持下才读了经济管理专业。"

邵景文说:"经济管理也不错呀,如果我的高等数学好一点,我也会考虑考经济或者管理专业的研究生的。"

曲霞笑笑说:"你要是真考我专业的研究生,我肯定要反对的。你学法律,我学经济,咱俩优势互补。一家人学一个专业那是一种浪费。"

邵景文听女友这样说,便激动地在女友脸上吻了一下,然后又叹了口气说:"还不知道我们能不能成为一家人呢!你一出国我们将来会怎么样天知道。"

曲霞说:"你不要太悲观,我出去只不过拿个学位,我学成后是要回来的。我老爸还等着我回国接班呢。"

邵景文问:"你老爸到底是干什么的?我问了几次你都不说。"

曲霞神秘地笑笑,说:"我不愿告诉你,怕你有压力,我老爸其实就是现在人们说的大款。"

"噢——"邵景文睁大了眼睛,有些嬉戏地问,"有多少钱,是百万富翁还是千万富翁?"

"我也不知道我爸有多少钱,反正汽车是有了。"

邵景文笑着说:"这真叫穷秀才抱着个千金小姐还为吃饭发愁。"

曲霞说:"我也不是什么千金小姐,我出身也是贫农,是无产阶级。我爸本来是一个小官,看透了官场的腐败,辞职下海开了公司。父亲的公司越做越大,他现在野心勃勃,希望将来把业务拓展到国外,所以他要送我出国留学。"

邵景文问:"你的签证什么时候下来?"

"快了,再等一个多月吧!"

邵景文用力搂着曲霞说:"没想到还有一个多月我们就天各一方了。"

曲霞紧紧地贴着邵景文,在耳边充满柔情地问:"你是不是恋舍不得我?"

邵景文又叹了口气道:"你说呢?"

曲霞低声说:"要不我们在校外租一套房子吧,在最后一个多月我们时时刻刻都在一起。"

"时时刻刻在一起……"邵景文品味着女朋友的这句话,然后贼头贼脑地问,"连睡觉也在一起?"

曲霞望着邵景文笑了,用手指点着邵景文的脑袋娇嗔着说:"去你的,看你色迷迷的样子,这下你总放心了吧。"

"放心,放心……"邵景文嘿嘿笑了。

曲霞说:"我们明天就去找房子,去寻找我们的玫瑰房间。"

邵景文说:"又要用你的钱了。"

"什么你的我的,我连人都快是你的了。"曲霞说着将邵景文按在草坪上,两个人便在那里打滚。情人们在草坪上打滚是常有的现象,没有人会注意他们。

13

多年前老板和他的初恋情人为了同居手挽手地去找房子,这个过程显得暧昧而又刺激,复杂又辛苦。后来,当老板和我们谈到那个过程时,显得还是那样激动。只是老板和初恋情人预谋的同居生活最终也没能成功。这次失败给老板留下了一生中最大的遗憾,使老板谈起此事便处在一种向往之中。这又该证明那句"越是得不到的越觉得珍贵"的时髦用语了。我们看到在八十年代的大街上,老板和他的初恋情人行色匆匆,东张西望,像一对出道不久的小偷。在他们前面有一位房屋中介公司的业务员,业务员望着沉沉的暮色,时时停下脚步发愁地等待着他们。也许两人紧紧握住的手心里都是汗,哪怕是碰到最要好的同学也会使他们惊惶失措。老板青春期时的偷情,现在讲起来还是那样让人着迷。

八十年代的房屋租赁市场一派混乱,骗子多多,加上老板和女友又是初尝禁果,有些做贼心虚,所以他们根本无法判断中介公司设下的陷阱。在中介公司,几位无所事事的业务员见有业务送上门来,便像苍蝇一样嗡地一下围了过来。当得知两人找房子的要求后,业务员一连声说了无数个"有",并十分惊喜地说:"真是太巧了,就在你们学校西门,二居室才八百元一个月,而且马上可以带你们去看房子。"业务员说着当即给房东挂了电话,并约好了见面地点。

没想到找房子这么容易，两人觉得这是上帝在成全他们。两人在走进中介公司时还犹豫过，因为中介公司的不好名声他们也有耳闻。可是，不找中介公司怎么办，来不及了。时间不等人，只有一个多月的时间，春宵一刻值千金呀！

在业务员的游说下，两人当即和一个叫"政通嘉业"的中介公司签了一份《房屋租赁责任委托书》，并交了八百元的中介费。

当两人紧跟着业务员来到那处被说得天花乱坠的二居室时，他们大吃一惊。这个月租金八百元的两居室简直不能住人，一间堆满了杂物，另一间养了几十只鸡，不大的门厅里四处是鸡屎。房东说："那堆东西的屋子你们最好别乱动，晚上也最好早点睡，别影响我那鸡的休息，鸡休息不好是不下蛋的！"

邵景文问："我们住哪？"

房东说："这厅那么大还不够你们住呀，摆个床就住了，厨房、厕所都有。"

邵景文愤怒地冲出了房子，在门口冲业务员吼："他妈的，让我们住在鸡窝里，我们花八百元为他看鸡来了。"

业务员说："我们也不知他房子里养着鸡，没关系，你们不满意我们明天可以再看其他房子。如果不想找了还可以退中介费。"

两人一听业务员这样说，气也就消了，说好明天再看房。临走时业务员拿出了出租车票，说先把车费报了。邵景文说："没找到房子为什么要替你付出租车费？"

业务员拿出委托书说："这上面第二条第四款写得很清楚，看房期间，乙方带甲方看房的车费凭票由甲方支付。如服务成功，则由乙方承担。"业务员说，"这只不过由你们先垫付，等租到房子后我们公司报销。"

邵景文极不情愿地把车费给了业务员。两人回到学校心情都

81

不好，那房子和两人幻想的玫瑰房间相差太远了。

这样两人便登上了漫漫的看房路。在一个多星期里两人几乎天天看房，有时一天要看两处，最后出租车费都垫了二三百了，也没找到心中的玫瑰房间。在一次次的绝望后，两人决定中止委托，要求中介公司退中介费。

"好吧！"公司经理非常干脆，"你们先写一个撤销委托的申请。"

邵景文很潇洒地刷刷刷迅速写了一个申请。公司经理接过申请如获至宝，说："你们明天来吧，申请要总经理批一下。"

第二天，两个人如约前往。

经理说："你们的申请总经理没有批下来。"

邵景文问："为什么？"

经理指着《房屋租赁责任委托书》说："你们看第二条第五款：'如甲方所看房屋均不满意，应在本委托书期满第二天退款，并应携带本委托书，收据及身份证件来我公司办理。我公司退款只在指定日期，如在指定日期未能来办理退款事宜，则视为自动放弃。'"经理又指着第五条第一款说，"如甲方违反本协议任何条款，则自愿由乙方全额扣除信息咨询服务费押金，作为违约赔偿金。"又指着第二款说，"在委托期内，甲乙双方不得单方终止本协议，否则视为违约。"经理抬起头望望两人，笑笑，"你们这是单方终止协议，违约金不退。"

"什么？"邵景文暴跳如雷，"你敢不退我钱，我砸烂你的狗头。"

经理笑笑说："要砸便砸，喊什么喊，只要你敢砸，什么事都好办了。"说着向四周的业务使了个眼色。

曲霞见状连忙将邵景文拉住了，说："走走走，他们不就是想骗那点中介费嘛，给他们。"

邵景文指着经理发誓说："你别想拿这破委托书和我抠条

款,告诉你,你瞎了眼了,我是堂堂正正的法学研究生,还怕你和我抠条款,咱们走着瞧。"

经理说:"那好呀,你们去法院告我们,我等着。"

邵景文大声喊道:"我不去告你誓不为人。"

走在大街上,两人沉重得都不吭声。邵景文觉得在女友面前丢尽了脸面,一个未来的法学研究生居然让一个小中介公司"依法"拿住了,这实在让人难咽这口气。在后来的日子里,两人也无心找房子了,邵景文也无颜见女友了,整天躲在图书馆里查有关政策法规,阅读法律文献,研究《房屋租赁责任委托书》,寻找其中之破绽,下决心和中介公司打一场官司。

一周后,邵景文写出了起诉书。他找到女朋友曲霞,把起诉书给曲霞看。曲霞望望邵景文说:"这一个星期你都在写这个东西?"

邵景文愤愤然地说:"是的。你放心,我不把那八百元钱要回来誓不为人。"

曲霞说:"不就是八百元钱嘛,我看算了。"

"怎么能算了呢?"邵景文坚定地说,"这不是钱的问题,人活一口气。我不把那骗去的钱要回来,我还有脸见人吗?"

曲霞说:"我理解你的心情,可是,可是我们没时间了呀!"

邵景文说:"我有的是时间。读研究生期间我慢慢和他们打这场官司,权当我实习了。我又不用请律师,连律师费都省了。"

"唉——"曲霞叹了口气,说:"你这个人有时候就是犟,偏执得让人无法忍受。不就是八百块钱嘛,我都说无所谓的。"

"你无所谓我有所谓。别忘了我爹为了几十块钱去割电线送了命。八百元对你这位千金小姐也许是个小数目,可是对我来说就是一个大数目。"邵景文振振有词。

"你在乎什么呀,这钱又不是你的。"曲霞动了气。

邵景文冷笑了一下说："的确不是我的，但是从我手里被骗去的。我不能甩手不管。"邵景文最后喊道，"难道就这样算了？难道让他们逍遥法外？"

曲霞望了望邵景文转身离去。

14

谁也没想到,我们老板在年轻时为了和女友寻找那玫瑰房间差点进行了一场诉讼。如果真进行了诉讼,那将是老板一生中打的第一个官司。可是,老板和中介公司的官司还没打成,老板的女友曲霞的行程已经到了。

第二天就要上飞机了,曲霞晚上找到了邵景文,两人再次来到了草坪。曲霞不提就要来临的分别,故作轻松地说:"你那起诉书我看了,写得真好,文采飞扬,说理明确,适用法条准确,我想将来你会成为一个大律师的。"

邵景文眼望星空踌躇满志,说:"我发誓要当一个好律师,用法律的手段为千千万万的受害者讨回公道。"

曲霞说:"你真要打这个官司?"

"那还有假。"

曲霞说:"你想过吗?打这个官司要用多少时间,多少精力?即便你不需要请律师,但是法院的诉讼费你要支付吧?"

邵景文说:"我有时间,有精力,也掏得起那笔法院的诉讼费,即便掏不起我借钱也要打这场官司。我已在起诉书上写明了,诉讼费由败诉方支付。"

曲霞说:"你不觉得你花的代价太大了吗?为了这个所谓的案子,你已经把我们在一起的最后日子都用上了。这些日子对我们来说是多么美好,又是多么重要,这是八百块钱能买到的吗?"

邵景文叹了口气说:"都怪那该死的中介公司。"

"是的,中介公司是让人恨,但你为什么不从自己找找原因呢。我们完全可以把那事放在一边,两人幸福地在一起生活一个月。大不了我们去宾馆开房间。"

"可是,我能把那事放在一边吗?我如何面对自己?面对你呢?"

曲霞摇了摇头说:"我不想和你争,明天我就要走了,我只想告诉你法律只是解决问题的一种方式,但不是唯一的方式。当我们用法律这种方式解决问题时,我们不能不顾成本,意气用事。说穿了法律也是讲诉讼成本的,也要讲投入和产出。即便你本人可以不计后果,不计成本,你也应当为整个社会计算一下成本。就拿这个租房案来说吧,如果你真的进行了一场诉讼,一旦进入程序,整个司法,审判、执行,监督等程序都要运转起来,这个运转的过程你算过需要多少时间和金钱,多少成本了吗?这些国家机器可是纳税人养起来的。为什么不让他们去办理标的更大更重要的案子呢?也许有人会说,不要光看案子的标的,应当看到人们法律意识的觉醒,用法律的手段保护自己的合法权利,这是人类的一种进步……我们不能为了唤醒人们法律意识的觉醒而去鼓励人们乱用诉权。这种唤醒的方式是不是花的成本也太大了。如果大家都为一些屁大的事去打官司,并美其名曰为了唤醒人们的法律意识,或者为了讨个说法,出口气。我们的法院无论如何也忙不过来,也承受不了压力。"

邵景文说:"你的观点不是没有道理,但是,人总要坚持原则吧。古人云:人活一口气。"

曲霞说:"你别忘了还有'退后一步自然宽'也是古人说的。"

"过分的忍让是怯懦的表现。"邵景文愤愤然。

"好吧，我不想和你争论。我明天就要上飞机了，咱们早点休息。"

"那明天我送你。"

曲霞望望邵景文欲言又止，转身离去。

那一夜老板和他的女友肯定都没有睡着，两人心中都有一种怨气。谁也说不清在分别的最后时刻怎么会搞成这样。虽然在曲霞上飞机时，老板都没放弃打这场官司，但是当女友走后，老板回到宿舍一头栽在床上，连想想这件事的力气都没有了。老板为此用去了太多的精力，老板一个人在宿舍里吃了睡，睡了又吃，无所事事地过了好多天。随着时间的推移，老板更不想翻开那痛苦的一页。后来那官司便不了了之了。再后来那官司成了我们老板嘴里的故事，老板十分遗憾地告诉我们他和初恋女友的最后一个月的经历。老板并不遗憾他没打成那个官司，老板遗憾的是最终也没能和女友进行一次亲密接触。这使老板把本来属于自己的女人，拱手让给了一个假洋鬼子。

这种遗憾和懊悔对于老板来说是永恒的。

在老板后来的律师生涯中，他也许认真思考过初恋女友临行前的忠告，对于那些小标的案子他基本上是拒绝代理的，并劝阻当事人停止诉讼，双方通过谈判解决。

当然，在老板开律师事务所之前，也就是说在成为别人的诉讼代理人之前，老板也曾身不由己地为自己打了一场标的并不大旷日持久的官司。这就是那著名的楼梯案。当时老板连婚都还没有结，老板用了几年的积累通过中学同学去县城为母亲买了房子，没想到房子没住几年就没法住了，楼下的业主不让走楼梯。于是，老板被迫回老家为楼梯和人家打了一场官司。

以下是老板当年打官司时，某媒体的一篇有代表性的文章。该文章的副标题为："家住二三楼，楼梯不让走，墙外搭木梯，回家让人愁"。正标题为："回家难，难于上青天"。引题为：

"常回家看看，没门；木梯子搭墙，有窗"。文章如下：

"楼上楼下，电灯电话"……这是五六十年代人们梦想的现代化，是那个时代人们对自己居住条件的一种理想。能住上楼房是让人向往的事。

现如今住楼房已经十分普遍了，住楼房自然分楼上楼下的。除一楼的住户外，二楼以上的住户回家肯定要爬楼梯。可是，如果一楼的住户声称有独立产权不让你使用楼梯，你该怎么办？莫笑，不要觉得这问题荒唐，这是现实生活中的真事。而且官司已从基层法院、中级法院、高级法院，打到最高人民检察院了。

有一户叫邵景武的人家（邵景武为我们老板邵景文的弟弟。笔者注），家住二三楼，因为不能走楼内的楼梯，他们每天只能用木梯子搭在墙上，上下楼。邵景武一家有十多口人，四世同堂，上有八十岁的老母（我们老板的母亲当年只有六十多岁，此为记者的春秋笔法。笔者注），下有五岁的小孙。楼上没厕所，老太太要想方便一下得先弄得全家不方便一回；小孙女去幼儿园之前，得先坐一下自己家的滑滑梯……一家人的生存状态有点"返璞归真"。

邵景武所住三层小楼，是几年以前机电公司和外贸公司两个单位合建的。建成后外贸公司在二三楼办公，拥有二三楼产权。机电公司在一楼经营机电产品拥有一楼产权。虽然两个单位在使用一楼楼梯的问题有过矛盾，但楼梯还是走了十年。后来外贸公司迁往自己新建的办公楼，二三楼卖给了邵景武。

邵景武一家走楼内楼梯一月有余，邵景武没法走了。因为一楼是门面要营业，门厅和楼道被商品全占了。于是和对方协商，自己先在外面建个临时楼梯，走着。这一走就走了三年。

三年后楼梯失修，邵景武要求走楼内楼梯，双方发生争执。对方说当初有协议，你同意永远不走楼内楼梯的。邵景武说你们当初答应我随时可以改走楼内楼梯的……

双方争执一起，自然引起有关部门的关注。县建筑质量监督站认为私自在户外搭建楼梯属于违章建筑，必须立即拆除。年底，室外楼梯拆除。由于对方不让走楼内楼梯，一家只有在墙外搭木梯上下楼。为了要回自己走楼内楼梯的权利，邵景武向县人民法院起诉。

不久县人民法院一审判决，邵景武已在室外楼梯走了三年，致使他现在要求走室内楼梯的请求，已超过了两年的诉讼时效，法院不予支持，判决不能通过一楼楼梯。

邵景武对此不服，上诉到市中级人民法院。

市中级人民法院撤销了县人民法院的一审判决，认为可以通行。认为邵景武的请求没有超过两年的时效期，时效期应从邵景武提出诉讼那天算起。另外，邵景武三年前在外搭建楼梯属于违章建筑，如果双方有协议，协议违法属无效协议，应恢复原状。邵景武应走楼内楼梯不存在诉讼时效问题。

机电公司对二审不服又申诉到省高院。

省高级人民法院又将市中级人民法院的判决撤销。认为邵景武所主张权利已超过我国法律规定的诉讼时效。

省高院让邵景武自行在原来搭建的临时楼梯处重新修建室外楼梯。邵景武依照省高院判决向县消防大队提出申请。消防大队认为占用了消防通道，不允许建室外楼梯。另外，根据《建筑法》规定，楼梯的净宽度必须够一米，而邵景武所住楼和另一建筑物距离也只有七十公分，建楼梯也是违反《建筑法》的。

为此，邵景武又依据法律程序向最高人民检察院提起申诉。据悉最高人民检察院已立案审查，并派员前往现场调研。

此案的争议焦点是诉讼时效问题。那么让我们看看我国《民法通则》关于时效的规定。

第一百三十五条，向人民法院请求保护民事权利的诉讼时效期间为二年，法律另有规定的除外。第一百三十七条，诉讼时效期间从知道或者应当知道权利被侵害时起计算。但是，从权利被侵害之日起超过二十年的，人民法院不予保护。有特殊情况的，人民法院可以延长诉讼时效期间。

根据一百三十五条的规定，邵景武的诉讼时效好像已超期，因为他走房外自建楼梯已三年。

县法院和省高院都是根据这一条判案的。关键是在一百三十七条，诉讼时效期间从"知道"或者"应当知道"权利被侵害时起计算。在本案中邵景武走房外自建楼梯并不知道他将来永远不能走楼内楼梯了，也就是说他并不知道自己的权利被侵害。他在楼外自建楼梯只是图个方便，并不意味着他就放弃了自己走楼内楼梯的通行权。当楼外楼梯不方便了，属违章建筑被拆除了，他决定走楼内楼梯，才知对方不让他走了，他才知道自己的合法权利被侵害。这时如果他不提起诉讼，或者不主张自己的权利，并且拖了两年多，那么诉讼时效就肯定超过了。关键是他时时刻刻都在主张这种权利。所以他的诉讼时效根本不存在过期问题。

本案中的双方都声称曾达成协议。如果有协议恰恰证明了当事人邵景武并不知自己的通行权被侵犯这个事实，否则他不可能去达成侵害了自己合法权利的协议。邵景武并不知道自己的权利被侵犯，而这种侵害的事实只要不超过二十年，受害人什么时候知道了权利被侵害，什么时候都可以提起诉讼。而诉讼时效从知道那一天算起。

况且，如果双方有协议，此协议也是违法的，因为协议所规定的在室外自建楼梯本身违法。违法之协议只能恢复原状，邵景武应该继续走楼内楼梯。

再说，邵景武的诉讼时效果真过期了，难道就让他一家老小天天爬墙？这不符合立法精神。所谓的立法精神其实也是我国民法的基本原则。我国《民法通则》第四条有明文规定，民事活动应当遵循自愿、公平、等价、有偿、诚实信用的原则。

公平，在这里就尤为重要了。为了一方的利益，剥夺了另一方的通行权，这显然是有失公平的。违反了这个公平原则，无论你双方是否有协议，也无论到没到诉讼时效期，都已经不重要了。皮将不存毛将焉附，失去了法律的大前提还侈谈什么时效，还侈谈什么协议呀？

更不用说还有"公共良俗"，还有"礼让"，还有"爱心"，还有"良知"呢！这些做人的最起码的公德和美德都到哪去了？难道你真忍心眼睁睁地看着八十岁的老太太和五岁的小女孩一家十几口整天从墙上爬上爬下吗？

邵景武一家十几口住在楼上，高处不胜寒呀！这让人"心寒"。我们的法律是否也应当送送"温暖"。

15

老板在打楼梯案官司时已是法学院的教授了，在法律界已开始有了影响。为此老板在打这个官司时不但动用了他法律圈里的同学、门生，而且还动用了他本科时中文系的同学、朋友。这些中文系的同学大都在各个媒体工作，不乏知名记者和知名节目主持人。媒体介入了，整个案子受到了社会的关注。

那篇题为《回家难，难于上青天》的文章也许有不冷静之处，但电视节目中法学家和节目主持人的对话还是比较客观冷静的，从中我们不难了解其中的法律问题。

以下是某电视台法律栏目节目主持人和法学家的对话：

栏目主持人（以下简称甲）：一个小小的楼梯，引出了三级法院的判决，问题还没有最终解决，连最高人民检察院都惊动了。可见，此案标的虽小，但牵扯的法律问题却让人关注，首先我想问一个问题，当你买了楼上的产权之时，包不包括共有面积的使用权？

法学家（以下简称乙）：本案二三楼的产权和一楼的产权属于不同的人，楼上的人出入必须走楼下的通道。依照我国民法规定，这叫相邻关系。不动产有了相邻关系后，法律就赋予了他一种通行权，这种通行权受法律保护，无论对楼梯有没有所有权，楼上之人都有权通过。

甲：但就本案看来，这种权利的时效是否已过期呢？几级法院的认识不尽相同。判决结果也不一样。

乙：所谓的诉讼时效就是当你行使某种权利时，发现权利被人家侵犯了，这时你可以向法院提起诉讼。从发现权利被侵犯到要求行使这种权利这段时间，我们称之为诉讼时效。换句话说，如果你发现自己的权利被侵犯，而你又不去要求行使这种权利，超过了法律规定的时间，就叫超过诉讼时效。就本案来说，我赞成中院的判决。因为邵景武的通行权虽三年没有行使，但并不意味着这种权利消失，也就是说邵景武走了外面更方便的自建楼梯并不意味着他楼内楼梯的通行权就消失了。同时他也不知道这种权利会消失。当他决定走楼内楼梯而对方又不让他走时，他才提起诉讼，时效从此算起。

甲：也就是说时效没过。

乙：而且每一次遭到对方拒绝通行之时，时效就中断了。新的时效又从最近一次被拒绝之日起算。

甲：退一步说，如果邵景武的诉讼时效真的超过，他又不能在室外再建楼梯，难道他一家老小只能天天爬木梯吗？我突然觉得法律在有些事面前显得那么软弱和无奈！

乙：法律有一种本质的精神，叫公平合理，你总得给人家一条出路吧？现在只是二三楼，要是八楼怎么办？那要搭天梯了。此案虽小，却涉及到我们的法律如何保护老百姓的利益，这是最起码的道理。法律的精神不能从死的条文中去理解。

老板的楼梯案打到这个份儿上居然也没能解决问题。老板的母亲和他的弟妹、侄儿、侄女在问题没解决之前还必须通过木梯子翻窗。就连老板回家也不得不爬了一次梯子。这对一个堂堂法学教授来说实在是莫大的讽刺。这件事对老板的打击是巨大的，老板别无选择，无论如何也要将这官司进行到底。

在内心深处老板或许还有些埋怨他新闻界的朋友。在后来老板谈到此事时说:"你们将来如果谁当了律师,在诉讼过程中千万别让媒体参与,媒体给你煽乎,你就骑虎难下了。就不是简单的法律问题了,就难办了。"老板说,"就拿我那楼梯案来说吧,整层楼买的时候也不过几万块钱,结果为了那几万块钱我几乎动用了我所有的社会关系,从北京回老家的机票都用了上万,请人吃饭花了上万,就不说耗用的时间和精力了。当时想想如果媒体没有向外报道,我何苦非要硬着头皮打那官司呢?双方可以协商解决,解决不下来我完全可以为母亲再买一套商品房。那房子先空着,随着时间的推移问题迟早是要解决的。"

虽然那楼梯案给老板带来了不少痛苦的回忆,但通过此案他却掌握了诉讼的过程,这使他后来还没有申请律师资格时,就能代理宋总的"28%案"。另外通过此案他也磨炼了意志,把一块棱角分明的砾石磨成了圆滑光亮的鹅卵石。这使老板在后来为当事人代理诉讼时,总能保持一种不焦不躁的平和心态和顺其自然的状态。

老板曾对我们说:"打官司不能急,更不能为官司背思想包袱。当律师的要尽可能地放轻松,同时还要时时提醒当事人不要把诉讼当成思想负担,整天坐卧不安的怎么行?现在打个官司一般都要一二年,一些复杂的诉讼打三四年的也没有什么稀奇。如果你不能拿得起放得下,案子未结,你身体先垮了,到时就是打赢了官司你也享受不了胜利成果了。"

只是我们觉得老板现在太稳重了,遇事考虑的也太周全了,他身上少了青年时的血性,多了中年人的圆滑。不过,老板要是喝多了,我们还是能看到他昔日雄姿英发、激扬文字的热血男儿形象的。

楼梯案的结案出人意料,充满了戏剧性,让人觉得可叹。在老板一筹莫展之时,他的师兄也就是现在的法学院院长找到了他。

院长问："你那楼梯案进展如何？"

老板哭丧着脸，叹了口气说："还没有解决呢！"

院长说："有一个人说不定可以帮你。"

老板摇了摇头说："我不知道谁还能帮我，连高法、高检的关系我都用上了。"

院长说："在中国有些事通过法律渠道不一定能解决问题。现在我们的法律还不完善，有些问题通过其他方式可能解决的还快些。"

"请师兄指点迷津。"

院长说："有一个人你把她忘了。"

"谁？"

"我们的师妹赵茹影呀！"

"她……"老板摇了摇头，"我不信她的学术水平在我之上。"

"这和学术无关。"

"论关系她也没法和我比呀。"

院长神秘地说："有时候关系找偏了也没用。"

"那你说她有什么高招。"

院长说："据我所知师妹赵茹影和你是老乡对吧？"

"对！"老板点头，"是一个地区的。"

"你知道他父亲是干什么的吗？"

老板摇摇头说："不知道。"

"她父亲是你那个地区的副专员。"

"副专员又如何，我找的关系级别都比他高。"

院长说："光级别高不行，还要对口。"

"我找的都是公、检、法系统的都对口。"

院长说："你这人就是一根筋，怎么那么糊涂呢，你要把思路放开，跳出公、检、法系统。"院长很神秘地说，"只要师妹愿意帮你的忙，你这官司就不需要打了，他父亲只要给他所属的那个县打个电话，那个什么公司马上就会软下来。"

老板望望院长有些恍然大悟了。老板笑笑说："这事还要请你在师妹那儿美言几句。"

院长说："人家早有心帮你，就等你开口了。"

"真的？"老板有些不相信。

院长说："师妹心里早就有你了。"

"去你的。"老板有些不好意思。

院长说："你呀，院上谁都看出来了，有人还问我呢，说一个是年轻有为的法学教授，另一个是花容月貌的院花，这两人都不结婚干耗着，这是哪门子事。我对同志们说，别急，要等到瓜熟蒂落，我邵师弟搞跨国恋搞昏了头，舍近求远呢。"

院长说："人家师妹从读研究生时就暗恋你了，远远地瞄着你，就等你和国外的那个断呢。怎么样，现在国外的那个也嫁给假洋鬼子了，你也该把目光从大洋彼岸收回来吧？"

接下来的事简单得让人提不起兴趣。师娘赵茹影回了一趟老家，让副专员写了个条，然后师娘赵茹影拿着条到县里走了一趟。不到三天，那公司不但让邵家人走楼梯了，而且在楼梯上还铺了地毯，说是怕老太太滑着。

据师娘私下说："连老板打官司的差旅费人家公司都悄悄报了。"师娘提到此事显得很骄傲，那往往是我们在师娘面前表示对老板崇拜的时候。师娘说，"他有多少能耐我还不知道，他忙了两年的事，我两天就解决了。"

所以，老板在我们面前极不愿意谈楼梯案，要不是他喝醉了他不会提及一字。老板怕谈楼梯案倒不是有意隐瞒师娘的功劳。其实老板心中有一种永远的痛，一个堂堂的法学教授却无法打赢一个法律问题十分清楚的官司，最后靠关系，靠权势给对方当事人施压，才得到了庭外和解。这是老板最不愿看到的，因为老板曾经认为法律高于一切，可是活生生的案例放在那里，老板无话可说。

16

我们和老板见过面后，已是晚上九点多了。那时的校园正热闹，林荫道上成群的和成对的学生正进行着性质不同的散步。草坪上有人正弹着吉他，不时传来一声声忧伤的歌。三师弟骑着单车路过第二体育馆时，发现二楼上正歌舞升平、彩灯闪烁，舞会开得正酣。三师弟不由心念一动，何不抓紧时间去舞他几曲。

三师弟在舞会上像饿狼一样四处寻觅。三师弟干什么总是很贪，跳舞会把最好的姑娘搂在怀里。如果在舞厅有好几个漂亮的姑娘，三师弟会一个一个地搂一遍。三师弟在彩灯闪烁中，眼睛绿着围着舞厅走。这时三师弟看到了坐在黑暗角落里的一位长发披肩者。三师弟当时没看清她的面孔，也拿不准这个坐在角落里的姑娘会是什么样子，但是凭着一种无法说清的感觉，三师弟觉得应当请这位坐着的姑娘跳一曲。三师弟喜欢请坐着的姑娘跳舞，特别是那些不示声张坐在黑暗里的姑娘。三师弟不喜欢那些打扮得十分妖娆的女孩就站在舞厅边搔首弄姿，好像生怕没人请她们似的。这种女孩一般都是些舞林高手，舞跳得好，见的也多了，不太好对付。其实跳舞只是一方面，如果去舞厅单纯跳舞那就没劲了。

于是，三师弟弯腰、伸手、点头、微笑向那坐在黑暗角落里女孩发出了邀请。三师弟的邀请是那样彬彬有礼，那样优雅，女孩在三师弟的邀请下似乎愣了一下。她也许被三师弟绅士般的邀请震住了，有些不知所措了。这是因为在学校的舞厅里跳舞，同学们之间相互邀请总显得随意又不拘小节。特别是站在舞池边的女孩，很多都是拍拍肩就听你的安排。

女孩对三师弟西化了的邀请方式只不过是愣了一下，她迅速从那一瞬间的迟疑中反应过来，然后很淑女地将手伸了出来。三师弟的手掌向上，女孩的手掌向下，两只手的指尖自然而然地扣在了一起。然后三师弟把她的手轻轻向上一带，女孩就像一条美人鱼似的脱离了水面，从黑暗中现出身来。大凡垂钓者总是这样，在鱼儿上钩时并不知鱼儿大小，当鱼儿离开水面垂钓者发现是一条大鱼时，那种由意外带来的总是欣喜和欢快的。即便是一条小鱼垂钓者也会觉得那是一条最美丽的。这也许就是垂钓的魅力吧？

在垂钓时一切都是未知的，一切都处在一种悬念中，而这种悬念最终会在自己的等待中水落石出。三师弟发现她的身材很好，亭亭玉立这个词仿佛是专门为她造的。她穿了一条银灰色的纯羊毛连衣裙，质地不错的那种，十分雅致。三师弟搂着那腰有一种不忍心的感觉，仿佛一用力就会把那腰箍断了似的。

由于她给三师弟的感觉太好了，三师弟一直没敢和她说话。或者是两个人的舞跳得太和谐，忘了。总之，一曲都完了，三师弟都还没有找到机会和她说话。其实三师弟是多么想认识一下怀里的这位姑娘呀！可是，怎么认识呢？第一句话怎么说呢？如果换了一位姑娘三师弟会毫不犹豫地问，你是我们学校的吗？这是三师弟在舞厅里最常用的开场白，这个开场白其中不但问了对方，而且还顺便告诉了自己的身份。如果是本校的，三师弟又会问是哪个系的呀？大几啦？什么专业呀？最后就是住哪一幢楼呀？如果对方把一切都告诉你了，你就可以在某一个傍晚去找她了。接下来的故事就是天知道了。如果不是本校的，三师弟就会问是工作了还是读书呀？如果是读书就会问是哪个学校的呀？如果是工作就问在什么单位呀?

总之,这一切和陌生女孩交谈的方式都成了程式化了。往往在这些问题还没问完之时,舞曲就已经结束了。在分手之时三师弟会做出依依不舍的样子说,下一曲我还请你好吗?我们预定了。就这样连着几曲,姑娘不知不觉就站在你身边了,不走了。这样其他的人就不会请她了,还以为是一对呢。

可是,三师弟面对她却怎么也开不了口,三师弟觉得那一套方式太庸俗了,不应该用在怀里的姑娘身上。但是,三师弟也知道如果一曲结束后可能就没有机会了。姑娘被三师弟带着在舞厅中一转悠,还不知有多少双眼睛盯着呢。曲子终了,两人一分开,下一曲肯定有不少人尾随她而至。这样,三师弟和她就会像宇宙里的繁星擦肩而过,此后再不会相逢。三师弟有些急了,一急便冲口而出,对怀里的姑娘说:"我们俩是不是太严肃了。"

三师弟说出这句话便有些后悔,怎么说了这么一句。不过,她却不好意思地笑了。她的一笑便冲毁了两个人之间的堤坝。这使三师弟终于找到了机会和她交谈。

三师弟问:"大几了?"

"已经毕业。"

"在哪个单位上班?"

"还没上班。"

"还没人要呀?"

"嫁不出去了。"

"哪能呢,像你这样的可能抢还抢不到呢。"

说过两人都笑起来。

三师弟和她正说着话,手机响了。

三师弟气急败坏地溜到一边接电话。是师哥老孟打来的。三师弟说:"你他妈的早不打晚不打,偏偏这时打。"

"你在哪呢?这么乱。"老孟问。

"在跳舞。"

"他妈的,跳舞怎么也不喊一声,下课就不见你的人影,一个人快活不管兄弟死活,有情况吗?"

"说不清,要来就来吧。"

"有情况打电话,手机开着呢。"老孟说。

"好吧。"三师弟挂了电话,在心里骂老孟,每次都享受现成。

打完电话三师弟来到她身边,发现还有一个穿背带裙齐耳短发的女孩紧挨她坐,两人正叽叽咕咕说着什么。三师弟对她轻轻说声对不起,她看了看三师弟又瞄瞄背带裙,微微笑了一下,不做声。

当舞曲响起的时候,背带裙先被请走了,她却拒绝了另外的邀请。在拒绝人家的时候,眼角向三师弟瞟了一下。三师弟心领神会,她还在等我呢。三师弟连忙上去请。

一曲终了,三师弟和她又退到舞池边,两人都不说话,仿佛也无心跳舞。当一曲又开始时,又有人来邀请她,她看了看三师弟微笑着委婉谢绝了。然后她向三师弟靠了靠,她的靠近像产生了一个磁场,使三师弟身不由己地将一颗轻飘浮躁的心沉了沉。接下来便是长久的沉默,三师弟觉得沉默是金。它使心开始有分量,那如电的磁场使他们在黯然的彩灯下心灵相通。

三师弟暗暗心惊怎么会有这种感觉,毕竟才认识一会儿,怎么就让人有所心动呢。不过,那种心向水深火热之处沉沦的感觉只是一瞬,便挣扎着浮出了水面。三师弟的心是空的,就像一个大鱼浮子,在情感的海面上漂漂,很难投入深情。因为在这方面三师弟吃的苦头太多,每一次深情的投入都会给三师弟带来灭顶之灾。

三师弟和她几乎跳了一个晚上的舞,正如三师弟曾经经历的那样,她不知不觉地站在了三师弟的身边,两个人的交谈在外人看来就如绵绵情话不绝于耳,这让人无法打扰,不敢打扰,不忍心打扰。这样就没有人来请她跳舞了。当曲子响起之时,三师弟有意迟疑一下才请她,看有没有人来请。结果有几个人在三师弟们面前来回走过好几次,却没敢伸出手来。有一个不知好歹的家伙还真邀请她了,可是她只是轻轻地摇了摇头便把他拒绝了,这让三师弟心中暗暗得意。

三师弟一只手搂着她跟着舞曲的节奏走,一只手从上衣的口袋里摸出了一张名片。三师弟把名片递给她说:"你只要不把它扔到门口就行。至少带回家再扔,别让我一不留神拾到,那就太没面子了。"

她说:"不会的,怎么会呢!说不定我明天就会给你打电话呢!"

"是吗?"三师弟有些伤感地笑了一下,觉得有一种让人忧伤的东西突然像一块灰布一样遮住了自己的心头。三师弟觉得她正在和他演戏,三师弟觉得她根本不可能给自己打电话。三师弟苦笑着望望她说,"行啦,别逗我了。也许从此以后我们再也不会见面,杳无音讯。"

"真的,我说的是真的。"她十分认真地说,"你这人怎么一点儿都不相信人呢。"

"对,对,"三师弟不住地点头,其实心中根本没把她的话当真。这事换了谁都不会当真的,两个萍水相逢的人,大家只不过到舞厅寻找一点儿临时的快乐,谁会把舞厅里彼此的谈话当真,那才叫傻到家了。

三师弟回想起在舞厅里认识的那么多姑娘,自己哪一次对她们说了真话,自己又哪一次听到过真话。三师弟不止一次地和一些姑娘们逢场作戏,打情骂俏,大家都不当真。舞会一结束,人走茶就凉。在记忆中不会留下一点儿痕迹。

三师弟是属于那种对女人不抱什么希望的男人。在三师弟看来女人是无星也无月的漫漫长夜,漆黑一片,黯淡无光。你只能不负责任地在那黑夜的边缘任意点燃一把本能的欲火,把黑夜搅乱,让黑夜燃烧,你却不能投入进去。那样你会迷失自己。当你醒悟过来弃暗投明之后,你已经伤痕累累了。你那原来像白纸一样的心会被黑色涂抹得乱七八糟,从此失去洁白。

研究生的学习是轻松而散漫的,不泡妞干什么?舞会快结束了,三师弟和她又跳了一曲。三师弟问她:"累吗?"

她答:"累!口干舌燥的。"

三师弟说:"等会儿咱们去喝一杯?"

她说:"你请客。"

三师弟说:"那当然。"

她说:"我还有一个女伴呢。"

"一起去呗。"三师弟说,"我还有师哥呢。"

她说:"那也一起去吧。"

三师弟心中一阵高兴,没想到她如此痛快地答应了邀请。今晚没白来跳舞,认识了一位这么漂亮的女孩。至于将来会怎样三师弟不敢多想,谁知道呢,上天自有安排。披肩发去找背带裙去了,三师弟连忙给师哥老孟打电话。三师弟说:"情况紧急你来不来,两个。要来你付酒钱,否则太便宜你了。"

老孟兴高采烈地说:"师哥请,师哥请。"

我和师兄一听有情况,便在一边大喊大叫起来:"我们也去,我们也去,一有情况就把我们忘了。"

老孟对我们说:"你们就别来了,只有两个女生。"

电话中三师弟也对老孟说:"他们俩就别来了,来了也当电灯泡。"

王莞说:"不管。大家公平竞争,到时候还不知道谁当电灯泡呢。"

三师弟在电话中对老孟说:"那就让他们来吧,我们在老地

103

方见。"

三师弟心想,那一个背带裙也不错,让你们竞争去吧。披肩发你们连门儿也没有,我先入为主了。

17

出了小南门向左一拐就是三师弟说的老地方"欧福"酒吧。王莞是这个酒吧的常客,有贵宾卡。王莞就是在这个酒吧认识"一条河"的。酒吧老板是韩国人,他国内经济正闹危机呢,他却在中国大赚其钱。"欧福"是音译,这种翻译方式可能是受"托福"的影响。我们曾注意过英文原文,为OFFER,就是"要约"的意思。不知老板是不是把这个词理解为中国的"邀约"之意了。若是如此,这酒吧名还是有些情调的,要是直接理解为"要约",那就商业味十足了。

酒吧营业面积不大,也没有富丽堂皇的装修,然而却有艺术情调。没有大款用的包厢也没有为破锣嗓子准备的卡拉OK,不过倒有个一米见方的小舞台,摆着吉他、小号、萨克斯。麦克风也在那里静静地候着。如果你不怕献丑不妨上前一试。酒吧里大多时间有音乐伴着,不高不低不轻不重地环绕着你。在营业高峰时才有职业的表演者,比方吉他弹唱,或者萨克斯独自呜咽,要不就是小号在那里低沉着诉说。节目主持人也是有的,大半是本校的学生,经常换。主持人也是演唱者,一晚上大约唱三五支歌,在演唱中随便邀约一个同唱,把气氛弄得热烈着。

由于酒吧消费水平适当,很适合大学生。常有孤独的女生在周末或者不是周末的晚上带着书,要一扎啤酒,点根烟,对着红烛孤坐,一泡就是几个小时。

三师弟带着披肩发和背带裙站在那里等了一会儿才有位子，刚坐下我和师哥老孟还有王莞就来了。三师弟把我们介绍给披肩发和背带裙，她们十分大方地冲我们点头说："你们好！"老孟就十分激动的样子上去和两位女生握手。本来两位女生没准备握手的，见老孟伸出了手，也不好不握。握过了手，王莞就要酒。六个人要了六扎啤酒。披肩发和背带裙都嚷着："不会喝，不会喝。"王莞说："喝吧，今儿咱老百姓高兴，都喝都喝，慢慢喝。"或许她们俩推辞只是客气吧，也没再反对。我们想不出两位柔弱的女子怎么把那一升的啤酒喝下去。

我们的座位是这样排的，两位女生对面而坐，不能让她们靠得太紧，否则一说起悄悄话就把我们晾一边了，这是无数经验告诉我们的。师兄坐在披肩发身边，我坐在背带裙身边，老孟和三师弟张岩坐在两位女生之间。师哥对师兄的安排十分满意，野心勃勃的那种。

酒上来了，六个人都举起了杯。师兄说："为我们的相识干杯！"

老三说："为了两位小姐干杯！"

老孟说："为了我们心与心的相碰干杯！"

随着叮叮当当的脆响，大家都喝了一口。老孟说："我们的心刚才也算相碰了，咱们就算是朋友了。"

披肩发看了看背带裙说："你刚才有心被碰撞的感觉吗？"

背带裙摇摇头说："没有。心没那么容易相碰的，如果心像玻璃杯那样说碰就碰了，那还不早破碎了。"说过了两人便笑了起来。

老孟说："你们两个女生互相没有相碰的感觉，不代表大家都没有，比方他俩。"老孟说过便把目光在张岩和披肩发之间拉来拉去，好像要把三师弟和披肩发拴在一起。披肩发偷偷望望老三，三师弟装着没看见，独自喝了一口。老孟回过头来又对背带裙说,"刚才你没感觉到,这次我们单独碰一下吧!用心碰。"老孟举着杯子说,"瞧我的心多么纯洁透明呀!这叫明明白白我的心。"

背带裙望着老孟手中的啤酒杯说:"透明倒是透明,不过不纯洁,是黄色的。"

"哈哈……"

我们都笑了起来。老孟弄得脸红着,却显得特别开心,端起杯子说:"我们碰一下吧,只是碰杯不是碰心。"背带裙举杯和师哥碰了,说,"这就对了,碰的是杯子不是心。"两人便一人喝了一口。我便趴在师兄耳边说:"没想这女生那么难对付,老孟今天遇到对头了。"师兄听了含笑不语。

这时,背景音乐停了,有人在拍麦克风。师兄看了看表正是十点,是酒吧的营业高峰,有节目。师兄抬头看了看节目主持人,不由吃了一惊,那不是那个用白纸占位置的女生吗?怎么到这来了?不注意看还真认不出来了。此刻她换了另外一种打扮,比上课时显得简单多了。如果说她上课时打扮得像个白领丽人,如今却更像个学生。一条洗得发白的牛仔裤把屁股包得紧紧的,让人心动。上身穿了一件印有本校名称的文化衫,可能是没戴胸罩的原因,胸部若隐若现的像藏了一对鸟儿。只是她用的口红却没变,还是那种暗紫色,像吃多了桑葚染的。其实,校园内有很多女生用这种口红,特别是韩国和日本的留学生。涂着乌嘴唇,错身而过,一股醉人的香风,不是洋货才怪了。可是,她肯定不是留学生,怎么也涂了乌嘴唇。

不过,师兄还是对她着装上的聪明和机智而暗暗赞叹。上课时大家都是学生打扮,她却穿价格不菲的套装,这样在整个教室里就显得特别醒目。周末来酒吧坐的女生逮着机会翻箱倒柜煞费苦心地穿戴,淡装浓抹地把自己打扮起来;她却来个返璞归真,穿着学生装上台主持节目,反而给人一种潇洒整洁之感。真是一个聪明绝顶的女孩。

师兄正望着台上的她发愣,披肩发碰了师兄一下,说:"发什么愣呀,来我敬你,祝你事业有成。"师兄端起杯子说"谢谢"就喝了一下。喝过了,又把目光投向台上。

台上的她手拿麦克风环顾了一下四周,说:"这是我第一次来'欧福'唱歌,从今后我每个周末都会在这里迎候大家,请各位多多捧场,常来光临。今晚来这里的很多是我的同学,大家一周的学习辛苦了,能选择这个极有情调的地方轻松一下,实在是极好的选择。刚才我巡视了一下,发现还有刚刚和我上同一堂课的同学,我感到十分亲切。"

说着她把目光远远地投向师兄。显然她已认出了师兄。师兄不由向她点头微笑,她又向师兄招了招手。

老孟是个细心人,他看了看主持人又看了看王莞问:"你们认识?"师兄很暧昧地哼了一声算是回答。

老孟有些起急了,说:"你小子走桃花运了,不是刚认识'一条河'吗,怎么又认识了一个?吃着碗里看到锅里。"

师兄说:"去你的,你瞎说什么呀,我们只不过一面之交。"

就在师哥和王莞说话期间,老三和披肩发谈得正投机,时不时发出畅笑。师兄看了看身边的背带裙对老孟说:"别转移目标了,否则今晚当电灯泡的是你。"

台上那女生开始唱歌,一个女生在跳舞。歌伴舞,舞随歌,歌舞升平。酒吧里一片欢呼。王莞说:"这不是师弟女朋友嘛!"

此话一出,我们连忙细看。那不是蓝娜才怪。

"李雨呢?他没陪着来。"老三说。

大家都搞不清楚。周末李雨是应该和女朋友在一起的。

歌舞表演后,然后一个男士上去吹小号。这时唱歌的下来径直向我们走来。到了我们桌边,她把手首先伸向王莞:"你好!"

师兄站起来和她握手,说:"你好。"

"谢谢你让给我位置！"

"那不是你用白纸占的嘛。"

她笑了，说："是你让的，见笑了。"

"怎么谢我？"王莞笑着说。

"为你唱支歌吧。"

"好哇，"师兄指着大家说，"他们正夸你歌唱得好呢。"

"不好意思，献丑了。"她说着落落大方地自我介绍道，"我叫刘唱，法学院的，大三了。"然后望着披肩发问张岩，"这位漂亮女生是谁呀？"张岩一时语塞，因为到目前为止三师弟还不知她们的名字。披肩发连忙站起来说："别客气，我在中文系进修，叫王愿，笔名董小令，小令是词的一种，意思是短小的词。"

"哇，还有笔名。是美女作家吧。"王莞说。

王愿说："是美女，不是作家。"我们都笑了。

张岩说："取笔名怎么把姓都改了。"

王愿说："董是我妈的姓。"

然后，背带裙也自我介绍了一下："我叫姚旋，和王愿是中学同学，学计算机的，现在在一个外企上班。"

"哇，是白领丽人呀。"大家都赞叹。

姚旋说："是丽人，不是白领。"姚旋望望王愿说，"她可是真正的美女作家，用董小令这个笔名发表了好多作品呢。"

"哇，真厉害呀。"大家都说。

老孟望着姚旋说："你都工作了，看不出呀，还像个学生似的，很纯真嘛。"

王愿问："你认为白领是什么样子的？"

老孟说："应该是一身名牌珠光宝气吧。"老孟又说，"姚旋的名字挺怪。"姚旋笑笑。

张岩问董小令："你的真名是哪个字，不会是怨恨的

'怨'吧？"

王愿说："哪有取那个字的。"

张岩道："说不定你父母是研究李清照的，沾了些凄凄惨惨的怨气，就记在你身上了。"王愿在张岩肩上打了一下，说："你没有好话，如果有怨气我就记在你身上。"老孟便起哄说："对，有冤的申冤，有仇的报仇，不能饶他。"张岩瞪了老孟一眼然后回过头来对刘唱说，"看不出法学院还能培养出歌星来，我还以为是艺术系的呢！"

"嘿，看你说的，什么歌星，唱着玩的。"刘唱说，"不过我唱歌是父母教的，和法学院无关。"说着向台上望望，说，"我还有一个同伴是跳舞的，我们是同宿舍上下铺，我们是黄金搭档。"

我们都笑了，说那个跳舞的就不用你介绍了，我们和她是亲戚。她是我们的弟媳妇，大名鼎鼎的蓝娜是也。

刘唱说："真的？这么巧。"

张岩说："她在法学院联欢会上跳过舞，蓝教授的独生女，法学院谁不认识蓝娜呀？"

刘唱说："她每次跳舞都是我唱歌，你们难道没看到我。"

我们都摇头。

刘唱失落地说："我和蓝娜形影不离，你们竟然没注意到我，看样子我是被蓝娜的光辉遮挡了，敢情我是生活在蓝娜的阴影里。"

我们都笑着打趣，说没关系，你在法学院出名还有戏。这不是认识我们了嘛。

"是呀，是呀，是呀，我认识你们多么荣幸呀！"刘唱说，"为了感谢你们，我唱最后一首歌献给你们。"说过了却意味深长地看了师兄一眼。师兄独自喝了口酒。

刘唱走上台说："这是我今晚的最后一首歌，希望大家喜欢。同时，我将这首歌特别献给我的师兄，希望他在今后的学习中帮助我，关心我，常常为我占位置。"说完向师兄挥手。

师兄被刘唱的热情弄晕了头，便激动地拍起了巴掌。由于没有其他人响应，师兄的掌声显得单调而又突兀，就像泥潭中垂死挣扎的鱼。这时传来了刘唱的歌声。那是一首叫《北京一夜》的歌：

> 不想再问你，你到底在何方
> 不想再思量，你能否归来么
> 想着你的心，想着你的脸
> 想捧在胸口，能不放就不放
> One night in BeiJing
> 我留下多少情
> One night in BeiJing
> 我留下多少爱
> 不敢在午夜问路，怕触动了伤心的人
> 不敢在午夜问路，怕走到了地安门
> 不说地安门里面，有位老妇人
> 犹在痴痴等那出行的归人……

歌声住了，酒吧里响起一阵热烈的掌声。老孟说："你们认识多久了，我怎么一点也不知道。"

王愿说："人家认识多久怎么会让你知道，都到了'想捧在胸口，能不放就不放'的地步了，不简单。"

王莞说："别逗了，我们和刘唱认识只比你早了几个小时。"王莞便把刘唱用白纸占位置的事说了。

王愿听了说："看不出学法律的女生也挺浪漫的，刚认识就献起情歌来了。"

王莞说："那也不叫献情歌，酒吧里的歌是下酒的作料，对任何人都没有意义。"王愿向大家眨着眼显得意味深长地说："我觉得有意义，是不是……"

张岩和老孟都不住地点头，姚旋大睁着眼望望王莞说："为了那句'想捧在胸口，能不放就不放'干杯！"张岩和老孟都欢喜着举起了杯。老孟喝了一大口望着我挤眉弄眼地特得意。

大家刚放下杯子，刘唱和蓝娜一起来了。蓝娜说："我还以为是谁呢，原来都是婆家人。你们这些当师兄的都在这逍遥自在，把我们那位弄哪去了？"

我们让蓝娜坐，蓝娜却说："算了吧，我还是去陪你们师弟吧。"

我们问："他在哪呢？"

蓝娜答："在上自习呢。"

我们说："他怎么这么刻苦了？"

蓝娜说："不是让他出国嘛，他说口语不行，天天在练。"蓝娜说着要走，刘唱送出门，在蓝娜耳边轻轻问："你们今晚不在外头住吧？"

"怎么啦？"

"我今天肯定回去得晚，宿舍要关门，只有在我们的小天地住了。"

"你去呗，我今天回宿舍。你不是有钥匙嘛。"

"我不是怕和你们撞车嘛，要是你们正在亲热多不好。"

"去你的。"蓝娜说着便急匆匆地走了。刘唱在过来时手里多了一个小包。刘唱在老孟和张岩之间加了个座，说："我下班了，陪师哥坐坐。"王莞说："我们太幸运了，不知俺妹子喝点什么？"刘唱说："哥喝什么妹子就喝什么。"

"好。"王莞便挥手叫小姐，为刘唱要了杯啤酒。

这时，王愿说："怎么只拿我们说事，你们也介绍一下自己呀。"

"对。"王莞说,"我们都是法学院的,同宿舍,同专业,同一个老板,是同门师兄弟。"王莞指着老孟说,"孟师哥是博士,我们都是硕士。"王莞报了我们的大名后,大家又喝了一杯。

18

夜渐深，酒半酣，欧福酒吧的客人却有增无减。刘唱和老孟说个不停，姚旋时不时瞅老孟一眼。后来刘唱干脆把椅子向老孟移了移，两人谈得甚为投机，谈笑风生的。姚旋时刻都竖着耳朵听老孟和刘唱说话。张岩便打起精神和王愿周旋，王莞见刘唱缠着老孟，只有和姚旋瞎扯，一时两人唇枪舌剑的。聪明的一瞧就明白，其实姚旋也对老孟感兴趣，人家老孟是博士嘛。自从王莞介绍老孟是博士后，老孟就得宠了。看样子博士还是比硕士吃香。

老孟也弄不清刘唱为什么对自己感兴趣。看样子老孟在那张白纸上可以画最新最美的图画了。老孟望着她的嘴，问：

"你用的什么口红？"

刘唱瞪了老孟一眼，说："要不你尝尝！"

哈哈……

大家都笑了。老孟弄得十分尴尬。大家笑过了，王愿起身去了卫生间。

这时，王莞突然碰了我一下说："看，谁来了。"由于王莞的声音有些异样，大家不由都抬起头来，我们看见老板正挽着梦欣小姐走了进来。我们大吃一惊，连忙把头埋下去，我们怕老板尴尬装着没看见。可是老板见了我们却不动声色地在我们桌边站住了。

"你们都在这里呀，放松一下，挺好。我也累了，和梦欣来坐坐，轻松一下。"

梦欣做出欣喜状："哇噻，都在这呀，来泡吧怎么也不叫我一声？"望了一眼我们身边的女生说，"怪不得呢，原来带的有女朋友。真是名师出高徒，女朋友这么漂亮。"说着笑笑望着老板。梦欣小姐的话里有话，含意深刻，不知是指我们找女朋友的本事，还是指学术造诣为老板的高徒。老板打着哈哈说："你们玩，你们玩，我们到里面去了。"

我们见梦欣也搽着紫色口红，和刘唱的差不多。我不由想问梦欣怎么用紫色口红，可想到刘唱刚刚的回答，便把话咽下去了。我想不通为什么流行这种的口红。

老板走后，两位女生大眼瞪小眼的，说："你们师娘真漂亮呀，没想到把我们当成你们的女朋友了。"

师哥老孟说："别开玩笑了，她哪是师娘喔，是小蜜。"

王莞瞪了一眼师哥："别瞎说……"

我连忙把话岔开说："她是我们老板律师事务所里的律师。"

我和王莞对师哥极为不满，哪有在外头诋毁老师的。别看他年龄挺大了，太迂，真是一个傻博士。不懂事，不成熟，回去了再批评他。

认为梦欣是老板小蜜的还有师姐。在师姐看来，她和老板的关系目前还保持着纯洁的师生关系，或者说师姐的穷追猛打没有打动老板的心，主要是老板身边有梦欣那个狐狸精。师姐的这个认识不是没有道理，据师姐说梦欣早就和老板搞上了。什么公司的法律联络员，其实是宋总送给老板的美女。宋总用金钱和美女打动了老板，使老板在不具备律师资格之时，铤而走险做了宋总的代理人。

师姐的这种说法不是空穴来风，那天的确是宋总带着梦欣小姐去宾馆找的老板。当时，宋总一手提着密码箱，一手挎着梦欣小姐，走成了一道只有在酒店和宾馆门前才有的风景。宋总走得自信、走得潇洒，宋总志在必得。当老板打开房门时他被亭亭玉立的梦欣打动了。老板当时有些发呆，目光不知投向何处。宋总上去打着哈哈紧紧握住老板的手说："邵教授我们又见面了，我给你带来了一个学生。"然后把梦欣让在身前。宋总所说的学生就是梦欣小姐，梦欣落落大方地也握住了老板的手。说："邵先生，我是你的崇拜者。"

老板开始时对梦欣小姐的恭维并不领情，说："我又不是歌星，怎么会有崇拜者呢？"

宋总说："梦欣可不是歌星、影星的追星族。她大学学的也是法律。"

梦欣说："我读书用的教材都是你的专著，所以也算是你的一个学生了。今天听说要见你，我缠着宋总就来了。"

"哦，是这样！"老板脸上露出了真挚的笑容。老板的虚荣心得到了极大的满足。老板说，"快，快坐，坐下谈。"

宋总坐下后单刀直入："今天我把委托书都带来了，我想你不会拒绝吧？"

老板说："我至今都还不知道你的案情呢。"

宋总笑着说："案情让梦欣慢慢给你介绍，她是学法律的，懂。"宋总把密码箱很夸张地推到老板面前，咔嚓一声打开了。宋总从箱子里拿出一个文件夹递给老板，"这是委托书。"

老板接过委托书翻了一下，这时宋总把打开的密码箱推到了老板面前。老板看看箱子，眼睛不由睁大了。整整一箱人民币齐刷刷地摆在箱子里，每捆一万共五十捆。老板不知说什么才好。老板向门口和窗外望了望，有些心虚。老板在现实生活中哪里见过这么多的钱。老板只有在电影和电视里才见过。老板见到的是场面火爆的黑社会交易。一露钱必然有场惊心动魄的火并，或者就是警察从天而降剑拔弩张。这也难怪老板有心虚的表现。老板调整了一下心绪，把箱子关上，自言自语地说："不急，不急……"

"怎么不急，都火烧眉毛了。"宋总说，"我说话算数连个白条都不让你打。我的这个案子就交给你了。另外我把小梦欣也交给你了。她是本公司的法律联络员，这次就和你去北京。案子的经过她十分清楚，书面资料她也带来了，有不清楚之处她会告诉你。"宋总说完这番话站起身来，"我先告辞了，公司还有一堆事。"

老板起身握住宋总的手，有些担心地说："你这就走呀！"

"我不走还干什么，嘻嘻……剩下的事就看你了。"宋总转向梦欣说，"一切都听邵教授的，有什么需要可以随时和我联系。"

"遵命，宋总！"梦欣笑眯眯地目送着宋总，并向宋总抛了个媚眼。这个媚眼让老板放心了。老板思忖着梦欣和宋总的关系，觉得不一般，肯定是宋总的小蜜，否则一般的公司员工哪敢和老总来这个。老板觉得宋总真是一番苦心，连自己的小蜜也舍得相送。金钱加美女，谁也抵挡不住。老板知道宋总在拉他下水，不过老板不怕。不就是做他的诉讼代理人嘛又不是犯罪的事。在骨子里老板说不定还巴不得中美人计呢。一个如花似玉的小姐送到门上了，又不让你承担什么责任，不就是玩玩呗。这样，老板和梦欣在后来的交往中就显得轻松自如了。两个人都知道最终的结果，都有足够的耐心来品味这个过程，这事如果太直截了当了就没有意思了。他们都需要过程，需要不清不楚的暧昧，需要一步步朝着那个目标发展。

不过，当时老板还是挺尴尬的，特别是在宋总告别之时把梦欣留下，还说了一句"一切听邵教授的"之类的话，这种太明确的暗示让老板有点那个，所以老板很聪明地幽默了一回。老板把宋总送到门厅，握住宋总的手不松，说："你这样就走了，就不怕我赖账。"

宋总笑着说："我留下了钱也留下了人。梦欣小姐可是我的证人。"

"是嘛！"老板笑笑，说，"梦欣现在是你的人，将来还不定是谁的人呢。"

"哈哈——"宋总拍着老板的肩笑了，说，"看不出你这名教授还是个性情中人。"

这时梦欣不干了，嗔责地望着老板和宋总说："我谁的人都不是，我是我自己的。将来你们谁对我好，我就给谁做证。"

"哈哈——"宋总和老板都笑了。宋总说，"这孩子最会左右逢源了。"

有一天老板喝醉了，他和我们说了一晚上的酒话。他告诉我们从文学转向法学是为了给爹报仇。可见那时老板是把法律当成武器的，后来老板虽然发现法律并不是无坚不摧的武器，但是却能挣钱。所以在他还不具备律师资格时便急不可待地为宋总代理了案子。宋总不但一次性付给他了五十万元，还有一位叫梦欣的小姐。

晚上，老板把梦欣小姐打发回家了。老板拉上窗帘，锁死了房门。老板打开密码箱一扎一扎地数那钞票。老板数完一扎便"嗷"地鬼叫一声向空中抛撒一扎，数完一扎便"嗷"地一声向空中抛撒一扎……那花花绿绿的钞票不久便在床上、地毯上、沙发上、桌子上铺了厚厚的一层。老板数了一夜也没有数完，便躺在厚厚的钞票上睡着了。第二天醒来老板发现自己眼角处一张百元大钞被泪水打湿了。老板觉得奇怪，一次挣这么多钱为什么会在睡着的时候哭呢！老板又觉得丧气，自己在梦中哭了一夜那泪水才值一百块钱。后来老板对我们说："钱多了就数不清了，当你挣的钱你数不清了的时候，那钱对你的意义也就不大了。"

那天老板和我们说了一晚上的酒话。最后老板一个一个地问我们,你们也给为师的说说酒话。你们的本科没有一个是学法律的,后来为什么都改了专业?老板指着他的博士老孟问:"你,都三十八岁了还要考我的博士,为什么?"

老孟嘿嘿笑了,说:"我也说句酒话,我考博士一不是慕你大名,二不是为了法律这个热门专业,我考博士是为了名头。"

什么……我们望望老板又望望老孟,大家觉得老孟真喝醉了。

老孟说:"这主要是和虚荣心有关。我原来的那个单位只有我一个硕士,可是就我混得不好。别人就讽刺我,整天叫我孟硕士、孟硕士的多难听呀。后来我就下决心考博士了。孟博士听着就顺多了。一个人官再大也大不过博士,总统也有退下来的时候。美国前国务卿基辛格下来了,大家都叫他基辛格博士。那感觉……老孟说着微闭了眼睛,沉醉在他博士头衔中。

老板哈哈笑着说:"我也不是博士呀!"

老孟说:"你现在是教授了,如果人家叫你邵副教授,或者叫你邵常务副教授你心里肯定不是味,如果叫你邵教授那就顺多了。所以考什么专业的博士对我来说意义不大,关键是要考博士,当然热门专业更好。"

大家听了老孟的一席话都笑了,觉得他的确说了酒话。老板最后指指我们大家说:"你们也说说酒话,为什么考法学研究生?"

王莞说:"我们几个经常在一起喝酒,大家互相都说过酒话了,我们考法学研究生为了当律师赚钱。吃了原告吃被告,带着法官去打炮,还要留着大红包……"

老板问:"打炮是什么意思?"

我们哈哈大笑,说:"打炮就是泡妞的意思。"

"呸!无聊,你们说的什么酒话,都是屁话。我承认我们国

119

家现在还存在着司法腐败，但也不是你们说的那样恶心。"师姐脸都气歪了，说，"我可不和你们同流合污，我考法学研究生不是为了挣钱。"

"那你为了什么？"

师姐柳条说："我是为了爱情。"师姐说过这话便忧郁地望了望老板。老板却醉着眼睛装没看到。

19

　　由于老板在酒吧的出现，弄得大家有些放不开了，酒喝得很闷。王愿便不住地看表，说都十一点多了，该回去了，宿舍要关门的。王莞说叫开不就行了。王愿说要记名字的，第二天还在小黑板上公布。这样就评不上精神文明奖了，我们还想靠那奖金聚餐呢。我们宿舍的约定谁拖了后腿谁请客。刘唱说，没事，今儿大家高兴，难得一聚，多坐会儿，不就是请客吗，到时候我出钱。王愿说，不是钱的事，回去晚了影响不好。

　　姚旋正乐不思蜀呢，反正她又不怕宿舍关门，对王愿的询问有些充耳不闻，只是哦了一声算是回答。王愿见两位女生都不响应，也只有作罢。末了，沉沉地望了张岩一眼，幽幽地叹了口气。我发现王愿属于那种非常会叹气的女孩，在她叹气的时候你便认定她不叫王愿而叫王怨。

　　十二点过后，老板和梦欣从包厢出来了。路过我们台时老板说："你们也该早点回去休息了！"

　　"是！"我们几个回答。

　　老板又说："这三位女生要叫门吧？半夜三更的你们可要负责到底。"

　　"是！"我们又答。

　　老板转身要走，又停住了，目光落在了王愿脸上："你……董小令！"

王愿定定地望着老板,一句话也没说出,显得很激动。显然,她和老板认识。

老板说:"你不是在南方吗,怎么在这里?"

王愿说:"我来这个学校进修。"

"你毕业啦?"

王愿点点头。

"你怎么不和我联系?"

王愿低头不语。

老板掏出一张名片递给王愿,说:"有事给我打电话。"

王愿在接名片时手都在抖。

这时刘唱站起来说:"老师还认得我吗?"

"你……?"老板看看刘唱,摇了摇头。

"我也是法学院的,大三了,正听你的课呢。很想考你的研究生呀。"

"嗯,"老板斜眼望望老孟说,"欢迎呀,让他多指导指导。"说过又看了王愿一眼,走了。老板走时没让梦欣挽着,老板走在前,梦欣走在后。

老板走后刘唱便冲老孟说:"导师发话了,让你指导我。等我考上了就是你名副其实的师妹了。"老孟点头称是。心想怪不得你把我抓得这么紧呢,原来是另有所图呀。知道了刘唱情有独钟的原因后,老孟反而坦然了,不就是想考研嘛,也没必要花这么大精力假心假意呀,害得我老孟连和姚旋说话的时间都没有。

老孟对刘唱说:"你让我指导你考研是大错特错了。要找,找王莞呀。好多人都是在他指导下考上的。"说着向王莞使眼色。王莞笑眯眯地望着老孟摇头。仿佛在说,早干嘛去了,现在想让我解围,没门。

"你们打什么哑语?"刘唱说着瞪了老孟一眼,"你可是在老板面前答应过的,别老板前脚走你跟着就变卦。"

"谁变卦了,"老孟说,"我是和王莞客气,谁让他是师弟呢,有什么好事总要先礼让一下吧!既然师弟不收,师哥也就勉为其难了。"说着老孟便像占了便宜似的笑了。

王莞便说:"哪里哪里,不敢夺爱,不敢夺爱。"

刘唱便显得很幸福很害羞的样子笑了,笑过了头向老孟肩上自然而然地靠了靠。老孟被她这小动作弄得心旌荡漾,有一种说不出的受用。老孟眯着眼正沉醉,忽见对面的姚旋正恨恨地瞪老孟,这一瞪之下吓了老孟一身冷汗。

老板走后,王愿一口气把酒喝完了。王莞又为她要了一扎啤酒,老孟向王莞摇手示意不能让王愿喝了,会喝醉的。姚旋见了说:"放心,再有两三扎她也喝不醉。我们曾有一个通宵喝十扎的纪录。"老孟不由咋舌,听说女人喝酒挥发得快,如果放开了男人是喝不过她们的。这时王愿说:"都一点多了,现在回去喊门也喊不开了,说不定被巡夜的保安收容了。今晚咱们喝个通宵,谁也不准走。"说着有些酒意地望望老孟和刘唱。

刘唱说:"通宵我可不行,我明天还有事。要不你们喝着,我先走了。"

王莞说:"那怎么行,再说你也叫不开门呀。"

刘唱说:"我和楼长很铁,可以打电话让她开门。"说着从包里掏出手机。

老孟有心让刘唱走,便说:"要不你们在这喝着,我送师妹先回去马上就回来。"

王愿说:"既然她能叫开门,我们都走吧。"

刘唱问:"你们住哪儿?"

王愿答:"桃园。"

刘唱说:"我住李园,不是一栋楼,没办法。"

王莞对老孟说:"你送她回去后,一定还来呀!"姚旋也说:"你不回来我们再不理你了。"老孟说:"一定回来。"张岩说："你不回来我们也能陪她们坐到天亮。"王愿看了老孟一眼什么也没说。

在酒吧坐久了，猛一出来觉得空气特别清新。老孟不由长长地吸了口气，这时，街上行人稀少。路灯平静地将光线洒在马路上，偶尔过去一汽车，也显得心平气和悄无声息的。

老孟和刘唱在马路上走着，觉得那马路特别宽敞。刘唱很轻盈地在马路上来了几个舞蹈动作。老孟说："动作挺专业嘛。"刘唱说："那当然，文体是我的强项，你不知道法学院有个文体班，招的全是特长生。"

原来是这样，老孟想那文体班都是特招生，他们高考分数就打了折扣，学校希望他们发挥特长在其他方面为校争光，考研怕是不容易。据老孟所知老板的专业只招一个，却有三十多个人报名。为此法学院的本科生都没有勇气考本院的研究生。要想读研只有争取"保研"，那就要从大一开始奋斗，四年下来各科成绩都达到优秀才有可能。就凭刘唱想考研……

这时，他们已到了学校门前，老孟正要进去刘唱却拉住了老孟。老孟说："不是回宿舍吗？"

刘唱说："不一定回学校的宿舍呀。你想，我在外兼职难免有应酬，经常回去晚，就是买通了楼长，同宿舍的也不干呀。所以我在校外租有房子。"

老孟心里有些不高兴，说："你刚才不是说回学校宿舍吗？怎么骗人。"老孟开始觉得和她在一起心里不踏实，不知前头她挖了什么坑让人跳呢。可是，事到如今也只有走一步算一步了。刘唱见老孟闷不吭声，走近老孟突然挽住了老孟的胳膊，说："我刚才不这样说行吗，我若说外头租有房子让你送我回去，你的师弟们会怎么想，那个姚旋还不恨死我。"

"你可别乱说。"老孟说着话，想把胳膊抽出来，可她挽得太紧，根本无法脱身。老孟说，"我和姚旋才认识，时间还没你长呢。"嘴里这样说,心里却有一丝甜蜜。

"真的?"刘唱回过头来望着老孟,把脸凑得很近,紫色的嘴唇性感而又撩人情欲,带有酒味的呼吸让人沉醉。老孟努力把脸偏向一旁,有些自言自语地问:

"你用的什么口红?"

刘唱顿了顿,然后柔声说:

"要不你尝尝……!"

老孟不由全身一震,怦然心动,一股热血直冲脑门。这使老孟直挺挺地立在某一棵树下再也移不动步子。刘唱靠在树上,扬着头,挺着胸,眯着眼,紫色的嘴唇呵气如兰。这时,稀疏的灯光经树枝滤过了,洒在她脸上显得斑斑驳驳,光怪陆离,充满了神秘感。老孟无法抵抗那神秘的诱惑,倾身直奔而去。这时老孟的肚子突然咕噜噜地叫了起来,这声音如仲夏静谧的夜里突然滚过的闷雷,大煞风景,让人气急败坏。刘唱睁开眼睛嘻嘻笑了起来。

老孟羞涩地笑笑,说:"喝了一肚子啤酒,饿了。"

"那咱们去吃点东西吧。"刘唱指着马路对面的一个通宵营业的牛肉面馆说。

"好吧,"老孟答道,然后自嘲地暗笑。老孟不由想起一本小说的细节,叫《生命中不能承受之轻》。特莉莎向她的情人扑去的时候,她的肚子便咕噜噜地叫起来。这个著名的细节一直让老孟忍俊不禁。没想到在生活中老孟也碰到了这个细节。这几乎又一次证明了艺术来源于生活的古老说法。

刘唱在拉老孟进牛肉面馆时,回头笑笑说:"咱们吃饱了再说。"

吃饱了再说,这多实在。按心理学家的分析,人的要求是一个层次接一个层次的,第一个层次是生命的需求,也就是吃饱肚子;第二个层次是欲望;第三个层次是情感或者是那个叫爱情的东西。对于刘唱老孟恐怕只有第二个层次的要求。因为她那紫色的嘴唇让老孟大感兴趣，老孟想尝尝她那口红的滋味。

老孟和刘唱走进牛肉面馆，落座后刘唱随便要了几个小菜，为老孟专门要了一碗牛肉面。刘唱望着老孟热气腾腾地吃着，时不时夹一块小瓜条吃。她吃瓜条的样子很夸张，嘴巴努力地张着，嘴唇尽力地向外翻，瓜条送进嘴里，然后不动嘴唇地细嚼。老孟知道这种吃法是为了保护口红，可想而知口红对女人是十分重要的。老孟常在街上看到一些小姐喝水，为了照顾口红，不惜张大嘴现陋相。女人挺好玩的，常常为了一种美去牺牲另外一种美。老孟望着刘唱的嘴唇出神，不由又问："你用的什么口红？"

刘唱无声地笑了，说："你快吃吧，到时候就知道了。"

面馆里没有几个人，有位女生不要吃不要喝赖在那里不走。一看就知道在校外玩疯了，无家可归了。服务员也不搭理她，歪在一张桌子上打瞌睡，嘴里像蜘蛛吐丝般地淌着口水。老孟把碗推开看刘唱吃，刘唱问老孟："吃饱了吗？"老孟说："饱了。"刘唱说："坐会儿吧。"老孟说："好。"刘唱问："研究生难考吗？"老孟说："难。"

"哦……"刘唱沉了沉说，"那我就全靠你了。"

"你说哪去了，考研还要靠自己。我只不过给你谈点经验，指点一下重点而已。"

刘唱自嘲地笑笑说："就凭我这成绩，你真以为在你指点之下就能考上研究生？除非你是神仙，可点石成金。"

"你自己一点信心都没有还考什么研究生呀。"

"可是，可是我必须读研，否则我就要回原籍。我好不容易奋斗出来了，大学毕业又回去，我不干。我一定要留在北京。"

"那你就在北京找工作呀。"

"找工作……"刘唱轻笑了一下，"本科生又是外地生源留京谈何容易，再说我又是特招的。你总不能让我像打工妹那样漂在北京吧。"

"北京对你那么重要吗？"

"你说呢……北京是首都，是我们国家的政治、经济、文化中心，要想在事业上有点成就，要想将来生活得更美好，不出国就要在北京。特别是对女人来说就更重要了，孩子的户口都是随母亲的，孩子大了有北京户口高考分数线都低些……"

"哈哈……"老孟大笑起来，没想到她想那么远。碗里的稀饭还没吹凉，就开始愁锅里的。老孟说，"你考不上研究生怎么办？"

"是的，我凭自己的能力肯定考不上，但是，有你帮助就没问题了。我从第一眼看到你，就知道你是一个实在人，乐于助人。你会帮我吗？"刘唱说着突然激动地抓住了老孟的手。

老孟不由四处望望，本能地抽回了手。说："我不是已答应帮助你了嘛，可是我没法保证你能考上。"

"如果你真死心塌地帮我，我肯定能考上。"

"我怎么帮你呢？"老孟不解地摊开手说，"我实在想不出用什么办法才能让你考上研究生。"

"你听说过代考吗？"

"什么……"

"托福，GRE，都有人代考，研究生为什么不能？"

"你是说……"

"你别那么紧张。"刘唱又一次握住老孟的手，"这件事只要操作得当，完全能成功。"

"怎么操作？"老孟不由有些好奇。

"这事很简单。"刘唱说，"你先拍一张相片给我。我用你的名字再办一张假身份证。"

"找谁办？"老孟问。

"这你就甭管了，反正我能办到。"

127

"然后呢?"老孟又问。

"然后你就用假身份证报考,我用真身份证报考,这样就有两个刘唱了,哈哈……"刘唱说到这里得意地笑了。这事在她看来就像一个恶作剧,好玩而又轻松。"男女重名没有谁会注意,再然后我们都去参加考试,你在试卷上填上我的准考证号码就行了。"

"那你呢?"

"我不交卷。如果必须交卷,我就填你的准考证号码。到时候你的成绩会很差的,嘻……"

"被监考老师发现了怎么办?"

"怎么会呢!校内校外的考生那么多谁认识谁呀。"

"那……要是被改卷老师通过笔迹发现了怎么办?"

"那就更不可能了,卷子都是密封的,改卷老师根本不知是谁的考卷。特别是统考的,卷子都是学校间交叉改的。"

"这太冒险了!"

"为了我,也为我们,冒点险也是值得的。"

"什么,为了我们……"老孟越来越糊涂了。

"你想,如果在你的帮助下我读了研,我就成了你名副其实的师妹,将来还不就是你的人了!"

"我的人……?"老孟觉得不可思议,不由笑着摇了摇头。

"你不信我……你想,如果你帮我考上了研究生,我若食言不和你好,你随时可以揭发我呀。就凭这点还怕我不跟你。再说,你帮了我,将来我们是一家人,你不就等于帮自己嘛。"

老孟简直不敢相信自己的耳朵,更不敢想象眼前这位看起来很纯情的女孩,会有这么多让人心悸的想法。老孟望着她那紫色的嘴唇不住地启动,到了后来老孟一个字也听不清了。老孟的脑袋嗡嗡乱响,痛得厉害,肚子里的酒不住向上翻滚,嗓子里一阵阵发痒,时刻都想呕吐。同时,老孟不由打个寒颤,这种太有心计的女孩有一天把我卖掉，我可能还在给她数钱，真让人恐惧。老孟觉得已不是代不代考的问题了，这种赤裸裸的交换让老孟愤怒，有一种屈辱感。老孟用代考换取她的肉体，她用肉体换取老孟的灵魂。那么老孟理想中的爱情呢，老孟幻想中的美丽而又温柔的妻子呢，老孟想象中的温馨的家庭呢……这一切和眼前的刘唱联系在一起让老孟沮丧。老孟有气无力地说："你别说了，我困了，想睡觉。"

"好吧。"刘唱说，"如果你愿意我们马上就可以去……我那个小天地，今天我可以把一切都给你。"

老孟迷迷糊糊站起来，步履蹒跚，随刘唱出了牛肉面馆。刘唱紧紧贴着老孟，这使老孟能够感受到她的体温，可老孟还是不住打寒颤，冷。

老孟说："你知道我的专业吗？"

"法律呀。"

"你考的是什么专业？"

"法律呀！"刘唱回答着把手放在老孟的额头上，说，"你不发烧吧，尽问一些傻话。"

老孟把她的手从额头上拨开，说："你知道替人代考是什么性质的问题吗？"

"……！"

"这是违法的！"

"……！"

"违法的，你懂吗……？"老孟有些语无伦次，"一边干着违法的事，一边考法律的……研究生。笑话，真是天大的笑话……滑稽，真是滑天下之大稽。哈哈……"老孟想发疯。老孟心里知道自己要发酒疯，只有这样才能解脱。为此，老孟的每一句话都酒味十足，挥着手顿着足如醉鬼一样夸张。最后老孟用力地挥了一下手，把刘唱推开，说，"你，你放心，老孟决不会干违法的事,谁想干,你,谁干,老孟不干……你放心,老孟不会告发你的,你和人家想怎么干,怎么干……"

这时,有两个流氓样的人从他们身边走过。走过去了,又回头看,回过头来说:"小姐,他不干,我们干。"

"什么……"刘唱大怒,"臭丫的说什么呢,找死呀。"

"咳,臭婊子骂谁呢,我抽你。"说着两人移着过来了。

老孟见势头不对,挡在刘唱身前,说:"你们谁呀?我和女朋友吵架关你屁事。"

"谁说不关我事,她骂人了就关我们事了。"

"怎么着,想找打呀。你们等着……"说着老孟掏出手机,给王莞打电话,老孟说:"王莞快出来,我们遇到流氓了。"那两人互相交换了一下眼色,又四处地看。这时,我们已从酒吧冲了出来。那两人见势不好,转身便走。老孟说:"别走呀。"欲向前拦住他们去路,却被刘唱拉住了。等我们赶过来,那两人早已去得远了。我们问:"怎么回事?"老孟正想告诉我们,刘唱抢着说:"我们没有叫开门,楼长病了临时换了一个值班的,我打电话还被骂了一顿。所以我们就回来了,在路上碰到两个小流氓……"

20

　　老孟和刘唱一起回到了欧福酒吧。

　　老孟暗暗佩服刘唱说谎的能力，也不想戳穿她。老孟为摆脱刘唱的纠缠而暗暗庆幸；同时也为失去了品尝刘唱口红的滋味而遗憾。老孟坐在原来的老位子，喝剩下的半杯啤酒。老孟端起来喝了一口，虽说是残酒可喝着还是韵味十足，因为老孟可以像一个局外人那样，较有兴趣地观察刘唱的表演。此刻的刘唱虽还坐在老孟身旁，心却已远了，心也不在老孟身上了。坐下后她和老孟几乎就没说一句话，她已把目标转向了王莞。两人频频举杯同饮，两只杯子碰得让人惊心动魄。杯子里的黄色液体，在碰撞中泛着金色的光。老孟暗想，王莞能经受住她的碰撞吗？老孟知道王莞是一个干什么事都不顾后果的人。如果他上了钩真干出了那代考的事了怎么办？老孟有心把情况告诉王莞，警告他别上当，可是当着刘唱的面又不好说。好在有这么多人，刘唱还不敢谈这事，等回到宿舍再说吧。

　　老孟把椅子向姚旋移了移。姚旋敏感地眼波一动，睫毛颤抖了一下，不看老孟只看王愿，两人互相望望。王愿向姚旋努努嘴示意姚旋看王莞和刘唱，姚旋脸上露出了不易察觉的冷笑。笑过了，把椅子向老孟移了移，然后端起杯子对老孟说："来，咱们碰一下，为心而碰怎么样？"

　　老孟正闷着不乐。蓦然见姚旋向他举起了杯，他看看刘唱又看看王莞，苦笑了一下，端起杯和姚旋狠狠地碰了一下。自此，老孟和姚旋亲密了起来。

老孟端着酒杯望着姚旋说："没想到你这么能喝。"

"是吗？"姚旋有些醉态可掬地说，"酒逢知己千杯少嘛。"

"今晚你遇到知己了？"

"不知道。"姚旋说，"怕是我把人家当知己，人家不把我当知己呢。"

老孟有些激动地说："为了知己干杯！"

姚旋微笑着端起了酒杯。老孟凑近她轻轻地说："这次是心与心的碰撞吧……"

她的脸蓦然红了，放在桌下的手在一种忙乱中，不留神被老孟捉住了。她用力挣扎着想脱开，老孟却紧抓着不放。两人在桌下不动声色地较劲。老孟怕她真急了弄出了声音，便松了手。她却用劲在老孟手背上掐了一下，老孟咧了咧嘴差点喊出声来。姚旋便望着老孟眨了眨眼睛，脸上现出不驯的表情。末了，用手在她掐过的地方轻轻地揉了揉。

老孟望着姚旋，又把她的手握了。这次姚旋没挣扎，细柔的手绵绵地在老孟手掌心中。

剩下的时间过得很快，老孟和姚旋一夜无话，手却紧紧地握在一起，再也没放开。当刘唱再一次起身要走时，天都快亮了。老孟看了一下表说："宿舍还没开门呢。"

刘唱气急败坏地说："没开，我们砸开。反正你也不愿帮我，管我怎么回去。放心，我绝不会强求，强扭的瓜也不甜。"

老孟说："天还黑着呢，你一个人回去再碰上流氓了怎么办？"

刘唱冷冷地说："多谢你的关怀，你怕流氓这次也不劳你送了，我让王莞送。"说着问王莞，"你愿送我吗？"

王莞答道："走吧，我送送你。"

老孟大惊，王莞此去凶多吉少，老孟又无法提醒他，只有向他使眼色。

王莞说："我送她回去后再回来，你们等我一下。"

老孟说："等天亮了一起走，何必急这么一会儿呢。"

刘唱笑笑说："我和他还有悄悄话要说呢。"

老孟无言以对……

王莞指着老孟说："你吃醋了吧！哈哈……"

这时，姚旋又掐了老孟一下。老孟只有眼睁睁地望着他们走。

王莞送刘唱走后再也没回来。天亮时，张岩送过王愿，老孟送过姚旋，我们急忙往回赶。我们希望王莞已回到宿舍，正在床上呼呼大睡。可是，当我们回到宿舍时，王莞的床上却空空如也。老孟长叹一声坐在床上，自言自语地说："完了，完了……"

"什么完了？"张岩问。

老孟苦笑着摇了摇头，没有回答。老孟说："没什么，睡吧，困死了。"

张岩说："王莞怎么还不回来？"

"他会回来的，早晚会回来的。"老孟说，"我不等他了，我回那边宿舍睡了，下午我还有事呢。"

张岩说："王愿说她会给我打电话的。"我们为张岩的收获而高兴。

两天后，王莞萎靡不振地回来了，脸上灰着。我们问王莞哪去了？

王莞打了个呵欠说去刘唱那了。

老孟冷笑着问："刘唱用的什么口红你尝了吗？"

"尝了，是苦的。"

我们嘿地一声，乐了。

老孟说:"你准备把那苦水咽下去了?"

"没那么容易,违法的事情我不干。"

后来,师兄王莞便开始和刘唱周旋,他选择一种逃避的方式,上演了一出猫抓老鼠的游戏。无论什么时候,只要谁想和王莞开个玩笑,喊一声刘唱来了,王莞便会惊惶失措,然后逃之夭夭。

21

这几天同学们总是恼一天乐一天的。大家乐的是这学期终于要到头了，已临近期终考试；大家恼的也是这期终考试，三门课像羊拉屎一样要考十几天。前两门还好，安排在考试开始的第一、第二天，而且是开卷，当堂写一篇小论文，可以带任何参考书。这才是研究生的期终考试嘛！让人恼的是蓝其文教授的"诉讼法研究专题"，考试安排到了最后一天的下午。也就是说第二天就放假了，他头天才考，而且是闭卷。谁不想早点考完算了，早考早完早轻松。

我们问过教学秘书了，他说是蓝教授要求这样安排的，说他最近身体不大好。我们认为这种借口缺少说服力。又不是我们考他，是他考我们，这不需要他有一个强壮的身体。他完全可以和其他教授一样开卷考。他出了题让班长取来，然后大家写完了再让班长送去不就完事了，根本不用劳动他的身体。

这样一分析，就发现蓝教授这样做是有意和同学们过不去。这要换一个年轻的讲师或者副教授你瞧就有他好看的了，下学期肯定撺掇学弟、学妹们不选他的课。可是，这个方法对蓝教授就不灵了。蓝教授在法学院德高望重，他曾经是我们导师的导师，也是很多导师的导师，连现在的法学院院长都出自他的门下。他简直就是"师爷"。论年龄论资历他都够师爷的分。你想谁敢得罪师爷呀，除非你不想混了。

蓝教授的"诉讼法研究专题"很特别，其研究内容包括了"民事诉讼法"和"刑事诉讼法"，横跨"民法"和"刑法"两大专业，够霸道的。一般的教授谁敢这样干？他的这个研究专题被法学院定为研究生的必修课。必修课就意味着没有选择余地，无论你喜不喜欢都得过。这一点就不像选修课那样自由了。我怕你或不喜欢你这专业，我可以不选你的。即便选听了你的课，你考试的时间和方式不对，我也可以放弃，大不了下学期再改选一门。可是必修课就不行了，有同学编顺口溜道：

"必修课，必修课，死活要从你手下过；手下过，太辛劳，过去半死不活了。"

有同学私下骂："这老头子，谁得罪他了，是不是因为把他的宝贝女儿泡了。"

此同学语言够恶毒的，却一语道破天机。我和师兄王莞不由偷偷地乐，这都是师弟李雨惹得祸。蓝教授的女儿蓝娜在法学院读大三，是法学院招的特长生。蓝娜的特长是舞蹈。这是蓝夫人从小培养的结果，蓝夫人是艺术系的教授，舞蹈专业，去年癌症才去世。可想而知蓝娜那是专业身材，不过我们都对舞蹈不大懂，也不知其专业的要求，什么腰围、臀围、胸围什么的，我们都认为那是魔鬼身材。我们在院上都碰到过蓝娜，开始都想入非非的，后来得知是蓝教授的独生女，都暗暗叹口气，打消了邪念。

没想到偏偏碰到了师弟李雨这个色胆包天，不怕死的，居然敢去泡蓝娜。泡蓝娜有双重危险，一是蓝教授的虎威，二是同学们的嫉恨。

同学们都认为蓝娜是看的，是欣赏的，而不是泡的，更不是用的。持这种观点的大多是本科生，他们都还是能欣赏异性的少年。但是研究生的观点就不一样了，特别是以李雨为代表的几个只会用女人的大男人，早就对蓝娜垂涎已久。所以，在法学院的联欢晚会上,蓝娜的舞蹈便迎来了不同层次同学的不同反应。本科生兴致勃勃地欣赏了蓝娜的舞蹈,认为那是艺术,柔韧、优美,让人赏心悦目;而研究生却"性"致勃勃地看了蓝娜的舞蹈,觉得性感,秀色可餐。我这样说并没有否认研究生的艺术欣赏水平,关键是这些大男人已没有心情欣赏了,心中的欲望泛滥成灾,直接影响到了艺术眼光,只能直奔欲望而去。可见泡蓝娜在同学们中间有可能犯众怒。本科生绝不情愿把他们心中的艺术品拿来使用;而研究生绝不允许把大家心中的女人占为己有。

除了同学的这些危险,要泡蓝娜蓝教授的虎威你不得不考虑在内。蓝教授是坚决反对本科生谈恋爱的几个为数不多的著名教授之一。你竟敢泡他才大三的女儿,这是在太岁头上动土。虽然《学生守则》上并没有明文规定本科生不准谈恋爱,但蓝教授却依据《研究生守则》推论出了本科生不能谈恋爱。蓝教授在课堂上说:"《研究生守则》上有一条规定,研究生可以结婚。那就意味着研究生可以恋爱。因为恋爱是结婚的前提。在本科生的《学生守则》中明确规定,本科生不允许结婚。既然不允许结婚,那就不允许谈恋爱。"

蓝教授花了整整一节课的时间论证在《学生守则》上已暗含了本科生不允许谈恋爱的规定,从而来反驳《学生守则》没有明文规定,本科生就可以谈恋爱的论调。蓝教授的授课旁引博论严重偏离了主题。那节课的主题是法学理论中的"因果关系"问题。他本来把《学生守则》拿来举例的,没想到举例子变成了上课的主要内容。蓝教授认为恋爱是因,结婚是果,恋爱和结婚构成一组因果关系。

那节课后,大家几句话就把蓝教授用了一节课论证的结果推翻了。第一,蓝教授认为婚姻是恋爱的结果,恋爱是婚姻的前提,那么中国历史上传统的父母之命,媒妁之言的婚姻风俗制度你怎么说。男女双方并没有恋爱也结婚了,难道你不承认他们的婚姻。如果不承认连你蓝教授的出生是否合法也成了问题，因为可以推论你蓝教授父母的婚姻肯定也是父母之命，媒妁之言的结果。第二，即便是现代，我们广大的农村也还存在着大量的包办婚姻，你能不承认吗？还有，蓝教授认为恋爱的结果必然是婚姻，那么只恋爱不结婚者在社会上大有人在，你能不允许人家恋爱？即便是在校园，你规定本科生不准结婚，我们现在恋爱毕业后再结婚，或者考上研究生再结婚，不也没违犯校规嘛！既然《学生守则》上没有明文规定本科生不允许谈恋爱，我们就可以谈。

我们不便在课堂上和蓝教授论争，一来是尊重他，给老爷子点面子；二来因为这些问题恐怕是《婚姻法》的研究内容。如果你太较劲，引起蓝教授的极大兴趣，万一他再研究出个新成果来，下学期开一门"《婚姻法》专题研究"之类的必修课，这不但害了下届的学弟、学妹，同时也抢了人家《婚姻法》研究者的饭碗。

其实要是平常谁也不关心让不让本科生谈恋爱的问题。关键蓝娜是本科生，所以研究生对此才有兴趣。蓝教授大谈不准本科生谈恋爱还不是为她女儿找一个保护伞，他怕同学们泡他女儿，所以拿违犯校规来吓唬人。这年月谁也不是吓唬大的，他不但没唬住人，女儿反而和师弟李雨出事了。出事后他不反思一下自己，恼羞成怒，又拿闭卷考试难为大家就更不应该了。

据师姐柳条说，蓝教授那老头对同学们一向和蔼可亲。上一届就数蓝教授的课最好过，要求写一篇论文，而且论文可以在开学后交。没想到今年他这样干。女儿一出事他就有些不可理喻了。这样一分析，便可得出一个结论：蓝教授的反常举止肯定和他女儿蓝娜的出事有关。

当时事发后，蓝教授一直不知道，蒙在鼓里，到第三天才知道。这年头日新月异的，三天前的新闻早已成为历史事件了。大家开始关心的是蓝教授的反应。蓝教授和往常一样在周一来到了院上。一般情况下蓝教授在周一、周四到院上开信箱，这是多年的习惯。教学秘书为了照顾他，把课也排在周一和周四。往常蓝教授来了，老师们老远都会热情地打招呼，蓝老、蓝老的呼唤响彻整层楼。可是，这次却有些不同，很多老师见了他便把目光移到别处，装没看到，等蓝老过去了又在背后叽叽咕咕的。更有甚者，蓝教授的对头，专门研究"刑事诉讼法"的丁香教授，见了蓝其文居然露出了不屑一顾的神情。这让蓝教授大为不解，同时也很窝火。蓝教授知道丁教授对自己一直不满，可那只是嫉妒而绝非轻视。

丁、蓝之争在院上大家都略知一二。丁香教授是研究"刑事诉讼法"的权威，蓝教授本来是研究"民事诉讼法"的权威。两个权威各有专业，本来相处得不错，可是蓝教授居然开了一个什么"诉讼法研究专题"，把"民诉"和"刑诉"合二为一，把丁教授的刑事诉讼法一锅端了，这就等于在丁教授的研究领域插了一脚，抢了人家的饭碗。丁教授认为"民诉"和"刑诉"是不同的专业，开成一门课概念容易混淆。蓝教授说，诉讼法专题研究，结合了"民事诉讼法"和"刑事诉讼法"的不同特点，进行比较研究，力求达到融会贯通……云云。蓝、丁之争的结果是蓝教授"诉讼法研究专题"成了必修课，而丁教授的"刑事诉讼法研究专题"成了选修课。这当然引起了丁教授的不满，不满也没办法，因为蓝教授的弟子们正掌权。从此丁、蓝成为对头。蓝教授在院里莫明其妙遭到丁教授的冷眼，加上一些老师的指指点点，便有些受不了。蓝教授心中有气便去办公室找院长。

院长见蓝教授来了，连忙让座，倒水，说："蓝老，我正要找你，你就来了。"

蓝教授说："找我有什么事？"

院长说："你先说，你的事大。"

蓝教授想想也没什么事找院长，不就是院上的老师见了自己不打招呼，在背后议论什么嘛，说不定是自己过于多虑了呢。不过，转念又一想丁香教授的白眼，蓝教授还是说了。蓝教授说："丁先生到底对我有多大的仇恨，见了面如此表情？"

院长不由愣了一下，心想这事如果硬把丁先生拉在一起怕要节外生枝，便说："你们之间没有什么大不了的，还不是过去的那点事。"

蓝教授说："他是不是串通院上其他老师来反对我？"

院长说："哪有这种事，只要我在这个位置上，任何人反对你，我都会站在你这一边。"

蓝教授说："那院里的老师为什么在我背后指指点点的。"

院长不由叹了口气，知道蓝娜之事已传遍了整个法学院，现在大家都知道了，只有蓝老还不知道。院长望望蓝老的满头白发，对导师顿生怜悯，不由摇了摇头，说："蓝老，有件事我告诉你，你老可别动气。"

"啥事，你说吧！"

院长便一五一十地把蓝娜和师弟李雨的事告诉了蓝教授。蓝教授坐在那里半天没有说话，脸色苍白。院长见蓝教授不出声，心中有些慌，怕把老师气坏了，便劝道："本来学生谈恋爱也没啥，虽然学校不提倡本科生谈恋爱，但也没明令禁止，一般情况是睁一只眼闭一只眼就算了。可是娜娜和李雨在校园内那样就不该了，而且被保卫科的巡逻队抓住了，太过分。"

蓝教授一听此言突然暴跳如雷，说："本科生谈恋爱是违犯校规的，谁说没有明令禁止。就是你们这些领导同志睁只眼闭只眼，才造成了校园内风气不正。"

蓝教授女儿出了这种事本来只能生闷气，无法对旁人发作。没想到院长冒出一句本科生谈恋爱没有明令禁止的奇谈怪论，让蓝老找到了出气孔。女儿出事虽然使蓝教授丢尽了颜面，但连自己昔日的弟子，现在的院长也说出此话，这不是从理论上否定了自己过去的观点嘛。

院长见蓝老冲自己发火，反而舒了口气，放下心来。院长怕的是蓝老不发火，生闷气，这会气坏身体的。院长见蓝老火出来了，便像一个好学生似的，把头垂着恭听教诲。等蓝老的声音降下来了，院长才说："此事的确严重违犯了校规。"院长没有说明是蓝娜谈恋爱违背了校规，还是和研究生胡搞违犯了校规。其实院长指的是后者，院长有意不说明，模糊概念。这样既维护了蓝老的观点，又坚持了自己的原则。

院长见蓝老脸色缓了，便又说："事情出来后，学校让院里拿出一个处理意见，让我压住了，我想征求一下蓝老的意见。"

蓝老一听这话不由浑身一震，末了，有些可怜兮兮地问："不会开除吧？"

院长在心里笑了，心想你不是坚持认为本科生谈恋爱违犯校规嘛，那么如果违犯校规该给什么处分？这事关系到女儿的前途和命运，蓝教授就不得不考虑了。院长说："如果是其他同学出了这种事，的确够开除的了，不过，既然学校让院里处理，我当然要为蓝娜师妹的前途着想。"

蓝教授抬头望望弟子，心中自然是感激的，但脸上却还绷着，嘴里还硬，说："这事怎么处理是院里的事，我不便插言，我又不是院长。"

院长说："蓝老，你要多管束一下蓝娜师妹，我看最好让她搬回家住，别让她住学生宿舍了。"

蓝教授低沉着脸说："你让我管，你学校是干什么吃的，我把女儿交给学校了。这种事一个巴掌拍不响，让我管女儿，那你们怎么不多管管学生。"

院长说："你也知道，导师制是谁带的研究生谁管，我只能管自己的研究生，当院长还不是为大家跑腿的。"

蓝教授问:"那个男生是谁的学生?"

"是邵先生的。"

"小邵的?"蓝教授皱了下眉头说,"我看小邵整天忙着挣钱,自己的弟子也不多加管束,还招研究生干啥?"

院长说:"邵师弟最近律师事务所的事的确太多,管不过来。不过他每年给院里是要上交利润的。"

蓝教授摇摇头说:"钱,又是钱。教授的天职是搞好教学和研究,要挣钱就不要当教授。他人呢?"

院长说:"去南方了,有一个案子要结。"

蓝老说:"又是帮人家打官司,他干脆辞职当律师算了。"

院长心里说,你是不当家不知柴米贵,不帮人家打官司哪来的钱发奖金。院长心里的话到了嘴里就变成了:"法律这东西是实用性极强的专业,不亲自打几个官司没有第一手案例,也没办法搞教学和研究呀。"院长知道蓝老是一个法制观念比较强的人,又补充了一句,"教授兼职当律师这是国家允许的,是合法的。"蓝教授不想和院长谈这个问题了,说:"我对同学们一直都挺好,从来不难为他们。每次考试都开卷,没想到他们这样戳我的老脸。我看他们是闲得慌,否则哪有时间谈恋爱。好呀,我今年闭卷好好考考他们。"院长没吭声,因为院长知道教授考自己的学生是天经地义的。院长脸上还露出点微笑来,心想让他们这群臭小子再能,能得连蓝老的千金我的小师妹也敢泡,这下让蓝老好好考考你们。院长知道蓝老闭卷考的厉害,因为他当学生时从蓝老手下过过。

蓝教授说着话便起身要走,院长连忙起身扶蓝老,说:"你不再坐会儿了?"

蓝教授说:"有什么好坐的,我去找你那不争气的师妹。"

院长说:"那你慢着,找到了她也别骂她,让她搬回去住。"蓝教授没有理会院长,走出了院长办公室。蓝教授在楼上碰到了我们也不回应我们的招呼,头低着像一个有罪的人。

在走廊里我们正碰到老爷子,像平常那样打招呼的,可他却仇恨地瞪了我们一眼。我们一缩脖子连忙让到了一边。蓝教授认识我们是邵先生的研究生,也就是他的徒孙,结果徒孙把自己女儿泡了,这不是乱伦嘛!所以,凡是小邵的研究生他都会恨的。

22

傍晚，蓝教授出现在校园里。傍晚的校园正忙碌着，成群结队的学生正行进在食堂的路上。蓝教授在星期二的傍晚出现在校园是十分少见的。蓝教授这个时候来学校是为了寻找女儿蓝娜。

蓝娜和师弟出事后一直没有回过家，蓝教授为此不知打过多少电话。可是女生宿舍的电话不是占线就是找不到人。蓝教授无奈中只有亲自找上门来。蓝教授选在这个时候来找女儿是比较合适的，他吸取了上次找不到人的教训。因为这个时候的学生不会走远，一般都去食堂打饭。蓝教授决定让女儿回家住，如果可能当即搬回去。

蓝教授这个时候来找女儿本来不会扑空的，可是路上蓝教授多管了闲事，这使他和女儿刚好错过。如果他准时赶到女生宿舍，他会看到师弟李雨正在楼下等蓝娜。然后他们会去校外的小平房。那个地方只有蓝娜的下铺刘唱知道。

蓝娜和师弟在校园内出了那事后，蓝娜的好友刘唱一直劝蓝娜搬出女生宿舍，在校外租间小平房。既然想和男朋友住在一起，为什么不和男朋友同居呢？在校园内亲热又不尽兴又提心吊胆的，被校保卫科那帮变态的家伙抓住了多糗呀。

刘唱说："我早就和男朋友在校外租房子了，现在男朋友出国了，我那房子一直也没有舍得退，干脆转租给你算了，一个月才三百块钱。"

蓝娜说:"我可没钱。"

刘唱说:"挣呀。我现在在歌厅唱歌一晚上就能赚二百元。如果你愿意咱俩合作,我唱歌你跳舞。歌伴舞,舞伴歌,简直是黄金搭档。"

蓝娜说:"行吗?"

"怎么不行!保证能火。你没看咱俩在法学院联欢晚会上的歌舞表演,那些研究生连口水都下来了。"

蓝娜笑笑说:"那是馋你了吧!"

"才不是馋我呢,他们听我的唱,眼睛老盯着你的身子。哈哈……"刘唱说着大笑起来,"当时,我恨不得变成男人,那就没有李雨份了。"

蓝娜说:"你想搞同性恋呀!"

刘唱说:"我才不想搞同性恋呢,哎,同性恋怎么做爱的?"

蓝娜打了刘唱一下,说:"你好色哟,说话真难听。"

"得了吧!"刘唱说,"我才不色呢,哪有李雨色呀,色胆包天,敢在校园内那个。"

"去!"蓝娜又打了一下刘唱。

刘唱压低声音问:"在校园内的竹林里是不是另有一番风味呀?"

"呀!"蓝娜羞得满脸通红,假装生气了,不理刘唱。刘唱过来哄蓝娜:"对不起,对不起,是姐姐过分了。"

蓝娜叹了口气,说:"人家这几天都烦死了,你还逗人家开心,我最担心的是我家老爷子,他还不气病了?"

刘唱说:"那你咋不回家看看。"

"看啥,我哪敢回家呀!"

刘唱说:"先不回家也好,等你家老爷子消消气再回去劝劝。"刘唱顿顿又问,"刚才我说的事怎么样呀?"

"什么事?"

"看你，转眼就忘了，去跳舞的事呀。如果你愿意，咱今晚就来一个首场演出，先让客人激动一次，把老板的口味吊起来了再和他谈价。要是老板还不同意，我也不给他干了。再找一家，歌厅有的是。"

蓝娜说："关键是客人爱不爱看。"

刘唱说："现在歌厅、舞厅小姐成群，全是做那种生意的，素质极差。我们大学生只卖艺不卖身，挣钱是为了勤工助学。客人见过的小姐多了，反而需要一些高雅的，需要精神享受。"

蓝娜说："我听你这话心里总有些别扭，搞得我们像旧社会跑江湖卖艺的似的。"

刘唱笑了。

后来，蓝娜随刘唱真的去跳了两场，连刘唱也没想到反响如此强烈。蓝娜的舞姿让客人疯狂。老板非常痛快地答应了刘唱的提议。为此，蓝娜才决定把刘唱在校外的小平房转租下来。在搬家那天，刘唱笑着说："万一我哪天需要用用，你可要借我。我还有一把钥匙。"

蓝娜说："你男朋友不是出国了吗？"

刘唱说："我就不能再找男朋友？"

"花心，"蓝娜说，"你好坏哟。男朋友才走了几个月你就有二心了。"

刘唱说："我才不守活寡呢，他在国外还不知搂着哪个洋妞快活呢。男人没一个好东西。"

"哟，看你说的，是不是最近没收到他的信？"

刘唱气愤地说："出去四个月，前一个月表现还不错，一周两封信；第二个月一周一封信；第三个月一月一封信；这第四个月连一封信也没见了。将来你无论如何别让男朋友出国，西方那个极乐世界太毁男人了。"

后来，刘唱果然用了那房子。在和我们泡吧的那天晚上，她本想把老孟带去，可老孟不干，结果王莞去了。

蓝娜和李雨去校外的小房子时，蓝教授正走在校园内。蓝教授走在校内脸色凝重，因为校园内成双成对的学生太多了。蓝教授看在眼里气在心头，感叹校园风气太差，他真想上去把那些勾肩搭背者叫住，然后教训一顿。可是蓝教授又苦于弄不清这些成双成对者是本科生还是研究生。是本科生我老蓝当然要管，要是研究生就不便管了，因为人家在校园内谈恋爱合法。

蓝教授是搞法学研究的，做人行事无不以法律为标准。当然，蓝教授的所谓"合法"是广义的，因为学校的《学生守则》狭义地讲不算是国家意义上的法律，但从广义地讲也可以称之为"法"，所以在蓝教授的心中无时无刻都有一个法度在起作用。蓝教授认为如果是本科生谈恋爱，而且又能证明那对恋人是本科生，他完全可以出面干涉，来维护校规；如果那对恋人证明了自己是研究生，那出面干涉就是侵犯人权，妨碍人家恋爱自由，就要向人家赔礼道歉。蓝教授可不愿意向学生道歉，所以才极为慎重。这样，蓝教授走在校园内见无数恋爱者才心急，才发愁。

正当蓝教授愁得不行的时候，右前方的一对恋人让他眼前一亮。他看到在那对恋人的书包上别着白底红字的校徽。这对恋人正如饥似渴地吻着，他们的校徽在阳光下闪闪发亮地出卖了他们。因为蓝教授知道白底红字的校徽是本科生的，而研究生是黄底的，老师是红底的。蓝教授望着那对恋人的校徽一阵莫名激动，就像一个猎犬终于发现了猎物那样。

蓝教授吁了口气，平静了一下心绪，然后大踏步向那对恋人走去。在离那对恋人大约有五步远的地方，蓝教授停下了。老教授清了清嗓子很威严地哼了一下。蓝教授的这声哼自然是有虎威的，它使一对恋人停止了热吻并且向发生声音的方向张望。

这对小恋人发现在自己的不远处，蓝教授像一尊真神似的立在那里，目光中透着威严，表情里现出寒霜，横眉剑出鞘，竖发

147

现银针。一对小恋人愣愣地站在那里不知错在何处。

蓝教授道："你们俩过来。"声音低沉言语中有一种不可抗拒的力量。这对小恋人身不由己地移到了蓝教授的面前。

"哪个系的？"蓝教授问。

男生怯生生地问："我们怎么啦？"

"怎么啦！"蓝教授突然提高了声音，"你说怎么了，你们像什么样子。"蓝教授的声音像一声霹雳，震得这对小恋人浑身一抖。同时这声断喝也引得草坪上正散步者的注意，大家不由将目光投了过来，有些同学停下了脚步立足观望，有些同学渐渐围拢了过来。

蓝教授把手一伸说："把学生证拿来我看看。"

这对小恋人小心翼翼地翻着书包，拿出了学生证。蓝教授接过学生证一看那个气就大了。敢情这对儿还是大一的学生，男生刚满十八岁，女生还不满十八岁。也许这对小恋人是高中同学，总之让人见了像一对老夫老妻。或者他们受到了学兄、学姐的影响，或者在高中时太压抑了，所以他们在大学校园里敢在光天化日之下热吻。

蓝教授看了学生证说："你看看，你看看你们像什么话，才十七八岁就谈恋爱。你们看过《学生守则》吗？本科生不准谈恋爱。"

男生低着头仿佛努力地回忆了一下，然后轻声叽咕着："我看了《学生守则》，没见这一条呀。"

"什么？"蓝教授这才发火了，"你们俩写检查，明天到我办公室来。"

女生"哇"地一声就哭了，捂着脸转身便跑。男生见了追也不是，不追也不是，在那发愣。蓝教授见状把眼皮一耷拉，走了。男生这才问："老师的办公室在哪里？"

蓝教授回答："法学院。"

蓝教授说出法学院三个字时自然透着一种庄严。小男生又被震一下,见蓝教授走了,这才拔腿去追女生。

草坪上看热闹的学生开始都不敢吭声,见蓝教授走远了才有议论。

"他是谁?这么厉害。"

"管得宽,又不是校长。"

"校长才没时间管人家谈恋爱呢。"

"他是法学院的,一位老教授。算那一对本科生倒霉。"

"他有什么权力管人家谈恋爱。"

"不管他有没有权力,反正他管了。"

"要是我,我才不搭理他呢。"

"他才不会管你呢,看你胡子拉碴的,嘿嘿……"

蓝教授出了口恶气,觉得心情舒畅多了,这是近几天没有的。蓝教授有些得意地向女生宿舍走去。可是,蓝教授没想到自己去管教别的同学之时却错过了管教女儿的机会。蓝娜在校外的小平房和师弟同居了,一直到假期来临才回家。

23

当王愿真给三师弟张岩打来电话时,开始三师弟还没听出来。

三师弟在电话中说:"您好!"

电话中的王愿也说:"你好!你知道我是谁吗?"

"噢,是你呀。"三师弟打着哈哈,其实三师弟根本没听清是谁。管她是谁呢,反正是个女人,反正是个认识自己的女人,这就够了。

当王愿说我是王愿,你肯定没听出来。三师弟才听出是在酒吧新认识的那位姑娘。三师弟愣了愣神,然后心中窃喜,心想,又一个姑娘上钩了。于是,三师弟开始对王愿甜言蜜语。

王愿说:"我说到做到,答应给你打电话就给你打电话。"

"我知道你是一个真诚的女孩,所以我早晨起来到现在都一直在等你的电话。为了等你的电话我没敢去图书馆,我怕在图书馆和你说话不方便;为了等你的电话我也没敢去书店,因为我们学校附近的几个大书店都在地下室,我怕手机的信号不好。我从早晨到现在就待在宿舍里等你的电话。"

三师弟说这番话时连一个结都没打,三师弟都被自己感动了。三师弟觉得自己的声音是那样真挚。其实三师弟说的话并不全是假话,因为三师弟的确没去图书馆,也没去书店,这两个地方三师弟计划都是要去的。可是,三师弟没去的原因也不是在等王愿的电话，三师弟是在宿舍等另外一个姑娘，那姑娘告诉三师弟中午要来，可是三师弟没等着那姑娘，却等来了王愿的电话。

三师弟说完这一番话，电话里的王愿半天没吭声。王愿的确不知说什么好了，王愿沉静了半天才说："听你说话就像背台词似的，弄不清哪句是真哪句是假。"

"都是真话。"三师弟用很严肃的口气说。

"不管你是真是假，反正我说的都是真的。我答应给你打电话就打了。"

三师弟说："谢谢你的电话。"

王愿说："那好吧！先这么着吧！有时间再联系。"

三师弟说："好，再见！"

三师弟挂了电话，在走廊里一握拳头"吔"地叫了一声，很西化的那种动作，引得几个同学乱问，出什么好事了，让大家也听听，有乐同享嘛！三师弟说："有些东西是不能分享的。比方说女人。"

陈锦华说："谁说女人不能分享？"

三师弟说："有些女人就不能分享，比方说你老婆我能和你分享吗？"

陈锦华说："我没有老婆。"

三师弟说："有了能分享吗？"陈锦华骂了一句"去你大爷的"便回宿舍了。

过了两天，三师弟觉得该给王愿打个电话了，否则时间一长就冷凉了。三师弟决定请王愿周末来玩。三师弟在电话中有意用方言，因为王愿是南方人。三师弟在电话中冒充王愿的亲戚，把王愿吓了一跳。当王愿知道是三师弟后在电话中哈哈笑了，说："你这个坏蛋，我还以为是我舅舅呢。"

周末，三师弟所在的律师事务所聚会，三师弟便把王愿介绍给大家认识，哥几个被震了一下。大家连忙向王愿递片子，然后记王愿的电话,王愿收了一把名片,然后意味深长地望了望三师弟,仿佛在说你们男人果然有"骗子",三师弟低头笑笑没吭声。

那天晚上王愿成了聚会的中心人物。哥几个放着身边的姑娘不管,目光全落在了王愿身上。这让三师弟十分得意。大家频频向王愿敬酒。王愿不喝酒用饮料代酒不停与他们碰。哥几个喝得不但满嘴喷酒气,连眼睛里也有了酒意。三师弟发现几个哥们直勾勾地盯着王愿看,眼睛都是红的,像几匹来自北方的狼。三师弟觉得该早点把王愿送走,否则大家话多失口,说不定就把什么事抖搂了出来。这时王愿也有了想走的意思,她不断求救似地望着三师弟。三师弟便问王愿几点了?王愿会意,马上看了看表说,哎呀!这么晚了,我要先走一步了,否则宿舍要关门的。三师弟连忙对哥几个说,那我先送她回去,你们慢慢在这喝着。大家说张岩你们走了,我们还咋喝?三师弟说你们先喝着,我送她回去后马上回来,咱们今天一醉方休。大家便嚷着,好好好!我们等你呀!三师弟说放心吧!肯定回来。

夜空虽然是黑的,但却比白天的空气清新。王愿对三师弟说:"你的朋友真能喝。"三师弟说:"主要是大家很久没见面了,见了面就喝呗!我的朋友是不是太那个了!"王愿说:"没什么呀!挺好的。酒这东西就是怪,平常看着都是文质彬彬的,一喝了酒就都豪爽了。"三师弟说:"其实大家活得都挺累的,在办公室总是要夹着尾巴做人,把自己伪装得像一条忠诚的走狗,其实都是野心勃勃的豺狼,只有见了哥们儿才现真面目,才放得开。"

三师弟把王愿送回宿舍便坐车原路返回了。三师弟回来后见大家还在,正抽着烟等。见三师弟回来了一片欢呼。陈律师陈文说:"真够哥们儿,有那么漂亮的小妞在身边还能放下。不愧是重友轻色的好兄弟。刚才我还和李律师打赌呢!李律师说你肯定不回来了，我说肯定要回来，看吧！李律师输了喝酒。"

李律师说："好好好，我喝，我喝。"喝完了，李律师问，"那妞是那个学校的？"

三师弟笑笑没吭声，不无得意地说："怎么样，还行吧。"

"不错！"李律师说，"你这是上了一个台阶呀！"

陈文说："你老兄上了台阶不能把我们都忘了呀！"

三师弟说："怎么样，要不让给你？"

"真的！"陈文睁大了眼睛。

"真的！"三师弟拧着脖子说。

"好！"陈文起身把手中的酒一饮而尽，说，"这一杯是为张老兄喝的，哥几个都听到了，让给我了。只要给我一个星期，我肯定把她搞掂。"

三师弟说："算了吧，给你三星期也不行。"

小明哥说："好！一言为定，三星期。在三星期之内你张岩不准和王愿联系，让陈律师上。"

三师弟说："就这么说定了，我给陈律师三星期时间。如果他搞不掂，我可要上了。"

"好！"

大家一举又喝了一杯。

24

师弟李雨的好日子没过太久，在假期来临之后蓝娜被蓝教授关在了家里。蓝娜回家无疑是自投罗网，整个假期她没能走出家门。蓝教授像一个无情的看守，日夜守候着女儿。

蓝教授知道自己的徒孙，那个叫李雨的研究生就要出国了，等他出国女儿就保险了。

蓝娜被父亲软禁的那段日子，最着急的是师弟。开始我们并不知道，因为一连几天师弟都和我们团圆，我们才问的。我们一问师弟就告诉我们了。师弟说："蓝娜搬回去住了。"然后再没有下文。师弟不说，我们也不便问，但我们也猜出了几分。

假期师弟没有回家，不过我们几个都没有回家，师弟等待出国的签证，而我们在律师所都有活也无法脱身。师弟那段日子经常在黄昏之时，站在五楼的阳台上望，像一座神女峰。因为是假期校园内十分清静，有几个无所事事的学生在校园内四处乱走。如果有另外一个无聊者也许会把师弟当成自己的景点，说不定还会出现在女生充满了细腻情感的日记里。

师弟在五楼的阳台之上仿佛在等待着什么，这种等待开始是无目的的，当他等来了刘唱之后，这种等待便有了现实的意义。刘唱为师弟带来了蓝娜的消息，她在蓝娜和师弟之间架起了桥梁，为他们传递情书。

刘唱第一次敲响宿舍门时，我们还以为是找师兄王莞的。当然也不排除开始刘唱是来找王莞的,顺便为蓝娜传递情书。可是后来由于王莞有意躲避刘唱,刘唱渐渐地便成了蓝娜的专业信使。

刘唱时常穿着白色衣裙,披着长发,在黄昏的晚霞中很矫情地向师弟走来。那时霞光漫天,金色光辉洒满校园。刘唱会突然从好几棵白杨树后出现,就像早已埋伏好了,很神秘。然后,她会走出树荫走进霞光中。她手中捏了一个纸条,纸条是师弟女朋友蓝娜写的。其实那是师弟女朋友写给师弟的信,也就是情书。只是师弟女朋友一定称其为纸条。蓝娜说叫信太严肃,叫情书太肉麻,肉麻得鸡皮疙瘩能掉一地,所以只有叫纸条才显得轻松愉快的。为此,无论蓝娜把信写得再长都不用信封,而是费尽心思地折成各种各样的纸条。那纸条便成了各种各样的长了翅膀的鸟类。有的像信鸽,有的像纸鹤,有的像燕子,这要看蓝娜当时的心情以及信写的长短。一般情况下信写得长,蓝娜心情也好,她会折叠出一个纸鹤或信鸽,如果信短她会折叠成小燕子之类的,如果信长而心情又不好,她不给师弟折叠成一个乌鸦才怪呢!往往我们会从师弟女朋友叠成的纸条形状中判断出她在家的心情。我们时常感叹蓝娜的那双巧手呀,是那样的能表达她的心情。师弟已收到了女朋友蓝娜写给他的几十封情书,也就是几十张纸条了。如果在某一个早晨师弟有兴趣,将那千奇百怪的纸条摆满一床,我们会看到百鸟朝凤的热闹场面。

这些纸叠的鸟类从师弟女朋友蓝娜手中出生,不久就会蹦到信使刘唱手中。后者会用纤巧的手指捏住鸟儿的翅膀走出户外,走向我们所住的宿舍楼。不久鸟儿便会放飞,一直飞到师弟心中。

经常让刘唱送信师弟是很过意不去的。为此师弟在让刘唱给蓝娜带的回信中曾说:"如果有信可以通过邮局寄。"

蓝娜在信中说:"我如果能去邮局,就能去见你。"

师弟说:"你父亲不让你出门,是侵犯人权。"

蓝娜说:"不是父亲真不让我出门。是我已答应父亲不再见你了。在'开除'和'分别'之间,我只能选择后者。你知道如果真的惹恼了父亲,他不管我们了,我们是很可能被开除的。如果被开除,那么未来将是一片黑暗。"蓝娜在信中还说,"我们这样通过书信交流其实也挺好的。我答应了父亲在毕业前不再和你见面,但并没有答应父亲不和你联系和交往了。即使你出国了我们也还可以保持联系,虽然父亲认为我这是规避法律,钻了他的空子,但他也无可奈何。"蓝娜在信中还说,"刘唱是我最好的朋友,我们不分彼此,你完全可以信任她,见到她就像见到我一样。"

正如蓝娜所说,为师弟传递纸条是刘唱最乐意干的事。在无所事事的假期里,刘唱失去了蓝娜的伴舞,便失去了独唱的兴致。这样为蓝娜传递纸条便成了她的一项重要工作。蓝娜在家期间,刘唱基本上也住进了蓝娜家,这一点连蓝教授也十分欢迎。因为蓝教授知道要困住女儿使她不至于反抗,女儿身边有一个伙伴是必须的。那段时间刘唱成了蓝教授家里的贵宾。

刘唱陪伴着蓝娜等待着师弟李雨尽快出国。在漫长的等待中,无所事事的蓝娜便一封接一封地为师弟写信,而茫然得要命的刘唱便等候着为师弟送信。当蓝娜将叠成纸条的信件递给刘唱时,刘唱会突然惊喜地睁大了眼睛。蓝娜不好意思地说:"麻烦你了,又让你跑一趟。"

刘唱接过情书,接过一只白色的纸鸟,如获至宝,连苍白的脸上也变得粉红。然后她会着意梳洗打扮一番,仿佛不是为他人传递情书,而是自己约会。送完信后,刘唱会处在一种暂时的平静之中,在那不长的时间里,她甚至可以快速地记外语单词。在经历了老孟和王莞之后,刘唱决心靠自己的力量考研究生。

我们已无法了解师弟女朋友蓝娜在一个什么状态下让刘唱为

他们传递纸条的了。或许那第一次真是一个纸条。只是这种纸条后来成了情书，虽然师弟女朋友从来都不承认那是情书。刘唱在传递纸条中渐渐进入了角色，她开始有意识地充当信使来成全她的女友。在这个过程中她或许找到了自己的价值。也许是想通过自己的努力使蓝娜的爱情更加美好，从而能延续自己曾有过的梦。同时，也为自己找到一些事做，找一个走出户外进行一次散步的理由。她把这一切不知不觉当成了生活的一部分，于是，她便加倍地投入了热情。

可是，她的热情让师弟女朋友蓝娜误解和担忧，但又不得不这样做。特别是在通信的后期，随着师弟对信使越来越了解，师弟在回信中不知不觉投入了关注之情。师弟当时一点也没有为女朋友蓝娜想想，师弟在回信中对送信人的过分关注会不会伤害女朋友蓝娜的心。

蓝娜因刘唱送信如此隆重而不解。她会忐忑不安地关注刘唱梳洗打扮，觉得刘唱的行为奇怪而又可疑。她心中隐隐有些担忧，这种担忧化为忧郁浸透在情书的字里行间。她不止一次地在情书中谈论刘唱，并且不厌其烦地叙述刘唱的故事。这种叙述占去了情书的不少部分。我们觉得师弟这种三角关系是荒诞的。在一个相当长的阶段，师弟女朋友只给师弟写信却不见他，她让一位美女送信，而在信中又一遍又一遍地讲述着送信人的事。

更重要的是师弟女朋友在信中经常问起刘唱的送信过程。这种询问后来越来越细致，其中包括当时见面的情景、细节、表情、对话等。这使师弟不得不对信使投入全部的热情进行观察。师弟曾多次在给女朋友的回信中描述过送信的全过程。

25

刘唱的送信过程是快捷而又急切的。当师弟在五楼的阳台之上看到她时,她的步子总是匆忙的。她走近我们的宿舍楼时,师弟发现她总是目不斜视的,仿佛正完成一件十分崇高的任务。如果师弟看到她进了楼门时,师弟便推算着她上五楼的时间。往往她都比师弟的推算来得快,是跑着上五楼的。敲门声会突兀地响起,师弟打开门时她在房门口还正大喘着粗气。她会因师弟如此快捷地开门而惊慌失措。她默默地望着师弟,长发已不再披肩,是垂鬓而立的。如果她不抬头,师弟肯定看不到她那面若桃花,眸似凝水的脸。她的眼睛很大,睫毛时不时颤动着,目光中含有一种无边无际的忧伤。忧伤如潭水将师弟淹没,使师弟在柔情和伤感中不能自拔,使师弟心中微微发颤,产生一种长长的带有宗教式的悲悯。

她从来不和师弟说话,虽然师弟觉得他们的目光已交流过多次。她总是深情地打量着师弟,用忧伤的目光把师弟洗一遍。她把纸条轻轻地递给师弟,在师弟伸出手接纸条时,师弟看到她那纤细而又颀长的手指微微发颤,她松开纸条时手指在空中不安地抓挠,仿佛要抓什么,仿佛不舍得把纸条给师弟。师弟接过纸条,她会长长地舒口气,像是终于完成了一件大事。

然后,她突然地转身离去。她几乎对师弟的道谢充耳不闻便开始下楼。师弟通常都送她到楼梯口,师弟的目光像丝一样落在每一级楼梯上，可是对她的匆匆脚步却无力羁绊。师弟真想请她留下来，坐坐。

每次刘唱给师弟送信时师弟女朋友肯定处在一种焦急的等待之中。从师弟女朋友的信中，师弟们可以看到她凭窗而立的样子。她会看到师弟们所在的宿舍楼带着信使刘唱正无奈地沉入黄昏后的阴影之中，就如大海里正要沉没的帆船，只剩下了桅杆。这使师弟女朋友绝望如夏末的秋蝉，无论在心中怎么呐喊都于事无补。师弟女朋友的绝望天长日久便生成了怨恨，于是她开始把怨恨发泄在师弟身上。

这让师弟心情烦躁而又沮丧。蓝娜一封接一封地给师弟写信，然后折叠成纸条，变成各种各样千奇百怪的鸟，这些鸟又让信使放飞到师弟手中。师弟所能做的就是长时间立在五楼的阳台之上，望着对面那几棵葱郁的白杨树，盼望着信使刘唱的出现。那时候他的心绪如树叶间枯枝，孤独而又焦灼，干枯得连一点水分都没有。那枯枝和葱郁的白杨树叶极不协调，而师弟用青春浇灌的爱情之树和整个季节也格格不入。师弟注定要失去一个季节了。

这样，每当夜晚来临，忧伤便和着黑夜开始浸泡着师弟的心，使师弟在无奈的守望中黯然伤神。女朋友不和师弟见面，可她又随时让师弟感到她的存在，让师弟感到她对师弟的不满以及那恶劣的心情。在相当长的时间，师弟真渴望看到她的信，可又怕看到她的信。她信中的那些话如一枚浸泡了毒药的话梅，越品味毒性越大。那毒性渐渐侵蚀着师弟的心。师弟觉得快要支持不住了，心中的爱情之树眼睁睁地就要枯死。

这样，在第二天的黄昏，刘唱送来情书。一种爱情鸟儿又开始在师弟心中歌唱，歌声如阳光雨露滋润着师弟，使爱情之树不至于完全枯死。师弟女朋友在头一天刺伤师弟，又在第二天为师弟疗伤医治。师弟便是在这种备受折磨中生活着。

李雨失恋了。李雨失恋之后，失眠便成了他走向第二天的必经之路。

　　一夜的失眠使早晨的时间像磨盘一样沉重地压迫着李雨，使李雨在床上无法起身。李雨虽然没睡，可是李雨却无法苏醒，沉重使李雨抬不起头。最初把李雨吵醒的是正对着宿舍窗口的高音喇叭。每天七点钟它会准时对着李雨大喊大叫，告诉李雨一些李雨并不感兴趣的新闻。每次那大喇叭开始对着李雨吵闹，李雨便痛下决心，一定在一个伸手不见五指的夜晚将它捣毁。可是，事情过去后，这件事也只得作罢，李雨的确没有勇气去破坏学校的公共财产。大喇叭在七点钟开始吵闹，在七点半又准时关闭。这时，李雨会觉得天地蓦然寂静下来，李雨在床上翻一个身准备睡个懒觉。这时，另一种声音又会响起，那声音若有若无，细若抽丝，像一条小虫子爬进李雨的耳朵里，钻进李雨的睡梦里。那是什么？这是什么呢？渐渐的那细若抽丝的声音越来越多，越来越响亮汇成了一种合唱，就如无数根细丝扭到了一起，扭成了一根鞭子。那用声音拧成的鞭子抽在李雨的神经上，使李雨无法再入睡。如果李雨细听那声音，每一种发音都有所不同。有细腻如丝竹之声的，有奔奔突突如拖拉机之声的，有嗡嗡如发动机之声的。这都是些什么声音？当李雨真正清醒之后，李雨自然会明白那是剃须刀之声。唉，一群大男人，已到一天不刮脸便面目全非的年龄了。

　　每天早晨在整座研究生楼，剃须刀之声响成一片。在宿舍里在楼道里同学们一个个睁着睡意惺忪的眼睛，打着呵欠，一手端着块破玻璃，一手操着把劣质剃须刀开始进行一天一次的收割。在收割中互相还埋怨对方的质量太差，难听死了，把人吵得不行。这下李雨知道了，那像拖拉机声音的剃须刀在收割中肯定遇到了困难，胡子太粗。那紧一阵慢一阵的肯定是没电池了。那细腻如丝的想必是进口货。一般情况下有那么好剃须刀的都是有女朋友送的，那是女朋友的定情礼物。女朋友送男朋友剃须刀是一种最佳选择，如果男朋友脸上收割得不干净，倒霉的还是女朋友。

蓝娜送李雨的定情礼物，那把 PHILIPS（飞利浦）的剃须刀还在，它发出的声音在相当长一段时间让整个楼层的同学羡慕不已。那把原装进口的剃须刀不但能十分干净地收割满脸的胡茬，声音也确如丝竹，时常在清晨演奏出一曲美妙而又动人的爱情之乐。可是，李雨一时用不上它了，甚至看到它心中都隐隐作痛，这种痛是不间断的，就如一个小虫子在有条不紊地啃啄着心。那种痛切实存在着，可李雨又无法去抚慰痛处，李雨只能绝望地一声接一声的叹气。叹气也许可以暂时缓解心中之痛，可是在暂时缓解了先前的痛之后，接下来的痛会因李雨的叹气而加重。

对付失恋之痛能有什么办法呢？作为男人或许可以找几个哥儿们喝得酩酊大醉，让酒精化为麻药，麻醉心灵从而减少小虫子啃啄之痛。虽然当时有一种但愿长醉不愿醒的感觉，可是，你毕竟要醒过来。醒过来再去喝醉。这样要不了多久，你会变成一个酒鬼，走在路上两腿发软，体内空空，如一个空心人。

酒精是解决不了问题的，这时李雨也许会想到死。死是一件太简单的事也是一件太难的事。如果李雨真想死，首先李雨为怎么去死而颇为踌躇。如果跳楼李雨会怕痛，怕摔得粉身碎骨之后被无数小市民围观，那将是一件十分没面子的事；如果投河，李雨又怕淹不死，空让他人笑话。因为作为一个会游泳的人投河多多少少有那么一点做给人看的嫌疑；如果用安眠药，又觉得那不够壮烈，平平静静的有些矫情。

有人说自杀的最好方法，或者说是根本无法救活的方法是上吊。穿了一身新，比方是绸缎吧，再穿一双绣花鞋，因为大凡发现上吊者首先发现的是一双脚，那双脚要十分美，才能给人一种凄艳的忧伤。这样一想李雨就会打消上吊的念头，因为这是女人们死的方式，而且还是中国旧式女人死的方式，那些小姐、丫鬟们。

既然找不到一个好死的办法，那就暂时不死，先堕落地活着。这样李雨便可以不刮胡子，不上课，不上图书馆，在学校里幽灵般四处乱走，瞪着陌生人看，目光直直的。人们不会太在意李雨的，因为一看就知道是个失恋者。对于失恋者人们也没有太好的方法来对付，让他去吧，只要不打架殴斗，不影响其他同学学习就成。

要想从一个女人造成的痛苦中解脱出来，最好的办法是再找一个女人。所谓解铃还须系铃人。这时候要找女人不要找曾经爱过自己的也别找自己曾经爱过的，无论是前一种还是后一种，都可能陷入另一种痛苦之中。特别是前一种，可能会搭进去自己的一生。这时候要找女人最好去歌厅里找。

歌厅里那种灯红酒绿醉生梦死的感觉很好，如果在平时李雨也许想都不敢想。如今失恋了，终于找到了一个借口。失恋中也最不吝惜钱，去银行取吧，把计划一年用的钱全部取出来，在一个实在忍受不了痛苦和寂寞之夜去歌舞厅。

唱歌是一个缓解心痛的好方法。原先那歌厅叫练歌房，后来不知不觉地改成恋歌房了，一字之改绝妙无比。在恋歌房里有坐台小姐可以暂时充当李雨的恋人，可以和李雨恋歌二重唱，她们都是医治失恋者心灵创伤的老手。在歌厅李雨也学会唱流行歌了。流行歌在失恋前也没感觉多好，简直是不屑去听。那些软不拉叽的歌都是唱给中学生或者闲着没事干的人的，人们把这些人称之为歌迷。李雨不是歌迷，可是失恋后却对流行歌大感兴趣。

李雨那天在恋歌房唱了一晚上的《把悲伤留给自己》，然后，在大街上哈哈大笑起来，眼泪不知不觉地流了下来。李雨一个人在空寂的大街上走着，凉风如小细鞭子一下又一下地抽着李雨发热的脑袋，可是李雨一点都不愿醒来。

李雨也时常到湖边坐,他可以从太阳偏西一直坐到深夜。失恋之后李雨十分怕这长长的假期。假期使幸福者更幸福,使孤独者更孤独。无论是幸福还是孤独都会在假期增加分量。那些吃过饭就背着书包去教室或图书馆的乖学生,在假期却打扮入时和佳人天天相约黄昏后,在属于自己的老地方见面。这样,失恋的同学会触景生情,被一种淡淡的惆怅攫住。

总之,当师弟和女朋友往来的情书绝大部分都是谈论别人时,师弟觉得这种情书该是结束的时候了;当爱情剩下的只有痛苦之后,这种爱情已经走到了尽头。于是,在师弟办完了出国手续之后,他写了一封绝交信。最后师弟在痛苦中飞向了大洋彼岸。

师弟的离去使蓝娜恢复了自由。这样一来刘唱和蓝娜这对黄金搭档再一次出现在歌舞厅。

26

老板给宋总代理的案子一审判决当时只用了两个月的时间，宋总胜诉。这么快的判决除了因为民事庭负责此案的法官是老板的学生之外（对方不知情，也没有提出回避申请），还一个原因就是此案案情简单。

老板当时让宋总提出反诉是因为原告提出的"退股"案由不成立，虽然当时杨甲天通过关系让法院立了案。但根据《公司法》第三十条规定，股东在公司登记后，不得抽回出资。也就是说不允许退股，只允许转让。如果转让也是首先转让给公司其他股东，若公司其他股东不接受转让，可以转让给其他人，但一定要经公司董事会同意。杨甲天无法退股，其实也无法转让，因为他已和公司其他股东闹僵，大家不接受他转让的股份，同时也不同意他将股份转让给其他人。

其实杨甲天的股份不是转让不转让也不是退出不退出的问题，而是杨甲天的股份存在不存在的问题。老板就认为杨甲天的投资无效，在公司的股份不存在。老板的根据不是《民法通则》，也不是《公司法》的规定。老板根据的是中共中央和国务院的文件。如果换了我们来代理，我们肯定在《民法通则》或者《公司法》中找一个角度，没想到老板找到了中央文件。可见打官司找角度是多么重要。

宋总原计划是让对方退不了，也转让不了股份，然后转移财产，做假账，制造公司亏损，让你也分不到红。而老板却让他投资无效，从根子上把对方挖掉了，这怎么不让宋总大喜过望呢？他一再说找邵教授代理这个案子，是他今生做的最正确的决定，打完了官司公司将聘邵教授为常年法律顾问。

老板的根据是中共中央办公厅、国务院办公厅1993年发的一个文件，文件为《关于党政机关与所在经济实体脱钩的规定》，规定不允许党政干部经商。不允许经商你却在经商，那就是违法。中央文件属于政策法规，是我们法律体系的一部分，也是我们法的渊源。

然后，老板又根据《民法通则》第六条规定："民事活动必须遵守法律，法律没有规定的，应遵守国家政策。"因此，违反国家政策的民事活动，将导致无效的法律后果，而无效的法律后果应恢复原状。杨甲天属于党政干部，他自己也承认，为了表功说明自己对公司的贡献，在法庭上杨甲天历数自己通过关系为公司发展立下的汗马功劳。这样法院一审判决，天元公司退回杨甲天的投资五万六千元以及几年的银行存款利息，因投资产生的红利收缴国库。宋总说收缴国库他不怕，他自有办法。另外败诉方杨甲天还将承担双方的诉讼费。这样杨甲天将血本无归。

对于这一结果不仅让宋总欣喜若狂，也让我们对老板佩服得五体投地。我们几个曾在私下里议论过此案，认为老板和宋总的确够黑的，一夜之间便让一个富翁变成了穷光蛋。虽然我们私下有些同情杨甲天，但也找不到反驳老板的理由。后来，杨甲天在一审判决后不但上诉而且开始通过各种渠道告黑状，通过媒体制造舆论，给二审法院施加压力。在这种情况下老板指使我写了一篇文章，以介绍典型案例的方式在报上发表，以正视听。那篇文章后来被好几家报刊转载，产生了很大的社会反响。为了奖励我，老板给我发了一万块钱的奖金。

在一审胜诉后，宋总对老板说："你也该轻松一下了，今天我请你去唱歌。"

老板说:"好呀。"老板自认为歌唱得还是不错的。

老板和宋总走进歌舞厅时,整个歌舞厅还没有什么客人。一群小姐正妖妖娆娆地冲门而坐,热热切切地注视着门厅。一种笑声和另外一种笑声从她们中间如鸟儿般扑扑腾腾地飞了出来,正撞在老板的心口。笑过了又笑一回,可你就是不知她们笑啥。当她们见到老板他们时,顿时安静下来,就如暮色中寂静的山林,鸦雀无声。

不用说,她们都是坐台小姐,见了老板他们却做起淑女状,用各种各样自我感觉良好的表情,极职业地迎接着来客。老板在她们肆无忌惮的目光下脸热气粗,有些不敢迎接她们那盼顾的眼波。

宋总低声说:"别走得太快呀,看上哪一位了,我帮你叫。实行三包,包你满意。"

老板不由皱了皱眉头,对宋总极为不满。老板本来就有点做贼心虚的感觉,经他这样一乍呼,简直有些无地自容了,觉得脸上发烧。老板说:"什么三包不三包的,你可别拉我下水。我今天来没有别的意思,只是想来唱唱歌的。"

"好呀,"宋总笑着说,"今天让你唱个够。"

老板和宋总刚一坐下,一位穿超短裙美貌妇人款款而来。她冲着宋总笑了,说:"宋总你咋成了稀客了。不知大驾光临,有失远迎。"

宋总说:"我今天有贵客,你可要安排好。要档次高一点的,我这位客人可是教授。"

领班夸张地说:"那太巧了,我这今天来了一个大学生。教授配大学生正好。"

宋总冷笑一下说:"是真的假的?上次你给我介绍了一个女孩,说是个处女,结果……"

领班说:"这次绝对不会有假,我看过她的学生证。"

宋总摆了摆手说:"去吧,去吧,领来看看。"

领班去了一会便领了一群小姐来了。她让小姐在老板面前站成一排,让老板自选。这种方式有点像唐伯虎点秋香的味道。宋总让老板选,老板让宋总选。领班见老板和宋总互相谦让,便笑了。说:"不会没满意的吧?"

宋总说:"你就看着安排吧。"

领班说:"不太好意思是吧,那我就乱点鸳鸯谱了。"

领班为宋总安排了一位丰满而又艳丽的。宋总哈哈笑了,说:"看不出你还挺有眼光的。"

领班为老板安排了一位文静而又素雅的女孩,身上有一点淡淡的书卷气。若是走在街上你无论如何也不会把她和坐台小姐联系在一起。她应当是一个良家女子,而且出身书香门第。

毫无疑问,老板被这位气质不凡的女孩吸引住了。老板几乎忘记了自己是在歌舞厅,而是在某个艺术沙龙。领班见老板愣着,便偷偷地会心一笑,说:"她可是刚上几天班,先生可要好好待她。"说过走了。

老板连忙起身和那女孩握手,彬彬有礼地说了声:"你好!"

她对老板的礼貌有些不好意思,有些意外。她也向老板问了一下好,然后很沉静地坐在了老板身边。两人互相望望,会意一笑,也不说话,仿佛早就相知了。

老板猜不出她的年龄,现代女性都是这样。不过,老板敢说她年龄不过十七八岁的样子。她眼睛里有一种淡淡的忧郁,就如淡淡的薄雾,只是每当一笑,那微笑就如一阵轻风,将那薄雾拂去了,只剩下一潭池水。

她坐在老板身边,老板闻到了她身上有一股甜美而又清香的香水味。这香水味和她身上少女特有的气味混合在一起,让人沉醉。老板不由深深地吁了口气。

她望望说:"怎么叹气呀?"

"没,没有。"老板有些不好意思了。

由于舞厅太吵,交谈困难。老板不知道身边的那位小姐的任何情况,甚至连名字都没有来得及问。老板和那小姐各自默然地喝茶吃瓜子,不知不觉已到了十一点。这时,舞厅领班向大家宣布:"舞厅已到了午夜柔情十分,请小姐和先生跳舞。"

顿时,歌舞厅的灯光熄灭了,一线蓝色光柔柔地洒在舞池中间,那首著名的《蓝色多瑙河》随着蓝光喷撒而出,给人一种梦幻的感觉。

老板身边的小姐起身伸出了纤纤素手。老板连忙起身握住那手,两人踏着曲子滑进了舞池。

老板问:"你叫什么名字?"

她沉了沉半天没回答,仿佛把自己的名字忘了似的。末了,她回答道:"我叫董小令。"

"是哪几个字?"

"小令,是宋词的一种,意思是短小的词。"

老板不由独自发了一下愣,说:"我还是第一次听到这么个好名字。那'小令'二字就雅得很了,想必你父母是知识分子。"

董小令笑笑:"这是我自己取的。"

"什么,哪有给自己取名的。"

"是笔名。"

"喔,你是学文学的吧?"

董小令又笑了一下。

"你怎么当坐台小姐了?"老板问了这话心中便开始后悔,老板觉得不该问这问题,太唐突。

董小令沉沉地跳着舞,不做声,然后发出一声长长的叹息。

那叹息声十分沉重。让老板四肢僵硬，舞跳得就十分吃力了。老板不由低下头来望望董小令，见她脸上正挂着两行清泪。老板的心一下抽紧了，老板在她背上轻轻拍了下，说："对不起，是我冒昧了。"

董小令仰起头，腮边挂泪，强作欢笑，说："对不起，是我失态了。"

当老板和董小令跳完舞回到位子上后，舞厅里顿时少了许多人。老板见宋总也不见了，招手叫领班。领班暧昧地笑笑说："他先走了，让你好好玩，一切费用都记在他的账上。"

老板望望董小令，说："难道他带小姐出台了。其他客人呢，怎么说走都走了。集团消费？"领班很有意味地笑笑也不说话。

董小令默默地低下了头。

好家伙，这些人也真敢呀。老板也无心再玩，看看表说："我也该走了，十二点了。"

董小令也说："我也该走了，下班了。"

"你们也是坐班制？"老板打趣地问。

"如果没有客人，我一般都是十二点钟走。"

"一起走。"老板道。

"一起走。"她答，然后又现出了意味深长地笑。她每一次的微笑都让老板心跳加快。她就像个谜，她那微笑就像蒙在她脸上的面纱。面对她老板有一种无能为力的感觉。老板简直没有勇气揭开她的面纱。

老板和董小令走出歌舞厅，正巧碰到舞厅领班在门口送客人。她见了两人一起走，显然吃了一惊。她愣了一下旋即又笑了，说："路上照顾好我们小令，她可是第一次和客人一起走。"然后冲董小令做了个鬼脸。

老板有些尴尬地向领班点了点头，觉得她肯定是误会了，还以为自己带董小令出台呢！老板有心向她解释一下，可是见领班的目光暧昧，便把话咽了下去，觉得浑身上下都不自在，急忙钻进了一辆出租车。

不久，出租车便上了海滨路，老板让出租车开慢点，打开车窗让夜风吹着。老板不无感慨地说："我心烦的时候就喜欢在海边散步。"

"我也是。"董小令说，"要不我们下车走走吧。"看得出董小令兴致很高。

"好！"老板也来了兴趣。

老板付了车款让出租车走了，两人开始沿着海滨路散步。习习的海风带着夜晚特有的气息扑面而来。天上星光灿烂，水中流淌着满满的光彩。

老板犹豫了一下问："你为什么当坐台小姐？"

"是为了我父亲出书。"董小令回答。

"什么？"老板愣了一下，觉得简直是让人难以置信。

"我父亲一个真正的教书匠，到快退休了还是一个讲师。这是父亲心中的一块心病。父亲没评上高级职称是因为他没有专著。其实父亲对宋词很有研究，父亲的书稿有洋洋五十万言。连编辑看了都说这是近年来研究宋词的一部难得的著作，可是书才征订了几百本，没法出。这年月谁还会对宋词研究感兴趣呀。要是书出不了爸爸死也不会瞑目的。"

"要自费出书是吧，慢慢来嘛，你也不至于当坐台小姐呀？"

"我爸爸是肝癌晚期，而且已扩散。不快点就来不及了。"

"哦，是这样……"

两人边走边聊，不觉到了宾馆门口。老板在宾馆门前站住了。老板不由抬头望望自己三楼的房间。夜幕中窗口没有任何光线，一片黑暗。老板知道自己不回去那窗口不可能有光线。

"哦！"老板说,"都到门口了,要不先上去坐会儿。"
董小令"嗯哼"了一声,不置可否地发出了一串鼻音。

27

老板住在三楼，懒得等电梯了，和董小令走着上楼。楼道里的灯也许坏了，老板不得不牵着董小令摸索着上楼。这种感觉挺怪，有一种做贼的感觉。老板不由暗自窃笑，怎么会有这种感觉。

在房门口，老板窸窸窣窣地摸房卡开门。董小令却有些紧张地抓住了老板的衣襟，仿佛怕老板把她丢了似的。老板打开门先将她让了进去，然后打开了灯。

董小令被猛然的灯光刺激得发呆，眼睛眯成一条缝。当她适应了灯光后，老板见她眼眶红红的，显然是刚才哭的。董小令四处打量了一下"哇"地一声喊道："好大的套房呀，只住一个人呀。"

老板笑笑不语。老板坐在沙发上长长地伸了个懒腰，然后问："我有一个提议，不知你能不能接受。"

"什么提议？"董小令意味深长地笑。

"你不要再做坐台小姐了。"

"哦，"董小令望望老板，"我不当坐台小姐谁为我父亲出书？谁供我上学？"

"做坐台小姐，这样会毁了你的。"

老板说着起身从里间拿出了两万块钱。老板将钱放在茶几上，说："这是两万块钱，你可以尽快把你父亲的书出了，不要再当坐台小姐。"

董小令望着茶几上的钱，闭了下眼，露出让人不易觉察的微笑。末了，她把钱拿在手中掂掂分量，很平淡地说："那就谢谢你了，我不会让你失望，我会让你觉得这两万块钱没有白花。"

"那就好。"老板很高兴地望着她。老板觉得内心很自豪。两万块能救一位女孩，这是一件多么有意义的事呀。同时老板对金钱也产生了一种敬意，金钱这东西可以害人可也能救人。这就是要看谁拥有金钱，拥有者怎么支配它了。

过了一会，董小令问："有热水吗？"

"热水……"老板不解，"干吗？"

"我洗个澡，你也洗洗吧。"

"什么……"老板见董小令的眼神不对劲。

"怎么啦？"董小令见老板一脸茫然的样子，说，"走了那么多的路，一身的灰一身的汗，洗洗睡觉才舒服。"

"你住在我这……不走啦？"老板有点口干舌燥。

"你这是什么意思？"董小令突然很粗暴地站了起来，"难道你今晚不是想让我在这过夜？"

"我从来没想过让你在这过夜。"老板有些火，不由提高了嗓门。

"那好吧，不洗了。我们去卧室吧，完了，我就走。"董小令愤愤然。

"什么呀，我不是那个意思。"老板对董小令那种视死如归的样子产生一种莫名的怯意。

"有没有搞错？"董小令露出了鄙视的表情，"你不就是想和我上床吗？否则你带我出台干吗，给我钱干吗？"董小令有些神经质地逼视着老板，"你放心，我没有性病。我刚才说让你觉得两万块钱没有白花，是因为你还是我的第一个男人。"董小令说这话时脸涨得通红，眼眶中沁出了泪，"这，你放心好吧。有几

173

个财大气粗的老板最多曾出过五万,我都没干。因为我觉得不能太委屈自己,要卖也卖给一个看着顺眼的,卖给一个好人。我只需两万块钱,如果我看不上的人出再多钱我也不干。呜——"董小令说着趴在沙发上痛哭起来。

"这……你!"老板定定地坐在那里,束手无策。老板脑子里一片空白,怎么会搞成这样。老板望着董小令趴在沙发上哭着,显得还挺单薄的双臂一耸一耸的。老板想安慰她几句,可是又觉得此刻多说一句话都是多余的。

董小令独自哭了一阵,抬头望望老板,说:"对不起,让你扫兴了。"

"没有,没有。"老板连忙把纸巾递给她,"我知道你心里很苦,哭哭心里会好受些。"

董小令从包里拿出那两万块钱,说:"既然你不想要我,我也不能要你的钱。"

"别这样,我是真心帮你的。这钱算是借你的,你将来有钱了再还我吧。"

"我拿什么还你?"董小令苦笑了一下,"我大学毕业靠工资一年也挣不了两万块。"

"那就两年以后或者三年以后再还,反正我也不急用钱,你什么时候有了再还吧。要紧的是先把父亲的书出了。"老板故作轻松地说,"书出了可别忘了送我一本哟。"

董小令坐直了身子,脸上现出灿烂的笑。那笑是那样纯真,再也没有了那种意味深长。

老板把钱重新放进董小令的包里,然后起身说:"走吧,我送你回去。"

"我……"董小令欲言又止,最后恳求地说,"我在你这沙发上住一夜好吗?我们宿舍肯定关门了。"

"哦……"老板说,"好吧,我为你找一床被子。"说着老板为她抱了床被子,"明天你走时别叫我,我有睡懒觉的习惯。"

"好。"董小令说,"晚安。"

董小令第二天从老板处离开后就消失了。她早晨走时只留下了一张似是而非的纸条。纸条写得很简单:

  我走了,谢谢你!
    董小令 即日

这是老板手中唯一能证明世界上有董小令存在的证据,否则老板真会以为董小令只是一个梦。

老板觉得董小令应该和自己联系的,自己毕竟帮助了她。老板曾打电话到歌舞厅,歌舞厅也不知道董小令的下落。领班说董小令曾打过一个电话,说不来了后来就再没露面。领班还说,坐台小姐流动性很大,今天这个歌舞厅,明天那个夜总会的。歌舞厅没有固定的坐台小姐。

当时,老板听到董小令没再去歌舞厅坐台,心中还是比较欣慰的。她毕竟听了自己的话,那一万块钱没白花。

其实,宋总请老板唱歌就是请老板嫖妓,这种事情在一审判决后不止一次。可是老板并不懂其中之含义,所以当宋总请一群小姐让老板挑选时,老板总是不知所措。在这方面老板就显得十分老土了。不过,后来老板渐渐锻炼出来了。

这天宋总又请老板唱歌,老板就为自己挑了一个,老板打定主意反正不带小姐出台,唱唱歌也没什么。老板本来不想去的,想想要是碰到董小令了呢。老板心中还是想着董小令。

宋总自己带着一个去了隔壁,包厢里只剩下老板和那位小姐了。老板望望小姐说:"那咱们就唱歌吧。"老板说着去找歌,当老板抬起头来见小姐正脱自己的衣服。

老板大惊失色,问:"你要干什么?"小姐莫名其妙地望望老板说:"你不是唱歌吗?"老板说:"我说的唱歌不是你想的唱歌。"小姐这时已把上衣脱了，露出了丰硕的成果。小姐十分坦然地赤胸露体对着老板，说："难道先生还有更新的唱法？你要唱'美声'我可不干，我只唱'通俗'的。"老板说："我根本不是那个意思，"老板说着起身便走。小姐说："反正你唱歌的小费宋总已给了，你不愿唱可不怪我。"

老板甩门而去。老板有些气急败坏地回到了宾馆，老板实在接受不了这种赤裸裸的方式。当时梦欣正在老板房间看电视。梦欣见了老板问："干什么去了？"老板回答："唱歌去了！"

"真的？"梦欣的脸一下便拉了下来，"看样子男人真没一个好东西。"

"你说什么？"老板瞪了梦欣一眼。老板说，"宋总请我唱歌，我还以为真是去唱歌，没想到是去找小姐。我连一首歌也没唱就逃回来了。"

梦欣乐了，说："他们说的唱歌其实就是去找小姐。"

老板说："那只能说明我没见过世面了。小姐说只唱通俗的不是唱美声的，这美声是啥含义？"

梦欣不好意思地笑了，说："我不懂你们男人的事。"

老板说："这可不只是男人的事，要唱还是男女声二重唱。我特别喜欢唱民歌，特别是西部民歌。西部民歌绵长、悠扬，让人回味无穷。"老板说得很认真。

梦欣望望老板，低垂了眼睑道："那我们一起唱歌吧！"

老板望望梦欣不知如何回答，因为老板不明白梦欣所说的唱歌是哪种性质的，便问："怎么个唱法？"

"怎么唱都行。"梦欣说着向老板抛了一个媚眼，这个媚眼老板很熟悉，曾见梦欣向宋总抛过。梦欣的回答再明白不过了，不过老板还是坏坏地问了一句，"你是喜欢通俗唱法还是美声唱法？"

梦欣的脸一下红了，说："通俗唱法没啥意思，短、平、快，属于无病呻吟；美声唱法是老外的唱法，不是人干的；我也喜欢民族唱法，悠扬、绵长，让人回味无穷……"

在案子的二案审理过程中，老板和梦欣常常在一起。老板和梦欣每一次上床都会想起梦欣向宋总抛的那个媚眼。那个媚眼让老板嫉妒也让老板放心。这使老板可以在一种极为放松的心情下和梦欣做爱，也就是说老板每一次做爱都把梦欣当成宋总的女人。只把梦欣当成别人的女人的老板，只享受肉体之乐却无须投情感之资。老板和梦欣的关系甚至不能和嫖客与妓女相比，因为嫖客需要付钱，所以嫖客在和妓女做爱时是十分爱惜的，因为爱惜妓女就等于爱惜自己的金钱。而老板对梦欣什么都不需要支付。既然老板搞一个赠送给他的女人，那就不必客气了，所以老板和梦欣做爱极为放肆和放纵，这和老板与师母做爱肯定也大不一样。老板和师母做爱应该是温柔的小心翼翼的，因为是自己老婆嘛，需要爱惜。

老板的错误在于这种对梦欣的放肆和放纵反而换来了梦欣的兴奋与激动，梦欣不仅得到了肉体的极大满足还得出了这是爱的结论。这种结论和老板对梦欣的感觉相差甚远。

老板和梦欣做爱有一种施虐的成分，也有一种占便宜的感觉。老板野蛮地在梦欣身上施暴，梦欣在老板身下发出奇怪的声音。这种叫床让老板大惑不解，搞不清对方是痛苦还是快乐。梦欣发出的声音很大，放开了像唱一首真正的歌，只不过这首歌的歌词只有一个字，那就是"啊"。其实这是一首女人们都会唱的老歌，所不同的是有女高音、女低音和女中音之分。梦欣在唱这首歌时有些怪，不是喊不是叫不是哭不是笑，是一种闹……梦欣基本上是在两个人快达到高潮时闹床。

老板会问："好吗？"

梦欣说："啊、啊……"

这时老板就不太敢用劲了。因为声音太大，基本上是女高音了，老板怕隔墙有耳，影响不好。因为宾馆的过廊里随时都有服务员的走动，隔壁的房间里刚才还有说话之声，而此时却出现了可疑的安静。这时老板会拿起一个枕巾之类的东西，预备去堵梦欣的嘴。老板的行为让梦欣觉得可笑。梦欣"嘻"的一声笑了，老板在梦欣的笑声中疲软下来。疲软下来的老板便会死沉死沉地压在梦欣小姐的身上，闭着眼睛望着过去的那个"媚眼"问梦欣：

"宋总怎么样？"

"什么怎样？"

老板不好说宋总在床上和你怎么样，只是神秘地笑笑，就此打住。

28

师兄一直在等待"一条河"的传呼。师兄的等待漫长而又枯燥。师兄的呼机像一位可敬的智者沉着而又安静,连一点声息都没发出。

我们觉得师兄有病,在酒吧碰到的女生,根本不能算相识了。师兄不知道那位女生叫什么名字。师兄说姓名只是一个代号,没有必要问,一问就落入了俗套。师兄自己给那位女生起名"一条河"。

师兄说:"你听'一条河'这名字多棒,既有纪念意义,也有象征。"这名字记录了师兄和那女生所谓的认识经过。

师兄也不知道那位女生的专业。那女生在酒吧里看一本世界名著,只能说明她是一位文学爱好者,并不能就此判断她就是学文学的。即便是学文学的,范畴也十分大。那女生拿的是一本中文版的俄国作家写的长篇小说,是中国语言文学系,是俄国语言文学系,还是其他文学研究所呢?在这所学校各种研究文学的科研机构很多。师兄说也没有必要知道她的专业,一个女人学什么专业并不重要,重要的是学过什么专业,只要学过就行了。大学这种地方对女人来说就像一个窑,各种各样的女人进入大学这个堆满书籍和鲜花的窑里冶炼几年,走出去就成了满身书香之气的知识女性。这种女性聪明而又高雅,浪漫而又潇洒。你别指望女人在专业上有太深的造诣,差不多就行了。

对于师兄这充满了男性话语霸权的议论，你不必当真，也不值一驳，否则在宿舍争论三天三夜也没结果。按师兄的意思，姓名、专业都无须知道，那么总要知道联系方式吧。据我们分析，一个女人和男人萍水相逢，如果她乐意和你继续交往，她最起码要告诉你一个传呼。你可呼她，回不回电话就是她的事了，这取决于她当时的心情和感觉，这样比较容易掌握主动。女人给陌生男人留传呼这只是一种礼貌，一种感觉而已。如果她愿意和你交朋友，她不但会留下传呼，还会把住所电话也坦诚相告。这当然比仅留传呼更进一步，不过也只是一种好感，一种意念罢了。如果她对你有意，她会把宿舍的地址告诉你，这就意味着她已放弃了拒绝，把主动权交给了你，你可以去宿舍找她，她正等待着你的追求。

可是，师兄这一切都不具备，他怎么就敢宣布认识了一个女人呢！唯一给师兄安慰的是"一条河"最后留一句话：

"我会呼你的！"

这就是说师兄主动把传呼给了对方。

其实这比女人给男人留传呼更初级。据师兄说他亲自把传呼号写在了那本书上。师兄说他给对方留传呼留得十分机智，将传呼写在第四十六页第一个自然段的空白处了。并且，在第九十三字处还打了一个加入号，加入的是师兄的传呼号码。师兄的这种机智让我们躺在床上思考了许久许久，我们基本上没有弄懂其中极其深刻的含义。在一瞬间我们都自卑地认为自己智商有问题，连师兄的机智都没弄懂。

师兄解释说："把传呼号写在第四十六页，表示本人住梅园四十六楼；写在第一自然段处，表示住一单元；在第九十三字处打加入号，表示持这个传呼号码的人住93号房间。"如此，师兄就自以为是地将自己的联系方式完全告诉对方了。师兄住梅园46楼1单元93号房。

听了师兄的解释，我们暴跳如雷，骂师兄荒唐，哪有这样考人家智商的，连我们都弄不明白，那女人咋能弄明白。师兄说破译不了这密码的，智商一定有问题。如果是那样也不配和本人交往。

最后，师兄充满自信地说，"一条河"一定会打传呼给我，说不定还会找上门来。因为"一条河"是世界上最聪明、最细腻、最敏感、最多情的女人。她一生的梦想就是为了破译一位男人向她发出的求爱信号。因为她需要神秘，需要梦幻，需要深度，拒绝直白，拒绝浅薄，拒绝平面……师兄说，他有足够的耐心等她的呼唤。

师兄的等待实在是有些漫长，有些任劳任怨，为了迎接"一条河"的到来，他开始明显对女朋友董茵冷淡，并且最终向我们宣告和董茵分手了。同样是为了"一条河"的到来，师兄甚至改变了自己的生活习惯，过去他从来不叠被子，现在把被子叠得如军训时的样子。他基本上不打开水，现在谁没开水喝了，只要去师兄的保温瓶里倒就是了。

师兄开始进入一种失眠状态。为了使师兄能平静地睡去，在熄灯之后我们不知不觉转移了话题，由过去鼓励师兄把女朋友董茵办了，变成了为师兄分析"一条河"迟迟不给师兄打传呼的原因。在师兄等待传呼的最初日子，我们分析"一条河"会在周末呼师兄，因为平常要上课，要查资料，要写论文等。周末过后，我们又分析师兄没收到传呼是因为"一条河"和前男友在一起不太方便。我们这样言说，其实已承认师兄是"一条河"的"后男友"。这样能安慰师兄。周末过去了，我们分析"一条河"没呼师兄是因为正和前男友闹分手，只有先和前男友分手，才能一心一意地爱师兄。

就这样一个月过去了，我们累得精疲力竭，并且对"一条河"不传呼师兄的原因失去了想象力，也对师兄和"一条河"爱情故事的未来发展失去了兴趣。这就像要拍部爱情电影,已经有了一个好开头,可是女主角突然消逝了,这种情况无论是对男主角还是对导演乃至编剧都是一个打击。

在某一个熄灯之后的晚上,三师弟张岩突然从床上坐了起来,"哇"地叫了一声说:"我知道师兄为什么没接到传呼!"

此话一出,不由让我们又振奋起来,难道我们的想象和言说还没穷尽?难道还有一种更可信的原因?张岩说:"说不定'一条河'早就打了传呼了,只不过师兄的呼机没有收到。比方正赶上在地下室或地铁中,而'一条河'传呼后没有收到回答还以为师兄压根儿就不想和她交往呢!由于这个误会使'一条河'自尊心受到打击,也就不可能呼第二次了。"

张岩此话一出倒让我们恍然大悟,这种情况极有可能。别说在地下室和地铁了,平常在一些死角和高层建筑物旁传呼信号也会弱得收不到。还有服务小姐不太敬业,操作失误等等原因也会使师兄收不到传呼。各种意外太多了,让人防不胜防。任何一个环节出现问题,都有可能收不到传呼。师兄和"一条河"就像天上的星星,偶尔相遇又擦肩而过,然后按照原有的轨道越去越远,消失在茫茫的宇宙之中。我们甚至认为师兄给那女生起名"一条河"本身就是一种宿命。

一条河,河水一去不回头。

最后我们建议师兄复台,一般情况下电脑会有记录的。这是师兄的唯一的希望。

师兄复台后的结果出人意料。师兄当然从呼台没有查到"一条河"的传呼记录。但是一个奇怪的现象发生了,自从师兄复台后,师兄的呼机由沉默变得浮躁,师兄的呼机开始在每一个熄灯后的夜晚呼叫。最初我们还以为是"一条河"呢,还为师兄高兴。问之,师兄显得极不耐烦地回答:"什么'一条河',见鬼去吧!"

不是"一条河"那么是谁呢？这传呼有些怪诞居然能让师兄喊"一条河"见鬼。每当十二点，呼机会准时呼叫，然后师兄在被窝里蒙头回电话，声音时隐时现如巫师的咒语。这种声音将持续近一个小时。在这一个小时里我们只迎面躺在床上，徒劳地等待师兄通话结束。我们并不想在师兄通话结束后听他汇报内容，而是等待着他结束通话我们好睡觉。因为师兄的通话实在是神秘而又诡异，这使我们屏住呼吸，竖着耳朵想听个仔细。可是师兄的声音又是隐隐约约的，让你听不明白。那声音属于你想听听不明白，不想听又能听到那种，窃听的努力使我们身心疲惫。第二天起床，熬红的眼睛如六月的烂桃。

最后张岩将熄灯后的传呼命名为"半夜机叫"，并且还编了几句顺口溜：

"这里的黎明静悄悄，46楼半夜机叫，半夜机叫疑是半夜鸡叫，弄得我们睡不好觉。"

张岩将顺口溜编好在早晨的楼道里发表，然后挥挥手丢在清晨窗外的风里。张岩说："我看房子去了，一个老师要出国两年，他愿意便宜租给我。"

为了解决半夜机叫或者半夜鸡叫的问题，我和张岩商量共同请师兄吃饭，饭钱酒钱一人一半。我们分析请师兄吃饭后无非有几种结果：第一种结果就是花了钱解决了问题，把半夜机叫移到晚上十点钟左右，那时候反正也不想睡觉，大家正精力旺盛，师兄用这个时间打电话比较合适；第二种情况就是花了钱解决了一些问题，半夜机叫还是半夜机叫，只是请求师兄回电话别蒙在被窝里，干脆大大方方地打，不要怕让我们听，我们也不偷听，也别怕吵着了我们，我们也不怕吵，我们可以听而不闻，视而不见，把师兄的电话当成春夜的催眠曲；第三种情况就是花了钱一点儿也没解决问题，一切照旧，那样我们只有再花些钱去买耳塞了。怎么办呢，人家是师兄，又是大龄青年，你不能不让打电话呀。

当然了，我们要力争第一种情况，确保第二种情况，避免第三种情况。

张岩说："请师兄吃饭没问题，我可以作陪。不过客还是你请，我无所谓了，我已在校外租好房子了。"

"他妈的。"我只有骂娘。

29

当师兄知道我们请客的原因后，笑了，说："我还以为在被窝里打电话你们没听见呢。实话给你们说了，我早就想向哥几个汇报一下情况了，苦于找不到合适的时间和机会，还有就是又怕哥儿几个替老兄我白高兴一回，这次我吸取了'一条河'的教训，不把人落实了坚决不惊动大家。现在我可以非常肯定地宣布，我这次确实认识了一个姑娘。"

"谁？"我们问。

"一个传呼小姐！"师兄骄傲地回答。

我和张岩互相望望，我见张岩嘴角挂着残羹，示意他抹掉。在我们的心目中传呼小姐应该属于那种靓丽而又清纯可人的一族。最关键她们的声音都像夜莺一样好听，每次打传呼都让人柔情泛滥，如果每天和她们有一个小时的通话时间，那才叫美不胜收呢。我们对师兄的羡慕到了无以言表的地步。同时，我们也能理解师兄了，他为什么要在半夜和那小姐通话，不就是想听夜莺的声音嘛。

师兄说："我和041号小姐的交谈是在那天复台的时候。当时我的情绪糟糕透顶，孤独、无助、举目无亲，一种侮辱被伤害被欺骗被抛弃之感使我痛苦难耐。"师兄说这番话时，曾十分不怀好意地对"举目无亲"做过一次补充。说所谓的举目无亲，并不是指没有亲人，其实兄弟们就像亲人一样呀。我说了一些和事实有出入的话那只不过是为了表达一种情绪罢了。

我们暧昧地笑笑没有打断师兄。在他酒后，如果你打断话题那就麻烦了，因为每一个话题都会有无穷无尽的言说方式。

师兄当时拨通了寻呼台，就像一个无助的孩子。这时小姐041的声音出现了。041小姐动人的声音像一阵和煦春风，扑面而来。041小姐自报家门说："您好，041为您服务，请留言。"

师兄在电话这头愣了愣，一时语塞。041小姐又用同样的语气向师兄发问。这次师兄王莞清醒过来，师兄说："我呼90173。"

"请您留下姓名，"041说。师兄自报了家门，然后又留了我们宿舍的电话号码。再然后师兄就糊涂地把电话挂了。

不久，师兄的呼机便叫了。这时，我们都骂师兄有病。让你复台你自己呼自己干什么？

师兄说："我完全被寻呼小姐牵着走了，她的声音太好听了，我重新打重新打。"于是，师兄又打了一回，这次师兄把自我意识唤醒了，当041小姐自报家门时，师兄连忙说我复台。041小姐问师兄查寻什么时间的信息。

师兄说："从即日一直到永远。"师兄当时恨不得通过寻呼记录顺着时光隧道回到原始社会。不过，这种无理和不科学的要求被041拒绝了。

041说："对不起先生，我们只能查客户最近十条信息，超过十条信息计算机会自动删除。"

师兄说："那好吧。"师兄听到小姐操着计算机键盘的声音。一会儿，小姐说："在最近一周内您没有信息，只有刚才一位。"

"刚才是我自己呼的自己。"

"为什么您自己呼自己呢？"

"因为我找不着我自己了。你看一周内根本没有人呼过我，我把自己丢了。"041在那边噗的一声笑了,说,"没人呼您就意味着把自己丢了吗?"

"是呀!我孤身一人生活在北京西北郊的一所公寓里,整天面对着一些不会说话的书,我整天看前人写的书,基本和现代失去了联系,我有了一种被抛弃感。"

"您是在读大学吧?大学生的生活多么丰富多彩呀。"

"你别看那一些臭文人写的小说,其实大学生是最孤独的一类人。他们往往以自我为中心,自以为是,故作清高。平常大家在一起表面上都其乐融融,其实骨子里都是自私、自负的,相互间充满了隔膜。在没有利害冲突时可以和平相处,一旦有了利益冲突,马上就会像一群狗见到骨头那样互相急眼。"师兄说着说着开始愤世嫉俗起来。

041小姐在那边叹了口气说:"看样子谁都不容易。"041小姐的叹息让师兄动心,这使师兄心中有了一种同病相怜之感。

师兄说:"其实我真羡慕你,你可以接到那么多电话。那么多人联系都是通过你那修长的手指编织起来的。"

041小姐嘻嘻笑了,说:"您怎么知道我的手指是修长的,而不是短粗的。"

"我听你这声音就能判断你的手指肯定十分修长。这种手形属于艺术型,对各种键盘比较敏感,会像小红鸟的长嘴一样在各种键盘上啄着。如果在钢琴上可以弹出美丽动人的音乐,如果是在计算机键盘上可以输入各种各样的美妙信息……"师兄谈兴正旺,041小姐说:"对不起,请等一下。"然后接了一个传呼。

师兄便屏住呼吸听041小姐工作,师兄觉得这也是一种享受。一个传呼完了,小姐又回到了师兄这边。说:"如果您愿意,每天我可以在十二点呼您一次,我觉得听您说话挺长见识的。"

师兄激动地说:"真的,那就太谢谢你了。如果我每天都能接到你的传呼,听到你的声音,我别提有多么高兴。"

041小姐说:"不用谢,为客户服务嘛。"师兄听小姐这么一说,情绪有些低落,声音低沉下来说,"难道仅仅是对一个普通客户的服务?"小姐轻声笑了,说,"这不是逗您玩儿嘛,我们呼台哪有这种服务。"

师兄显然高兴了一些,说:"那我们就是朋友了,我这样给你打电话不妨碍你工作吧?"041小姐说:"十二点以后传呼量少,否则我可没有空,其实值夜也挺无聊的,和您聊聊天,挺好。"

就这样师兄开始了他和041小姐的聊天。这种聊天被张岩命名为半夜机叫。半夜机叫对师兄来说是一种享受,对我们来说就是灾难了。可是,听了师兄的讲述我们又不忍心劝师兄结束这半夜机叫,甚至不可能去要求将半夜机叫提前到晚上十点,因为041小姐只有十二点以后才上班。

吃过饭,我们扶着师兄走,师兄有些醉意了。回到宿舍是八点钟,离半夜机叫还有四个小时,师兄回来后极为舒心地上床便睡。我们知道四个小时后当困倦向我们袭来时,师兄会被半夜机叫唤醒,然后他会兴高采烈地去聆听他的夜莺的声音。在师兄熟睡的时候,我和张岩相对而坐,发愁地听着师兄的鼾声不知如何是好。

末了,我对张岩说,师兄这么大人了怎么一次比一次出格了?当初不让他和董茵好他不听,认为爱情是没有年龄界限的。他吃了董茵那小蹄子的苦头后,又认识了"一条河","一条河"成了他干枯的记忆之后,他又认识了一位041。前面两个还见过面,后边这个连面也不曾谋过呢。可见,师兄的恋爱是越来越形而上,越来越不具体,越来越纯洁,越来越柏拉图了。我们有责任帮助师兄,使他回到现实中,把爱情生活建立在现实的活生生的人的基础之上,说俗了就是建立在必不可缺少的肉体接触之上。

当师兄临时醒来在床上翻身之时，我们把他拉了起来："师兄你不能睡了，有几个问题你必须回答我们。"

师兄迷迷登登地问："啥问题，我还没睡醒呢。"

我们问："041小姐叫什么名字？"师兄不由皱了下眉，困倦中懒得理我们，说："你们怎么了，041就是041，还需要什么名字，任何名字都是代号，任何名字都无法取代041。"

我们不住地点头称是，为自己的俗气而自卑。同时我们又不得不十分庸俗地问师兄另外一个问题，"041除了传呼台的台号还有其他联系方式吗？"

师兄摇了摇头，说："干吗要其他联系方式呢？这样不是挺好嘛。"

我们说："你想过没有，如果某一天041突然不和你联系了，你又如何去找她。难道你打电话到呼台？你怎么还不吸取'一条河'的教训呢？干什么事都不能太被动，要掌握主动。你现在就打电话到呼台，在041还没有消失的时候通过其他小姐了解一下，至少要知道她叫什么名字和其他联系方式。一个呼台的大家都是姐妹应当知道一些041的情况。既然041现在对你这么重要，你就要想办法和她见面，最后把她带到宿舍来。你虽然举目无亲，但我们毕竟是你的同学，是你的朋友。"

师兄出神地望着我们，他显然被我们苦口婆心的劝说打动了，同时他也被我们的"举目无亲"之说弄红了脸。于是，他拿起了电话。我们好奇地凑了上去。师兄把听筒放下，十分大度地用了免提。师兄在电话中对呼台小姐说："我有事咨询。"

小姐说："我很乐意为您服务。"

师兄说："谢谢，你能告诉我041小姐叫什么名字吗？"师兄此言一出，我们不由为他着急，这种问题太冒失，会引起人家的误解，说不定把你当成坏人呢。呼台小姐顿了顿问："她是您什

189

么人呀？"

"她是我朋友。"

"既然她是您朋友，您怎么连她的姓名都不知道？"师兄被对方问哑了，我在心中为师兄叫苦，完了，肯定问不出来了。

师兄这时有些低声下气地说："求求你告诉我041的姓名吧，我真是她的朋友。"师兄的声音像一位年轻力壮的乞丐，不但不使人同情，反而让人厌恶和恐慌。呼台小姐不做声了，隐隐约约地听到她正和另一个呼台小姐商量。过了一会儿，小姐说："既然您要找人，我把您的电话转给值班主任吧。"

值班主任的声音显然老了一些。当她听到师兄打听041小姐时，声音放得出奇地和气，可能以为有人投诉。她说："您为什么想知道她的名字呀？"

师兄说："041小姐是世界上最好的寻呼小姐，对人和气，服务周到，她每天晚上在我最孤独的时候呼我一次，然后我们开始交谈。我希望能真正认识她，见到她。"

值班主任问："她每天什么时间呼你呀？"

"在十二点过后。"

"你们谈多久呀？"

"大约一个小时。她使我孤独的心灵得到了安慰，在这一个多星期里我活得最充实、最快乐，每天我都像过年一样盼着十二点到来。这样好的服务小姐在今天这个物欲横流世风日下的社会已不多见了。希望你们能奖励她，她简直就是活着的女雷锋呀。她做了好事，也不留名，所以我才设法从你处打听她的名字。"

师兄的言辞恳切，情真意长，让人动容。值班主任在师兄的请求下说："那好吧，我们查一下041是谁，你把呼机号告诉我。"

师兄连忙把呼机号告诉了值班主任，真挚地说了声谢谢。挂掉电话后师兄"哇"的一声跳了起来，双手紧握拳头举在头顶，像一个足球流氓或者傻球迷似的。

这时,师哥老孟来了,问:"王莞在叫什么春?"我们告诉了老孟。

老孟也被师兄感动了,陪着师兄高兴了一回。这下好了,一旦师兄把041小姐的情况弄清,当他再和041小姐通话时,心中就有底了。我们也不必受半夜机叫的罪了。

这时,灯突然熄灭,整座楼都哇地叫了一声,间或有咒骂之声传出,可能谁的电脑又忘记存盘了。楼长太认真负责,总是准时熄灯,真拿他没办法。有几次大家正看足球赛,楼长居然也把闸拉了,差点没酿成学潮。灯熄后单身宿舍楼反而热闹起来,精力过剩的就冲着窗外乱唱。借着路灯的光亮,我们也无心上床,大家的眼睛都贼亮贼亮地放光。我们一起等待着师兄的半夜机叫。时间一分一秒地过去了,师兄的呼机又沉默了,好像一块无用的石头。等到十二点半,我们终于不耐烦了,让师兄打电话到呼台问。

"你好,请转041小姐。"师兄说。

老孟说:"怎么不先找值班主任?"

师兄说:"041没有准时呼我,我得先找到她。"这时电话中有个小姐回答:"您好,我是041,很高兴为您服务。"

师兄顿了顿道:"对不起,我不认识你。041小姐的声音我能听出来。"

"对不起先生,我是041。"

"那我找昨晚十二点值班的041。"

"哦,我刚刚接班,要不找值班主任问问。"

"是值班主任吗?"师兄问。

"是的,先生!需要我帮助吗?"

"你们的041小姐呢?"

"她不是正在值班嘛。"

191

"不是,她不是我要找的041,我要找昨天晚上十二点值班的041。"

"对不起先生,我们这里不分昨天的041或今天的041,无论是昨天还是今天或者明天我们只有一个041。041只是一个值班席位。"

"怎么是这样,你是值班主任吗?"

"是呀。"

"你一小时前不是答应帮我查041的姓名吗?"

"是吗?我们的值班主任席也只有一个,不分一小时前和一小时后。值班主任席的代号为001,无论是我还是别人都用这个代号。现在都是数字化管理的。"

"难道041小姐消失了?"

"您知道她的名字吗?"

"我不是正通过值班主任查吗?"

"那就没办法了,坐过041服务台的小姐太多了,谁知道您找哪一位。"

"怎么是这样?"师兄茫然地望望我和张岩。

张岩说:"别和值班主任磨嘴皮子了,她不会告诉你的。她在装腔作势,你永远也问不出名堂。现在只有一线希望,那就是等041小姐呼你。"

"又等传呼?"师兄恐怖地望着我们,仿佛他等待的不是传呼而是灾难的来临。

"活该,"老孟说,"谁让你玩虚的,漫无目标,无处抓挠。对于追求浪漫的家伙,只有用等待进行惩罚。"

不过,这一次传呼没等待得太久。大约在一点多钟的时候,师兄的呼机响了。师兄像捧了一块炭火在宿舍里乱转,不敢看。我们把师兄的呼机抢过来一看便笑起来,原来是师姐那家伙打来的,说"我也半夜机叫一回"。好在师姐的留言是"半夜机叫"

不是"半夜鸡叫"，否则不就成"鸡"了，师姐差点把自己也绕进去了。

师兄气愤地捏着呼机肩头一缩缩地使劲，说把你消灭，把你消灭。好在那呼机不是师姐的脖子，否则师姐岂不是让他消灭了。就在师兄删除留言时，呼机又响了，师兄一看脸都白了。

有一位叫翟虹的陌生小姐给师兄留言，留言的内容为："你为什么向公司举报，我和你聊天纯属好意，我被开除对你有什么好处？"

接到这个传呼，师兄脸色苍白地愣在了那里，嘴里念念有词："我害了她，是我害了她。"显然，那041小姐叫翟虹。师兄终于知道了041的名字，可是师兄却永远失去了她。师兄又气急败坏地给呼台打电话，找值班主任。

"是值班主任吗？"师兄问，"你们为什么开除041小姐？"

"什么041小姐，谁开除041小姐了？041是开除不了的。"

"你别装腔作势了，我说的是那位叫翟虹的041小姐。"

值班主任说："因为她在上班时和客户聊天。"

"可是……"师兄说，"可是她是一个十分好的服务员呀，你们怎么能这样？"

"这是我们的纪律，"值班主任说，"如果我们的服务员上班时都和客户聊天，谁还去接传呼，我们的呼台不关门才怪了。"

师兄最后有些气馁地问："你能告诉我怎么和翟虹联系吗？"

"她已经走了，"值班主任说，"我们也不知道她的联系方式。"

30

　　三师弟这几天的心情一直不好，也不知为什么。三师弟觉得自己无所事事的，干什么都提不起兴趣，也不知道做点什么好。三师弟便去图书馆看书，刚坐下三师弟的手机突然响了。电话是李律师打来的，说陈律师已给王愿打了几个电话了，两个人还约定去看电影呢。

　　三师弟的心当时就咯噔了一下。三师弟当时说不出是一种什么滋味。三师弟在电话中毫不在乎地说："去呗！看陈律师的本事了。"

　　李律师在电话中笑着说："你不心疼？"

　　三师弟说："有什么心疼的。"

　　李律师说："你不心疼就好。"说着就挂断了电话。

　　三师弟接过李律师的电话后情绪更低落了，三师弟无心在阅览室坐了，他起身走出了图书馆。三师弟觉得是不是可以给王愿打个传呼之类的，看她现在正干什么？虽然，约定三师弟不准主动和王愿联系，可给王愿打个传呼的冲动却一直折磨着他。这样三师弟在校园里乱走了一通，终于忍不住在湖边给王愿打了个传呼。不一会儿电话就响了，三师弟一接是陈律师的声音。陈律师在电话中嘻嘻笑着，说："我现在正和王愿看电影呢，你有什么事吗？王愿让我给你回一个电话。"

　　三师弟觉得自己的心被重重地刺了一下，那心中唯一的一块空白，一下被涂黑了。不过三师弟还是故作高兴地说："陈律师真有你的，我没事，你们好好玩吧。"说着便挂了电话。

三师弟挂断电话望着灰蒙蒙的天空，有一种说不出来的滋味。三师弟不由自嘲地笑了，自己这是怎么啦，不就是一个女人嘛。而且自己答应陈律师让给他，现在人家在一起，你怎么真的心疼了？算了吧，这种女人不值得你这样。可是，王愿不应该是这种女人呀！三师弟觉得应当给陈律师打个传呼，告诉他在王愿面前别提起自己。三师弟心中隐隐有一种担心，三师弟怕陈律师会把自己的风流史抖搂出来。三师弟觉得自己即便失去了王愿，也不想让王愿对自己有一个坏印象。

三师弟给陈律师打了个传呼还有些不放心，又给李律师打了个电话。三师弟对李律师说："请你提醒一下陈律师，别让他乱说，否则对他自己也不好。"

李律师说："对，不能让他乱说，否则，咱们都成什么人了。"

不久，李律师又打来了电话。李律师说他们正在看电影。陈律师是从电影院出来回的电话。他让你放心，他不会乱说的。李律师说："陈律师十分高兴，说他们俩已经成了，他们看电影时手都握在一起了。"三师弟在电话中笑笑说："是吗，那就祝贺他们了。"然后挂断了电话。三师弟挂断了电话独自发了一会儿愣，摇了摇头心里说，这种女人不值得，然后吐了口气。

这时，三师弟发现天气晴朗了起来，湖面上升腾出一层如薄纱般的雾霭。三师弟找个长椅坐了，三师弟坐在长椅的另一头，让长椅空出三分之二，留下很多空白。三师弟望着那空白，有一种无可奈何的感觉。张岩心中有一种渴望，幻想着有一个人能填补这空白。可是，这种期待是徒劳的，张岩只能望着那心中的空白独自伤神。

这时，突然会出现一位女生，她望着那空白大胆地问："有人吗？"张岩的眼睛便像狼一样红着剜人家一下，这使人家像被烫着了似的，惊慌失措地斜身而逃，然后走到不远的另一个长椅上，问另一个孤坐的男生有人吗？

那男生回答："有，你不是吗？"女生笑笑坐下了，中间却留下了另一个空白。

他们时常望望波光粼粼的湖水，有时也望望张岩，哗哗啦啦地各自乱翻书，一个字也看不进去，坐立不安。那时候湖上正升腾着一种淡蓝色的雾霭，很朦胧的美。可是，他们自始至终也没说话。

后来，女生起身走了，走向湖的一边；后来，男生也走了，走向湖的另一边。他们的距离会越来越远，越来越远。张岩望着他们，心中淡淡地生出一种遗憾。张岩不知为什么为他们遗憾，或许他们是挺合适的一对，但他们却都不愿意拂去心中的那层朦胧。可是，他们如果真相识了后来又相爱了怎么样呢？或许他们最终一样会失恋。这样想起了自己，心便又痛了一下。

夜来临之后，湖边有柔柔的灯光。那灯光有些神秘，像夜的眼闪闪烁烁的。在那灯光的阴影处张岩会听到细细的哭声，这哭声往往是女生的。那基本上是为情而诉，非常矫情。

更晚一点儿会有不少围着湖跑步的男生或女生，他们不停地跑，不知疲倦。一个外国留学生不是跑，而是一圈又一圈地快走。那天晚上她至少走了十几圈。每一次望着她从长椅边走过张岩都不由为她叹气。

王愿再一次给三师弟打电话是在一个中午。当时，三师弟午睡后刚起来，脑子里昏沉沉的。他站在五楼的阳台上向对面的女生宿舍楼张望，看到女生们花枝招展地进进出出，就觉得很好看，也很能提神。

三师弟发现对面女生宿舍一个窗玻璃上贴了一个大红的喜字。三师弟的心不由动了一下，这是哪个女生结婚了，连毕业都等不了了。好在读研究生可以结婚。是呀,结婚真是挺好的,两人在学校外边租间小平房,小日子肯定十分甜蜜。我什么时候才能结婚呢?三师弟想起自己的事不由又叹了口气。三师弟在脑子里把自己认识的女人像放电影一样过了一遍。三师弟觉得很气馁,没有哪个值得他要。唉,找个女人容易,找个老婆真难。

三师弟正在阳台上想着自己的心事,这时手中的电话响了。三师弟懒懒地问谁呀?我呀!一个女人的声音。

"你是谁呀?"三师弟又懒洋洋地问。三师弟觉得自己一点心情也没有,连对女人也提不起劲了。

"我是我呀。"电话中的女人继续卖关子。

三师弟笑笑,开始有点兴趣。正准备调戏两句,这时电话中的女人便自报家门了。"我是王愿,张岩你在干嘛呢有气无力的样子。"

"王愿,不就是董小令嘛。"

三师弟不由冷笑了一下,她给我打电话干什么,她不是和陈律师好了吗?这个女孩我小看她了,不是省油的灯。三师弟面对挑战,不由兴趣大增,逗她玩玩,谁怕谁呀,便说:"我正在阳台上看对面的女生宿舍呢,女生都熬不住了,纷纷都嫁人了。"

"你怎么这么粗俗!"王愿说。

"我这是粗犷。"三师弟答,"你看连集体宿舍的窗玻璃上也贴上了大红的喜字。"

"是吗,真够浪漫的,把喜字贴在集体宿舍的窗玻璃上还真有些新意。"

"是呀,好像全宿舍集体结婚似的,这分明是让我们男生好看嘛。"

"你不是新郎,是不是觉得很失败呀。"

"太失败了,"三师弟说,"你想过结婚吗?"

"结婚,谁要我呀?"

"我要呀。"三师弟打趣说。

"真的？"

"真的，嫁给我吧。"三师弟又说。三师弟说这话时心里没有一点负担。要是前几天三师弟肯定没有这样放肆。现如今三师弟已经把王愿放到一个无所谓的位置上了，也就肆无忌惮了。

王愿在电话中沉默了许久，然后在电话中又说了一句："你把刚才的话再重复一遍。"

三师弟又重复了一遍。三师弟以为王愿生气了，重复的时候便有了笑声。那笑声分明向对方传递了一个意思，这是开玩笑，别生气。可是，王愿在电话中却十分严肃地又问："真的？"

三师弟便大声笑了："是真的！你要愿意咱明天就结婚。我去院上开结婚登记证明……"然后三师弟又说了许多话，都是打情骂俏的话。这样，三师弟的心情好多了。王愿在电话中说："那我就等你明天开证明了。"

第二天，三师弟还在睡懒觉，王愿便开始打传呼了。三师弟当时想不出王愿大清早找他干什么。三师弟打开手机回电话。王愿在电话中问在哪呢？三师弟回答在床上呢。王愿说我还以为你去开证明了。三师弟便笑了，三师弟觉得王愿挺可笑，一个玩笑要开两遍。虽然，三师弟觉得用这个题材继续发挥挺没劲的，但三师弟还是借题发挥了下去。

三师弟说："大清早的到哪开证明，总要等到院里上班吧。"

"你们院上班那么晚呀，都十点了。"

"啊！"三师弟看看表，原来真十点了。三师弟说，"没想到这么晚了，好！我这就起来去开。"

"那你就快起来去吧。"

三师弟长长地伸了个懒腰说："这是不是搞反了，是我求婚，你应当半推半就才好，怎么搞得有点逼婚的意思了。"

"是不是不敢了，怕了吧？"王愿得意地笑。

"谁怕谁呀，咱们先说好，我可是身无分文的穷光蛋，你嫁给我可别后悔，我连买床的钱都没有，别说买房了。"

"没事，买床的钱我不让你出。"

三师弟不由嘻嘻笑了，三师弟觉得自己被逼到了墙角。这个女孩真怪，你弄不懂她是真是假。那边和陈律师看电影，这边又和我这样。她不是太傻就是太聪明。三师弟把牙一咬又说："开个证明还不简单，我开了证明然后就去开房间，今晚就是咱们的洞房花烛夜。"三师弟觉得自己把玩笑开大了，对于一个才见过两面、连手都没拉过的女孩来说，这样开玩笑是有些过分了。可是，这不能怪我，是对方把我逼到这分上的。三师弟想王愿听到这番话肯定会受不了，肯定会在电话中骂一句臭流氓，然后就把电话摔了。

可是，对方沉默了半天，突然说："你开吧。只要你把证明开了，怎么着都行。"

三师弟不由愣了一下，怎么碰到一位这样的主。三师弟叹了口气说："算了吧，就算我怕你了。"

"你怕了，虚伪！你甜言蜜语的逗我开心，原来没一句话是真的。我就是要看看你还有没有真诚的一面。"

"算了，你也别把自己标榜得很诚实守信的样子，你一边和我打情骂俏一边不是和我的朋友看电影吗？"

"你说什么？"

"我不想说什么了，就这么着吧。"三师弟一下挂断了电话，三师弟挂断了电话，心里便有了气。这时电话又响了，三师弟以为又是王愿打来的就说："你还有什么要说的吗？"

"我要说的多着呢。"电话里是一个男人的声音，原来是李律师打来的。李律师说："陈律师这几天很痛苦呀。"

"他痛苦什么，不是把那个妞泡了吗？"

"拉倒吧,王愿不理他了,打电话不接,打传呼不回。"

"为什么?"

"不知道,这还要问你呀。"

"问我?我怎么知道。陈律师不是还请王愿看了电影吗。"

"就是在看了电影之后就不理他了。"

"那是怎么回事?"

"据陈律师说,在看电影的时候他握了王愿的手,王愿当时就生气了,从此不再理他了。"

"哦……是这样。"三师弟不由愣在那里。三师弟挂掉李律师的电话马上开始给王愿打电话。

一连几天三师弟都在给王愿打电话。三师弟的电话如焦灼不安的夜莺,把王愿宿舍那寂静的黑夜搅得一片喧哗。可是,每一次电话都不是王愿接的,据说王愿总是不在。王愿宿舍的女生像排着队似的十分可疑地一个一个地接着三师弟的电话。这让三师弟在电话中无法倾诉,也让三师弟十分焦急,因为马上就是王愿的生日。

三师弟决定好好给王愿送一份礼物。送什么呢,自然要送能表达自己心意的礼物。三师弟首先想到了玫瑰。王愿二十二岁生日,送二十二枝玫瑰花吧。可是,三师弟立刻便把这个念头打消了。这种送花的方式谁都会,没有新意,一点也没特点。如果在暗中还有一个追求者的话,这岂不是一种可笑的重复,这种重复只能是两败俱伤。三师弟觉得像王愿这种女孩肯定有不少追求者,而这些追求者不会不利用她的生日。三师弟不知不觉把自己推到了一个竞争的位置上了。这种竞争让三师弟平添了几分豪气。

三师弟打消了送二十二朵玫瑰的念头便开始在商店里乱走。这时他被一群外观十分奇特的瓶子吸引住了。那是洋酒柜台,各种各样的进口红酒立在那里争奇斗妍,散发出一种醉人的芬芳。

三师弟决定买一瓶，虽然那些美丽的瓶子价格不菲，三师弟还是毫不犹豫地付了款。三师弟双手捧着酒瓶对着太阳照，他看到那美丽的液体在瓶子里曼舞着，泛出滚滚红尘。三师弟为自己的决定很是得意了一阵。

酒，不就是"久"的谐音嘛。尝酒，不就是"长久"嘛。三师弟被自己的发现或者说解释迷住了。三师弟不由想起了一句话，任何事或物都可以为己所用，关键是怎么言说，关键是有无权利言说。三师弟觉得对于这瓶自己掏钱买的酒不但有权利言说，而且这种言说还可以为己所用。

三师弟抱着酒瓶在大街上走着，不知不觉来到了一个花店门前。三师弟还是被那玫瑰花吸引了。三师弟不由向前问了价格，对那红玫瑰爱不释手。三师弟觉得虽然不能买二十二朵玫瑰和莫须有的另外一个竞争者重复，但是没有玫瑰花的生日礼物至少是缺少一种情调的。况且送的还是一个漂亮女孩呢。玫瑰是要买的，但是买几朵让三师弟颇为踌躇了一番，最后三师弟决定买九朵。九朵玫瑰花和一瓶酒，不正是应了那首"酒歌"嘛。"九九归一跟我走……"好，三师弟在心里又为自己的言说喝了一回彩。

晚上，三师弟骑着他那辆老爷车吱吱嘎嘎地出发了。三师弟把酒和玫瑰花放在面前的车筐里。鲜花和旧车形成了鲜明的对比，在夜晚的路灯下多少显得有些荒诞，像一幅后现代派的形体艺术。三师弟连自己都觉得可笑，把破自行车随便扔到了路边，下来走。

三师弟捧着九朵玫瑰和一瓶酒穿行在校园里。他到了杏园，然后走进了漆黑的楼道。三师弟想不通为什么连女生宿舍的楼道里都不安灯，难道说女生们不害怕吗？王愿每一次晚上回来肯定会害怕的。这个鬼学校，三师弟心里骂着，顺着无灯的楼梯在黑暗中向上摸去。三师弟觉得这种感觉有点像小偷一样。不过，这种手捧鲜花的小偷还是比较少见的。也不一定的，说不定在自己之前，已有无数个男生手捧鲜花穿过这漆黑的楼道了，每一个男生在穿过这楼道时可能都会有这种感受。偷的是什么呢？偷的是心。

无论楼道如何黑暗男生们都会奋不顾身、义无反顾。因为迎接他们的是光明，是自己心爱姑娘的如月光一样明亮的笑脸。

三师弟终于摸上了王愿寝室的楼层。楼层上就没有那么黑暗了，各个房间的门头上都有灯光。三师弟不由整理了一下衣襟，把手中的鲜花用手拨弄了几下，使鲜花显得有些生机。花们经过一路的奔波，一路的风尘，再加上一路的黑暗，已失去了鲜活。三师弟用手拨弄了它们一下，有点要把它们叫醒的意思。不过，鲜花在三师弟的拨弄下真的又显出一些生机了。

三师弟开始寻找王愿的门牌号码。由于三师弟总是盯着门看，一不留神便一头撞在了晾在走廊里的床单上了。撞在床单上对于三师弟来说倒没有什么，可是当三师弟抹去遮在脸上的床单时，却发现了一个严重的问题。三师弟怀里的玫瑰花由九朵变成了七朵，其中两朵被床单挂断了花茎落在了地上。三师弟的心一下便沉了下去。这……三师弟觉得太不吉利了，这该怎么办？三师弟痛心地从地上拾起花朵，愣在那里。

这时，一扇门突然打开了，房内的灯光像舞台的聚光灯一样一下把三师弟罩了进去。三师弟像一个还没准备好上台的演员，一下便暴露在舞台中央。这使三师弟狼狈不堪地用胳膊挡了下自己的脸，然后眯着眼往房内看，开门的是姚旋。她望着三师弟笑了，说："我听到外头有动静，没想到是你来了，请进吧。"

"你怎么在这里？"

"来给王愿过生日呀。"

三师弟极不自然地笑笑，不知所措地走进了屋。不过，在他进屋时没忘记把手中从地下拾起的花朵装进了裤子口袋。

屋里只有姚旋一个人，这让三师弟稍稍定了下心。三师弟尽量做得很大方很得体的样子。他走到屋内的一张桌子旁，把酒和花放下，问："有没有花瓶？"

姚旋说："没有了，已经没有了。"这时，三师弟看到桌子上的一个大花瓶中插满了红色的玫瑰。

三师弟望望那束新鲜的充满生机的玫瑰，不由将自己的鲜花抓在了手中，就像抢救沙滩上干渴的鱼。三师弟看看花瓶里的再看看自己手中的，一种怜悯油然而生。自己手中的玫瑰显得多么可怜呀。那本来由九朵玫瑰组成的花束，只剩下了七朵，而剩下的七朵也垂头丧气的，仿佛正为失去的伙伴悲哀。三师弟把那束花插在桌上一个笔筒里。

"怎么是七朵呀？"

三师弟本想说原是九朵的……可是冲口却说："这'七'不就是'期'嘛。七朵玫瑰和一瓶酒，就是'期望长久'的意思。"

"哦！"姚旋情不自禁地露出了笑容。

三师弟说完这话，不由便看了下表，说："我该走了。"三师弟望望桌子上的两束玫瑰，觉得有一种不敢见王愿的感觉。姚旋见三师弟望着那大束玫瑰看，便说："你猜这一束是几枝？"

"二十二枝！"三师弟毫不犹豫地冲口而答。

"咦！你怎么知道的？"

三师弟苦苦地笑笑没有吭声，然后，迫不及待地告辞了。三师弟怕对方再说出那送玫瑰的人来，三师弟不想知道。三师弟离开时说："请你照顾一下我那束玫瑰。"

"放心吧，我会为它们找一个瓶子的，但愿如你所说能长久。"姚旋说。

三师弟再一次穿过校园之时，有一种逃亡的感觉。

203

31

　　研究生就如放牧在草原上的一大群羊。一切都靠自觉,你胖也好瘦也好都需要自己去努力觅食。导师只不过是牧羊人。他们只需要在三年以后把分给自己的那一小群羊归拢来清点一下,让写个论文什么的测试一下胖瘦,然后贴上一个学校的标签投向市场,卖。有些导师连卖的时间都没有,羊们往往是自己卖自己。在喂养这群羊的过程中自然由国家把钱拨给学校,学校再把一部分拨给牧羊人。

　　所以,找工作要赶早。无论是硕士还是博士,二年级的时候就开始找工作。往往是签了合同再准备论文,有的合同一签就上班,先过门,婆家需要呗。这样算是实习,毕业后一切都熟了。

　　我们一般不和师哥一起去找工作。他是博士,有自己的点。这样雷博士和孟博士便成了当然的伴。不过老孟和雷文结伴去找工作只有一次,后来再没去过,因为老孟和雷文去找工作伤了自尊心。老孟认为和雷文那次去找工作是他最黑暗的一天。那天两个博士心情不错地在招聘会上逛。在一个招聘点两人都停了下来,那个点打着惹人的广告,说专招博士,年薪十万。专业要计算机、法律、经济学。两人见很合适便填了表。

　　招聘者见了雷文眼睛一下就亮了,验了雷文的学生证就让到一边恳谈席上了。可是见了老孟却又递了一张招聘须知。老孟看也没看就说,我和那位是一起来的,也是博士。我是法学,他是经济学。那人望望老孟，有些不情愿地让老孟出示证件。老孟理直气壮地把学生证递了上去。结果人家看了看学生证又递给了老孟，用笔尖点了点招聘须知的第三条第二款说："请看看这一条写的是什么？"

老孟一见之下脸便热了，上面写着要三十五岁以下的。老孟三十八岁了，已过了线。老孟的心被刺痛了，可望望那人又不好发作，便悻悻然而去。

雷文正和恳谈席上的负责人谈得正热烈，见老孟走了还得意地挥了挥手。老孟在心中愤然骂了一句："小人得志。"老孟无目标地在招聘会上又转了一圈，面若冷霜，心如刀割，后悔和雷文那厮一起来招聘会。正走着雷文迎面赶来了，说："你怎么走了，那个负责人要和你谈谈呢！"

老孟说："有什么好谈的，我对他们公司不感兴趣。"

雷文说："我已给人家说了，我们是一起的，如果不要你，我也不去。"

老孟一听此话，火一下就蹿上来了，说："我好像是卖不出去的，还要搭上你卖，去他妈的，别说年薪十万，就是二十万我也不去了。"

雷文太了解老孟了，知道这一刀正戳在老孟的软肋上，心中极为受用。雷文在脸上却表现的很愤怒，说："这种狗眼看人低的公司我也不去了。"

招聘会后，老孟几天都没回过劲来。坏心情使老孟成了一个刺猬，连师妹也被刺了一下。师妹又不知老孟的心情不好，这天照例去老孟宿舍玩。本来师妹是去找老孟的，但老孟正在床上装睡，不想搭理人。师妹来了老孟还有意打了几个鼾，表示睡了，让师妹走。师妹却不走，便和雷文聊起天来。师妹怕吵了师哥，和雷文聊天的声音有些小，这样在师哥听来，师妹和雷文聊天就有点窃窃私语的味道了。

据师妹后来对我们说，那天她和雷文聊的是什么已忘了，好像是足球。师妹骂了一句粗话，这样老孟躺在床上终于忍不住了，突然跳起来说："你们还让不让我睡觉。"

师哥此话一出便把师妹推到了雷文一边。师妹眼泪一下便出来了。后来在雷文的示意下两个人走出了宿舍，在走廊里继续说话。雷文说："别理他，他最近心情不好。"雷文便告诉了师妹招聘会上的事。雷文告诉师妹这事是有些恶毒的，这完全是变相提醒师妹老孟的年龄，一个年龄大的连工作都不好找的人，怎能成为终身依靠呢。当时师妹还在气头上，便说："有什么好生气的，现在招聘年龄都限制在三十五岁以下。男人过了三十五，如果在社会上还没找到自己的位置就等于废品，博士也一样。"

雷文特别爱听师妹这话，不过脸上却不表现出来，还指责师妹不能这样说，这会伤老孟的自尊心。师妹是一个有口无心，大而化之的人，再加上在气头上，没有她不敢说的话。

没想到此话却被上厕所的老孟听到了。当时雷文和师妹在走廊的转角处，并没有发现老孟，而老孟却听到了两人的对话。老孟听到师妹如此说，那个气呀就别提了。老孟气是气只能先闷着，无法申辩也不好反驳，因为老孟怕背一个偷听人家说悄悄话的罪名。

后来师妹再到老孟宿舍就说不清是找谁了。师妹那一阶段去老孟宿舍谁在和谁聊。师妹碰到老孟或雷文单独在的概率基本持平，碰到两人都在有三次，碰到两人都不在有二次。师妹碰到雷文时，两个人便侃足球，一对男女球迷侃得云山雾罩的，好不快活。碰到老孟时，老孟曾向师妹道过歉。师哥的道歉导致了师妹的反道歉。两个人搞得彬彬有礼的，反而有些生分了。

其实师妹向老孟道歉是真诚的，师妹说："那天是我们俩不对，打扰你了，下次不了。"师妹越真诚越客气老孟心中越不是滋味，师妹的真诚和客气只能证明她的心离师哥老孟远了。你想如果两个人好上了，还客气什么，该打打该骂骂的，动手动脚的事时有发生。

　　总有一个星期吧，老孟终于从招聘的失败中解脱了出来。也就是说老孟终于找到了为自己年龄辩护的理论。一周多来，老孟心中窝了一团火，这团火不是针对那家公司的。老孟觉得那公司去不去都无所谓，关键是自己被雷文用软刀子捅了一刀。雷文从来没说年龄比老孟小十三岁就有优势，就优秀些。可是在招聘会上事实胜于雄辩，我雷文的年龄优势是明摆着的。老孟觉得胸口挨了一刀却说不出疼来。老孟一闭上眼便能看到雷文那得意洋洋的娃娃脸。关键是雷文在老孟心情不好的一周内一直很内敛，连看足球也不旁若无人地大喊大叫了。雷文越是这样老孟越觉得他是得了便宜还卖乖。更不用说这一周内师妹甄珠和雷文的关系逐渐密切了，这种密切的关系正向着让老孟忧虑的方向发展。不过，老孟担忧的是他们关系太密切了，会影响自己和师妹今后的恋爱。老孟压根就没想到师妹会和雷文好。老孟认为师妹和雷文不可能好上，因为师妹比雷文大四岁。雷文肯定不愿找一个比自己大四岁的女朋友；师妹也不会找一个比自己小四岁的乳臭未干的毛孩子做男朋友。

　　为了使自己的年龄成为一种优势，或者说为了证明年龄大比年龄小更优越，老孟意外地在一本经济学书中找到了一套理论。老孟看到这套理论后心花怒放。老孟想你雷文不是学经济学的吗，我这一次用你的武器攻击你。

　　老孟看的那本书叫《经济与快乐》。书是好书，是一位华裔澳籍经济学家写的。这位经济学家言简意赅地说出了经济学的另外一个本质，那就是快乐。书中强调经济效益、经济政策怎么对人民更有利也就是为人民谋福利。福利是什么？福利就是快乐！如果只讲产量，不讲福利，人们就不会快乐。老孟看到这里便乐了，老孟觉得这经济学家把经济和快乐联系在一起挺有趣的。更让老孟快乐的是一段关于生命价格的论证。

这位经济学家在谈到人生价值时,说人的生命可以用金钱来衡量。老孟看到这里大吃一惊,觉得这个经济学家的确够有经济头脑的。书中还说人的生命越老越值钱,生命之价值随着年龄的增加而增加,到六十岁为顶点。

老孟读到这里大惑不解,在心中反驳。生命怎么用金钱来衡量呢?你的命值多少钱,我买了,然后杀之,你干吗?

经济学家仿佛听到了老孟心中的不服。说,世界上不允许也没有人进行杀人交易。非法雇人谋杀除外,这不是经济学研究的范围。因此我们不必去估计到底花去多少钱你愿意死这种意义下的生命价值。但是,我们可以估计到花多少钱去避免死这个意义下的生命价值。比方应花多少钱避免交通意外死亡,减少因疾病而导致死亡等……这些是我们在开支中必须面对的。而这些问题最后必须用金钱来衡量。对每一个人而言,你最多愿意花多少钱去买一家安全记录略高的航空公司去旅行,这种行为正是反映你本人对自己生命价值的估计。

老孟边看边想,觉得经济学书也挺有趣。而对一个纯经济学家,一个经济主义者,你必须用一个经济的脑子,否则无法跟上他的思路。

经济学家接下来算了一笔账。开始用数字证明。如果你最多只愿意花一百元,去避免万一出现的意外死亡,那就用100除以0.01%,就等于一百万元。也就是你对自己生命价值的估价。而在中国的航空公司其保险只买二十元,无论男女老幼其生命只值二十万元。如果每一个航空公司让每一个人自由选择保险金额,那么每个人的生命价值就不一样了。如果把保险分为二十元、四十元、六十元、八十元、一百元不等,这位经济学家通过调查发现,越年轻买保险越少,有些年轻人甚至不买保险,越是年老买保险越多。

经济学家在最后得出一个结论：生命的金钱价值是随着一个人年龄的增加而增加的，也就是说人越老越值钱。

这位经济学家在最后说，人越老越值钱，可能和老年人想得更周全、更稳重有关。对于年轻人来说万一出现的事故总是忽略不计的，所以不愿花更多的钱去预防万一。而老人却是把万一放在嘴边的，所以老人愿意花更多的钱去预防万一。

老孟看到这里不得不由衷地佩服这位经济学家了。关键是这个结论一扫老孟心中的阴影，使自己的大龄有了优势。年龄越大越值钱，也就是说我老孟的生命比你雷文的生命值钱。为此，老孟不由又骂了一阵那些有年龄界限的招聘单位："他妈的傻×，你招一个大龄员工肯定比招一个小龄的员工值钱。如此多招几个大龄员工，固定资产不就大大增加了嘛。"

老孟看到这里心情非常舒畅地把书放到了雷文枕边。这书是雷文的，他刚拿回来还没看呢。老孟先看了，老孟希望雷文尽快看这书。

关键是老孟只看到了书的一部分，他只看到了人的生命之金钱价值是随着年龄的增加而增加的。书中后一章又分析了人的生命之效用价值是随着年龄的减少而减少的。对于一个招聘单位来说，人家关心的是人的效用价值，这个人招进来如何能最大化地发挥其生命效用价值，而不是把人招进来保值。保值是个人的事，一个人发挥效用价值才是用人单位的事。一个人发挥的效用价值比一个人的保值价值高得多。这就像有人把钱存在银行里只挣利息，而有人拿钱去投资。虽然投资有风险，但投资所得肯定比存在银行里收益大得多。即使是将钱存在银行里，银行还是用此款拿来放贷借给那些敢于冒险的投资人。从终极意义上来说钱最后还是用来投资了，而不是放在那保值。

所以，在老孟和雷文关于年龄的论争中，最后老孟一败涂地。老孟真傻，他放着自己的优势法律专业不用，却和雷文论争什么经济学问题，不败下阵来才怪呢。

雷文占了上风，不知暗地里没事偷着乐了多少回。据老孟说，雷文连睡觉说梦话都是这个内容。夜里老孟失眠，雷文便在梦中说："越老越值钱，越老越值钱……嘻嘻……只知其一，不知其二，只知其一，不知其二。"

老孟听得清楚，快气疯了。后来老孟起身在雷文鼻子里挤了半袋牙膏才解气。

老孟为什么不总结一下那次买旧电视时胜利的经验呢？

32

师兄收到了一张纸条,是在星期六的中午。

师兄那天失去了041后一直坐到天亮。后来老孟走了,我和张岩也几乎一夜未眠。我们有些内疚,给师兄出了馊主意,弄巧成拙,害得师兄又一次失恋。我们觉得对不起师兄,要是我们不逼着师兄去查询041的姓名就好了。也许师兄的呼机还会半夜机叫,也许某一天他们忍不住会在电话中相约一见,也许……唉——我为什么要逼师兄吗,不就是少睡一个小时的觉么,最多我们买个耳塞罢了。

星期六的早晨,天空灰着,不怀好意。我们起来谁也没说话,脸青面黑地去刷牙洗脸。我正洗脸,突然腋窝被人捣了一下,转身见师哥正兴高采烈地望着我。他看看我的脸色说:"又没睡好呀,都是师兄的半夜机叫闹的。我想出了个办法修理师兄,你别走,咱们一起干。"我冷笑了一下,说:"算了吧,我还有事。"

在图书馆坐了片刻,困倦像一阵风似的袭来,想着回宿舍又怕见师兄那愁苦的脸,趴在桌边便昏昏然了。熬到中午才回去,不曾想宿舍里一派欢乐。师兄和三师弟正在兴高采烈地研究一张纸条。我问啥事这么高兴,师兄便把那纸条递给了我。

王莞:

    傍晚时候,我在梅园草坪等你,不见不散。

                              H女士于0.4.1

我把纸条托在手掌中问师兄，这H女士是谁？张岩说我正和师兄研究呢，猛一看我还以为是041小姐，但细推敲又不像。据师兄说041小姐根本没来过咱学校，不可能知道有个梅园草坪。从字面上看这0.4.1分明是4月1日的缩写。那么这H女士呢？H作为汉语拼音的声母，可拼为"虹"，那就是翟虹了；如果拼为"河"呢，那就很可能是"一条河"。我问师兄那天晚上在酒吧留传呼时写姓名没有？师兄说没有，不过和她聊天时是否说出姓名那就记不清了。我说，无论是"一条河"还是041你见了她再说。反正这是一件好事，现在你抓紧时间去吃饭，中午睡一觉，下午再去。

师兄说："我吃过饭就去。"

我说："师兄你要沉住气。傍晚是什么概念，要五六点呢。那时候夕阳西下，草坪上将是一片金黄。那是一个美景呀，你师兄和她可以手牵手在草坪上散步⋯⋯"

"停！"张岩打断了我的抒情，"别酸了，快把纸条还给师兄。"我笑着说，"这小女子真会选时候，怪不得把咱师兄迷成这样。"

吃过午饭师兄便迫不及待地去了，拉都拉不住。师兄说肯定睡不着，不如去草坪上躺着等，翻翻书，晒晒太阳。我们只有由他去，两人上床美美睡了一觉。

一觉醒来正是日头偏西，看窗外的斜阳很纯粹地洒在对面的屋顶上，我想这就是所谓的傍晚吧。师兄想必也该和他的H小姐相会了，从上铺下来才发觉师哥老孟和师妹甄珠来了。老孟歪在床上，甄珠坐在床头，两个人翻着一本啥书。我冲他们笑笑，心想这两人好一阵歹一阵的，不知道进展情况如何，也不知道老孟和雷文的竞争鹿死谁手。

老孟和甄珠见我和张岩已起床，便像一对小贼似的极诡异地向师兄床上望望，问："师兄呢？"

张岩笑着说:"约会了。"

"和谁呀?"

"不知是'一条河'还是041。反正是一个H女士。"

"哈哈哈……"甄珠和老孟大笑起来。我们立在那里看他们这对狗男女得意忘形,却不知他们得意什么。

老孟笑得眼圈红着,指着甄珠说:"她就是H女士,纸条是我让她写的,哈哈……今天是愚人节,我想修理一下师兄,让他整天半夜鸡叫。"

"啊!是这样——"

我和张岩都愣在了那里,我的心一下提起来了,老孟这个玩笑开大了,也开得不是时候,师兄咋能受得了。我望望张岩又望望老孟,在房间里转圈,自言自语地说:"完了,完了,完了,这下完了。师兄惨了,师兄惨了。师兄说不定现在还在那儿死等呢。妈的。"我不由望望张岩,张岩的脸色也不好看。

关键是老孟不但愚弄了师兄,也愚弄了我们。我们还为师兄分析了半天,还为师兄高兴了一上午呢。我正想骂老孟,这时张岩却突然也哈哈大笑起来。张岩一笑我不由又犯起傻来,今天怎么了?流行傻笑。这时,张岩冲老孟说:"你这家伙真会做人,一举两得,既成全了师兄,又解决了一个拖累。这样你就可以轻轻松松和甄珠师妹过日子了。那个翟虹女士就不找你的麻烦了。"

"什么意思?"老孟没有反应过来,甄珠师妹却警觉起来。

"别听他瞎说。"老孟望望甄珠师妹道。

"什么瞎说。"张岩十分严肃地对甄珠师妹说,"你别以为这是老孟在修理师兄,其实是他的障眼法。那个叫翟虹的,也就是H女士,原来是老孟的相好,老孟想甩了人家,就让给师兄了。只是假借你手写纸条。为什么你落款偏偏是H女士,不是N女士,有二十四个字母呢。或者用你名字的字母缩写,你叫甄珠,

213

应该用Z呀。H不就是'虹'的拼音缩写嘛。"

"真有此事？"师妹的脸渐渐沉了下来，眼一眨不眨地望着老孟。

张岩说完了拿眼角瞄一下我。我已领会了张岩的意图，这是在修理老孟，当面挑拨离间。我连忙说："张岩你这人就是啥话也放不住，这事你怎么能告诉师妹呢。"然后我冲甄珠说，"师妹别信他，没这事。"

"真的？"甄珠望望张岩又望望老孟，脸上乌云密布。因为我从来没和甄珠开过玩笑，师妹最信赖也最尊重我。平常他们和甄珠开玩笑，无论编得多么形象，只要我说一句没有的事，师妹马上就释然了。她会瞪一眼说："还是二师兄好。"可是，这一次是老孟先拿我们开涮，所以不修理老孟不行了。

老孟在甄珠冷若冰霜的脸上知道了事态的严重性。老孟有些欲言又止地想解释，可是，晚了。甄珠狠狠地瞪了老孟一眼，起身摔门而去。

我和张岩互相望望，弯腰捂着嘴咯咯大笑起来。老孟却苦着脸求我们，说："饶了我吧，我们现在关系紧张，我是想和她改善关系才这样和王莞开开玩笑的。上次泡吧我和那个叫姚旋的拉了拉手，被王莞那厮告诉了师妹，弄得师妹一直不理我，整天和雷文那厮说个没完，我这是报复王莞。"

张岩说："人家王莞是为了报复你，刘唱的口红有毒你不敢尝，你怎么不告诉王莞一声，害得人家现在见了刘唱就跑。"

老孟叹了口气说："冤冤相报何时了呀！现在怎么办？"

"凉拌！你不是把姚旋勾搭上了吗？"

"外面女人不一定靠得住。还是甄珠师妹知根知底的实在。"

噢，是这样。老男人就是实惠。我和张岩交换了一下眼色。

老孟对我说："师妹谁都不信，只信你。你老人家在她心目中简直就是正义和正直的化身。你一句话顶我一万句，你可在师妹面前多做一些解释工作。"

张岩说："你不是拿我们开涮吗，我让你知道知道涮兄弟们的后果。瞎了吧？快去追吧。这两天别想消停。"老孟苦着脸去追女朋友了。我和张岩笑过了又笑了一回。妈的，不是愚人节吗？骗死人不抵命。

我和张岩平静下来，不由为师兄发起愁来。师兄怎么办？按张岩的意思该把师兄请回来，别让他在那儿傻等了。可是，这样没法给师兄交待呀。绝不能告诉他真相。只有随他去，他等不着人早晚会回来，到时再安慰他。就说女人之约不可信呀，况且连个具体时间都没有。什么傍晚，傍晚有好几个小时呢，是今天的傍晚还是明天的傍晚？

张岩说："不可，不可，你千万别这样说。这就等于给他留下了希望，他今天傍晚等不到，明天傍晚又去，今后的每一个傍晚他都去赴H女士的神秘约会那就坏了。"

我说："即便让他每天去草坪赴约也不能告诉他实情，师兄不能再遭受打击了。一个人的承受能力是有限的，如果他真天天去草坪赴约也没什么不好，至少是和希望约会。再说去草坪赴约，就权当散步了，有利于身心健康。他去几天说不定就大彻大悟了。草坪上每到傍晚多热闹呀，在草坪上要发生很多事呢，特别是傍晚的草坪。"

我和张岩正合计着如何解开师兄的这个结，师兄却一脸阳光地回来了。我和张岩装着十分好奇地围拢来，问："怎么样？"

师兄笑笑，神秘而又庄严地宣布："我又认识了一位女人。"

天，又是一位女人。此话一说我都想溜出门外找一个安静的地方沉思了。因为沉思是让上帝发笑的事，我想师兄的宣布更让人发笑。后来我之所以没溜出去，完全是因为一种好奇心，我想听听另一个爱情故事的开端又是如何发生的。

师兄吃过饭走进校园，正是阳光明媚的时候。校园里不少同学正进行午后的散步，谈论着午后的诗学。女生们花红柳绿地在校园内穿梭。草坪上有人在阳光下放风筝，由于风力不大，风筝只能在草坪上做低空俯冲。

师兄独自走到草坪中央盘腿坐下，太阳光明亮得使师兄不敢仰头，师兄觉得阳光像无数的银针麻酥酥地刺在头皮上。师兄用手在草里无目的地梳理着。中午的四周很静，这种安静使师兄可以听到自己的声音。师兄突然悟出了一句十分有哲理的话："自己的声音只有在自己没有发出任何声音的时候才能听到。"在长长的一段时间，师兄听自己的声音听入了迷，所以师兄没觉得等待是一种受罪。

在接近傍晚的时候，师兄开始东张西望。草坪上以及草坪四周正行走的单身女生都让师兄"梳理"了一遍。可是，师兄并没有发现那长发披肩的"一条河"或者他想象中的代号041。

正当师兄的心情随着天色渐渐黯淡下来的时候，师兄的眼前不由一亮。一只小白兔突然跑到他的面前。小白兔的出现不但使师兄惊喜，同时也使师兄觉得困惑。在这草坪上怎么会有小白兔呢？师兄伸手想去摸摸那可爱的小白兔，可那小家伙显然是受了惊吓，一蹦一跳地跑了。师兄的视线被小白兔扯着在原地转了一圈。师兄发现在他身后不远处有一位女生。小白兔跑到那女生身边便停了下来。女生坐着，小白兔卧着。女生静静地读一本书，小白兔静静地吃草。细致观察你会发现，小白兔吃的草是生长在草坪中的野草，是那些叫苦苦菜的。当时，晚霞还没有消逝，很多金色的光芒都洒在了小白兔和那女生身上，一身的锦绣。师兄被眼前的景色感动了。师兄愣愣看着眼前的一切，他觉得这位女生正放牧着民间的一种传说，关于嫦娥和玉兔的故事。

这时，那兔子又莫名其妙地跑了过来。放牧者不由抬起头望着小白兔喊:"小白,小白,回来。"师兄不由用手碰碰小白兔,说:"这小白很可爱。"那女生望望师兄十分大方地起身而来,说:"小白可认生了,在宿舍不让任何一个人碰,没想到和你一见钟情。"

师兄开心地笑了,说:"这证明我是好人。"

女生打趣说:"这只能证明你们是同类。"

"同类……"师兄茫然。

"就是属兔的呀!"

"我不是属兔的,不过也不是属大灰狼。"

接下来师兄和放牧白兔的女生的交谈非常散漫,属于无主题变奏。从师兄的叙述中我们不难发现那女生对男女之事十分有研究。比方,那女生说:"女性话语最后总是被男性话语彻底消解,女性在男性面前总是不幸的,否则为什么一个男人有老婆又有情人,人们都认为他有本事;而女人有丈夫又有情人,人们都认为她是坏女人呢。"这位女生最后把女人的年龄比做球类,并且念念有词:

二十岁的女人是橄榄球,你争我夺抱怀中。
三十岁的女人是篮球,拍拍打打往前走。
四十岁的女人是乒乓球,推来挡去不上手。
五十岁的女人是足球,一脚踢到界外去。

师兄哈哈大笑起来,说和她聊天真过瘾。

那女生说:"喜欢和我聊天,那明天还来呀。"

"真的?"师兄贼性十足地问。

那女生抱起了小白兔,说:"我该回去了,明天咱老地方见。"

师兄说:"我送你。"

后来师兄将那女生一直送到宿舍门口,要不是楼长拦住不让男生进女生宿舍,师兄一定会到那女生的宿舍里坐坐。也就是师兄吸取了前几次失败的深刻教训,这次不但知道了那女生的姓名,而且连那女生的住址也搞清楚了。

为此,我们为师兄的进步而欢欣鼓舞。

33

第二天师兄早早地去了梅园草坪，然后又早早地回来了。师兄回来时脸色阴沉着，藏在身后的手中还紧紧地握了一瓶红葡萄酒，就像一颗随时要投出的手榴弹。师兄要喝酒了，师兄四处找不到酒杯。可是，找不着酒杯的师兄又不肯对着酒瓶吹喇叭。师兄曾说那种喝酒的方式粗鲁，是牛饮。喝红色的葡萄酒就更不能那样牛饮了。师兄对酒颇有研究，认为白酒是农民喝的，啤酒是市民喝的，只有葡萄酒才是他这样的人喝的。师兄不知把自己当成什么样的人了。师兄为了优雅地喝那瓶葡萄酒在宿舍里找了好一阵酒杯。后来他终于找到了，他把放在书架上曾经插过红色玫瑰的花瓶刷洗干净，当了酒杯。师兄用花瓶当酒杯喝出了新意，同时也喝出了玫瑰的滋味。师兄在那种滋味中醉了。师兄醉着对我们说："好女人怎么都是别人的。"

后来我们才知道师兄又一次失恋了。师兄那天准时去了草坪，那位女生怀抱小白兔也准时出现在草坪中央。当师兄满怀热情地对小白兔姑娘打招呼时，后者却把站在不远处的一位男生介绍给了师兄。说是自己男朋友，特地陪她一起来和师兄聊天的。可想而知，师兄当时面临的处境多么尴尬。师兄脸色苍白地和小白兔姑娘的男朋友礼貌地握了握手，然后借故逃了。

对于师兄的不幸我们只有深表同情。

从此，师兄又恢复了独自泡吧的习惯。和以往不同的是他不但晚上泡,连白天也开始泡了。那天我巧遇"一条河",四处找不着师兄,师兄当时正在酒吧里坐,而且坐在他和"一条河"相识的地方。

巧遇"一条河"是在学校的跳蚤市场上,所谓跳蚤市场就是学校一年一度的毕业大甩卖。不知怎么回事,今年的大甩卖莫名其妙地提前了,可见同学们都已无心读书。

早晨,太阳很好。从桃园到李园的路边有同学开始摆书摊。读过的旧书像被抛弃的怨妇,在阳光下显得愁眉苦脸。

在学校就是这样,同学们喜欢扎堆。有一个人摆,很快就有两个,三个。在不到一个小时内,从桃园到李园便成了一个生意兴隆的图书市场。在这里的买卖开始是小心翼翼的,卖者脸上充分显示着自信,而买者脸上却包含着羞涩。因为大凡卖者都是要毕业的学兄、学姐,而买者都是些低年级的学弟、学妹。卖者介绍一本书就像进行一次学术讲座,弄得买者掏了钱还要赔着小心。

不过这种状态保持不了多久,随着买卖双方同学的增加,整条道路成了一个真正的跳蚤市场。因为不但书摆出来了,连日用品、衣物也摆了出来。叫卖声和讨价还价声此起彼伏,只不过这种讨价还价都是变了样的。这其中掺杂了一些演戏和自嘲的成分。更多的同学是凑热闹,他们往往是漫天要价就地还钱。一本书一个喊八块,另一个喊一块,然后互相指着对方笑,说你这同学真逗!

学经济的雷文博士说,这是毕业生走向市场的第一步,是一次没有风险的演练。这是真正的免税区。校方对此事也睁只眼闭只眼的,只是多派保安维护一下秩序罢了。

作为一个爱凑热闹者,我不知不觉地步入其中了。沿着昨日还静谧的林荫道我向前迈着步子,俨然像一个大买主。其实面对大甩卖,腰里只要有几十块钱就会找到大款的感觉和自信。

这时，我的目光被一套书刺了一下。一套《静静的顿河》静静地摆在那里待售，显得很无辜的样子。在那堆残破的教材中，这套书显得鹤立鸡群。这套书怎么也成了甩卖对象了？这让我无论如何也没想到。作为一个文学爱好者，我的心当时被刺痛了。我抬头望望卖者，是一男一女的两个，一看便知是一对儿。男生为女生打着伞陪着吆喝，女生数着钱讨价还价，配合得天衣无缝。像这样的组合，在路两边随处可见。

或许是书的原因，我对女生细致地观察了一下，那女生显得情绪低落，遮阳伞在她的脸颊上形成了一道阴影。她定定地望着面前的《静静的顿河》，目光散乱，像一个灵魂破产的人。男生高昂而又卖力的吆喝像一个十分严肃的生意人，只是那叫卖声使女生本来处在阴影下的脸颊变得苍白。

我冲过去拿起了那套书，不住地拍打封面的灰尘，像扶起一位不幸跌倒的孩子。我抬头望望那女生问："多少钱？"

"半价。"女生回答。女生在回答我时顺便瞄了我一眼，然后将美丽的秀发向后甩了甩，显示着那决然要卖的决心。仿佛出卖的不是书，而是自己的灵魂。她的秀发使我心下一动，我想起了师兄曾向我们描述的"一条河"。我连忙翻到第四十六页。我惊呆了。在第一自然段的空白处，有一串呼机号码。

这不是师兄的号码吗。我张了张嘴正想发问，可又不知从何说起，便又认真地打量了一下她。大眼睛，长睫毛，皮肤很好，是一位漂亮而又成熟的女生。她可能就是"一条河"。为了保险起见，我问："这书是你的吗？"

女生瞪了一眼，说，"如果你掏了钱就是你的了。在你没掏钱之前还是我的。"

我不由笑了，还挺厉害的。她就是师兄日夜想念的"一条河"了。我忍不住想问关于这书，关于这呼机号码，可是碍于她旁边的男生，我把话咽下去了。

221

这时，男生发话了。

"你要吗？八十多一套的，给四十就卖。"

我随口问："还能少点吗？"

女生说，"如果你有心要就三十吧！"

我叹了口气说："你是一个文学爱好者吗？三十块钱也舍得卖。"

女生有些自嘲地笑了说："文学现在能值几个钱。"

男生说："我要出国，没法带这些闲书，在国外都忙着挣钱，哪有时间和精力看小说呀。除了和专业有关的，其他都卖。"

女生十分不满地瞪了男生一眼，怨他多嘴。说卖书就卖书啰嗦这么多干什么，不就是出国嘛，生怕别人不知道似的。

男的说："你也可以出国呀，让你申请出国你偏要留校，弄得我们天各一方，领一张结婚证有什么用。"

女生不耐烦地说："行了行了，"然后冲我道，"你要不要，不要就算了，别在这儿浪费时间。"

我不由一愣，看样子由于男生出国女生有股无名火儿。虽然我早有这套书了，我还是有心将它买下来。我不忍心让它沦落到如此地步，买回去我或许可以送给师兄，让师兄那已放飞的灵魂回归。可是，转念一想师兄放飞的也是一种希望呀！我把书买回去了，师兄的希望就等于被我收买了，希望从此也就破灭了。不行，我得让师兄来。告诉师兄他苦苦等待的"一条河"留校了，同时也告诉师兄他的"一条河"已经有了归属，成了人家的"内湖"。

那女生见我还在犹豫，从我手中将书夺了过去，说："这书我不卖了。连三十块钱都不舍得你买回去也糟蹋了。"她抱着书，神情黯然，嘴里不住地说，"我不卖了，我不卖了。"一边说着，一边抚摸封皮，像抚摸一位曾经被自己抛弃的孩子。这时，泪水不知不觉地从她的眼眶中溢出。

我的心一下抽紧了。我说不是嫌贵，而是身上没带够钱。这书四十块钱我要了。我回宿舍拿钱，你把书帮我留下。女生没吭声，男生却说快去吧，快去吧。

我迅速地奔上楼去，却找不到师兄。我连忙给师兄打传呼。师兄正独自在酒吧里泡。我说："你大白天的泡什么吧呀，赶快回来，我为你找到了'一条河'，她正在楼下卖《静静的顿河》。"

师兄在电话中笑笑，说："能不能找点新鲜话题，又骗谁呢？"

我说："师兄你不回来将后悔一辈子。我没骗你，今天又不是愚人节。"

师兄极不情愿地说："那好吧，我相信你一次。"

可是，当我和师兄赶到卖书地点，那里却已空无一人。我愣愣地站在那里不知说什么好，"一条河"已不见了踪影。那套书不知是卖给了别人还是改变主意不卖了。如果是前一种原因那就太可惜了，如果是后一种原因就好了，说不定在某一个老公不在的静谧夜晚"一条河"在重读那书时会发现师兄的传呼，她或许会传呼一下师兄的。

可是，眼前我怎么向师兄交待。

"人呢？"师兄十分警惕地问。

我望着那片空地，只剩下残破的报纸在微风中翻卷。灰尘起处，报纸发出哗啦哗啦的声响，像在诉说着什么。我指着那片空地说："就在这儿，刚才还在。"

"是吗？"师兄显然不相信我。

"是真的，"我说，"我发誓你还不相信？"

师兄回答："你发誓我也不相信。"

223

34

　　蓝娜和刘唱频繁出现在一些歌厅、酒吧，她们的表演在一些歌厅和酒吧被暗暗传颂。不过她们毕业后，我们没能再看到她们的表演。我想她们的表演应该是精彩的，因为无论是蓝娜的现代舞还是刘唱的流行歌都是专业水平。她们毕竟是法学院的特招生呀。我们虽然没看到她们后来的表演，但却碰到过一次。那是在蓝娜本科毕业不久。那次我们老板邵先生请我们唱歌。我们一群人在包厢里听到隔壁掌声雷动。王莞听那歌声像是刘唱的，还是那首《北京一夜》。王莞出去问侍应生。侍应生说是一对大学生歌舞伴唱。王莞偷偷去瞄了一眼，回来悄悄地对我说："她们俩在隔壁。"

　　我会意。王莞说完便缩着脖子躲在了阴暗的角落里了。王莞后来再也不敢出包厢，他怕碰到刘唱。刘唱简直成了他的克星。

　　后来我在校园内碰到过刘唱。我问："毕业后去了什么单位？"

　　她说："哪也没去，下决心复习考研。"

　　我又问："蓝娜呢？"

　　刘唱说："蓝娜在拼命挣钱，准备出国找男朋友。"

　　我不由愣了一下，问："他们又和好了，不是蓝老爷子不同意吗？"

　　刘唱说："此一时，彼一时。蓝老爷子当初坚决拆散他们有当初的理由，现在又坚决让他们好也有现在的理由。"

我笑笑，和刘唱挥手告别。蓝娜要想和师弟好，恐怕只有出国这条路了。因为师弟那个臭小子放弃了国内的学位不回来了。他在国外已开始攻读博士。

师弟的事是我们老板邵先生的一块心病，他的研究生交流出去却一去不回头，这让老板向院长无法交待。无法交待的还有法学院院长，是他不和邵先生商量就决定派李雨出国的。邵先生回来知道此事后又不便推翻院长的决定。况且还有蓝娜那档子事。

我想，师弟李雨一去不归最着急的是蓝教授。当蓝教授听到此事后，他急急忙忙便找到了院长。蓝教授说："你必须设法把李雨弄回来。"

院长问："为什么？"

蓝教授说："他不回来我们家蓝娜怎么办？"

院长被蓝老一百八十度的大转变搞糊涂了，说："当初不是你极力反对蓝娜和李雨好吗？否则我也不会把他交流出去，当时为争这个名额不知有多少学生找过我呢。"

蓝教授说："当初是当初，现在是现在。当初蓝娜是本科生，本科生谈恋爱是违反校规的，所以大家都说他们是胡搞。如今蓝娜已经毕业，可以光明正大地谈恋爱了。"

院长苦笑了一下，不知如何说自己的老师。院长说："让她再找一个不就得了，校园里博士、硕士有的是，干吗非一棵树上吊死。"

蓝教授用拐杖一戳地板说："你可真糊涂，都是院长了，还和当年似的没一点头脑。你想想要是蓝娜真又找了一个，院上还不知有多少人说闲话呢。那不就证明了蓝娜当初和一个男生胡搞嘛！如果他们现在又好了，不但合法，而且合情合理。这说明蓝娜感情专一，证明当初并不是胡搞，只不过是早恋。"

"噢——"院长望着恩师蓝老，觉得老师教训得有理。可是院长又是觉得老师也忒那个了,觉得哪个地方不对劲,有一种说不出来的感觉。

蓝教授最后冷笑了一下说:"我要让那些当初看笑话的,翻白眼的俗人看看,我老蓝的女儿是那种和男生胡搞的人吗!我老蓝教书育人一辈子,还教不好自己的女儿。"

院长被蓝老最后这几句话点醒了。蓝老证明来证明去,最后证明的还是自己的能力,原以为是关心自己的女儿,结果关心来关心去关心的是自己的面子。关于本科生该不该谈恋爱之类的问题,其实都是浅层次的问题,都是次要问题。

蓝娜毕业后基本上是住在家的,只有演出晚了才偶尔在校外刘唱的那间小平房里住。刘唱家是外地的,只有先租着那小平房把自己安顿下来。不过,蓝教授给女儿有规定,不回家必须打电话请假,而且必须有刘唱在一起。蓝教授认为两个女孩在一起还是比较保险的。蓝教授对女儿说:"我不知还为你操多久的心,你大学已毕业了,也是成年人了,按理说我不该再管你,可是你男朋友李雨在国外,我不得不替他看着你。等你们结婚了我就不再管了。"

蓝娜听了父亲的这番话十分迷惑。因为当初是父亲活活把自己和李雨拆开的,如今怎么还念念不忘李雨呢。蓝娜说:"老爸,我不懂你说什么。"

蓝教授说:"你别装不懂,你早就懂了,要是真不懂也不会在大三就谈恋爱。"

蓝娜说:"老爸,你还提当年那档子事干嘛,我不是早就和李雨吹了吗。"

蓝教授说:"现在你毕业了,你可以和他好了。"

蓝娜说:"你说好就好了,他师哥说,人家在国外不回来了。"

"什么不回来,他是在国外读博士,拿到学位还不是要回来。"

"谁拿了学位还回国,在国外随便找一个工作,一个月挣的顶回国一年挣的。"

"他不回来你可以去呀。"

"我去干什么,我们早吹了。早失去联系了。"

"什么吹了,谁让你吹的,吹了也要重新和好。"蓝教授有些急了。

"为什么?难道我非嫁给他?"蓝娜觉得父亲不可理喻。

"你不嫁给他,嫁给谁?你在大三时就和他那个了,闹得满城风雨的,你现在不嫁他难道还有脸嫁别人?"

蓝娜说:"既然这样,你当初为什么拆散我们?"

蓝教授说:"当初爸爸的本意,是临时让你们分开,并没有让你们分手。你大学没毕业就和他在校园内胡闹怎么能行。那样下去迟早会被开除。爸爸让院长把他派出国,等一年后他回来了,你也毕业了,那时候你们谈恋爱就合法了。"

蓝娜说:"可惜我们真分手了。"

蓝教授笑笑说:"别吓唬老爸,你别以为老爸不知道,你关在家里的那段日子,你们每天都通信,信是刘唱送的。老爸当时是睁一只眼闭一只眼,说你是规避法律,钻老爸的空子。老爸不让你们见面,但并没不让你们联系。"

蓝娜叹口气说:"老爸你是只知其一,不知其二呀。我当初和他通信不假,但后来情书变成了绝交信。"蓝娜说着翻箱倒柜拿出一捆李雨的信。蓝娜抽出最后一封递给了父亲,"你看吧。"

蓝教授看了师弟李雨的信,一屁股跌坐在沙发上,嘴里念念有词,说:"这如何是好?这如何是好?"

蓝娜说:"老爸,你还怕女儿嫁不出去,只要女儿愿意,男孩子成串。"

"胡闹！"蓝教授打断了蓝娜的话，说，"再好的男孩老爸也不同意，老爸只要你和李雨好。"

"为什么？就看上他是个洋博士了。"

"错，老爸才不在乎他是洋博士还是土博士呢。老爸认为只有嫁李雨你今生才圆满，否则女儿在老爸心中就是残缺的。正所谓好女不嫁二男，忠贞不贰，才是为妇之道。"

蓝娜哈哈笑起来，说："老爸，不会吧，没想到你这么封建。"

蓝教授自觉失口，改口说："你要为老爸想想，当初你出事，在老爸脸上抹了多少黑呀。老爸自觉无颜见人，在院上都不敢抬头走路。老爸的一世清誉都毁在了你的手里，可是老爸并没有责备你，自己的女儿自己知道。老爸知道你不是个坏女孩，你是真心在谈恋爱，可是本科生是不能谈恋爱的。老爸当时说不起话。老爸一直在赌这口气，心中暗暗下定决心，有朝一日我要证明给你们看，老蓝女儿不是在胡搞。"

蓝娜默默地望着老爸，心中有些不是滋味，虽然自己已大学毕业了，可在外边并不是一个独立的蓝娜，只是老蓝的女儿。自己根本没放在心上的一件破事，却在父亲心中掀起了如此大的波澜，让父亲承受了这么大的压力。蓝娜动情地望着父亲说："放心吧，无论李雨在天涯海角，我都要找到他，然后嫁给他。我要把他带回来，带着他去法学院发喜糖，在校园内散步。"

蓝教授说："到那时爸爸将倾其所有为你举行盛大的婚礼，大宴宾客。"

35

从某种意义上说，老孟对那部旧电视更有感情。因为那部旧电视纪录了老孟曾有过的胜利。同样，那部旧电视和成千上万台各种各样牌子的电视机一起，也纪录了中国足球队的辉煌。

中国队对阿曼队，无论是平是赢中国队都会提前两轮"入世"。结果现在天下皆知，最后中国队将一比零的比分一直保持到终场。当终场的哨子吹响时，全中国都沸腾了，天安门广场人山人海。我们几个更是把师哥老孟的宿舍闹得底朝天。

这时，雷文提出上天安门，第一个响应的是师妹甄珠。这时老孟却表现得相当克制，他表示反对。后来想想老孟反对最大的原因是提此建议者是雷文。如果换一个人说不定老孟也跟着去了。那天老孟没去，雷文和师妹甄珠却真的去了。他们首先在校园内闹腾了一下，然后带着几百个更年轻的学弟、学妹搭着TAXI去了天安门。

雷文和师妹在天安门的人潮中欢呼。在欢呼中雷文那小子不知是一时激动还是早有预谋，在金水桥边热烈地吻了师妹。这个吻对师妹来说太突然了，师妹最开始简直没有反应过来。当被雷文紧紧拥抱着吻得透不过气来的师妹，终于感受到幸福之降临后，不知咋搞的"哇"地一下哭了。雷文当时慌了手脚，还以为师妹气哭了，连忙哄。可是越哄师妹哭得越凶。雷文急了，搂着师妹大喊：

"我向中国足球队保证,永远爱你!"

师妹不哭了,定定地望着雷文,望着人山人海的广场,觉得自己是世界上最幸福的人。

师妹后来对师姐说:"她当时脑子里一下就闪现出了二战胜利时,巴黎街头庆祝胜利中那位一身硝烟的士兵和那位美丽少女的著名之吻。"

师姐柳条说:"你们的吻肯定也会载入史册。"师姐柳条还说,"我已在电视上看到了你们的吻。看吧,你们的吻不久将在各个电视台轮番播出,会出现在各个报纸的头版头条,各个杂志的封面。"

对于师姐的说法,师妹甄珠深信不疑,要不她不会三天内都不敢去老孟宿舍看电视,不敢去报刊亭买报刊。她一个人躲在图书馆法律文献室内一直不露面,害得雷文四处寻找。

师姐说她在电视上看到了雷文和师妹之吻,完全是添油加醋的无稽之谈。如果真是那样,老孟不会看不到。老孟那天晚上守候在电视机旁一直到雷文凌晨三点归来。如果老孟看到了雷文和师妹热吻的镜头,老孟不会在师妹和雷文都好了一月之久了才知晓。

这种事情往往当局者迷,雷文和师妹好了之后,没有任何人去告诉老孟,大家也不敢去告诉,因为我们一直认为告诉老孟这个事实简直是太残酷了。

老孟发现雷文和师妹甄珠好上了是在一月之后。那天中午老孟从图书馆回来,当他打开宿舍门时,见雷文和甄珠师妹站在屋子当中搂在一起热吻。老孟懵懵懂懂地站在门前发愣,两人却目中无人地当着老孟的面多吻了一会儿才分开。老孟眼睁睁看着两人吻完了,拿碗的拿碗,提温水瓶的提温水瓶,双双出门去打饭。在临出门时两人都没和老孟打个招呼,把老孟晾在那里。

老孟发现这个事后的第一反应是来找我们。他跑得上气不接下气地上了我们五楼。当时，师兄王莞、三师弟张岩和我正吃饭。师哥老孟来了很神秘地关上了门。老孟说："我发现了一个大秘密。"我们三个便抬起头吃惊地望着他，等待他揭秘。

老孟说："师妹甄珠和雷文那小子有不正当男女关系。"

此话一出，三师弟笑得把饭喷得老远。我和师兄互相望望也笑起来。老孟见张岩如此反应，就又重复了一句，说："真的，是我亲眼看到的。"

我们三个都哈哈大笑起来。

接下来老孟的表述更搞笑。他说："甄珠这种女人我是不能要了。无论她再怎么追我，我也不能答应她了。没想到她作风如此不正派，居然背着我和雷文偷情。这还了得，我还没和她好呢，她就这样，如果我真和她好了，将来结婚了，我岂不是要戴绿帽子？"

老孟这番话极为严肃认真，我们三个哭笑不得。

师兄王莞说："既然这个师妹作风这么不正派，那就不值得你去爱，让她去害雷文去。"

老孟说："对！"说过了扬长而去。

老孟走后，我们再也没吃下饭，笑得肚子疼。后来我们平静下来对这件事进行了讨论。原本我们都认为这件事不太好处理，对师哥老孟打击太大。老孟现在的师妹，未来的女朋友，将来的老婆眼睁睁被雷文抢走了，他如何服气，如何能咽得下这口气，如何能经受住这般打击。老孟自尊心太强，我们甚至还担心老孟不要因此弄出什么事来。现在看来担心都是多余的。一件我们认为最难处理的事结果以最简单的方式解决了。我们由衷地佩服老孟，他真是大智若愚呀。

我们没想到的是老孟从我们处离开直接去女生宿舍找了师姐柳条。老孟将同样的话向师姐柳条说了。

这些话不知道通过什么渠道传到了雷文耳朵里。这导致了雷文和老孟的新一轮论争。不过，这次争论是间接的，论争的双方也没正面接触。因为这个话题如果正面论争就显得庸俗了。你想，如果两个大男人互相指着对方的鼻子说，她是我挑剩下的，你捡的是破烂；另一个说，你没本事，是我抢的。这像什么话，和泼妇骂大街有什么两样。两人不当面说，都找我们阐述自己的观点。那些天，我们像电视里大专辩论赛的评委似的，听他们正反两方的观点。两个人的观点概括如下：

师哥老孟："甄珠是我挑剩下的，让雷文那厮去捡吧。"

雷文："他老孟没本事，近水楼台他也没得月，甄珠让我挖走了，他活该。"

我们的评议："都有道理。"

师姐认为，你们都是大男人主义者，把我们女同胞当什么了。男人都不是什么好东西，为什么不说我们甄珠师妹挑了他们。师姐指着我们的鼻子说："还有你们几个，把这一切当成茶余饭后的谈资，还有一点师兄弟的样子吗？还有一点兄妹之情意吗？你们和那些市井村妇有什么两样？"

我们本来想说又不是我们让他们来的，是他们自己要来的，可是面对有女权主义倾向的师姐，我们不敢还嘴。

这次论争的结果和以往没什么区别，不了了之。论争结束的时间是在师哥老孟和姚旋真正打得火热之后。

师哥老孟有了姚旋便不屑讨论甄珠师妹了，事实胜过雄辩，就长相来说甄珠师妹当然无法和姚旋相比。自从师哥老孟和姚旋小姐好了之后，老孟的嘴里就多了一句话："姚旋下周要来。"

老孟时常会在看电视时告诉我们，因为那时候人多。老孟在宿舍挥舞着一再挥舞着一张粉红色的信笺，告诉我们姚旋可能到来的日子。老孟说到姚旋是有些炫耀成分的。因为姚旋的确是个美女。而且这个美女还有些小资情调，放着电话不打，却用粉红色的信笺给老孟写信。

姚旋来我们学校找进修的王愿玩，没想到和老孟一见钟情。师兄王莞为此后悔那天让老孟出来泡吧。

老孟这一次撞了大运。他不仅收获了一位白领丽人，关键是还找到了工作。在姚旋这位业务主管的推荐下，老孟迅速和这家外企达成了口头协议，年薪十五万元而且每年递增。我曾小心地在私下问老孟："师哥，他们没嫌你的年龄？"老孟大度地回答："他们认为我这个年龄正是发挥作用的时候。"谈到年龄老孟居然如此豁达，这在过去是没有的，简直是判若两人。

老孟悄悄对我说，这个公司不嫌他的年龄，姚旋也不嫌他的年龄，他比姚旋大了十二岁。

"哦，"我说，"这大的不整整一轮嘛！"

师哥说："他们公司的老总比太太大二十四呢，那是整整两轮。人家两轮都可以，我这一轮有什么不可以的？"

我说："看样子这个公司干什么都没有年龄界限呀。"

姚旋第一次来看老孟是开着车来的。不过，姚旋自己不开，有专门的驾驶员。那驾驶员穿的是工作服，很敬业。他不但给姚旋开车，还给姚旋提包。

师妹甄珠说："那驾驶员看起来精明能干，年轻，长得也帅，可惜只是一个驾驶员，否则配姚旋挺合适。"师妹说这话有些指桑骂槐的意思，言外之意是说老孟和姚旋不配，鲜花插在牛粪上。不过，对师妹的说法没有谁太在意，因为大家都被姚旋的隆重到来吸引了。

姚旋第一次来看老孟没有任何预兆，连老孟自己也不知道。当时我们几个正在老孟宿舍看"意甲"，有人在楼下拼命按喇叭。师哥还骂了一句，这是哪个傻×，不知道在校园内禁止鸣号吗。这时老孟的电话就响了。王莞刚好在电话机旁顺手就拿起了听筒。

"喂，谁？"

一位小姐的声音便十分好听地在王莞耳边响起。

"喂，你好，孟朝阳在吗？"

王莞的声音一下就弱了，答："孟朝阳在，请等一下。"

王莞喊："老孟，快，电中有话，是一位美女。"

老孟说："扯淡，哪有美女找我。"

王莞说："快点，你接不接，你不接我挂了。"

老孟不情愿地挤过来拿起听筒。老孟只"喂"了一声就再不会说话了，有些激动。老孟说："我的确不知道是你在楼下按喇叭。你，你要上来……好吧，不过我宿舍有些乱。"

老孟放下电话，大喊快帮我收拾一下房间，姚旋来了。我们都吃了一惊。王莞盯着老孟问："姚旋难道专程来看你？"

"是呀，是呀！"老孟不无骄傲地说。

王莞说："我操，你他妈的走桃花运了。"

老孟说："别乱说，她主要是在为我找工作。"

说着说着，姚旋就敲门了。我们几个连忙把电视关了，都站了起来。老孟打开门，姚旋像一道彩霞出现在门口，让人眼前一亮。

我们大家都张大了嘴。

姚旋走进来使整个宿舍蓬荜增辉。姚旋见我们都站在那发愣，笑了，问："你们在干啥？"

王莞说："没干啥，我们又见面了。"

姚旋说："我来看看朝阳。"姚旋说着含情脉脉地望了老孟一眼。我们都被"朝阳"的称呼电了一下，全身都麻。我们平常只喊老孟，早忘了老孟的大名叫孟朝阳了。

这时，我们发现门前还有一个人。姚旋仿佛忘了他，轻描淡写地向大家介绍："这是我的司机，小苏。"又对小苏说，"你就别进来了，这屋里的不是博士就是硕士，没有你容身的地方。你还是回车上等我吧。"小苏冲大家笑笑，说："各位老师好。"然后把包送给了姚旋,"我是为你送包的。"姚旋接过包向小苏点了点头,把门关上了。

我们望着姚旋,完全被她的风度震住了。姚旋这次来和上次见面风格不同,上次我们都被姚旋穿背带裙骗了,姚旋穿背带裙人显小,像个学生似的,这次穿的是职业装,和第一次见面判若两人。我们不由想起了老板的秘书梦欣。梦欣和她一样漂亮,可就没有她大气。也许年龄要小一点的原因,梦欣给我们的感觉是小女孩。姚旋就不同了,姚旋是外企的业务主管,这和一个律师事务所的合伙人秘书不能同日而语。最关键的是梦欣一直被我们老板以及他的弟子们特别是师姐之类的同龄女性压迫着的。而姚旋一直独当一面,手底下有几十个人,连司机都配了的。

姚旋那天在老孟宿舍没坐一会儿就走了,走之前柔声对老孟说:"别忘了后天到公司去,我都给我们老总说好了。"

老孟不好意思地说:"不会忘的,不会的。"

姚旋上下打量一下老孟说:"这样吧,明天我来接你,我们一起上街给你买几套衣服。看你,堂堂一个名牌大学的法学博士,实在是邋遢。将来我可不准你这样不注重外表。"

老孟低着头,羞着,像一个小学生似的。而我们几个心里像打碎了五味瓶,啥滋味都有。这老孟前世烧了什么高香,被姚旋女士看上了。真是傻人有傻福,傻博士有艳福。

姚旋那天短暂的访问,对于老孟来说意义深远,影响长久。常言说人生有两大喜事。一是金榜题名,二是洞房花烛。金榜题名就不必说了,老孟是博士,相当于过去的状元了,而且已找到比较满意的工作。如今离洞房花烛也不远了。

姚旋的到来一扫老孟心中长久聚积的郁闷。过去的一切挫折都是无关紧要的,在和雷文的竞争中老孟可以长长地舒口气了。春风得意的老孟在那段日子明显地年轻了,连年龄小老孟十三岁的雷文也感觉不到了两人的年龄差距。走在校园的林荫道上老孟时常会一蹦三跳地去摘树叶，要不然就是骑着破自行车双手丢把，在往常这都是老孟深恶痛绝的。雷文明显地嫉妒老孟了，雷文说这是老孟老不正经，老孟听到了也不火，还很得意。

雷文和甄珠一次到我们宿舍玩，他们一不留神便暴露了心态。雷文说，"他（指老孟）找一个美女回家做老婆能守得住吗？讨老婆还是要找丑女。放心。"雷文这酸溜溜的话有些吃不到葡萄说葡萄酸的意思。雷文的言外之意就是说我们师妹甄珠丑。

师妹当时就不干了，质问雷文："你是不是嫌我丑？"

雷文说："怎么会嫌你丑呢！你是我心中的美女。"

师妹又问："是心中的美女，那是不是现实中的丑女？"

雷文说："你不但是我心中的美女，也是现实中的美女。"

师妹又问："既然你认为讨老婆还是讨丑女，那我又是美女，你是不是不准备娶我当老婆？"

雷文这下知道了师妹的厉害。我们这个师妹我们都领教过，今后有雷文吃的苦头。在那段时间，雷文整天被师妹弄得焦头烂额。

36

　　老孟一走就一个星期没回来。一周后我们见到了另一个老孟，一身的名牌。足登耐克鞋，下身是 TIYE 牛仔裤，上身穿鳄鱼牌 T 恤，外套鳄鱼牌夹克。老孟回来显得贼年轻，贼轻爽，剪了板寸头，一根杂毛也不见了。据老孟自己说了个油，脸也亮了，胡子刮得一丝不苟，过去老孟的胡子没刮净过。据老孟说，曾被姚旋硬按着做了个美容。

　　雷文第二天对我们说，老孟这次出去连底裤都换了。雷文说这我们信，因为只有雷文才能看到老孟穿的啥底裤。我们不由想起师弟为女朋友蓝娜买内衣的故事。师弟就是靠一套内衣让女朋友蓝娜晚上辗转反侧，坐卧不安，结果在一个月夜找到师弟，让师弟成就了好事。

　　那么老孟肯定也被姚旋"办了"。你想，老孟一周不归住在何处？在何处换的这身行头？具体地说在何处换的底裤？不可能在客厅换，也不可能在卫生间换，只能在卧室换。姚旋有一套公司给的住房，两室一厅。师哥要换底裤肯定在姚旋的卧室内换，也就是姚旋的闺房。在那间温馨的、充满了香水味和女人味的闺房，难道老孟只换了换衣服……不敢想象，不能想象。

　　"何必想象呢，审问之。"师兄王莞说。

　　于是，我们几个便把老孟师哥扣留在我们宿舍住一夜。那时候集体宿舍的灯已经熄灭，月光从窗口爬进来，几个人躺在能见度还可以的黑暗中，开始审问师哥。主审是师兄王莞，陪审员是我和张岩。

师兄问："老孟师哥这几天你哪去了？"

老孟答："看书去了。"然后坏坏地笑。

三师弟说："你骗谁呀！这几天你根本不在学校，看什么书？"

老孟在黑暗中又嘿嘿笑笑，说："真的看书去了。"沉了沉老孟又说，"其实女人也是一本最精彩、最难读懂的书呀。"

噢——老孟师哥一出此言，我们几个躺在床上又吓得不敢出声了。老孟所说的看书就是去找女朋友姚旋。我们曾经听老板的好友宋总说过，"唱歌"就是在外头找小姐。老孟为了区分找小姐和找女朋友的不同，便又创造了"看书"一说。老孟那天晚上告诉了我们看书的全过程。

老孟被姚旋接走后逛了一天的街。当晚霞消灭的时候，老孟除底裤外已焕然一新了。第二天老孟顺利地通过了老总的面试。当晚姚旋请老孟吃饭，说是庆贺一下。庆贺地点在姚旋的居所。姚旋亲自下厨为老孟烧了几个小菜。

"别说，那菜的味道真不错。"老孟说。

我们喊："别说那菜了，拣重要的说。"

"除了小菜外，还有一瓶红葡萄酒，还点了红蜡烛。"

"妈妈的，够小资的了。"

后来，老孟应邀参观了一下房间。在姚旋的带领下老孟走进了姚旋的卧室。

老孟说："也不知咋的，俺一进她的卧室就昏了头，不知不觉就抱在了一起。"

姚旋开始脱自己的衣服。老孟觉得前奏太短，姚旋的行动太快了。我们知道老孟虽然在读博士时没有女朋友，但他在工作期间曾和一个女人长期同居过。老孟和人家同居又不和人家结婚，铆足了劲要考博。老孟考上博后便和人家分手了。

所以，老孟并不是一个没有性经验的人。老孟是一个相当理智的人，学法律的嘛。老孟见姚旋脱衣服便摇了摇头，拦住了她。老孟的冷静让姚旋大吃一惊。老孟轻轻将姚旋放平在床上，然后跪在床边为姚旋脱衣服。老孟一边脱姚旋的衣服一边念叨：

"女人也是一本难读的书呀，有时候你以为自己读懂了，其实一点也不懂，有时候你以为读不懂，可忽然就会一目了然。"

姚旋躺在床上，紧闭双眼，任凭老孟阅读。老孟又念叨：

"我最不喜欢一目了然了。"老孟解开了姚旋上衣的五颗扣子，说，"我打开了书的封面。"老孟在姚旋的乳罩上抚摸了一下，说，"这是书的扉页。"老孟在翻开扉页时遇到了一些麻烦，因为老孟老土的怎么也找不到那新式乳罩的挂钩。

姚旋抬起手来想帮助老孟，却被老孟拒绝了。老孟抓住姚旋的手说，"别动，我自己来。别忘了我是博士，我到要看看还有什么书我啃不动，还有什么科研课题我攻克不了。"老孟说，"只要是文科类的，我自信有这种能力。"

于是，姚旋便安静地躺在那里，像一本真正的书。

老孟把那新式乳罩研究了一会儿，终于在那乳沟处找到了暗藏的机关。老孟说："越是离自己近的，离眼睛越远，往往在鼻子底下的眼睛反而看不到。"起先老孟在姚旋的背后摸了半天，后来又在姚旋胳肢窝搜索了一阵，姚旋怕痒都被老孟摸笑了。

老孟将那挂钩一打开，天地便豁然开朗了。老孟看到姚旋的双乳活蹦乱跳地在那里滚动，就像草原上正放牧的羊。

老孟将视线移向了姚旋的下边。老孟轻轻解开姚旋裤子上的三颗扣子和两个挂钩。老孟将姚旋的裤子脱掉了。

老孟说："我已翻开了封底。"

老孟轻轻地抚摸了一下姚旋那白色的真丝镂花底裤，说，"这是一张美丽的插图。在插图后面自然是书的中心思想。"老孟一边说着一边将那插图翻了过去……

老孟说:"我打开的只是一本书的装帧,如果要了解书的深刻内涵必须深入细致地阅读。"

可是,老孟在具体阅读时却出现了问题。由于老孟在翻开书的装帧时太理性,太注重精神的享受,结果精神和肉体产生了冲突,也就是说肉体不听精神的指挥了。肉体向精神提出了抗议,罢工了。这让老孟十分尴尬。就像老孟兴冲冲走进图书馆,打开一本书正要看,一摸却忘了戴上眼镜。

老孟面对打开的姚旋,自作聪明地幽默一句。

"对不起,我没戴眼镜,无法深入细致的阅读。"

当时,姚旋已被老孟撩拨的盛情难却,听老孟这样说,就有些气急败坏,而且根本没理解老孟的幽默。姚旋说:"你还没看够呀,还要戴上眼镜看,有病。没你这样看书的,要来快来吧。"

姚旋一下把老孟拉上身,用手向下一摸,软的。姚旋猛地坐了起来,说:"你这种男人只是理论上的,没劲。研究任何课题都要理论结合实际。你这种只谈理论的男人,我无从把握你。"

老孟不好意思地说:"我太激动了,以前我不是这样的。"

姚旋说:"你是太理性了,连做爱都理性,不知干什么你充满激情。"姚旋见老孟可怜巴巴的样子,态度缓和了些,说,"算了,睡吧,这几天你太累了,我不逼你。"

后来,老孟和姚旋还是成功了几次的,但都没满足姚旋。姚旋说你要好好补补身子才对。

后来,老孟对我们说:"无论从哪个方面讲,姚旋都是一个好女人。"老孟说着爬起来从挂在床头的衣袋里摸出了一串钥匙。他哗啦啦地在黑暗中摇着钥匙说,"这是姚旋房间的钥匙,她给了我一套。她说一切对我都不上锁,房门随时可以打开进入,书也随时可以打开看,更可以深入研究。"

师兄王莞说:"她们公司的白领丽人肯定特多,下次姚旋再来,你告诉她一声我们这光棍多着呢。让她带几个来,咱哥们都想办法弄一串钥匙保管保管。"

三师弟说:"你可别只忙着自己看书,把兄弟们都忘了。"

37

　　三师弟张岩从那天晚上给王愿送了花后，再也没给王愿打电话。三师弟觉得王愿应当来电话的。三师弟坐在学校的草坪上望夕阳。这是三师弟近来最主要的节目。从傍晚到黄昏，从有太阳的时候到渐来的暗夜。三师弟在这段时间可以听到很多声音，比方说黄昏时低飞的燕子声，掌灯时分吉他的低鸣和小虫的吟呻，最关键的是三师弟在那段时间可以听到自己的声音。所以他总是在傍晚到草坪很晚才回宿舍。

　　无疑，在黄昏之时草坪上是最热闹的去处，只不过那种热闹是在一种静悄悄的状态下进行的，就像无声的电影。一对又一对的正处在恋爱中的学生在草地上或坐或卧，缱绻而又慵长。孩子们似乎成了草坪上的精灵，在母亲的呵护下他们快乐得如天使。不过，更多的是三五成群的同学们，他们围坐在草坪上议论的话题显得庄重而又严肃、团结而又活泼。

　　这时，一位围着草坪奔跑的女生吸引了三师弟。她披着长发，身着短裙，围着草坪一路狂奔。她看起来不像是锻炼身体的，锻炼身体的女生大多穿着短裤，有条不紊地围着草坪一圈一圈地慢跑，而她却疯狂地奔跑。三师弟的目光跟随着她。这时，三师弟的手机突然响了。三师弟望望放在面前草丛中的手机，没有迫不及待地去接。那手机在草丛中的振铃声像一只藏在草丛中的鸟儿。三师弟慢条斯理操起了手机，心里其实还是很激动的，这是三师弟最近接电话的一种心态。每一次电话铃响他都会以为是王愿的,而每一次又都不是,一次又一次的失望,反而使他心平气和了。

这时,三师弟看到那身着短裙的女生又跑了一圈。

这时,三师弟听到了那显得遥远而又亲近,熟悉而又陌生的声音,这一次电话是王愿打来的。

三师弟听到王愿的声音,心跳突然加快了,快得和那围着草坪一路狂奔的女生同步。

"你好,"王愿说,"首先谢谢你的鲜花和美酒。"

"不用谢。"三师弟说。三师弟想说一句轻松的话,可是怎么也找不到词语。

王愿说:"真抱歉,让你打了那么多电话,还跑来了一趟。"

"没什么……"三师弟说。

"我知道这都是你的好意……不过有些事还是说明白了好。"

"哦……"三师弟有些无法集中精力,三师弟见那位姑娘还在奔跑,所以,三师弟的心跳还在加快。

"我知道你肯定不是第一次追一个女孩子,我也不是第一次被人追。对这种事大家都不是第一次了,都有承受能力。其实我已经有男朋友了……"

三师弟有些听不清王愿的声音了,三师弟的心跳已经快到了极点,他看到那奔跑的女孩姿势已经变形,有些东倒西歪的了。

王愿说:"本来我以为大家都是开开玩笑的,没谁当真,没想到弄成这样。你们其实都是好人,虽然从表面看你们似乎什么都不在乎,其实你们内心很真诚。我想是不应该和一个真诚的人开玩笑的。特别是这种玩笑。"

三师弟本想在电话中说,谁和你开玩笑了,我是认真的之类的话。这时三师弟却看到那奔跑的姑娘奔进了草坪;在草坪上又疯狂地奔跑了几步，然后张开双臂准备扑向草坪。可是，就在她还没来得及张开双臂之时，她被什么绊了一下在离三师弟不远的地方，栽倒了。三师弟发现那女孩趴在草坪上抽搐着再没起来，三师弟扔掉手中的电话向那女生奔去。王愿一下便从耳边消失了。

三师弟拉了那女生一把。她抬起头。三师弟发现她鼻子正在出血。三师弟说："快，送你去医院。"那女生泪水涟涟地笑笑说："死不了。"三师弟这时才发现在她脚边有一个已生锈的为草坪喷灌用的水龙头。

那水龙头埋在美丽的草丛中，谁也不会注意到。不过，当你累了真的扑向草坪之时，它会不经意地绊你一个跟头。三师弟觉得自己也被绊了一下，他不由趴在那女生摔倒的地方，将头深深地埋在了草丛中。

她望望三师弟，问："你在闻什么呢？"

三师弟答："草丛里有一种很熟悉的香水味，很好闻！几乎勾起了我的回忆。"

"是毒药，是我带来的。"

"什么毒药？"

"这香水的品牌叫毒药。"

"噢，香水的味道是你带来的。"三师弟伸着鼻子向她闻了闻。

"是法国名牌。"

"咦！这名字绝了，还是法国人厉害。"

三师弟望着她笑着说："你身上的毒药让我有些中毒了。"

"哈哈——"她畅声笑了，说，"看不出你挺坏的。男人都不是好东西。"

"哇！"三师弟做惊叹状，"不要打倒一大片嘛！比方我……"

"你……"她笑笑不语。

三师弟问:"你叫什么名字?"

她若有所思地沉默了一会儿,好像想不起自己的名字了,然后她说出了一个让三师弟张岩大吃一惊的名字来。

"董小令!"

"什么?"三师弟有些不相信自己的耳朵。为了证实自己没听错,三师弟又问:"哪几个字?"

"就是'懂得'的'懂'去掉竖心旁,小令是词的一种,意思是短小的词。"

三师弟不由吸了口凉气,怎么又出来了一位董小令。那刚才和我通电话的是谁?

董小令见三师弟又在那吸气,便打趣说:"你那么喜欢我身上的香水味,我坐你近一点吧。不过,中毒了可不怪我。"说着她向三师弟身边移了移。"你那句话挺能打动人的。"

"哪句话?"三师弟笑。

董小令学三师弟的口气说:"你身上的毒药让我有些中毒了!"她摇了摇头,把眼睛闭上了,仿佛正在回味,"我很久没有那种被打动的感觉了。"她说。

"曾经有过?"三师弟问。她不语。

三师弟又问:"你是这个学校的?"

董小令摇摇头又点点头说:"又是又不是。"

"那到底是不是?"

"说是吧,人家又不承认我,说不是吧,我又在这个学校听课。"

三师弟说:"你是旁听生。"她点了点头。

"住哪?"

"校外,租的小平房。"她反问,"你呢?"

"校内有宿舍,不过我在校外也租有房子。"

"我没问你这个,我问你是不是本校的学生。"

"哦,是。我在读研。"

天黑了,两个人坐在路灯下的草坪上还在聊。那时候草坪上的人渐渐少了,有单身汉开始无聊地唱歌。三师弟看了看表说:"该走了。"

"去哪?"

"回去。"

"校外还是校内?"

三师弟说:"校外吧。"

"到你那看看行吗?"

"可以。"

三师弟租的是一居室的房子,是一个青年教师的,价格还是比较合理。三师弟把那个自称叫董小令的带到住处后就出事了。

开始,董小令问能不能在你这洗澡。三师弟发了一下愣,说:"可以。"董小令就甜甜地笑了。三师弟为她打开了盥洗间的门。

三师弟坐在外面听到董小令在哗哗的喷水声中哼哼叽叽地呻吟。三师弟觉得浑身燥热。同时,有一种隐隐约约的不踏实感攫住了三师弟的心头。她会不会是骗子?三师弟不由想起电影和小说中的一些情节。女人往往都先去洗澡,当男人洗澡时女人便会拿了值钱的或者情报之类的逃走。想到这,三师弟不由出了一身冷汗。三师弟环顾了一下四周,都是大件,搬不动。然后把手机、呼机、现金、手表之类的全都锁进柜子里。三师弟坚壁清野后,望着电视、录像机、VCD之类的觉得也不安全,这些东西都是房东的,是不能丢掉的。于是,三师弟把防盗门也锁了。那门不但能防外贼也能防内盗。只要咔嚓一锁里外都打不开。

后来,我们听了三师弟的叙述觉得可笑,这哪是泡妞呀,这简直是在搞间谍活动。

一切准备就绪，三师弟把钥匙得意地在空中抛了个美丽的弧线，然后放进口袋。三师弟不由冷笑一下自言自语地说，看你今晚有什么花样。

盥洗间的水还在哗哗地流着。董小令在那流水中依然发出那种娇声。三师弟不由又一次有了冲动。这时，三师弟听到董小令在盥洗室里喊："来一下，来一下。"

"怎么啦？"三师弟走到盥洗间门口问。

"有棉签吗？我耳朵进水了。"

"有，我给你拿。"

三师弟取了棉签又到盥洗间门前，三师弟敲着门说："给你。"

门开了，董小令躲在了门后。三师弟见她伸出了一只手。三师弟把棉签递到她手里，她却不接棉签一把抓住了三师弟的手。

"哎呀——你干吗？"三师弟被董小令猛地拉进了盥洗间。

"我想和你一起洗嘛！"董小令光着身子搂住了三师弟。顿时，热水把三师弟浇透了。三师弟觉得天地一派混沌，什么也看不清，眼前白雾茫茫。董小令裹在白雾之中，用一种无形之手脱去了三师弟的衣服。三师弟被董小令那光滑、丰满而又热烈的身子拥着，如饥似渴的狂吻让三师弟喘不过气来。三师弟挣扎着想主动干点什么，比方抱住她之类的。可是她的身子由于涂着沐浴液，滑腻得如一条鲶鱼，使三师弟无法抱牢。虽然如此，三师弟也渐渐地恢复了男人的主动权，从最初的被动中反应过来。于是，她吊着三师弟的脖子，两腿猛地夹住了三师弟的腰，让三师弟找到了自己的归宿。

在热烈的冲击中两人完全被融化了。三师弟关掉水龙头，双手搂住她，挺着肚子走出盥洗间。

那天晚上三师弟特别勇猛。董小令在他身下呻吟着挣扎着，嘴里却喊着：

"你太棒了，太棒了！"

当两人平静地躺在床上时，三师弟还能闻到她身上的香水味。三师弟说："这毒药还有，洗都洗不掉。"

她说："这种香水洒一次可以管好几天。有一次我瓶盖没拧紧倒了半瓶，一年后包里还有香味！"

"一瓶原装的要好几百吧？"

"噢！看不出你还挺在行的，是不是经常带小姐回来？"

"没有。"三师弟摇摇头，"你还是第一个。"

"得了吧。"董小令轻笑着摇了摇头，"你别以为我对你主动，就是那种为几百块钱随便和人上床的人。"

三师弟听出了这位董小令的言外之音。原来她是要收钱的。这样三师弟反而坦然了。不就是几百块钱嘛。

38

在一个星期之后的一个有星空的夜晚,董小令给张岩发了一个传呼。当时张岩一阵乱激动。在张岩准备给董小令回电话的时候,我们坚决地拦住了他。我们说,"张岩你不能给那个叫董小令的小姐回电话,否则她会毁掉你的。难道你真相信她那些鬼话?"

张岩听了这话有些气恼。他说:"你们这是什么意思?难道我还不清楚?"

我们说,老三你算啦。女人是一本难懂的书,她不让你搞懂,你永远也搞不懂。

"呔!"张岩恨恨地说,"你们心理也太阴暗了,你们就是不相信这个世界上还有好人。我给了她钱,难道她就一定是妓女。她在学校旁听,经济有困难我帮她一下不行?"

我们说,你就相信她是良家女子吧,这样也对得起你那一千块钱。张岩虽然嘴硬,但还是没回电话。

第二天,在夜色来临的时候,董小令又发了一次传呼。当时我们望着忧伤的张岩深表同情。张岩不再理睬我们转身冲出了门。我们知道无论如何也拦不住他了。

我们在后边喊,你回电话跑出去干什么,你宿舍回呀。张岩说:"我出去找一个安静的地方回,不让你听着。"张岩的脚步如飞,对花前月下的校园之景不感兴趣。那时校园里的花正一而再再而三地开着,柳树的发丝在月幕下一甩一甩的,湖水在月下不想动,却被风摇着颤抖。张岩在校园里漫无目标地走了一阵,还是没回电话。他去了校外的住处。

在人们都进入沉睡之时,张岩却怎么也睡不着。深夜,下了雨,张岩孤立无援披被而卧。张岩望着窗外机械地消除BP机上董小令小姐的电话号码。张岩几乎意识到了从BP机上消除董小令小姐的信息是很容易的,而要彻底消解董小令小姐的消息却很难。张岩已明显感到了一种脚步和另外一种脚步声从远而近,开始在张岩的脑门响起。张岩这时听到了真正的敲门声。

咚、咚、咚……

"张岩,开门!"

"开门,张岩!"

男人的叫声在雨声里像啼鸣的雄鸡让张岩无可奈何。可张岩又不得不去迎接到来的一切。张岩拉开了灯,张岩拉开灯时被自己的灯光吓了一跳。张岩极不情愿地睁着红肿的虚泡眼从床上起来。披在身上的毛毯,拖曳出一道长迹。张岩将门打开了一条缝,从那门缝中伸出一只拿了纸片的手,那手突兀地在张岩眼前晃动,像纯粹的断臂。张岩几乎被那断臂彻底吓醒了。张岩在心里说谁怎么会半夜弄一截断臂来吓我,我也不是独处的女人。张岩没有看清那伸进屋里的手中拿的是什么,却听到手臂后有人说话。

"张岩,请开门,我们是公安局的。"

张岩觉得十分奇怪,自己从来没有公安局的朋友,公安局找我干啥。不过张岩还是决定把门打开。张岩有些不做亏心事不怕鬼敲门的那种坦然。张岩决定打开门还有一个原因,那就是好奇。因为在这雨天的深夜,张岩确实没有什么事可干,被寂寞包围着的张岩觉得找点事总比孤独地坐在床上好。张岩打开了门,进来了两个便衣警察,在便衣身后张岩看到淋成落汤鸡的董小令小姐。董小令低垂着眼睑在门前磨蹭着不肯进屋。张岩几乎明白了一些什么又什么也不明白。张岩退后几步望着那两个便衣警察。

"你们……"

张岩和便衣警察说话的时候见董小令小姐进屋了，她径直向里面走去。张岩有些不快，问："干吗！干吗！淋得像落汤鸡一样往里面来。"

"我解手。"董小令说着拿眼望望警察，用行动告诉警察她对此屋熟门熟路。

便衣警察从衣袋里抽出一张纸，说："请你在上面签个字。"

"这是什么？"张岩觉得麻烦。

"这是拘传令，我们有事问你，请你穿上衣服跟我们走一趟。"

"什么，走一趟……"张岩望着窗外的雨，觉得便衣警察提出的要求实在是荒谬。不过，张岩还是走到了床边，穿上了衣服。

"你们将带我去哪？"

"去派出所。"

"有车吗？"

"有，你带上点钱，打的。"

张岩觉得为难，张岩想说我没有钱，可是，张岩想想懒得说话，因为确实有钱。不想说谎。

"把你的身份证以及有关证件带上。"便衣警察说。

张岩定了一下神觉得这便衣警察就像女人一样啰嗦。

户外的雨如霰如霭，不成滴地飘散着。你感觉不到雨的存在，一会儿工夫头发便湿了，一摸满手心水。路灯像一把伞护住了一道弧光，雨幕在光线中形成一个扇面，你从那扇面中可以看到雨幕的动态。起伏不定的雨幕如扇送来一阵阵湿透了的风,这风使张岩不由打了个寒颤。这时,张岩看到路的尽头有车灯射来的剑光。车灯临近,一辆空着的出租车在张岩的面前停住。张岩几乎是迫不及待地钻进了车,他觉得外头实在是太冷了。张岩钻进车里在一种温暖中突然来了困意,这让张岩欣然。因为在以往张岩总是熬到天色微明才会来睡意,在忙碌的早晨才进入梦乡。离天亮还早呢张岩就困了,这怎么不让张岩高兴。张岩上车裹了裹身子便蜷曲着睡了。

张岩几乎是被那两个便衣警察拖出车子的,他当时实在不愿意醒。张岩不清楚自己会被带到何处,所以闭着眼管他娘的带到何处,反正我没犯罪。

派出所值班室内的几个人都困顿得情绪低落。他们看到一个更困倦的反而来了兴趣。有人将一个贼亮的大台灯对着张岩照射,另一个去掰张岩的眼睛。张岩翻着红色的眼皮和白色的眼球就是不见黑色的眼珠,这让值班人员极为不耐烦。

"真他娘的不信还有比我们更困的人。"这时有警察从自己口袋里摸出了风油精。正当风油精触到张岩的鼻孔处时,张岩突然睁大了眼睛。那手持风油精瓶子的警察吓了一跳,连退几步。张岩对风油精过敏。

手持风油精者有些悻悻地立在一隅,说:"这是你睡觉的地方吗?站起来。"张岩不由立起身来。

"你叫什么名字?"

"张岩。"

"年龄?"

"二十七。"

"职业。"

"学生!"

"知道为什么拘传你吗?"

"不知道，是他们让我来的。"张岩说这话时转了下身，见身后空无一人。刚才带他来的两个便衣警察和小姐董小令都神秘地消失了。张岩怀疑自己在梦中。

"不要东张西望，请好好回答我们的问题。"

"我怎么没好好回答问题，我不是不知道嘛！"

"不知道……好吧，你先想想，想清楚了我们再问。"

张岩便走到一张椅子边，想坐。

那位风油精突然蹿了过来，这使张岩也吓了一跳。张岩下意识地用手去捂鼻子。风油精过去把椅子拉到了自己身边，说："这里可没有你的坐处，椅子是我的，你站着吧。累了蹲着也可以，像他们一样。"

张岩这时才发现那间大屋里的阴暗处还蹲了几位像犯人一样的家伙。张岩突然一惊，自己算不算犯人了。我张岩是一位堂堂的法学研究生，怎么和他们同流合污。张岩这时彻底醒了。张岩醒来思考的第一个问题是设法尽快离开此地。

张岩这时抬头见那个值班人员各占一把椅子，闭目，似睡非睡的，根本不理会屋里的人。一种受辱感在张岩心中滋生。张岩真想发作。张岩想想还是算了，这毕竟不是他的学校。这是派出所，自己是一位莫名其妙的被传者。张岩虽然没有发作不过还是声音挺大地喊了一嗓子："我想好了。"

张岩喊了这一嗓子后心情好多了。两个值班人员有些诧异地望望张岩，觉得不可思议。咋会这么快就想好了，这屋里蹲着的有好几个已十几个小时了还没想好呢。

"你说吧。"

"说什么？"

"不是想好了吗？"

"……？"张岩不知道如何回答，像一只觅食的公鸡试探着望望，又望望。张岩道，"你问吧。"

253

"问什么？"

"让我来不是有话问吗？"

"……？"两个值班人员互相看了看，很迷惘地样子，好像想不起让张岩来问什么了。两个值班人员像得了健忘症，互相看看摇了摇头预备再一次闭上眼睛。不过，那位风油精还是打开瓶盖往眼皮和鼻子上抹了几下，在他做这个动作时，张岩不由得涕泪齐下。

抹过风油精的那位似乎来了精神，望着张岩说："怕了，怕了别干呀，哭什么……我们可没动你一个指头，警察不兴打人的。"张岩愤怒地用双手抹了一把脸大声说："谁哭了，男儿有泪不轻弹。"

"噢！"另一个几乎从椅子上弹了起来，说："还有男子汉气魄。"说着从抽屉里弄出几页纸来。

"请谈谈你和方芳小姐的关系。"

"方芳是谁？我根本不认识方芳小姐。"

"是呀，是呀！我们知道你不认识方芳小姐，如果你们早就认识了，那就不算什么了。"

"那你们让我谈什么？"

"谈谈你们在不认识的情况下干了什么。"

"方芳到底是谁？"

"就是刚才那位小姐。"

"她不是叫董小令吗？"

"好，连名字都没弄清楚就上了。"

"这……"

"对不起，关于和那小姐的事应该是我的隐私。"

"是的，是的，不过那隐私不受法律保护。"

"可是，你让我怎么谈呢？"

"你怎么做的怎么谈。"

"可是那是我的隐私。"

"可是那隐私不受法律保护，而且要受到法律的惩罚。"

"我简单谈，还是详细谈？"

"最好是详细谈。"

"可是，有些部分无法启口。"

"无法启口的对我们才更重要。那种见不得人的交易正是我们需要的。"

"那是一天傍晚，晚霞消逝的时候，我在草坪上坐，心中的寂寞使我焦躁不安，我打电话，见远处的落日像火燃烧着，一位少女围绕着草坪在跑……"

"停，停！"

"可是，她没停下，一圈又一圈的……"

"请你暂停一下，闭嘴。"风油精急了，"嗨，你以为这是上文学课呀，我们不要景物描写，只要事实。"

张岩不屑地望了他一眼，分明说你懂什么？不过，张岩被他打断后情绪顿然低落，这使张岩后来的叙述枯燥无味……

"你认为这是什么行为？"风油精道，"一个男人和一个小姐素不相识，然后这个男人把小姐带回了家，然后两人发生了不正当的性行为，你认为这是什么行为？"

"可是，可是不是因为我和她那样了才给她钱，我和她那样前并没给钱，如果我和她那样前她要钱，我就不会和她那样了。我是同情她才给钱的，她上学需要钱。"

"你说什么呢，颠三倒四的，真麻烦。"

"你觉得你是在给希望工程捐款呀，你怎么不捐给我？"

"可是……"

"可是我不是女人，不是'鸡'对吧，我没和你上床对吧，我他娘的真想揍你，可你又是什么东西？"手持风油精的警察自己把自己说烦了。

坐在桌边搞记录的人拉了一把风油精,说:"老李,冷静点,注意你的态度。"搞记录的抬起头说,"对不起,我为他的态度向你道歉。你认为你的行为是什么呢?"搞记录的顿住笔又问。

是什么呢?是嫖娼。方芳小姐是一个真正的"鸡",张岩陷入了沉思。张岩知道他们想让他说什么。张岩无精打采地望望面前的讯问者,觉得他们实在是没有任何诗意,一切喜、怒、哀、乐、美、丑到了他们笔下只能是没有任何情感色彩的记录。张岩望着那记录者手中的笔,觉得笔在他们手中实在可怜。张岩实在是说不出那两个让人大为不快的字眼。张岩说:"能不能把笔给我。"

记录者看看张岩,喜出望外,说:"好,需要你签字,你的态度如果是这样,我们也不会用这么多时间。"

张岩接过笔刷刷地在那已写满了不少字的纸上写上一段话。张岩在写那段话的时候不经意地瞄了瞄那记录者的笔迹,觉得那字写得实在糟糕,张岩觉得自己写字的姿态实在潇洒,那字简直是硬笔书法。张岩在写到那两个字时在前头加了好几个单词。

张岩写到最后两个字时觉得粗俗不堪庸俗不堪痛苦不堪,张岩写完最后两个字像把所有的精力都用完了,感到身体虚脱,有一种无穷无尽真正的疲惫和倦怠。

张岩搁下笔长长打了个呵欠,困倦再一次击中了张岩。那个时候天色微明,对于张岩来说正是他睡眠的黄金时间。

张岩问:"我可以睡觉了吗?"

两个值班人员听说睡觉也长长地打了个呵欠,说:"是呀……呵,我们都困死了。"搞记录的那位起身对张岩说:"走吧。"

"去哪?"

"让你去睡觉。"

"哦！"张岩答应着眼睛几乎闭了起来。张岩觉得自己在风雨飘摇中走了一段路程后被推进了一个黑屋子。那屋子里人满为患，各种声音合奏着形成一个庞大的乐团。张岩在那黑屋里摸索着走，不一会儿便被一个长吁短叹的嗯哨吸引。沉睡者的嗯哨声如小号般悦耳，张岩喜欢小号。相比来说张岩不喜欢那鼾声如雷的大号。不过也没关系，心想反正我也不是来听交响乐的，是来睡觉的。一会儿，他便找了一处能支撑自己的角落沉沉入睡。张岩睡觉的声音加入了乐团。

39

我们真正知道张岩因嫖娼拘传是在第二天上午。我们穿过那被紫色花簇拥着的花径去找老板。我们去找老板没有别的意思，主要是想找他借钱。张岩要交五千块钱的罚款才能放出。我们手头可没有这笔钱，律师所还没发工资，平常我们一点存款都没有，每月挣得倒不少，可有多少花多少，到关键时候都拿不出钱了。王莞知道这个时候只有老板能帮我们。

那条被紫色花簇拥的花径我们曾走过。老板的楼道口在花径的尽头。走到那条用五色鹅卵石铺成的斑斓路上，我们会觉得踩着了无数不可名状的黑的白的青的蓝的灰的花的怪的缩成一团的小龟。

老板听了张岩的事愣在了那里。老板问："你们说那个小姐叫什么？"

"董小令。"

"你们见过吗？"

"没有。"

"是和你们一起泡吧的那个吗？"

"不知道。"

"怎么一问三不知的。"老板有些火。老板望着我们，若有所思的。我们有些不敢直视老板的眼睛，我们发现那是一口黑幽幽的深井。我们必须设法绕开那深井，否则掉下去就出不来。如果掉下去了我们如何救我们师弟张岩。

王莞说:"如果在中午十二点不把钱送去,张岩就完了!"王莞鼻子有些发酸,说,"张岩混到现在这个样子容易吗?他是一个农民的儿子,他考上大学用了比城里孩子几倍的努力。他的家在贵州山区,为了供他上学他的父亲靠打柴换钱。他研究生还没毕业,他的生活才刚刚开始,他的前途十分光辉灿烂,一切美好的东西都在他的前方等待着。可是,天有不测风云,在他的人生之路上出现了陷阱。他跌进了陷阱,我们必须救他,要救他就必须有钱。如果不按时交钱,人家就会通知学校,他就会被开除。这样他苦苦奋斗的一切都将毁于一旦,从而也就毁了他的一生。五千块钱虽然不是小数目,是工人大半年的工资,可五千块钱可以救一个人的一生呀。"

"我求你了,老师。"王莞几乎要声泪俱下了。老板也许被王莞感动了,拉着王莞的手说:"看你急的,就像是你出事了一样。没想到你还是一位重感情的人。别急,我们马上去银行。"

我们和老板出去的时候,外面还在下雨。下雨的天空是小的,让人感到天只有雨伞那么大。下雨天人的安全感也差,好像只有伞下的一点空间才安全。王莞在银行从老板手中接过钱用一张破报纸裹了,夹在腋下在雨中走。王莞尽量弯着腰缩着脖子,走出一个落魄者的样子,让人觉得王莞夹在腋下的破报纸包裹的不是钱,是一双因下雨而换下来的破鞋。

老板用一种关注的目光送我们,王莞似乎还听到他在身后喊了一声。王莞不由缩了一下脖子,王莞真怕他在大街上喊一句把钱放好呀之类的。长辈对晚辈总是不放心,千叮咛万嘱咐的,会经常犯傻。不过,老板还是没有喊出来,老板说:"你们一定要见见那个董小令,看是不是和你们泡吧那位?"

走进派出所大门,里头其实是一个美丽的大院子。院子里有一个由紫色花披挂着的回廊之上,在回廊之椅上散坐着好几个人。王莞发现他们每个人的腋下都夹着一个破报纸包,那包就像一个成熟的大疮一样生在腋下,给人一种累赘感。他们见了王莞腋下的破报纸包视王莞为同类,目光显得柔和而友好。王莞不由抚摸了一下自己的腋下,一种厌恶感使王莞耷拉下了眼皮。王莞不想理会那几个人,可他们却主动过来和王莞打着招呼。

"你是几点?"一位面黄肌瘦者问。

"什么几点?"王莞有些不耐烦。

"限你几点来呀!"

"哦,十二点。"

"我在你后头,我是十三点。"那位面黄肌瘦者说着又指其中一个说,"他是十四点。"

王莞望着十三点,想笑。说:"这编号有点意思。"

"是的,上次我是十一点。"

"原来你是一位有经验的解放者了。"王莞有心咨询一些问题,开始有兴趣和他交谈。王莞问:"你救谁?"

"是一个朋友,上次人家也救过我。"

"什么,你原来……"

"妈的,赚俩钱都填了无底洞。"

王莞问:"我的朋友事隔一个星期了怎么还抓?"

"嘿!别说一个星期,就是三个月只要小姐逮住了,一交待出来你还是跑不掉。这种事一般都罚款处理,一进来就罚五千。小姐交待一个一千,所以小姐自然就尽量交待,直到把五千块钱的罚款抵光为止。不过,有一种人小姐不会交待,那就是大款。小姐放出来了她还要做生意,小姐交待的都是那些再也做不成生意的人。"

"过去那么久了,不会不承认?"王莞说。

"你那朋友是干什么的?"

"研究生!"

"噢！那就对了。"

"你可以不承认，派出所最后也没办法，通知学校说你因涉嫌嫖娼被拘传，因证据不足释放，请学校来领人。回到学校无论你有没有都说不清楚。派出所无法证明你嫖娼，你也无法证明你没嫖娼，没有也有了，况且你本身就有。罢了，承认吧，交五千块罚款，派出所也不通知你学校。这是为你留条后路。这种事，现在多了，也不是个事了。派出所就怕那社会上的闲散人员，死不承认，让小姐当面指证都不承认，他说根本不认识那小姐，是小姐生意太好，连在街上打过照面的也当成原来的客人了。若问小姐怎么知道你家呢？他说小姐急了到谁家都可能。无奈，又不能打，关够时间放了，不了了之。最多通知街道来领人，领就领，无所谓。"

十三点的一席话无疑让王莞茅塞顿开。这样看来是我们害了张岩。如果让张岩给那小姐回个电话，说不定小姐把张岩当成还可以做生意的那一类，就不会交待出去了。

这时，我们听到了"当"的一声钟响。我们抬起头来见一个大闹钟正挂在那敞开的门楣之上，时针已指向十二点。我们几乎是踏着那钟声走过去的。走进那敞开的门楣，却原来那门楣之后还藏着一个院子。那院子的左右两边各有一排有铁窗的房子。我们看到铁窗后有人向外张望，不由打了个寒颤。

"大哥，大哥，大哥你好吗……"

突然，右边铁窗后有小姐呻吟着唱。我们见一大群小姐趴在铁窗后，正深情地望着我们，那歌显然是为我们唱的。

"大哥，大哥救我，救我，出去后我怎么伺候你都行。"

有小姐喊起来，那喊声和歌声一样缓慢，嗓音里饱含着苦涩。我们细细地打量了她们一眼，发现那些小姐已不成样子了。美丽的发型纷乱如麻，明媚的面容憔悴泛青，以往的粉黛挂满了泪痕，嘴唇处只剩下一些残红。

她们已没有了女人的自尊，没有了小姐的靓丽，没有了女孩的鲜活，也没了少女的青春。她们已成了金钱的饿鬼，成了欲望发泄的机器。她们已成了罪恶的源泉，成了霉菌的储藏之地。你面对她们时你会看到男人那丑恶的影子，你面对她们时你的目光将灰暗无比。

她们从铁窗内伸出手臂向我们挥舞。那挥舞着的手臂像挥动着无数条无形的鞭子抽在我们身上，抽在男人们的身上。在那无形之鞭的驱赶之下，我们缩着脖子钻进了办公室。

事实上在办公室我们只用了几分钟就办完了释放张岩的手续。当我们跟着一位手里提着钥匙串的警察走出办公室时，院子里显然十分安静。我们向小姐关押处张望，她们正沉默着，目光跟随警察手中的钥匙串走。那目光中有一种企盼，企盼着手持钥匙串的警察走进属于自己的自由之门。当她们失望地看到我们领出的人时，有小姐开始哭泣。

"大哥，大哥请你给我妈带个信，让她来救我回家。她为什么不来领我回家呀！我没有钱，我没有钱呀，呜——"

我们不敢去理会被关押的小姐，抬头望张岩。

一夜之间张岩已变了形，基本上变成了一个犯人。他是那样的沮丧和落魄，原先身上的激情已被抽空，只剩下单调而又乏味的躯体。那充满自信的目光也荡然无存，胆怯的眼神不敢直视任何一个人。我们觉得眼前的张岩已不是张岩了，他像一个失去灵魂的陌生人，让我们害怕。

办完手续后张岩谁也不搭理，自顾往外走。

王莞却站在那里不动，我说："走吧。"

王莞问："她呢？"

"谁？"

"那个自称董小令的。"

张岩停下转身说："其实她叫方芳。"

"我们见见她。"王莞说。

张岩说："你疯了！"

"是老板指示要我们见见她的。"

"你管她们干什么？她们都是鸡。"

"瞎说，那个真董小令可和她们不一样。"王莞说。

张岩愤怒地说："也不是什么好东西。"

"别乱说，她可是老板认识的。"

"要见你见，"张岩说，"哪有嫖客去赎妓女的，让人家笑话。"

我们噢了一声乐了，王莞说："你他妈的是什么人，我和你同学这么多年一直弄不明白。"

我们在派出所和方芳见了一面。不过没领出来。虽然她供出了张岩，但还不够五个人。她一下跪在了师兄面前，痛哭流涕。王莞不知如何是好。王莞说："你这是干什么，快起来。"

方芳哭着说："好人呀，好人。救我出去吧，今生今世我配不上你，来世我给你当牛做马都可以。"

王莞说："我不让你当牛做马，只要你别再害人就成。"王莞问，"你认识那个叫董小令的？"

"董小令？"方芳仿佛把这个名字忘了，然后脸上露出了让人不易察觉的微笑。方芳说，"董小令的故事在我们这个行业很多姐妹都知道，还是南方一个姐妹告诉大家的。大家都希望能像董小令那样碰到一个好人，我也不知道董小令是谁。也许世界上本来就没有董小令，也没有帮董小令的好人，也许这只是谁编的一个故事。"

张岩从派出所放回来后，他过起了暗无天日的生活。他像一个稻草人只敢在自己门前守望，那种守望往往是夜阑人静之时。这和他过去喜欢在校园内大摇大摆地散步判若两人。张岩怕雨后的白日，怕白天的明媚阳光，怕见任何一个熟悉或不熟悉的人。

张岩那种胆怯的目光让人觉得张岩干了一件什么坏事，这让人猜疑。

40

我们宿舍和其他宿舍的格局一样，宿舍有两张床，上下铺，相对摆放。床头各有一个小空间可放一小桌。在桌子和床之间用布帘子拉着，这样就可以形成一个与世隔绝的小天地。在这个小天地里你可以点亮台灯，干自己喜欢干而又不想让人打搅的事。比方写信呀，记日记呀什么的。

即便宿舍里来了人，如果不关你事，你也可以不露面的。每到晚上，大家从图书馆或者教室回来，各自便独自占了自己的小天地。日光灯关了，这样四个角便有淡黄色的灯光闪烁，静谧、安适、一帘的思绪，如梦似幻，让人喜欢。

在小桌四周的墙上挂满了书。说是挂满了书是因为书架是自制的，在墙上一层一层架着木板。这种自制的书架时常会发生塌方。这样，书本就会化作泥石流向你劈头盖脸地砸来。当时，你或许正沉思，或者正奋笔疾书，突如其来的塌方会使你茫然不知所措。这种事情大家都遇到过。当你被塌方事件击中之时，同宿舍的几位就会从他们的小天地里出来围着你大笑。在他们遇到塌方时，你也会围着他们哈哈大笑。无论是同宿舍还是楼上的其他宿舍若遇到塌方的事件，不久全层楼都会知道的。某某的书垮了！喊声便会在过道里响起。

于是，整个楼道不久便会成了欢乐的海洋，充满了对无伤大雅的灾难的善意的嘲笑。在同学们幸灾乐祸的笑声中，你只有一本一本地重新理书。这种工作几乎占去了你半天的时间。这样你原来的计划就会被彻底打乱,你会被这偶然的事件牵引,走向一个无法预知的生活。唯一给人安慰的是在理书的过程中,你会得到一个意外的惊喜。或许在书中你会不小心抖出曾经翻箱倒柜也没找到的东西,给你一种"踏破铁鞋无觅处,得来全不费功夫"的感觉。比方前女朋友的相片,比方初恋时的第一封情书,再比方一百块钱等等诸如此类的东西。这种意外的收获会使你从沮丧心情中解脱出来。

一连串的失恋和失败使王莞处在一种沮丧之中。如果没有意外的惊喜,王莞恐怕很难快乐起来的。在傍晚的时候王莞走出了宿舍,在上帝的安排下他去寻找惊喜去了。事实证明王莞的这种做法是完全正确的,人挪活树挪死嘛。要不王莞怎能碰到"一条河"呢。

过午的阳光显然是很明亮的,光线不晒人,暖洋洋的那种。林荫道边的法国梧桐葱郁着,给人一种生机勃勃的快感。大片大片的绿草爬出起来,占去了所有的空地。草丛中有无数不知名也无法寻觅的小生命正如泣如诉地呻吟,孜孜不倦的交媾之声透着激情,时不时升腾出一股新鲜而又膻腥的欲望风气。

傍晚的时候,校园十分热闹。打羽毛球的对着那飞翔的羽毛像打苍蝇一样。那劲道足以让网坛名将们望而生畏,只是那种奋力扣杀往往被球网拦在另一边。骑着破车飞奔而去的同学看那架势仿佛要去救火,不久你还会看到他们风风火火地回来,其实啥事都没有。不骑车的同学比骑车者跑得还快,那是锻炼身体的一种,瞎跑惯了。校园内更多的是那些无所事事而又煞有介事散步的同学。散着步目不斜视的,做那种思考状,很大学生的样子。真有点具体事要干的就是那些提着温水瓶打开水的女生。她们打开水却穿着入时,打扮讲究,一个两个地走着,好像不是去打开水而是去参加开水宴……

这个风景模式在校园的黄昏之时每天展示一遍，似乎每一个同学都不愿让自己闲着，非把自己弄得十分忙碌才行，否则就会空虚，就会精力旺盛。

王莞在阳光中发愁地走着。迎面而来的是一群接一群的漂亮女生。她们把胸脯挺着走路。那胸部好像藏了一对鸽子，扑腾腾地闹着做逃离状。这让王莞心急，让王莞不忍目睹。王莞觉得自己的心正晃悠悠地荡着，就像走在家乡那铺着木板的铁索桥上，一不留神就要失去平衡。其实，深渊就在脚下，如果不控制自己随时都可能投身而去。

王莞走在校园内觉得十分不自在。王莞不敢放心地去直视那迎面而来的女生，因为王莞怕她们中会有听过自己课的学生，王莞这学期在帮老板给本科生上课。对自己认不全的学生，王莞有一种暴露在光天化日之下的感觉。其实王莞是一个敢肆无忌惮地盯着女人看的男人。如果是在一个陌生的地方，王莞完全可以放任自己，用一种狼一样的目光和一位女人对视，一直把对方看得低垂了头，躲着走开。在校园里王莞便觉得放不开，如果用那种目光把自己的学生剥得体无完肤，学生们会在背后议论的。她们会说："那个代课老师王莞那目光好那个哟……"等等诸如此类的话。

于是，王莞敛着目光向校外走。王莞向校外走完全是一种无目的状态，不过，王莞这一次却没能走出去。一次莫名的邂逅使王莞最终没能走出校园。确切地说王莞在校门口碰到了"一条河"。

"一条河"那时候正犹豫不决地走进校门，像节日里明亮的气球让王莞眼前一亮。王莞当时不知自己怎么会把"一条河"比做气球的。其实"一条河"身材很好，只不过属于丰满的那种。把"一条河"比为气球主要是因为她那丰腴的乳房，王莞的眼睛已略去"一条河"身上的其他部位，只盯着"一条河"的上半身。王莹有一种把那气球搂在怀里蹂躏的冲动。

"你好,"王莹说,"我们认识吧?"王莹在老远就不怀好意地打着招呼。

"你叫王莹是吧,我们在酒吧一起喝过酒。""一条河"的红嘴唇启动了一下。不过,王莹还是对那对气球感兴趣。王莹走得离"一条河"很近了,目光也没有离开"一条河"的胸部。

"你干吗呢?""一条河"望着王莹身不由己地将身子侧将过去,"一条河"觉得正面对着王莹没有安全感,"王莹,我没想到还能见到你。""一条河"侧过身子便恢复了女人的自信,在启动红唇的时候开始用眼睛和王莹说话。

王莹望着"一条河"说不出来心中是啥滋味,望着"一条河"不说话。

"一条河"便笑了,笑得十分暧昧。"一条河"说:"王莹你是不是吃了狗肉了,眼睛红得烫人。"

王莹说:"我的眼睛红不是因为吃狗肉,是因为看你看的。"

"你有病呀,像狼一样的眼睛怎么会是看我的原因呢?"

"我有病,是相思病。"王莹有些厚颜无耻了。

"哦,该找人给你治治。"

王莹说:"只有你能治。"

"去你的。""一条河"说,"王莹,要不到我家坐会儿。不远,就在校内,几步路。""一条河"又用眼睛和王莹说话。王莹觉得"一条河"的话语极不大众,具有边缘性的含义。

王莹后来几乎记不起怎么和"一条河"到她家去的。当时王莹就觉得有一种用手提着心的感觉。提着心的王莹进了"一条河"家,手心里都是汗。王莹望着"一条河"再次用眼睛说话,可"一条河"却佯装不知。

"一条河"的客厅里很暗,厚重的落地窗帘将午后的阳光挡在了窗外。王莞没有换"一条河"递过来的拖鞋,他脱了鞋在"一条河"家的地毯上践踏着,有一种可心的放松感。"一条河"换了拖鞋问王莞想喝点什么,王莞不吭声在沙发上叹气,因为王莞进屋后用眼睛和"一条河"说话对方却不回答了,这让王莞十分沮丧。

于是,王莞不得不用声音和"一条河"说话。王莞说:"你这房子是分的?"

"是呀。"

"你哪有资格分这房子?"

"我婆婆分的。""一条河"边说边为王莞冲咖啡。

"你怎么结婚了?"王莞明知故问。

"我怎么不能结婚?"

王莞气不太顺,说:"我什么都不喝,我坐会儿就走。省得你老公回来尴尬。"

"他和公婆都在国外。""一条河"问,"你咖啡加糖吗?"

"哦,不了,我不喝。马上走。"

"一条河"说:"你现在就走谁也不拦你。"王莞不由愣了一下,在昏暗中寻找"一条河"的眼睛。

王莞这一次还是没有找到,"一条河"正弄着那些杯子,杯子的响声让王莞烦。王莞说:"你别弄那杯子了好不好?"

"我弄我家的杯子你管得着吗。"

"可是那杯子的响声让我心神不定。"

"杯子也不是你的,弄碎也不关你事呀,你心烦什么。""一条河"说着话并没住手,杯子叮当的撞击声依旧。

"如果你再弄那杯子,我就走了。"王莞起身说。

"要走你就走,我弄我的杯子不关你事。"

王莞起身往外走,"一条河"突然喊了一声:"回来!""一条河"的声音有些异样,"你走了咖啡谁喝?""一条河"终于又用眼睛和王莞说了一句话。王莞恨恨地盯了一眼"一条河",走近了把"一条河"的手抓住,说:"我就是不让你弄出响动。""一条河"急切地想从王莞手中抽出自己的手,可王莞却将"一条河"拉到了怀里。王莞这时终于暴露了自己的狼子野心,不管怀中的女人如何挣扎,王莞不顾一切地去揉搓。在王莞的蹂躏下,"一条河"只剩下呻吟之声中的矫揉造作了。王莞觉得火候已到,便推开"一条河"迫不及待地开始脱自己的衣服。

王莞的动作是干净利落的,也许仅仅用了不到一分钟,王莞已将自己完全脱得一丝不挂了。当赤裸着的王莞去寻找"一条河"时,王莞觉得眼前猛然一亮。

窗帘被打开了。

过午的阳光依然很灿烂,王莞赤裸着暴露在阳光沐浴着的客厅地毯上,"一条河"立在窗口丝毫不乱,一丝不苟地欣赏着王莞。

"一条河"说:"王莞,你身体挺健美的!"

王莞望着"一条河"十分敏感地用手捂住了下体。这让"一条河"不由侧过脸来暗笑:"有什么好害羞的,我也不是没见过。""一条河"望着窗外说,"要害羞就把衣服穿上,咱们出去吧。外面的阳光很好。""一条河"说这话时一直立在窗前,像一位圣女似的,无动于衷。

王莞觉得自尊心受到了伤害心里不舒服。不过王莞还是像一位十分听话的中学生似的穿好衣服跟着"一条河"(老师)出了门。一路上王莞一句话都没说,在和"一条河"分手之时,"一条河"才悄声说:"王莞,我知道你想干什么。其实我也不是不想,只是人不舒服。下次别太先声夺人了,你应该是一个成熟的男人呀,还不懂女人,也不了解女人。"

王莞几乎什么都没听进去,只把一个词听进去了,"不舒服"。这是女人每逢月经来临时常用的词。王莞心里稍稍好受了一点，因为那毕竟是特殊原因呀。可是，当王莞一人回到宿舍，王莞像从梦中醒来了。他像一头暴怒的狮子在屋里吼声如雷。

张岩问："王莞，你干吗呢？叫春一样地吼。"

王莞冲张岩气急败坏地说："我今天倒霉透了。"

"什么事？也不至于大吼大叫呀。"

于是，王莞把一切经过都告诉了我们。我们听后哈哈大笑。笑过了，张岩说："你真他娘的没出息，哪有先脱自己的，你不会先把她扒干净。"王莞啧吧啧吧嘴说："我还是没你有经验呀。"

张岩说："这次不行下次。过两天再去，反正你知道她的住处了。这次别让她再消逝了。"

几天后，王莞激情澎湃地又去找"一条河"。王莞穿过校园不知惊扰了草丛中多少小生命，王莞对那些妻离子散的小生物一点也不同情。王莞的脚步如双槌的击鼓之声，王莞的激情荡漾着在肚子里发出叽叽咕咕的声音。校园内除了低得像人一样高的路灯别无它物，灯光的含义带着特有的危机。王莞忽略了那含情脉脉的柔光，唯独对"一条河"那光芒四射的窗口迷恋。王莞对着"一条河"的窗呼呼地吹了几口气，恨不能将灯吹灭。王莞暗暗自语，我不要光芒，我只要昏暗。

王莞上楼，敲门。

"一条河"对王莞的到来显示了足够的热情但却不让王莞进门，"一条河"充满热情的语言王莞几乎一句也没听进去。王莞像一位查电表的老手从"一条河"的身边挤了进去。王莞照例不换拖鞋，脱了鞋子在地毯上践踏。王莞深深体会到了那羊毛地毯对脚心的刺激作用，那种刺激让人心乱如麻。"一条河"望了望王莞，预备去弄响那些咖啡杯。不过，在"一条河"走到那一排杯子之前，王莞已跳将起来将她逮住。说："别烦我，那些叮当作响的东西让我心烦。"

"一条河"说："别碰我，放开手，我才没想给你冲咖啡呢，你放开，你放开呀。"王莞不放手，王莞一用力"一条河"便悬空起来，悬空起来的"一条河"像一个大气球，王莞将那气球抱在怀里揉。这一次王莞吸取了上一次的教训，王莞觉得火候已到之时，便毫不犹豫地开始扒"一条河"的衣服。对于"一条河"的挣扎王莞没有当成一回事，王莞觉得男女之间的战争胜负的关键是看谁坚持到最后。高潮先来临者就会面临着疲软，疲软者面对刚走向高潮者，不得不向对方的激情投降。

王莞几乎成功了，就在王莞要完成最后一道工序的时候，"一条河"突然停止了自己的反抗。这让王莞束手无策。就像两个人将麻拧成绳，正较劲的时候，对方突然松了劲，撒了手。王莞觉得十分沮丧，王莞面对一堆乱麻似的"一条河"无从下手，无所事事。真是剪不断，理还乱呀。刚才在"一条河"的激流中，突然回到静水中了，这让人很不习惯。

这时，"一条河"终于有了说话的机会。"一条河"喘息着指了指内室说："里头有人……"

"谁？"王莞这一惊非同小可。

"我，我丈夫……"

"啥！"王莞大惊，一弹便到了门边。

"……我丈夫……的妹妹。"

"噢！"王莞的表情如溺水者抓住了一根稻草。

"她睡着了。"

王莞定了定心，喘息着基本上爬到了岸边。

"你快走吧，她醒了就麻烦了。"

王莞浑身湿淋淋的，一身的虚汗。王莞在"一条河"的一惊一乍中像一条被追赶的落水狗，爬上彼岸，逃之夭夭。

师兄王莞从"一条河"处回来的时候身上还散着热气。他洗了个澡，张岩问他："王莞这下你过瘾了吧，'一条河'让你消耗了不少体力和激情呀。"张岩说话时并不知道王莞在"一条河"处的遭遇。当我们得知事情的经过后，我们十分同情地望着王莞，爱莫能助。我们知道王莞晚上又睡不好了。

第二天晚上吃过饭，我们都去了图书馆，王莞歪在床边就睡着了。我们知道这是昨天欠的觉，谁也没去叫他。王莞眯了一会儿便有人轻轻敲门。王莞醒了心中不由一动。听那敲门声，便可以判断出是一位女生。那敲门声怯怯的，柔柔的，满含着一种希望。敲门声又响了，这回带了点焦急。这是谁呢？于是，王莞起来打开了门。王莞眼前出现了一位陌生的女孩，王莞正要发问。她却先说话了。

"要光盘吗？"

原来是上门推销光盘的！王莞大失所望。这种失望的情绪立刻化作一股怨气，使王莞几乎愤然关门。这时王莞却见那女孩依着门框瘫软了下去，她脸色苍白，虚汗一层一层的。

"你怎么啦？"王莞不无关切地问。

"没什么！"她无力地摇了摇头，脸上现出了苦笑，"就是太累了，我楼上楼下跑了一下午也没卖出一张。如果再不卖几张，我晚上就吃不上饭了。"

王莞的心一下悬了起来，王莞对她说："你进来吧！我看看你的光盘。"她眼前立刻便闪出了希望之光。她走进宿舍便忙着从包里拿出一叠花花绿绿的光盘来，怎么请她坐都不坐。最后王莞搬了个凳子，说你坐吧！坐下我慢慢看，这样她才坐下。王莞翻看了她那包光盘，不是暴力就是色情的，王莞实在是没有任何兴趣。她见王莞的表情，连忙悄声说："有黄色的要不？"王莞不由愣了一下，苦苦地笑了。王莞说："算了吧，我给你十块钱，你去吃饭吧。"

她突然很粗暴地从王莞手中抢去了那叠光盘，目光中露出了愤怒之色，说："我又不是要饭的，让你打发叫花子呀。"说着摔门而去。

王莛呆呆地立在那里，一时回不过神来。后来王莛又走进了校园。王莛在校园无所事事溜达了一阵，他不知不觉走出校门，来到了"一条河"家。王莛敲响了"一条河"的门。门无声地打开了，"一条河"欢天喜地地一把将王莛拉了进去。

"我一直等你再来，你就来了。你知道我为什么盼你再来吗？今天我接到了丈夫的来信，他已正式向我提出离婚了。这样，我就轻松了，这样我们就可以毫无障碍地在一起了。我们结婚吧，我会使你满意的。"

"什么？什么结婚不结婚的……"王莛把那结婚放在嘴里品了又品像衔了一枚不知什么味的果子，当王莛品出那果子的滋味只不过是又苦又涩的被风刮落的青杏子时，王莛的目光开始四处游离。王莛瞧见了那摆成一排的咖啡杯，王莛的眼睛不由一亮，说："你不给我冲咖啡了？我可是来喝咖啡的呀。"

"一条河"扑上去搂住王莛说："我知道你想要什么，就是不想要咖啡。今后我再不会叮叮当当让你心烦了。""一条河"一手搂着王莛，一手开始脱自己的衣服。"一条河"一会便把自己弄得十分简单明快了。只剩一种象征（三点式）。那仅有的朦胧要王莛最后阐述和说明。

"一条河"搂着王莛的脖子躺在沙发上，浑身散发出一种秀色，那色彩是一种淡黄色，黄色的情调使王莛头昏。"一条河"将自己彻底地打开在沙发上，就像等待画家进行创作的一个大画板。那画板呈现在王莛眼前的是涂了红的嘴唇形成的另一枚红樱桃。那樱桃在画板上占去了一些基本的空间，成为一种风景。

"王莛，来呀，来呀……""一条河"喊着。

王莛用了好大的劲才从"一条河"那张风景中逃离。对王莛来说那不是一件容易的事，因为那幅的风景毕竟十分精彩，只等着画龙点睛之笔了。王莛从那风景中走出后嘴还哑吧着，仿佛正

274

用心在评判和审美。最后王莞说:"好是好,可是,可是我不想结婚。"

"什么,什么?""一条河"睁大了眼睛一跃从沙发上挺起,"你不想结婚为什么来找我?""一条河"说着已走近王莞,声音也温柔了下来,"王莞,你不想要我?"

王莞说这话时在"一条河"的逼视中后退。王莞说:"谁说我不想要你,我只是不想结婚。"王莞退到门边打开了门。

"噢!你想做我的情夫。哈哈——我懂了,我懂了,你他妈的!""一条河"绝望地咒骂。

王莞见势不好扭身出门,"一条河"赤着脚跟踪追出。然后他们跑进了校园。

在校园内王莞和"一条河"一前一后地奔跑着,谁也不出声,王莞气喘如牛,"一条河"呵气如岚。两个人的身影在路灯下荒诞而又神秘。王莞的跑动仓促,脚步零乱,整个动作都变了形。"一条河"的奔跑动作简明扼要,潇洒自如,一双赤脚轻盈而有弹性。在校园内散步的老师和谈情说爱的学生见了两个跑动的身影,还以为是锻炼身体的,视而不见。只是一位行吟的校园诗人和一位孤独的学院派画家见了,情绪显得有些波动。行吟的校园诗人和孤独的学院派画家不由加快了脚步。

行吟的校园诗人惊叹:哇!这完全是一行美丽的校园诗呀。而孤独的学院派画家却露出不屑的面孔:咦唏!这算什么行为艺术,不伦不类的不完全彻底。虽然两个人的艺术观点不同,不过两人却都跟着小跑起来。

开始,王莞见"一条河"追踪而来,心中暗暗叫苦,这下坏了,被同学和老师看见怎么得了。嘴里不干净地骂着:"疯娘们害我,疯娘们害我!"后来,见校园里散步者对他们并不理会,于是便放宽心调整了一下步伐向大操场奔去。

也许是一位中文系的学生少见多怪吧,激动地在校园内奔走相告，说有一位漂亮女生身着三点式，赤了脚在大操场跑步呢。

于是，一会便从学生宿舍和图书馆自习室冲出了一些雄赳赳的男生来，他们毫不犹豫地加入到锻炼的队伍中。

王莞在整个队伍中一直领先着，三圈过后王莞觉得体力不支，心想，在这么多同学面前你"一条河"还能把我怎样，心下一松就慢了。这时，"一条河"大踏步地超了上去。在"一条河"和王莞擦肩而过时，"一条河"向王莞冷笑着投来鄙视的标枪。一个大男人，看你那德行！

王莞离开队伍一屁股坐在操场上。

王莞坐在地上像狗一样地喘息，王莞抬头见操场上有上百人在奔跑，陆续还有同学加入。"一条河"这时已不领先了。也不知是谁领先了，整个队伍首尾相接，"一条河"的前后左右都有人。王莞得意地笑了，起身一拐一瘸地离开了大操场。

王莞从大操场归来都快十二点了，整个楼道一片漆黑，王莞不由重重地跺了一下脚，第一层的灯亮了。这种声控的灯必须弄出声音才亮。在第二层时王莞又吹了口哨，那灯又亮了。在第三层王莞拍了下手，到第四层的时候王莞无论用什么办法灯都不亮。于是王莞大喊一声，那灯终于亮了。那一嗓子喊得十分痛快。王莞正后悔影响同学们休息了，没想到五楼谁也大喊了一声响应。这一声比王莞还用力，只是嗓音有些沙哑。由于他的这声喊，连一楼已灭的灯也喊亮了。这样有同学在二楼也喊一声。

"要喊就喊吧，谁怕谁呀。"王莞又用力喊了一嗓子。这一嗓子几乎能将王莞的声带挣出血，把泪都挣出来了。于是，整幢楼此起彼伏也不断有人大喊起来。末了，这喊声汇成了一股洪流，惊天动地。喊声从男生楼传到了女生楼，女生楼有人打开窗子也跟着喊了起来。

这时楼长急忙走了出来，大声说道："同学们有话好好说，别闹事。如果我们的工作有什么不到之处，请提意见。"

有同学便把头伸到窗外道:"我们喊几声关你屁事,就是喊喊而已,别疑神疑鬼的。"

有男生便开玩笑地大声道:"你给我介绍一个女朋友我就不喊了。"此话一出同学们便轰地笑了。笑过了,整个宿舍楼趋于平静。

王莞回到宿舍,我们问:"怎么现在才回来?刚才的好戏没看到。"

王莞问:"啥好戏?"

我们说:"大家和楼长开了个玩笑。"

王莞笑笑没吭声。

一连数天,王莞都在一种奔跑的感觉中度过,那种感觉让王莞疲惫。在那不太长的一段时间,黄昏总是使王莞感到奔跑,而奔跑使王莞疲倦。于是,睡眠成了王莞在黄昏时的生活内容。只是在王莞进入睡眠状态时,"一条河"的传呼总是不期而至。那BP机的声音在王莞的意念中有时如奔跑时的哨音,有时像不间歇的蝉鸣。这使王莞不容易惊醒。

那时候我们都去上自习去了,隔壁的同学都感到那声音十分怪诞。在黄昏黯然的光线下,王莞在屋中昏睡如常人的深夜,BP机鬼怪似的凄厉嘶叫,尖细而又刺耳。可是,王莞却漫无目标地在睡眠的长路上奔跑。忍无可忍的同学用拳头擂王莞的门,而王莞的回答却是怒吼的鼾声。人们在一种无可奈何中等待着一切结束。

"一条河"是在一种真正的奔跑中度过的。"一条河"从那天之后停止了在大学校门的游走,她终于找到了自己的位置,坚持穿上三点式赤足在大操场跑步。在跑步之前,"一条河"给王莞发一条骚扰传呼。

后来,在"一条河"的奔跑中加入了一些身体健康的女生。女生们的奔跑如水之舞,飘柔而又忸怩。女生的细嫩脚板和操场上的细沙接触，使她们心旌荡漾，站立不稳，欲罢不休，欲休不能，双脚只有在细沙中交替地跳跃。于是，奔跑便如逃跑，逃跑的动作使女生摆开的手臂总是指向天空，在天空中划开一道美丽如虹的弧线。

41

  董小令也就是王愿突然出现在老板的电子信箱里，董小令通过互联网对老板说，我知道你一直在等我。可是，我一直没有勇气和你联系。我知道欠你的不仅仅是钱，我还欠你的情。钱可以还，情却永远也还不清。由于你的帮助我终于为老爸出了书，完成了他的心愿，他走了，也闭眼了。同时我也从悬崖边退了回来。

  我大学已毕业，在 B 城的一个学校工作，我被单位派到你所在的学校进修。你第一次给我的名片我还保存着。我一直都想给你打电话，可是拿起话筒又放下了，我不知说什么才好。最后我把命运交给了上帝，如果上帝让我在学校碰到了你，我会毫不犹豫地走向你；如果碰不到你，就让我默默离去。感谢上帝，我不但碰到了你而且还碰到了你的学生，在和你学生的交往中我感受到了他们的真诚，同时也感到了你的人格魅力。

  虽然我知道你已经有了妻室，但这并不能阻止我走向你。我的奢望并不多，更不想破坏你的家庭。我只希望在你的生活中占有一点点时间，而你的这一点时间将是我生命的全部。4 月 18 号是我的生日，我希望你能来，单独来。我已在 B 城的假日酒店订下了房间。

  董小令在最后说，我们将一起度过我的生日，那将是结束我少女时代的日子。剩下的日子该属于你。

在董小令给老板的电子邮件中,有一张照片。是董小令的单人照,董小令立在海边沙滩上,海风拂起了她的长发,裙裾被海水洇湿裹住了小腿。小腹还是那样平滑,这使老板的目光不受任何阻挡地过渡到那小腹下的凸出部,这使老板热血沸腾。董小令赤足而立,沙子没去了她的脚趾。董小令的背景是茫茫大海。董小令的目光却一往情深地投向老板。老板正盯着电脑显示屏出神,老板的妻子我们的师娘赵茹影推门而入,这使老板措手不及。老板在情急之下"叭"地关上了电脑。这种关电脑的方式给老板留下了后患。这使师娘赵茹影心生疑虑。在老板上课时,她打开电脑,从老板的邮箱里轻而易举地找到董小令的邮件。邮件发得很狡猾,没有署名。师娘望着这位不知名的小姐照片,脸上露出了冷笑。

在接下来的日子里,老板和妻子赵茹影关系显得微妙而又充满戏剧性。老板的煞有介事和赵茹影的不动声色构成了这幕家庭戏剧冲突的主旋律。开始,老板对是否赴约一直很矛盾。他不止一次征求过我们院长他师兄的意见。作为老板爱情历史的见证人和婚姻生活的促成者,院长左右为难。

院长对老板说:"你这样做对师妹赵茹影不公平。"在院长和老板的谈话中,院长有意将赵茹影是他师妹这个事实着重陈述了出来,想引起老板的高度重视。院长说,"你和董小令的约会是丈夫对妻子的不忠,你不应该去见她。既然董小令出现了,就证明你过去帮助她是对的,没有受骗。就不要见面了。你不是说你帮助她没任何功利嘛,你去见她干什么?"

老板说:"见一面没什么的,不会对家庭产生任何影响。她也不是这样的人。"

院长说:"虽然如此,你和董小令在假日酒店的约会总是让人不放心的,你能把握住自己吗?即使能把握住自己,你能把握住董小令吗?她可是一个热情奔放的女孩,而且在信中已经向你做了明确的暗示。我想你们会上床的。"

老板不好意思地笑笑，含含糊糊地说："不会吧。"

"什么不会吧，我还不知道你，读研究生的时候就花心得不得了，不知谈了多少次恋爱。师妹都让你弄到手了，你现在还不收心。"

"谁说我没收心，我的研究生追我，我都没动心。"

"你是怕弄出事来不好收场，我还不知道你。你敢说那个梦欣和你没一腿？"

院长太了解老板了，简直是一针见血。

老板能和梦欣肆无忌惮、惊天动地地在宾馆做爱，却在师姐面前保持着一个为人师表的庄重形象。老板对师姐的无情并不是因为师姐没有梦欣漂亮，也不是因为师姐没有梦欣有才华，在这两个指标方面双方恰恰相反。老板拒绝师姐的原因是他不想投入感情，不想再谈一次劳神的恋爱，这种师生恋不但会毁掉老板十分美满的家庭，也会毁掉老板的美誉。老板和师母在读大学时也是一对郎才女貌的玉人儿。后来两个人出国留学，又一起回到母校任教，感情深厚，亲情悠远。虽然师母已近四十了，可风韵尚存，对老板又体贴入微，他们的千金也在国外读书。这样一个家庭第三者想插足是千难万难的。

当然，对梦欣和董小令就不同了。梦欣是人家的女人，老板不需要负责，而且梦欣迟早是要回天元公司的。董小令已明确表示不破坏自己的家庭，这就使老板放心了。老板认为外边的女人不会影响到自己的日常生活。老板笃信兔子不吃窝边草的古训。所以在我们和老板见面时师姐当着大家的面很露骨地向老板表白时，老板总是能化解，像一个太极拳高手。老板面对我们总是很庄重的样子，显示了足够的师道尊严。

随着4月18日的渐渐临近，老板的心开始蠢蠢欲动。

在离4月18日还有两天的时候，老板开始显得焦虑不堪。妻子赵茹影显得关切地问："最近我看你神色恍惚，没什么事吧？"

老板不由吃了一惊，为自己的失态而自责。不过，老板还是努力装着十分平淡地说："能有什么事呀，只不过最近课比较多。"

"是吗？"赵茹影笑笑，说，"你的课这学期一直就是这么多呀，中途不可能增加课时的。"

"有一个会我正考虑去不去。"老板瞄了赵茹影一眼，想用另一个原因来抚平赵茹影那已凸现的好奇。

"什么会？"

"学术方面的。"

"哪天？"

"4月18日。"

"哦！学术……"赵茹影忍不住笑了一下，说，"肯定是你感兴趣的研究内容吧。"

"是呀，是呀！是呀……"老板半天也没说出"是"的内容，显得心慌、胸闷。

"那你还犹豫什么呢？"

老板犹豫了半天，没吭声。末了，说："我还是去吧。"

"去不去由你，不过你要想好。"赵茹影有些情不自禁，言语间增加了分量。

"想什么好？"老板不由警觉起来。

赵茹影按捺住自己的冲动，说："4月18日是星期二，你有一天的课。你不上课去开会，总得替学生想想吧！"

"哦！"老板觉得自己过于敏感了。说，"课将来可以补，这会就补不上了。都是学术的前沿问题呀。"

"你都决定了还犹豫什么？去就去呗。省得不去将来后悔一辈子。"赵茹影说着叹了口气。

"你叹什么气呀,我这不就是一个会嘛。"老板有些不耐烦了。

"我叹什么气嘛。"赵茹影郁闷地顶了一下。

"你没叹什么气你叹气干吗?"老板将声音提高了一倍,想发火。

赵茹影暗自好笑,起身走了。走了也要敲打你一下,自言自语说了一句:"不就是一次学术研究会吗,看把你急的。是开会,又不是约会。"赵茹影说过了就得意地做饭去了。她觉得掌握了一个人的秘密真好,可以像看戏一样看对方表演。赵茹影独自走了,让老板在那里继续沉思。

她不想揭穿老公,她知道你揭穿了他这次约会,他们通过E-mali还可以神不知鬼不觉地进行另一次约会。赵茹影决定在他们相会时,突然出现在两人面前,揭穿他们,让他们在尴尬和胆怯、内疚和自责中面对自己。赵茹影一想到自以为是的老公和一个女人在她面前措手不及的样子,便激动万分,心花怒放。

赵茹影决定对丈夫进行一次跟踪。赵茹影突然想起一个重要问题,要是老公开车去就麻烦了,啥车能跟上宝马呀。赵茹影连忙从厨房出来问:"你是开车去,还是坐旅游大巴?"

"干吗?"

"不干吗,只是随便问问。万一你开会期间我用车呢。"

老板说:"我坐大巴去,开车太累。再说所里这几天比较忙,要用车。"

"噢。"赵茹影放心了,然后去了厨房。

这天,天气不太好是不太好,但一时半会儿也下不了雨。老板一步跨出楼门望望沉默的天空,然后不动声色地舒了口气,笑了。这一天是4月18日。

这时,老板的妻子讲师赵茹影正立在窗前注视着丈夫的背影。在老板抬头看天的时候,赵茹影连忙躲在窗帘后。赵茹影见老板已走在了校园的林荫道上，便提起手提包，飞也似的冲下了楼。然后，将丈夫的身影纳入自己的视野。

在这件事上赵茹影做得神秘又诡异，她的引而不发和装腔作势，不但欺骗了老板，也欺骗了院长。院长当时曾劝老板做一个负心郎算了，都是有妻室的人了，就别去了。在院长的劝说下老板是有心失约的。但是，赵茹影的不加阻拦使老板和董小令的约会终于成行。老板走时对院长说："面对两个女人去不去都是负心郎。你既然劝我做一个负心郎，那就听你的吧，我还是决定去。"由于老板已所谓听取了院长的意见，院长也就没有再劝他了，反正都是负心郎，负谁还不一样。

在4月18日这天，老板去赴董小令的约会。这个约会不是在老板所在的城市，而是在B城。

老板走出校门，走在校园的林荫道上。老板远远地看到学校大门前正盘踞着一个刚搭起的花坛，花开得正艳。这只有在节假日才搭起的花坛总是能给人一种节日的气氛。不过，老板却总也想不起有什么节日来临。4月18日是老板独有的节日。老板走在林荫道上面无表情，虽然他心中激动万分，在校园内他也不敢喜形于色，他怕碰到同事或者同学。如果有人问邵先生怎么这么高兴呀？他不好回答。关键是怕让某一个和妻子关系密切的女士瞅见，说你家先生兴致勃勃地朝着校外去，不知有什么喜事，这会让妻子生疑。在日常生活中赵茹影是一位不放过丈夫任何疑点的女人，她的生性多疑和不耻下问使老板觉得比上一天课还累。老板的解释工作只能不断地暴露疑点，最后老板的解释内容会像一部又长又臭的新写实主义小说，通篇都是无意义的鸡毛蒜皮。

老板正行进在林荫道上。这是一条学校的主干道，足有二里长。路是好路，笔直的。路两旁还有草地、花坛配着。路两旁的刺槐遮天蔽日的特别茂盛，十分激情地在头顶结为连理。那枝叶密不透风的，能遮风挡雨。粗壮的树干在两旁伟岸挺拔成排，形成了树之墙。槐花开的季节，米色的碎花挂在用阳光织起的金线上，成串地在微风中含蓄地招展，矜持地吐出淡雅的香。

走在林荫道上你就像走在一条黯然而又阴凉的胡同，胡同的尽头是光辉灿烂的校门。如果站在校门往里窥探，你会觉得这条胡同一眼望不到头，深不可测，属于藏龙卧虎之地，走进去需要一些勇气。

老板此刻正走出这条胡同。老板遥望校门口的花坛，觉得自己正一步一步朝着鲜花去。老板这种朝着鲜花去的感觉开始只是外在的形象具体的实景，后来这种实感在老板的心中开始发酵，通过想象成了一种象征。老板觉得眼前的花已非花，只是美丽的植物，而董小令才是真正的花。那朵花的花期正旺，花朵正艳，花蕊绽开，等待着老板去采蜜……

这种朝着鲜花去的联想又沉淀为一个女人形象，那女人躺在床上打开自己，敞开心扉，盼望着老板的到来。这种联想使老板浑身燥热，兴奋莫名，走路的速度也加快了，这使老板差点撞在一棵离队的槐树上。老板连忙将信马由缰的思绪收回来，如果再想象下去就有些下流了，那是对董小令的亵渎。老板觉得自己并不是直奔欲望而去的。那是为一种承诺，一种信赖，一种友情，一种旧梦，一种似是而非的无法忘怀的不了情。我们了解老板，如果他想干一件事，他首先会找到理论根据，同时还可以为自己寻找一万种理由。

朝着鲜花去，首先得走出校门。

老板终于走到了林荫道的尽头，走到了学校大门。老板一步跨出校门时又舒了口气，笑了。只要走出校门离鲜花就不远了。老板走到校门口的花坛边，在那里顿了顿，用一种怪怪的眼光欣赏了一下鲜花，然后来到校门不远处的一个公交车站的站牌下。

师娘赵茹影躲在一棵树后，目光紧盯着校门口的花坛和花坛边的老板。她见老板在花坛边顿足，还以为老板犹豫了，心不由抽搐了一下，她现在真怕老板改变主意取消这次约会。望着老板离开花坛，向公共汽车站走去，赵茹影也舒了口气。此刻赵茹影的心情和老板有异曲同工之妙，有一种莫名的兴奋。就像一只黄鹂鸟，正展开双翅，张开硬而尖锐的利嘴，扑向正忙着采花的蜜蜂。

42

　　老板决定去赴董小令的约会，在这之前老板觉得应当先把梦欣的事处理好。老板认为和梦欣的关系该是结束的时候了。老板这样做的理由有三。第一个理由也是最堂皇的理由就是28%案已审结，二审胜诉。既然案子已结，那么宋总的法律联络员也该返回原公司了。第二个理由就是梦欣已和老板在一起的时间太久了，学生们已经有所耳闻，连院长都听到风声了，这还了得。这样下去事情迟早会败露，搞不好夫人就会知道。第三个理由就是有了董小令，喜新厌旧是人的本性，老板也不例外。再说董小令比梦欣还有情调，更纯情，更年轻漂亮。所以在去赴董小令的约会前，老板又去了一趟南方。

　　在宋总为庆祝打赢官司的酒会上，老板和宋总便谈到过梦欣的去留问题。老板说："案子已结，梦欣小姐也该完璧归赵（宋）了。"

　　宋总说："梦欣现在已是你的人了，不存在归不归赵了……是吧？"

　　老板显得有些不自在，说："梦欣是贵公司的人何时成了我的人？"

　　宋总说："梦欣是我公司的，可心已是你的了。"

　　"你胡扯！"老板极力为自己掩饰。

　　宋总说："咱们打个赌如何？"

"如何赌法?"

"我押梦欣是你的人,你押梦欣是我的人。到底是谁的呢?咱们为此一赌。"

"好哇!我认为梦欣还是你的人。"

"咱先别下结论。"宋总喝了口酒说,"根据咱俩的君子协议,官司打赢后我还欠你五十万。咱就拿这五十万赌一回。"

"你说!"老板也笑着吮了口酒。

"当初我给你五十万现金虽然是我冒险,也是你冒险。我冒的险是你收了钱不帮我打官司,或者是打输了官司。如果那样我五十万就打水漂了。你冒的险是为我打赢了官司,却收不到另外五十万。你当时收钱没给我凭据,我请你当代理人也没有写明支付报酬。现在我冒了险得到了丰厚的回报,该是你冒险的时候了。我们这事只有一个人可以证明,那就是梦欣。现在你向我要这五十万我假意不给,你找梦欣作证。如果梦欣为你作证,那就证明梦欣是向着你的,是你的人,你就输了,人是你的,钱我就不给了。如果梦欣不为你作证,证明梦欣是向着我的,我就输人,人是我的,钱是你的。这是一个悖论,也就是说人财不能两得。"

老板笑了,说:"你这个局设得好,里外拿的都是我的钱做赌本。"

宋总哈哈笑了,说:"你没有选择,因为我们是君子协定,没有合约,只有人证。"

老板说:"宋总对梦欣怎么这样没信心。她分明是你的人,只不过为了打官司派到了我身边,怎么就成了我的人了。"

宋总神秘地笑笑说:"女大不容留呀!"

"你们是串通好的吧?"

"如果我和梦欣串通,刚好证明她是我的人,我就输了。所以我不会和梦欣串通。我也不怕你和梦欣串通。如果你和梦欣串通恰恰证明梦欣是你的人,你就输了。"

"好!赌就赌!"

老板和宋总之赌在他们的最后碰杯中开始了。

在老板看来梦欣只不过是宋总的糖衣炮弹,现在官司打完了,糖衣也剥了吃了,炮弹也该退膛了。老板想要的是钱而不是人,两人逢场作戏玩玩没什么,如果因此太破费或者影响到家庭就不划算了。

在酒会完了之后,老板去珠宝店为梦欣精心挑了一件礼物,这是一串一百零八颗的珍珠项链,价值五万多元。老板觉得和梦欣相处了这么久还没有真正地送过她礼物,要分手了应该送个礼物做纪念。老板为此事整整花了一天的时间。在这一天老板满脑子都是和梦欣相处的情景,这使老板有些伤感。老板独自叹息,天下没有不散的宴席呀。晚上,老板把梦欣叫到自己房间,把礼盒递给梦欣说:"你打开看看,喜欢吗?"

梦欣疑惑地打开包装盒,见了项链满眼生辉,惊喜万状。梦欣说:"哇,好漂亮哟,是送给我的?"老板把项链给梦欣戴上,见梦欣真的光彩照人。

"今天是什么日子?"梦欣含情脉脉地望着老板。

老板说:"这个案子终于审结了,我不应当送我的助手一件礼物吗?"

梦欣在老板脸上吻了一下,说了声谢谢,然后把项链取下来在灯光下欣赏。梦欣一边欣赏一边数那些珠子,整整一百零八颗。梦欣不解地问老板为什么是一百零八颗呢?

老板说:"一百零八是我们中国文化中最重要的代表数字,九是阳数,就是奇数,是单数的最高代表;十二是阴数,也就是偶数,是双数的最高代表。九乘十二得出一百零八,代表了最多,是一种象征。"

梦欣痴痴地望着老板,听呆了。梦欣明知故问:"那你买一百零八颗珍珠送我又象征什么？"

老板坏笑了一下，说："这项链对我们来说就不是什么象征了，是实数。"

"什么实数？"

老板说："这一百零八记录了我们之间的一个事实，代表我们曾经唱过一百零八次歌。"

"什么呀！"梦欣打了老板一下。说你骗人，唱过多少次歌我都不记得了，你怎么会记得。

老板说："你不记得证明你不重视。"

梦欣说："那我一定要突破这个数，非要和你唱一百八十次，二百次不可。"

老板说："那我不愿唱你还能强迫我。"

"我就强迫你。"梦欣说着便把老板按倒在床上。梦欣说，"珍珠是不是象征着民族唱法？那我要和你进行美声唱法，到时候你就该送我钻石项链了。"

老板和梦欣的美声合唱进行了一个多小时，两个人都觉得挺新奇，和民族唱法不太相同。两个人筋疲力尽地躺在床上，老板说："这也许是咱们最后一次唱歌了。"

"为什么？"梦欣迷惑不解。

老板说："案子已结，你该回公司了。"

"谁说的，是宋总让我回公司？"梦欣有些急了，"我不回，我又没卖给他。"

老板叹着气说："你毕竟是他的人呀。"

"谁说的？"梦欣怒气冲冲，"我是我自己的人，他明明知道我学的专业更适合跟你，他明明知道我爱你，他凭什么把我弄回去，他凭什么把我们拆散……我辞职，他没有权利改变我的生活。"

"梦欣你冷静一点。"老板说，"你回公司是理所应当的，因为案子结了嘛。"

"案子完了我也不回，我绝不离开你。他总是任意安排我的生活，让我跟你的是他，让我回去的还是他。他又不是我的老爸、老妈，他只不过是我的舅舅。"

"什么舅舅，谁是你的舅舅？"老板大为疑惑。

"宋总难道没告诉你，他是我舅舅呀！你以为他是我啥？"

"什么……"老板觉得手脚发凉，他心中隐隐感到了一种危机。老板原以为梦欣小姐是宋总的小蜜，只不过送给自己玩玩的，没想到梦欣摇身一变成了宋总的外甥女。老板心说，怪不得宋总坚决认为梦欣是我的人呢！还打一个赌，这是把外甥女卖给我。老板觉得问题十分严重。

第二天，老板谎称学校有急事，扔下梦欣独自先回来了。

老板在和我们的见面会上说："我这次去南方主要是为了'28%案'，案子已审结，二审驳回了杨甲天的上诉，维持了原判。"

"哇！"大家不由为老板欢呼，毕竟这个案子花时间太长了。况且大家为此案都出了力。无论如何这是一个好消息。老板说："过一段找时间我请大家唱歌……"老板在说到唱歌时顿了一顿，他见大家没有特殊的反应，知道大家还没有学坏，才放了心。

老板说："这也算是给梦欣小姐饯行。"

"梦欣去哪里？"师兄问。

"梦欣要回公司了。"老板说，"她是案子的联络员，案子已结她理应回去。"

是这样……大家都不吭声，心情有些沉闷。梦欣和我们相处了这么长一段时间，这一走让人挺不习惯的。不过，不习惯也没办法，既然老板让梦欣走谁也没办法。在我们和老板的见面会上，老板亲自为我们讲述了一个案子的经过。通常情况下老板是不愿意亲口叙述案情的,老板只对案子的法律问题感兴趣。老板说:"一辆奔驰牌豪华轿车风驰电掣般在高速公路上行驶,突然……"

老板话音未落我们都哈哈笑起来。老板问大家笑什么?我们说你讲话不对头了,怎么像梦欣的语言方式了。老板说梦欣能这样叙述案情,我为什么不能。我们说梦欣是梦欣你是你。梦欣是感性化的语言,你是理性化的语言,什么人说什么话,你说梦欣的话所以感觉怪怪的。老板说听习惯了就不怪了。

老板说:"突然,前方路中央出现了障碍物,司机大吃一惊,急打方向盘避让。可是由于车速太快,能见度又低,汽车轰的一声巨响撞到了护栏上,坐在后排的三个人像大鸟一样被抛出车外,顿时鲜血飞溅,车毁人亡。司机和前排座位上的人当场死亡,后排三人重伤,其中一人伤势严重,颈骨骨折,成了植物人。奔驰车车壳变形,发动机损坏,轮胎脱落。直接经济损失达七十五万元人民币。根据交警的现场勘察,认定驾驶员在高速公路上为正常行驶,对前方障碍物无法预见。此障碍物为前方车辆遗落雨布,已无法查找掉物车辆。交警认定为意外事故。"

我们听完老板讲的案情大笑。老板想模仿梦欣用一种类似文学的语言尽量把案例讲得生动些,可是我们听着总觉得做作。其实老板的口才极好,他完全可以用自己的语言方式来表达,平常上课老板也讲案例,但听起来不是这样的。所以老板讲过了我们半天没有吭声。老板有些犯怵,问:"我讲得是不是不生动?"

我们说:"嘿嘿……"

师姐说:"挺好的,比梦欣讲得好多了。"

"是吗?"老板笑笑说,"案情我让梦欣写了一下,我是根据她写的讲的。"

"噢——"我们大家都去看师姐。师姐却装着没听见。

老板又说,案子的经过还是讲得生动一些好,我平常上课太理论化了。

师姐说:"你的课上得好这是大家公认的,否则上座率为什么那么高?教授上课就应当理论化,又不是给小学生讲故事。"

我们大家都知道师姐不是和老板较劲,针对的是不在场的梦欣。如果老板不说刚才的案情是梦欣写的,师姐肯定不会有这番话。

我们问老板:"这个案子你是哪方的诉讼代理人?"

老板说:"是被告高速公路管理处的。"

没过两天梦欣便从南方回来了,她明确告诉老板她不用走了,公司那边已和宋总说好了,一切让自己决定。

可老板说:"我已和同学们说了你要回公司,现在你又不走了,让我怎么在同学们面前交待?"

梦欣觉得老板的强词夺理十分可笑,说:"我走不走有什么和同学们好交待的。"

老板说:"我不能出尔反尔,否则在同学们面前怎么树立威信。为了我的威信你必须回去。"

梦欣说:"是你的威信重要还是我重要?"

老板笑笑没吭声,觉得梦欣真逗。老板不想和梦欣多说,等见过董小令了再说。

43

  从我们所在的城市到 B 城，乘旅游大巴走高速公路需要四个小时。旅游大巴半小时一班，院长曾这样告诉老板。院长告诉老板是在老板已决定赴约之后。既然老板已决定去赴约，院长还是愿意为老板提供一些力所能及的帮助的。院长希望老板快去快回，一路顺利。后来不知怎么回事赵茹影也来问院长了。院长当时吓了一跳，以为赵茹影知道了。

  赵茹影解释说："因为你常去 B 城出差我才问你的。也不是我去 B 城，是老邵有一个会去 B 城开，他又不开车去，我是替他打听的。"赵茹影把跟踪之事瞒住了院长，可见她已不太信任院长了，她应把院长当娘家人的，可是她却认为院长和老板更亲。

  虽然老板不开车去，可旅游大巴半小时一班，对于跟踪者师娘来说还是有问题的。要想跟踪不至于被发现，就不能和老板同乘一班车，可是乘下一班车目标很可能丢失，半小时的时间足以让"敌人"成就好事。为此，赵茹影决定直奔 B 城的假日酒店，来一个守株待兔。就在老板还在公共汽车站牌下等车时，赵茹影便躲过老板的视线在校门口叫了一辆 TAXI，飞奔长途汽车站而去。赵茹影比老板至少提前一个小时到达了长途汽车站。不过师娘赵茹影还是闹不明白，老公这是怎么啦，居然去挤公共汽车，真是少见。

  老板心平气和地继续等公交车的到来，这对老板来说是不常见的。从一步跨出校门的那一刻起老板的心情便开始趋于平静。虽然想见董小令的心情很急迫,但老板开始学会了用心感受一步一步渐渐靠近的美妙。从两个相邻的城市靠近然后到达同一个城市,走进同一所大楼,见面,走进同一所房间……一直近到极致,近到水乳交融,这个过程迷人如画。老板决定充分享受这个过程。所以老板的心情是平和的,浑身是舒展的,情性是逸然的,兴致是丰富的,每一个毛孔都张开了,享受那美好的景致。时间绰绰有余,人在这个时候可以接受一切平常无法接受的东西,老板也坐公交车了。老板甚至有心情观察人行道上的斗嘴,马路牙子边骑车人的相撞,"的哥"的骂娘。

老板上了公交车,丝毫也没感觉人多拥挤,即便对塞车也觉得意趣盎然。这一切要换在平常他早已愤愤不平了,牢骚会如病中的喷嚏四处飞扬。如今心情不同了,老板视这一切为上帝有意的安排。任何一件美好之事都会有困难,有艰难和曲折,这些艰难和曲折恰恰可以反衬出那美好之事更加美好。要朝着鲜花去,就必然会遇到荆棘。最美的花朵往往在荆棘丛生之处。

当老板踏上豪华旅游大巴时老板的心情好到了极致。全空调、全封闭,光滑洁净的玻璃窗使车外的一切一览无余。老板又碰巧紧靠窗坐,窗外车水马龙,行人如织。物景人流和车辆显得那样矮小,这使老板有一种高高在上的感觉。这种莫名其妙的优越感再加上那已有的浪漫舒展的心情使老板进入到一种飘飘欲仙的状态。为此,老板一改上车就睡的老习惯,兴致勃勃地开始观察起同车的乘客来了。

老板的注意力主要被身边的两位吸引了。老板所处的座位在车的中部,一排三人,自己靠窗。靠外的一位留有八字胡,像个大款或者乡镇企业老板。手上戴有一枚铜钱般大的黄金戒指,戒指上还印有一个财字。看着让人觉得既俗气又不方便,也值不了几个钱。老板不由摸了一下自己无名指上的结婚铂金钻戒,不由生出得意来。多么精巧，多么雅致呀，虽没有黄金戒指大却比那人手上的黄金戒指值钱。那人手腕上还戴了块金表，看他有意无意抖动衣袖挥舞胳臂看表的样子，想必是一块好表。不过老板看不清那表的牌子，无法评估。老板看了下自己的手表，又露出了得意的神色。自己这块表和妻子赵茹影所戴那块，是一对情侣表。是自己出国当访问学者时买的，绝对原装，值一千美金。那人腕上戴的金表说不定是块假名牌呢！老板就这样暗暗地把自己和同排的男人比了一回。比过了又暗自后悔，骂自己品位太低了，怎么一不留神和这类人比上了。堕落，简直是堕落呀。他是什么人我又是什么人？

老板将目光收回，落在了身边的小姐身上，老板一望之下大吃一惊，这不是初恋的女友曲霞吗？可是再仔细打量却又不是，也不可能是，屈指一算前女朋友也该四十多了，而眼前的女孩不过二十出头。不过太像了，老板望着那女孩的目光便有些不对头，这迎来了女孩子嗔责的目光，这使老板有些下不了台。老板在上课时那种直截了当地盯着女生看习惯了，被看的女生会以为自己做错了什么，往往会低垂下头做羞怯状，哪有敢和老板相互直视的。

这小姐坐在两个大男人中间显得局促不安。八字胡好像有意无意地向小姐身上靠，这使小姐身不由己地往老板身上倾。老板便尽量靠里坐让给小姐一个大点的生存空间。小姐向老板微微笑笑表示感激，同时皱着眉头冲外说了声"讨厌"。老板觉得自己和小姐的距离一下拉近了。小姐坐稳了便将耳机戴上，对车内的一切充耳不闻，只顾听着音乐，听到高兴处还会旁若无人地独自轻唱，声音都很大了，也不觉得，见人都侧目还莫名其妙。这小姐年轻漂亮，气质高雅。牛仔裤，T恤衫，西装外套。粗一看显得朴素无华而不张扬，再细看却发现浑身上下都是真正的名牌。齐肩的头发不长也不短微微卷着，看着也很随意，但随意中却很讲究。她脸上未施粉黛，但身上却有一股淡淡的高级香水味。这种气味能让男人着迷。

这种女孩无论走到哪都是受关注的对象，在家是宝贝，在校是校花，在社会上是天之骄子。属于家里宠着，学校爱着，社会捧着的一类。对一般人她根本不放在眼里，时常会露出不屑一顾的神情。显得矜持、高傲、孤芳自赏，拒人于千里之外。

那小姐听了一会儿音乐开始吃零食了。不知是什么豆儿在女孩嘴里发出清脆的声音，就像有雷声在口腔里滚过。这种吃法一般情况下老板会视其不雅，可发生在这个小姐身上，却显示了一种爽快和率直。这其中还带有一些憨态。小姐吃着手里还玩着一个易拉罐，看样子是预备着吃得渴了再喝的。老板觉得这女孩怎么看怎么顺眼，不由得还生出一种不曾相识的遗憾。

这时，旅游大巴钻出了闹市区，上了立交桥。这辆奔驰大巴像一艘高大威猛的巡洋舰，刚才就像在小河汊里困着，显得笨拙而又窘迫，力不从心，只能挣扎着做蜗牛拱。一上了立交桥旅游大巴便"轰"的一声来了精神，显示了英雄本色，威风八面地向前奔驰。前方的小汽车见后面庞然大物气势汹汹地来了，远远地就躲开，一会儿便成了跟屁虫。

老板在心里为车叫好，觉得上立交桥就像上天，上天和一位叫董小令的约会。最绝妙的是这立交桥居然取名鹊桥，这让老板想起了牛郎织女的故事。牛郎织女是一年一会，自己和董小令一年一会吗？牛郎织女相会天下皆知，自己和董小令相会却要保密……想着保密老板便自嘲地笑了。人家牛郎织女属于少男少女的未婚青年，相会是合情事理也是合法的，自己属于有妇之夫保密就保密吧。

旅游车慢着、慢着便停下来了。老板向前望望，发现到高速公路收费处了。

这时，身边的小姐突然哇地一声叫喊。老板扭头望望小姐，却见小姐目光专注,神情痴迷地盯着窗外陶醉。

哇,好酷哟,真的好酷哟!

老板发现小姐正对着路边的广告牌抒情。原来在高速公路收费处的路边上,出现了一排崭新的巨幅广告牌。一位挺帅的长发男子目光敏锐,表情严肃,一手抚胸,一手指天,向来来往往的人扮酷。老板认不出这是哪一颗明星,却被广告词电了一下:

4.18谁让我心动?

老板轻轻念着那广告词,暗暗心惊。老板再看那广告牌,广告牌就不是广告牌了,像上帝告白天下的告示,向天下人提醒一个日子,这个日子是一种象征,是一个节日,一个不能忘怀的时刻。这简直太奢侈、太夸张、太豪华了。老板不由喃喃地回答那广告牌上的千古之词:

4.18最使我心动!

4.18她使我心动!

老板简直有理由相信这是董小令为他们的约会竖立起来的丰碑。这块丰碑不但竖在两个人的心中,还要竖立在每一个人的记忆中。你不是要保密么,我董小令偏不让你保密,让世上的人都知道。当然,这广告牌不一定就是董小令的手笔,但这种巧合也是天意。

小姐呆呆地望着老板,她被老板的沉醉和激动弄蒙了。小姐想不通这么一位大龄青年,居然还是一个追星族。这使小姐有些兴奋,觉得终于找到久违的知音了,小姐便兴致勃勃地问:

"你也喜欢谢霆锋呀?"

"谢霆锋是谁?"老板莫名其妙地望望小姐。

小姐指了指那广告牌说:"就是他呀。连谢霆锋都不知道,真无知。"

老板的脸一下红了,就像被老师训了,有些吃不消。当老板醒悟过来,找到了大学教授的感觉后,老板反唇相讥:"知道谢霆锋者，也不一定就知识渊博。"

小姐噘了一下嘴，她噘嘴时下唇努力向外伸，上唇向里缩，原本想做一个怄气的样子，却给人一种俏皮捣蛋的天真之感。老板恍惚记得在哪见过这个动作，呵，曲霞也喜欢做这个动作。这动作让老板心中很受用，这使老板心中原有的一点不悦也消失得一干二净。

小姐自知言语冲撞，便说："我不是故意的，人家只是口头禅，我……"

如果在平常谁胆敢说老板无知，他不暴跳如雷才怪，这一点我太了解老板了。平常只有他骂人家无知的，没想到在车上一个小丫头片子居然敢说堂堂大学教授无知。真是吃了豹子胆了。老板后来对院长说，自己平常还是比较注意把握潮流的，思想也够开放，怎么在一个更年轻的小姐面前就显得无知了。

对于老板的自我表白院长深信不疑，要不怎么会背着老婆和小姐约会呢。老板平常和本科生关系处理得也不错，有几个学生竟敢和他称兄道弟的，他也不以为忤。老板曾对院长说，现在二十多岁的男孩女孩想的和咱们当年肯定是不一样的。咱们读本科时，校园里流行的是诗人，是各种油印的诗刊。如果哪位同学在报刊杂志上发表几行诗，他就是学校的明星。如今呢，如今校园里流行歌星、影星了。而这一切咱们一窍不通。

想到这里老板被小姐骂做无知，不但不恼了，反而觉得有趣。老板基本上接受了这种评价。老板十分谦虚地再问："谢霆锋是谁？"

一谈到谢霆锋小姐眼里就放光，小姐一股脑儿把有关谢霆锋的情况告诉了老板。这其中还包括了血型、星座、最喜欢的颜色、曾和谁拍拖等……老板觉得这比自己所了解的专业还全面。这使老板真正佩服起身边的小姐来。他觉得新世纪的年轻人比起八十年代的年轻人大不一样。她们敢爱敢恨，绝不隐瞒自己的爱好和观点。喜欢就彻底喜欢，放弃就彻底放弃。拿得起放得下，个性张扬，性情自然。这一点对八十年代的年轻人来说还只是追求的理想，而如今已在新一代身上自然而然地表达出来了。

老板不想让小姐视自己为老古董。老板便向一个陌生小姐说出了自己的浪漫故事。老板说，"我虽然不知道谢霆锋是谁，但4月18日更有理由让我心动。"

"为什么？"小姐有些不屑地问。

"因为4月18日是我和一个女孩约会的日子。"老板答。

"真的！"女孩睁大眼睛，大感兴趣，说，"看不出你这人还挺浪漫。"小姐说着瞟了一眼老板的结婚戒指，十分神秘地问，"你有老婆了？"

老板不语。

"好呀，你这是花心。"小姐忘情地叫了一声，叫过了又连忙压低声音，看看车上没人注意，又说，"结婚了再去约会才酷，要是男朋友找女朋友那就没劲了。放心吧，我不会告诉你老婆，我是要出国的人了。"

噢，小姐也准备出国！老板心里咯噔了一下，曲霞出国也好多年了，也不知近况可好。老板有些自言自语地说："又是一个出国的……"

"就在今天，今天是我签证的最后一天，再不走就走不了啦。"小姐说着拿出了护照之类的东西让老板看。老板瞄了一眼，说："把这些东西收好了，别丢了，否则你就出不了国了。"

"出不了才好呢，如果不是我爸爸妈妈在国外一个劲地催，我才不想出国呢。后来签证下来了我还在犹豫。这不拖到最后一天才走。"

"出国不好吗，再读个学位，将来回国发展路会宽些。"

"我才大二呢，是爸爸妈妈硬让我出国的，连国内的学位都放弃了。在国内多好呀，自由自在，外婆又管不住我。看吧，连谢霆锋的演唱会也看不成了。"

"这广告是为一个演唱会打的？"

"应该是吧，4月18日谁让我心动？不就是说谢霆锋让我心动嘛。"

"看不出你还是个追星族，都是大学生了，成什么话。"

"嘿！口气像我们老师似的。你肯定是一个老师。"

"你真有眼力。"

"那学生这厢有礼了。"

"不必多礼，平身。"

两人互相望望笑笑。小姐说："你挺幽默的。和你聊天还是比较开心的。"

奔驰大巴上了高速公路，每小时大约一百四十公里的速度。这样路两旁的景象就像电影画面一闪一闪地过。老板去B城坐这趟车时，最迷恋这种活动的画面感。高速公路两边每隔一公里一个广告牌，广告牌由远而近，又由近而远。"4.18谁让我心动"的问答便在老板心中一遍又一遍地重复，这使老板一直处在一种亢奋之中。

老板觉得现在的人的确和以往不大一样了，经济条件好了，出国也容易多了，有了钱经济担保都不存在问题了。哪像过去为了出国找老外担保，有时候甚至要认贼为父。如果是现在自己说不定也会放弃国内的学位和前女朋友一起出国呢！当时，为了出国放弃国内的学位连想都没敢想。现在连中、小学生都被送到国外读书了。老板后来也短期出国过，老板不反对大学毕业后出国留学深造。可让中、小学生出国读书，老板觉得没什么好处。这完全是让子女在很小的时候接受一些和自己毫无关系的知识。这属于把麦种撒在水田里——不服水土。所以妻子赵茹影让女儿茜茜出国，自己开始是不同意的，女儿还小嘛。后来还是犟不过赵茹影，只有作罢。

301

老板在那里独自沉默,身边的小姐却坐不住了。她无聊地哼了一阵歌,玩了一会儿手中的易拉罐,最后终于忍不住"嘭"的一声拉开了拉环。

那易拉罐在小姐手中玩得久了,一打开便泡沫四溅。小姐惊慌失措,惊叫着用手去捂,捂不住又怕弄到自己身上,便往一边送,反正离自己身体远远的。先是往老板这边送,见弄到老板身上了,便往外送,又弄了外边的八字胡一身。小姐不好意思地连声道歉,用纸巾为老板擦。老板虽心中不悦,可面上却不好说,只有客气着说没关系。这时八字胡却不干了,说:"你这小姐只顾帮他擦,我腿上的怎么办?"

小姐又连忙用纸巾给八字胡擦。八字胡便喜出望外,说:"没关系,没关系。"说着便把小姐的手握了,丑态百出,在自己腿上揉,嘴里还说,"不碍事的,不碍事的。"小姐想挣脱被握住的手,挣了几回都没挣脱,急了便在那人腿上掐了一把。那人哎哟一声放手了,说,"小姐轻点,把哥擦疼了。"

老板看在眼里,心里作呕,便把脸冲着窗外,视而不见。在这种情况下老板即便有英雄救美之心,也找不着英雄救美之由,除非那人做出更过分的动作来。小姐自言自语地说:"人和人就是不一样。没教养的再多钱也还是没教养,以为我一个单身女孩好欺负,想占我便宜,没门。"

老板听在耳里,觉得小姐分明是在赞扬自己。老板回过头来,用眼睛的余光瞄瞄坐在外边的男人,见他还挺沉醉,完全是一副死猪不怕开水烫之相。小姐把易拉罐的拉环拉下,顺便套在自己的小拇指上。她一边喝饮料,一边伸出小拇指自我欣赏。女孩的小拇指十分颀长好看,饱满的指甲修剪得整洁圆润,涂了粉红色的指甲油。弯曲的小拇指戴了拉环,像一枚真正的戒指,在空中划出一道美丽的弧线。这使老板摸着自己的铂金钻戒自惭形秽,小姐是在笑两位戴戒指的男人呢!老板恨不能将自己丑陋的手指剁下来。

这时,坐在外面的八字胡突然一把抓住了小姐戴着拉环的手。小姐惊叫一声,猛地从那人手中挣脱,大声斥责道:"你干什么?你凭什么抓我的手。"这声喊不但引起了老板的注意,也引起了前后旅客的侧目。老板觉得这人太过分了,正要发话,却听八字胡说:"小姐,别误会,让我看看你戴在手指上的拉环好吗?"

小姐说:"一个拉环有什么好看的,有病。"

八字胡便拉着小姐的手看拉环,不看则已,一看之下便惊叫起来:"哎呀,小姐发财了,小姐发财了!"

八字胡一叫,有人便好奇地张望。八字胡指着拉环说:"我是这个饮料厂的经销商,你这个拉环中奖了。"

"什么奖?"小姐好奇地问。

八字胡便低下声音,指着拉环对小姐说:"你看拉环上有一个红心K,这是头奖,十万元呢……"

毫无疑问,这是一个骗局。旅游车上喝饮料喝出大奖很多人都遇到过。整个过程是这样的,接下来那小姐肯定说因出国无法兑奖,然后八字胡提出购买,另一个同伙和八字胡竞价,引得车上一些旅客纷纷加入,最后总有一个上钩的。

老板后来对院长说,其实我知道这是一个骗局,在报上都看过,我有心看看这位像曲霞的小姐如何行骗,所以便和她周旋。我把身上几千块钱都拿出来假意竞价,可是小姐却坚决不要。

不要……经老板这么一说,院长也弄糊涂了。哪有骗子拒收钱财的?

当时,小姐把拉环和易拉罐都给了老板,却不要钱。这使车上的知情者大感奇怪。连同伙八字胡瞪大眼睛也大惑不解,最后八字胡叹着气闷着不说话。小姐这时轻轻靠在老板身上,双手不知不觉搂住老板的胳膊,细声说:"我一见你就知道你是好人,

303

有一种认同感。你有情有义,这个世上这种人少了。"

老板抽出胳膊说:"别这样。"

老板说:"学生可不能随便挽老师的手。"

小姐嘬了一下嘴说:"老封建,人家师生恋多了。"小姐说完了自知失言,吐了吐舌头,扮了个鬼脸,把头靠向老板,老板连忙让开了。

老板后来对院长说,这世上没有两个长相一样的人,更不可能有人能做出同样一种表情。小姐的长相不但和曲霞相同,连那嘬嘴的动作也是一样的。小姐轻声说:"你兑了奖后,别把钱寄给我,你先存着,我明年回国取。反正我在国外也用不着这笔钱。我不想让爸爸妈妈知道,我要为自己存点私房钱。"

老板笑笑说:"真是女大不中留呀,留下也不和娘一条心。现在就开始为自己存私房钱了。"

"你是真不懂还是假不懂,人家是为了回来见你。有了这笔钱就不需要让爸爸妈妈出路费了。"小姐顿了顿又柔声说,"明年的4月18日是我们的。"

老板望望小姐,见小姐正眉目传情,脸颊绯红,小口吐气如清风,香气如兰,这使老板几乎找到了和前女朋友曲霞在一起的感觉。

小姐说:"这一年中我要想你了怎么办?"

"那你就发 E-mail 吧。"

"我们总要留下点纪念吧?"

"留什么呢?"

小姐说:"我想好了,我给你留下一绺头发。青丝送君,拴住你心。你给我留啥?"

老板说:"你看我身上什么有纪念价值。"

"把你的表给我吧,表示分分秒秒都想着我。"

老板沉了沉,说:"表不能给你。我上课要看表,下课也要看表，没有表怎么成。"老板嘴里这么说，心想，这小姐也真够逗的，一绺头发想换我的金表，这块表和妻子赵茹影那块是一对，如果妻子发现表没了，肯定要上纲上线地找我理论。就是买在国内也买不到同样的。再说，我和董小令约在十二点见，如果没有表我怎么掌握时间，掌握不了时间，说不定就错过了。

老板对时间的把握已经到了变态的地步。学生上他的课最放心，因为他从来不拖堂，绝对准时，不早一分钟也不晚一分钟。他上课可以把时间把握到以秒为单位。上他的课会经常听到他说半句留半句话。

小姐见老板沉默不语，便小心地说："你生气了，你不能生气，我们才刚认识，我下了车就直奔机场了。"

老板笑笑说："我没有生气，我在想把什么留给你做纪念。"

"真的？"小姐笑了。小姐望望老板无名指上的戒指说，"要不把戒指送给我做纪念吧！我会把它戴在手上，天天看着，天天念着你。"

老板看了看结婚戒指，觉得比表合适多了。今天董小令约会，戴着结婚戒指的确让人心中那个。这戒指是在国内买的，一模一样的有的是，如果送给了小姐，回去再买一个就是了。老板望着小姐心想，送她戒指也没什么，只不过是个小玩艺儿，钱不钱的倒不是最重要的，我有的是钱。关键是认识了一位像曲霞的漂亮姑娘。老板对小姐说："如果你喜欢，我就把戒指送你做个纪念吧！"

小姐戴上老板的戒指，大了，最后把戒指戴在大拇指上。说："酷吧？"

老板说："像扳指。"

小姐说："这比扳指好看多了。我到了美国就这样戴着。"小姐看看大拇指上的戒指，然后坏坏地笑了，说，"这是你的结婚戒指吧！看样子你太不重视自己的婚姻了，你把它送了我，就是一种象征，这意味着你的婚姻就此宣布破裂。"

老板说："别瞎讲，我可没想离婚。到时候再买一个同样的戴上不就行了。婚姻的价值不在于形式。"

小姐说："你就是挺坏的，家里娶一个，外头恋一个，现在又约一个。"

高速大巴不知不觉地又慢了下来。老板向窗外看看，发现要下高速公路了。老板觉得这一路真快，还没回过神呢，咋就到了呢？

小姐说："我要下车了。"

"你不进城了？"老板问。

"不进了，我下了车直奔机场。"

"是么？"老板笑笑。

小姐不满地说："你一点都不依依不舍。"

老板又笑。

小姐拖着箱子走到门口，说我下车去机场开车。师傅说，怎么整天见你去机场呀！小姐白了师傅一眼说，你管得着吗？老板没听清小姐和师傅说什么，见小姐一步一回头地下了车，觉得心中怅然。当车再次开动时，老板望着窗外见小姐正定定地望着自己，依依不舍。老板向小姐挥了挥手，见小姐茫然地望着自己，呆呆地站着。小姐望着老板喊："我一定会和你联系的。"

老板又笑笑。

44

老板的妻子赵茹影此刻正坐在公安局的值班室内。值勤警察问赵茹影，你有什么事？赵茹影说，我被人骗了，来报案的。警察问，谁骗你了？赵茹影说，这世上没有一个好人，都是骗子。警察说，女士不能这样说，有事说事，别打倒一大片。赵茹影说，开始是我老公骗我，然后又是一个自称大学生的骗我；老公欺骗我感情，那自称大学生的骗了我的钱。总之都不是好东西。

警察说："你能具体谈谈吗。你这样说我没办法做笔录。"

赵茹影说："事已至此我也不想隐瞒你什么了。我老公和一个叫董小令的在4月18日有一个约会，我今天乘车跟踪他到B城，准备当面揭穿他们。不曾想我却在车上碰到了一位女大学生，那女大学生年轻漂亮文质彬彬的，根本不像个骗子。我们碰巧坐在一起就聊天了。她告诉我今天出国，还拿出护照给我看。我当时很奇怪，这女孩出国就出国，把证件给不相干的人看干什么！现在想想那完全是个圈套骗取我的信任。"

警察说："你最好只说事实经过，不要发表任何评论，也别带任何感情色彩。"

赵茹影说："你的意思就是让我零度叙述，这一点我做不到。"

警察说："什么零度不零度的，我不懂。"

赵茹影说："我也不太懂，常见文学类报刊有。我的专业是法学，不过挺爱看小说。"

警察说："既然是学法律的怎么还受骗呢？"

赵茹影说："开始我也没想到和陌生人聊天。要怪就怪那该死的广告牌。"

警察说："旁征博引怎么又扯到广告牌上去了，拣要紧的说。"

赵茹影说："这广告牌十分重要，这是和那小姐搭话聊天的原因。那广告牌上有一句话，叫4月18日谁让我心动？我当时就自言自语地说，4月18日谁让我心痛？"

警察说："谁让你心痛？"

赵茹影说："我老公呀。今天是4月18日，是我老公和那小姐约会的日子。"

警察皱了皱眉头，又放下笔，说："你怎么又扯到一边去了。这样下去永远也说不完。我还有其他工作呢。"

赵茹影说："我尽量简洁，尽量简洁。我当时自言自语地望着广告牌发了一句感慨，没想到被身边坐着的一个小姐听到了。她和你刚才一样，也好奇地问了我一句。我看她是一个女孩子，年轻漂亮，举止不凡，像我教的学生，加上我有一肚子的话没人倾诉，于是就和她聊起了我的伤心事。"

赵茹影的诉说赢得了小姐的同情。最后她还为赵茹影出主意，告诉赵茹影，对付老公的几种办法。这使赵茹影大为惊奇，一个未婚小姐，居然在这方面比自己还有办法。

赵茹影在报案时对警察说，我们聊累了，小姐请我喝饮料，我客气了一下，见小姐十分真诚，就喝了。没想到我打开那易拉罐后，坐在同排最外边的一个戴眼镜的男人说我的拉环中奖了。我当时也没在意，拉开拉环顺手就扔在地下，坐在外边的那个男的捡起来就嚷着中奖了。小姐一把就从那男的手中把拉环夺了过来，说这拉环是我的。

小姐抢过拉环和我一起看，一看拉环上有一个红桃K，还有二等奖三个小字。那个眼镜说一等奖十万元，二等奖五万元，三等奖一万元，四等奖五千元。眼镜说，这拉环虽是小姐的，但是我从地下拾起来发现的，见者有份，总要表示一下吧。接着小姐和眼镜便讨价还价，后来小姐当场给他掏了一千块钱。

事情到这地步我也没觉得和我有关系。这时那眼镜指着我正喝的易拉罐说，你那易拉罐可别扔了，兑奖要拉环易拉罐一起拿去。要进行技术鉴定。那女孩便催我快喝，喝完了把易拉罐还她。我当时就想小姐挺有福的，一下就中了五万我怎么就没有这福气，拉出了奖还扔。可我又转念一想，这兑奖要拉环易拉罐配套，我丢了拉环也只丢了一半，易拉罐还在手里呢。那眼镜帮助小姐捡了拉环还得了一千，我拉出来的也应当有我一份，至少有我一半。我向小姐说了我的意思，小姐不干了。说这筒饮料原来属于我，我好心好意送你喝，现在拉出奖了理应属于我。我说，这筒饮料你送给我，我也接受了，也喝了。从法律上讲这是一个已执行了的赠予合同。赠予合同成立后，所赠之物以及所赠之物的孳息或者孳生物均属于接受赠予的一方。小姐皱着眉头说，你说的话我听不懂。我说，举个例子，你送了别人一头牛，那牛生了牛崽也是人家的；你送了人家一千块钱，这一千块钱的利息也是人家的；推而论之，你送了人家一筒饮料，饮料拉出了奖自然也是人家的。小姐说，看不出你挺在行的，是学法律的吧。我说，不好意思，本人是法学硕士，副教授。小姐说遇到你算我倒霉。

眼镜说，刚才这位老师说的在理，但为人总还讲点情分吧。人家小姐好心送你饮料，你拉出了奖总不至于独吞吧。要我说两人干脆一人一半，反正现在拉环和易拉罐各持一件。

我本来也没想独吞，拿一半也是我的目的，我当时就答应了。后来小姐说，她要出国，坐这车到B城就是往机场赶的，没时间一起去兑奖,让我一个人去兑,让我把那一半钱给她。我说我身上不可能带这么多钱,小姐说有多少算多少,然后再立一个字据,把身份证和家庭地址还有工作单位的地址抄给她,她明年回国时取。

我想这二等奖五万元,给她几千块钱的抵押也没什么,反正将来也可以扣除。然后我就把钱给她了。

警察问:"给了多少钱?"

赵茹影答:"两三千块钱。"

警察说:"别来虚拟的,确切一点好吗?"

赵茹影答:"二千八百元。我只留了一百块钱做回家的路费。"

警察问:"你还有别的损失吗?"

赵茹影顿了顿答:"有。还有手表。"

当时,赵茹影把钱给了那小姐,小姐嫌太少,提出再留下点实物。说如果将来万一有纠纷也可以做一个物证。赵茹影问:"你想要什么?"

小姐说:"把你的戒指给我吧。"赵茹影说:"这是我的结婚戒指,怎么能随便给人呢?"小姐说,"你没必要把自己的婚姻太当回事。你这样看重婚姻,也挡不住老公和小姐去约会。我说这话没有揭你短的意思,咱们都是女人,我劝你别太依靠男人,男人都靠不住,你这么有知识有学问还愁自己养活不了自己。"

赵茹影说:"他是他,我是我。他和小姐约会是对不起我,但我要对得起老公,他不仁我不能不义。我跟踪他们就是要力求当面揭穿,阻止他们,使老公迷途知返,使他们羞于将来再见面。我可没有放弃自己婚姻的意思。其实我老公是一个挺优秀的男人,我们又是同学,平常他待我也挺好,这件事纯属意外。"

小姐说:"既然你这么看重自己的婚姻,那就把表给我吧。现在的表都不值钱,我主要是留一个物证。再说咱姐妹同中大奖，也就有了共同的运气，也算是两人的缘分，留下点东西做纪念吧。"

赵茹影说："你别看不起这块表，这表是我老公在国外买的，真正的原装，值五百美金，相当于四千人民币。"赵茹影怕小姐再嘲笑自己，没敢说是情侣表。

小姐一听便笑容满面地接过了表，说："我也不要你的，明年回国我会把表还你，或者再捎一块同样的给你做纪念。"

小姐戴着赵茹影的表不久就下车了，赵茹影到了终点才下车。

赵茹影下了车看了一下表，发现表已没了，只有看天，多云的天气也见不到太阳，便觉得时间还早，决定先去兑奖。赵茹影心想兑了奖再去假日酒店也不迟，自己搭上出租车时老公还在公交车的站牌下，公交车一站一停，再遇几次红灯，再塞几次车，到达长途汽车站至少得一个多小时，而自己搭出租车一路根本没耽搁。赵茹影这样判断着，便前往饮料公司在B城的销售分公司。

销售分公司的一位负责人接待了赵茹影。负责人接过赵茹影递过去的易拉罐和拉环，仔细看了看，说："这是伪造的。"

赵茹影说："不可能，拉环是我亲自拉开的。"

负责人说："我们不管谁拉开的，我们只认标记。我们设计的中奖拉环是用模具压上的，外面看不到，拉开了可看到凹型图案和字。你这是喷漆的，不信你用指甲一抠就掉。"赵茹影试着用指甲一刮，果然有红漆脱落，那红桃K被抠去了一半，只剩半边心了。赵茹影脑袋轰的一声，蒙了。

负责人又说："在设计这个奖时，为防伪造，我们还在罐底留有暗记，只有用仪器才能看出来。所以我们规定兑奖必须拉环拉罐配套，就是为了让明记和暗记对号。"

赵茹影后来已基本听不清那人说什么了，愤怒如一头母狮子，心中的咒骂像墨鱼的墨汁漫延上来，最后从内心发出一声呐喊："我要去告他们！"

负责人说："快去报案吧，这一段时间已有好几个人上当受骗了。"

赵茹影走出饮料销售公司直奔公安局而去。在公安局值勤室赵茹影像一位唠唠叨叨的老太婆，使值班警察大为恼火。就在赵茹影向警察诉说之时，这时挂在墙上的钟当当敲了十二下。赵茹影望望钟愣住了，然后惊叫一声奔出了门。警察在后边喊，别跑，你还没签字呢。赵茹影对警察的喊声充耳不闻，手里捏着个易拉罐沿街跑着拦出租车，其状就像一个从精神病医院逃跑的女疯子。

赵茹影上了出租车，警察在公安局门口跺脚。说我这一上午就为接待她，现在字也不签就跑了，我算白忙活了。我那些记录寄给《故事会》倒是一篇好看的故事。

老板和董小令在假日酒店相会的一幕感人至深。

开始老板还想好了自己的一套方案，就是保持庄重、礼貌、平和、友好。可是当见到董小令时却一下把人家抱在了怀里。据老板对院长说，他们当时一点也没有陌生感。当老板走到大厅时，发现董小令正立在大厅中央，婷婷玉立，纹丝不乱。在老板还在那发愣的瞬间，董小令已扑了过来。

两人紧紧拥抱在一起的情景，使酒店里的服务员和大厅咖啡座的客人为之一振。所有的目光都投向了他们。人们望着这像电影镜头一样的夸张场面，一时无法判断自己身在何处。这时，大堂经理款款而至，她优雅地请他们在咖啡厅落座。大堂经理笑问，是不是很久没有见面了？老板点点头，董小令也点点头。

大堂经理有些激动，她顿了顿想说什么又没有说出来，走了。不久，大堂经理手捧鲜花来了，她对在场的客人高声用中、英文两种语言说：

"女士们,先生们,让我打扰一下大家。让我们祝贺这一对恋人在我酒店见面,本酒店愿为一切有情人提供约会的场所,房间一律五折。女士们,先生们,请允许我代表大家,也代表酒店祝贺他们幸福。同时也感谢他们为酒店带来了这美好的一瞬。"

在大堂经理的带动下,人们纷纷起立鼓掌,向他们祝贺。一位十分有风度的外国老人远远地向他们鞠了一躬,然后走向钢琴,打开琴盖,弹奏了一首著名钢琴曲——《爱情故事》。

这时,老板的妻子赵茹影像一个阴影,悄无声息地飘进了酒店。她的到来没有引起任何人注意,当时连酒店的迎宾员也加入到祝贺老板和董小令相会的人群中了。

赵茹影立在一个大理石柱子边,眼望自己的丈夫和一位小姐在咖啡座的沙发上相拥相抱,她想看清那小姐的长相,可是那小姐和老板耳鬓厮磨的,根本看不清。当时,四周的人们正向这幸福的一对鼓掌致意。这使师娘痛切地感受到了自己作为"第三者"的多余。她觉得自己就像做了一场噩梦,可是明明知道是噩梦,可是怎么努力也无法苏醒,一切都身不由己。

她看到钢琴的音符在空中乱窜,在大厅里四处飞舞,无数的金花撞击在四壁之上,闪烁出灼人耳目的流火。赵茹影实在无法支持了,靠着大厅的擎天之柱软软地瘫了下去。这时,她手中的易拉罐"咚"的一声落在花岗岩铺设的地面上,然后发出朗朗之声,在地下滚动,一直滚到老板和董小令的脚边。

易拉罐落地之声显得那样突兀和尖锐,把优美的钢琴之曲都击碎了。易拉罐在地下滚动的声音就像乐章中一个长长的不和谐音,向整个乐章碾压过去,整个流畅的乐章被碾压得支离破碎,这些声音加上一个女服务员的惊叫使钢琴曲戛然而止。

"这位女士你怎么啦?!"

有服务员见赵茹影倒地,惊呼着去扶。

老板拥着董小令正沉醉在幸福之中。易拉罐隆重的声音使老板十分敏感,他向发出声音的地方望。他看到妻子赵茹影像影子似的软软地瘫在地上……

老板至今都不承认自己完全受骗,特别是不承认八字胡和小姐是一伙的。老板后来也去B城饮料公司销售分公司兑过奖,当证实自己受骗后老板只笑了下,也没去公安局报案。

当时,老板下了大巴在那里拦出租车时,八字胡也在等车。老板一路上压根儿就没把八字胡放在眼里。根本看不起人家。老板见八字胡站在那里和他一起搭车,便斜着身子,冷眼旁观,让到一边,做不愿与之为伍状。

八字胡见状,笑笑,说恭喜发财。老板只鄙视地用鼻子哼了股冷气。

后来院长只有感叹老板的书生气太足了。他满脸红涨地和院长争论八字胡不是那小姐的同伙,一个最大的原因是他不愿接受自己被最看不起的人骗了的事实。按老板的原话说,就他那智商,没门。老板极不服气。

老板不承认受了八字胡的骗,但他承认受了小姐的骗。他说,英雄难过美人关,如果你在场照样受骗。这种美女的欺骗是可遇而不可求的。比方那八字胡,他档次不够,人家小姐看不上他,懒得骗他。

老板说我虽然被小姐骗了,那算是美丽的欺骗,塞翁失马焉知非福,说不定小姐已被我的真诚打动了呢。没有一个骗子会傻到拒绝现金,却去要一枚在当时无法判断真伪、无法衡量价值的戒指。我给她留了名片,有地址和E-mail,说不定她还会找我。我等待另一个4月18日的到来,我喜欢4.18。

听了老板的这席话院长只能无奈地摇头。老板不仅被骗走了财,而且被骗去了心,正所谓人财两空。院长说:"除了你没有人喜欢4.18这个日子。"

老板说:"恐怖的事还在后头,咱师妹赵茹影那里我如何交待？"

院长一下就被老板逗乐了,说:"你现在才想起如何向我师妹交待,是不是太晚了。"院长特别强调了"我师妹"的分量,这让老板生气。老板说:"你别我师妹我师妹的叫得甜,这事我是征求过你意见的。"

院长说:"我是坚决反对你去的。"

"算了吧,你虽然反对了也没坚决反对。"

院长又笑了,说:"你一定把我拉下水有何用意?"

老板说:"我也不是要把你拉下水,我只希望你多为师弟考虑考虑,别师妹师妹的。"

院长语重心长地说:"都是博导了,连一点政治头脑都没有。还像当学生那时一样。你这样下去是要出大事的。"

老板终于笑了,说:"毕竟是院长,这事在你看来只是小事是吧。我就知道你做思想工作的能力比我强,要不当初我怎么会坚决支持你当院长呢。"

院长说:"我做思想工作的能力比你强,难道我的学术水平就比你差了?"

"哪能呢,嘿嘿。"老板笑。

"你算了,邵师弟,我还不了解你,刚才你那话听起来好像在夸我,其实是在骂我。"

"师兄,你怎么都当了院长了,还这样小心眼。我可是来求你帮我解决问题的,不是来论争的。"

院长叹了口气说:"这事是要解决呀,我可不愿意看到师妹快人老珠黄被你抛弃。你无所谓,身边有的是美女,师妹就苦了。"

老板也叹了口气说:"什么抛弃不抛弃的,赵茹影只是你师妹却是我孩子她妈,我能抛弃她吗?夫妻之间的关系无论是从感情,还是法律的角度来说都是最重要的。比父母比子女都

315

重要。"

"好好，只要你有这个认识，那我就再帮你一回。不过，要等一段时间，现在谁去都不行，她正在气头上。师妹这个人你又不是不知道。"

45

姚旋第二次来学校一直待到晚上十一点。她和我们一起吃的晚饭,并且在学校舞厅跳了舞才走。临走时自然把老孟也带上了,我们送老孟上车挥手向他致意,说,去吧,去吧!就像送一个上刑场的人。因为老孟当时一步一回头地望着我们,一副无奈的样子。可见老孟是不想去的,但又没办法。姚旋说明天老总要请几个新招聘的中层吃饭,吃过饭说不定就签合同了。这样老孟就不得不去了。

姚旋这次来还是那个小苏司机开车。我们问姚旋怎么不亲自开车。姚旋说,公司有规定,无论是因公因私用车,公司中层干部外出必须让司机开车。姚旋说,这样做公司并不是怕用车,是怕中层干部出去了酒后开车。因为公司的中层干部应酬多。过去曾出了这方面的事故。

姚旋是在学校舞厅说这番话的。当时我请她跳了一曲,伴着轻音乐姚旋的这番话特别贴切自然。姚旋说这番话时我不由望了一眼正和本校一位女生跳舞的司机小苏。可以看出小苏的舞跳得很好。

后来姚旋出于礼貌请小苏跳了一曲。那一曲节奏十分快,是快四步,有点像迪斯科的劲头了。我和老孟站在圈外看他们跳舞。我问老孟,你怎么不请姚旋跳一曲?老孟说不会跳。师兄王莞说不会跳抱在怀里晃,也不能便宜了别人。

王莞望着姚旋和司机小苏说:"你看他们俩跳得多好,配合默契,就像一对似的。"

我瞪了王莞一眼说:"你瞎说什么。"

王莞说:"别忘了舞能生情的。"

王莞这话是十分有道理的,他是舞林高手,有很多经验和体会。末了,王莞对老孟说:"老孟哥,你要小心哟,那个小苏可是个小帅哥。"

老孟不屑一顾地笑笑说:"王莞你想哪去了,小苏只不过是一个司机。"

"是呀!"我也说,"你王莞想得也太偏了。小苏只不过是一个司机,哪能和我们孟博士相提并论呢。"

王莞说:"这可不是我说,这是雷文说的。"

老孟一听便骂:"雷文那厮是炉火烧的,唯恐天下不乱,这种往我头上倒屎盆的事只有他能干的出来。"

王莞说:"雷文曾看到姚旋上车时和司机小苏打情骂俏。"

老孟火了,说:"雷文完全是造谣生事,我迟早会收拾他。"

王莞说:"你别嚷呀,人家嫉妒你,你还不让人家逞一下口舌之快。"

老孟自负地摇头不语,然后向姚旋招招手。

姚旋放下小苏就来了。

老孟得意地扫了我们一眼。意思是说,看吧,我挥手即来,招手即去。

姚旋来了,小苏便知趣地退到一边休息。姚旋汗涔涔地问老孟,朝阳,叫我!老孟说,我看你太累了,喊你下来休息休息。姚旋笑笑说,这样疼老婆呀,那还不给老婆买瓶水。老孟点点头,连忙买水去了。

老孟本来买了四瓶水回来,想想不对头,又回去补买了一瓶给小苏。

大家边喝边出了舞厅,然后老孟上车便和姚旋走了。老孟临走时让小苏和姚旋把瓶子都留下来交给了王莞,说每个瓶子押金五角钱呢。

王莞见老孟的车消失在校园里,顺手把瓶子扔进了垃圾箱。骂,你看这老孟的德性,每个瓶子押金五角钱呢!你老孟就少了那五角钱,丢人现眼,真是个傻博士。

老孟第二天就从姚旋处回来了,老孟回来脸一直灰着。我们问合同签了吗?老孟瞪了我们一眼,用河南家乡话骂了一句,签他娘的×。

在公司老总宴请的饭桌上,老孟的自尊心又受到了伤害。老孟和几个新招聘的和老总吃饭。席间,老总问老孟是哪人呀?

老孟答:"河南人。"

老总便独自笑了,笑过了说:"我有一个段子。"

几个人一听老总说段子了,都停下了筷子。老总说你们知道董存瑞炸碉堡的故事吧?

"知道呀,大家都知道。上小学时在课本上都念过了。"

老总说,你们念的那是正史,我这里还有一个野史。老总说,当时董存瑞和班长一直冲到了敌人的暗堡桥下。这时总攻就要开始了,班长对董存瑞说,你在这等着,我去找个棍。董存瑞说好,你快去快回。结果班长一去不回返。这时,总攻终于开始了,董存瑞一急只有用手托起了炸药包。董存瑞在拉导火索时喊了一句话。这句话和书上写的不一样。老总顿了顿说,这句话是:

"千万别相信河南人呀!"

轰!炸了。

老总说那班长就是一个河南人。

"哈哈——"大家都笑了。

老孟开始也和大家一起笑了,笑了一半老孟觉得不对味,那笑便凝固在脸上了。在大家的笑声中老孟一下便立了起来。老孟愤怒地对老总说："你既然不相信河南人，我在贵公司就不可能有发展。告辞了。"

老孟说着拂袖而去。

身后，老总喊："孟朝阳，孟朝阳。"却没喊回来。

老总有些下不了台，对在座的几个笑笑，说："人家都说博士傻，真让我遇上了，一点幽默感都没有，大家开个玩笑嘛！"

后来，老孟没去那个公司。这样老孟和姚旋的关系自然受到了影响。如果我们遇到老孟总要问一句，最近姚旋怎么样？老孟总是答，姚旋下周要来。

其实，姚旋后来还是来过一次的，但在学校没有露面，把老孟叫到校门口见面。在校门口两人站在那里说话，一些不法分子便围着他们转。问，要文凭吗？我们和老孟出校门时也遇到过这种事，每逢这时老孟就会停下脚步，虎着脸训人家：

"我看你们是想进去了，在外面待的不耐烦了是吧。"

不法分子见老孟年龄大，怕碰到便衣了，便缩着脖子连忙撤退。这时，老孟会显得特别开心。老孟对我们说，娘那B，俺在学校苦读苦熬到博士，二十年寒窗才拿到一张文凭，这些不法分子一晚上就伪造出来了，才几百块钱，真让人生气。

我们也讨厌这些人，整天像个苍蝇似的围在校门口四处转，可是实在懒得理他们。老孟碰到了肯定要训斥他们的，特别是和姚旋正说话的时候。当时，老孟把脸一拉正要发飙，姚旋却说话了：

"有这个学校的吗？"

不法分子一听有戏，便说："哪个学校的都有。"

姚旋问："本科生的有吗？"

不法分子说："连博士生的都有。"

老孟见姚旋和这些人搭话，把脸一虎说："你们知道我是干啥的？"

不法分子见了老孟，心里没谱，想溜。

姚旋却嘻嘻笑了，说："他就是博士。你们如果做的不像可骗不了我们，我们有真的对照。"

不法分子一听就走了："有真的还找俺做假的干啥，分明是耍我们。"

姚旋便喊："别走呀！多少钱一张？"

不法分子头也没回。

老孟不高兴地问："你问他们这些干啥？"

姚旋说："我想弄一张。"

"那假文凭是一张废纸，一点用都没有。现在计算机联网了，一查就露馅。"

"又不是我要，我大学毕业都两年了。小苏托我帮他问问，他已和人事上说好了，弄一张假文凭堵其他员工的嘴，好升职。不能开一辈子的车呀。"

老孟望望不远处停着的车，小苏就在里面。老孟瞪了姚旋一眼说："你真糊涂，买假文凭是犯法的。"

姚旋不高兴了，说："你别拿法律吓我，我知道你是法学博士。"

老孟被姚旋噎了一下，半天没说出话。姚旋见老孟不说话，便说："我还有事，下周再来。"姚旋临上车时，勉强对老孟笑笑，走了。

46

蓝其文教授对女儿未来的憧憬具体而又实在,谁也不会认为一个父亲把女儿顺顺利利地嫁出去是什么理想。它一点也不伟大,一点也不遥远,但是却很美好。它就如家中摆着的一件美丽花瓶,是摸得着看得见的。可是,这件花瓶却被蓝娜一不小心摔得粉碎。蓝其文教授望着那依然还很美丽的碎片,连捡起来的力气都没有了,更不用说圆满了。

确切地说蓝娜和刘唱因跳舞被公安局拘留了。当然,单纯的跳舞肯定是没问题的,关键是蓝娜的现代舞后来越来越现代,现代得一丝不挂了,成了脱衣舞,成了所谓的艳舞。与其说蓝娜现代,不如说蓝娜返璞归真。当然,这样返朴归真也不行,公安局也是要管的。

这件事发生后在校园内并没有引起多大的波动。因为她们俩已经毕业,已不是本校的学生,引不起同学们的兴趣。这类事在社会上整天都有发生,你关心得过来吗?

在法学院是有点动静的,这主要是蓝教授的原因,因为蓝教授的女儿出事自然会引起大家一些关注的。不过,这种关注也没有上一次大,因为大家觉得蓝娜出啥事都不让人意外了,你想想一位大三就敢在校园内胡搞的女孩,毕业后走向社会还有什么事干不出来。人们淡然地甚至冷漠地望着蓝教授的背影,最多摇摇头。

可是，这种冷漠和淡然却足以将蓝教授打入十八层地狱，让他永世不得翻身。

开始学校得到公安局通知让去领人，还吓了一跳，这对名校来说可是个大丑闻。后来查验了学生证才松了口气。学校说，她们已毕业和本校无关，你们可以找她们的工作单位，若没工作单位可以找她们的父母。

公安局最初审问她们时，两人拒不说明自己的身份。其实她们也没有身份。从学校毕业又没找工作。两个人唱歌跳舞一个月能挣一万，什么单位有这么高的工资？

后来公安局从她们身上搜到了学生证。校方说，学生证已过期，毕业时谎报丢失没有交。过期学生证曾帮过她们，现在又害了她们。虽然学校声称不管，但还是帮助公安局从档案中找到了两个人的家庭地址和父母工作单位。公安局找到了法学院，找到了蓝其文，让蓝教授去领人。

毕业时不交学生证是刘唱的主意。因为很多客人都是冲着女大学生来的，亮学生证就像亮一张金字招牌。在跳舞前总有客人问："你们真是大学生吗？"比方我老板的朋友宋天元宋总就是这种人。宋总来北京没啥事，老板又没时间陪他，他就四处寻欢作乐。有一次宋总在看蓝娜跳舞时就是这样问的。这时，刘唱就会说："你不信，看看我们的学生证吧。"说着把两人学生证递了过去。

宋总接过学生证不住点头称是。宋总是老江湖了，见过大世面，知道这年月假东西太多，假身份证，假文凭什么的。假学生证还没听说过，因为假学生证在社会上没有啥用，在校园内最多能进图书馆看看书，连借都借不出来。借书要用借书证，要刷卡，进微机。谁也不会为去图书馆看书费心费力地花钱弄一个假学生证。当然，如果真有这种人，那这家伙肯定是世界上最有前途的骗子。

323

据悉，现在已有假冒的学生证了，打工妹、打工仔用假学生证买半价火车票，能省钱。这一点恐怕宋总就不知道了。

宋总看了蓝娜的现代舞觉得的确不错，够水准，毕竟是名校的大学生，多才多艺，名不虚传。关键是法学院的大学生，这使宋总更感兴趣。宋总也是听说这一带有大学生歌伴舞，舞伴歌唱才来的。说完全是艺术水准，可以公开演出。要说明的是宋总最初看的蓝娜之舞，的确是很有审美价值的现代舞，我们都看过。由现代舞变成脱衣舞，宋总是始作俑者，也是第一个观众。

宋总第一次在酒吧看完蓝娜的现代舞后，请她俩喝了一杯。宋总说："能不能为我专场表演，我真的喜欢，歌也好听，舞也好看。"

刘唱说："怎么个专场法？"

宋总说："在酒吧人声鼎沸的，吵。无法听清刘小姐唱歌，也无法欣赏蓝小姐跳舞。咱们找一歌厅的包厢，专为我一个人表演，如何？"

刘唱看看蓝娜，两人交换了一下眼色。刘唱说："专场可要收专场的钱。"

宋总摆了下手说："别和我说钱。这样吧，跳一场我给你们一万。"

刘唱和蓝娜都睁大了眼睛。两人在学校四周的歌厅酒吧跳一个月不过才挣一万。

刘唱说："好，什么时间？"

宋总说："给我留个传呼，到时候呼你们。"

"行，"刘唱说，"咱们说定了。"

专场表演在大富豪歌舞厅的包厢里。包厢不算大，但供一人欣赏，一人跳舞，一人唱歌是足够了。宋总没带任何随从，真的一个人来了。不过宋总可没空手来，手里提了只密码箱，这和当初见老板一样，只不过手里没有挽着小姐。这只密码箱比当初见邵先生时的那只要小，不过宋总提着还是沉甸甸的。侍应生为宋总开了包间，问有几个人。宋总说共三个人。侍应生问要小姐吗？宋总说不需要。侍应生瞄瞄宋总的密码箱以为宋总是谈生意的。说你们谈完了如果要小姐，招呼一声就行，包你满意。宋总心里觉得好笑，不想搭理侍应生，只挥了挥手。

宋总一个人在包厢里喝着酒，等蓝娜和刘唱到来。大约有一支烟的工夫蓝娜和刘唱来了。宋总说："你们是先喝一杯，还是先跳舞？"

刘唱说："还是先跳舞吧。跳一曲了休息的时候再喝。"

宋总便点点头笑笑，说："挺敬业的嘛。"

两人开始准备。

蓝娜脱去外套，里面穿的是红舞衣，紧身的。这和上次穿的不一样，上次是黑色的。刘唱说："为了给你跳专场，我和蓝娜专门去选了一套红舞衣，好看吗？"

宋总眯着眼看蓝娜，那红舞衣将蓝娜的身材彻底地凸现了出来，像正燃烧的火苗。

在刘唱的歌声中，蓝娜开始翩翩起舞。那火苗开始是柔柔的，温情地飘舞着，随着刘唱歌声节奏的加快，那火苗由柔变硬，呼呼乱蹿。火苗烧得宋总面红耳赤，欲火翻腾。一曲结束了，宋总让两人休息，喝点东西。宋总望着蓝娜说："跳得真不错。"

蓝娜说："一般般吧。"

刘唱说："怎么样，从来没看过这么好的现代舞吧？"

宋总说："没看过，只在电视上见过。"宋总喝了一口酒，说，"好是好，就是不过瘾。"

蓝娜和刘唱不由望望宋总，刘唱说："怎么不过瘾？"

宋总说："要是不穿舞衣可能更好。"

"什么？"蓝娜瞪了宋总一眼，脸都要拉下来了。

宋总笑笑说："舞蹈这东西最初的产生是咱们祖先为了扮神驱鬼。其实现在民间跳大神的才是舞蹈的正宗一脉。舞蹈开始是赤身裸体跳的，身上还涂着颜料。有句成语叫'装神弄鬼'，一句话便概括了舞蹈的起源。后来舞蹈演变成了节日庆典的娱乐活动，再后来便走向舞台，成为艺术，变成一种审美活动了。"

蓝娜和刘唱不由另眼看宋总了。这位大款，没想到说起舞蹈来还一套一套的。宋总见两位女孩望着自己发愣，连忙说："我可不是什么专家，我是昨天才看了一本关于舞蹈的书，不是今天要看你们表演嘛，害怕自己看不懂，才学习了一下。"

蓝娜和刘唱都笑了，觉得这个宋总还不讨厌，挺坦率的。宋总说："我说这么多，只有一个意思，我想看纯舞蹈，那就是不穿舞衣的舞蹈。"

刘唱看看蓝娜，蓝娜脸一拉道："不行。"

这时，宋总叭地一声打开了密码箱，从箱里拿出一沓钱放到茶几上："这是你们今天晚上的小费。如果蓝娜愿意为我跳一曲纯舞蹈，我可以再加一倍的钱。"宋总说着从密码箱里又拿出了一沓。

刘唱又望了望蓝娜。蓝娜搭拉着眼皮不吭声。宋总说："这样，我上洗手间，你们俩商量一下。"宋总说着起身走了，密码箱没锁，在那张着嘴。

宋总出了包厢便在门前点了支烟，深深地吸了一口，脸上露出得意的微笑。嘴里自言自语："我倒要看看这名牌大学的学生值几个钱。"

包厢内刘唱向门口瞄了一眼，然后轻轻掀开密码箱。刘唱惊叫了一声，说："哇，好多钱呀。"说着又轻轻把箱子关上了。刘唱说，"蓝娜，这事就看你了。你不是急着想挣钱出国吗？我认为是一个机会，不就是跳一次舞嘛，又不是让你和他上床。"

蓝娜说："要跳我最多只脱舞衣，里面的我可不脱！"

刘唱说:"那咱问问他!"

两人正说着话宋总进来了。宋总笑着说:"是不是我的要求太过分了。"

刘唱说:"只脱舞衣,里面的不脱。"

宋总很爽朗地笑了,说:"好呀!那就先脱舞衣吧。"

蓝娜脱去舞衣,一套乳白色的内衣穿在蓝娜身上简直是精美绝伦。这套内衣是师弟李雨花了两个月的研究生津贴为她买的,八百多块呢。我们在商店见过这套内衣,穿在模特身上就让我们眼花缭乱了。当时我们都被那模特迷住了,大家都劝师弟买下来。模特是死的,而蓝娜是活灵活现的。我们虽然没有眼福看到蓝娜穿那内衣的样子,但是李雨有这个眼福就够了。没想到宋总也有幸看到了。

蓝娜穿着那套内衣跳舞又是一种风格。宋总其实已经没怎么观赏蓝娜的舞蹈了,他感兴趣的是蓝娜的身体。宋总自认为见过的女人也不少了,如蓝娜的身体者简直是少之又少。蓝娜的身材高挑细致,婀娜多姿。皮肤像奶酪,细腻,滑润,在灯光下细如凝脂。

宋总长长地叹了口气,面对这样的女人宋总有一种无可奈何的感觉。蓝娜一曲未完,宋总突然打开了密码箱子,一下拿出了三沓,说:"蓝小姐,脱,你继续脱,我要看纯舞。"

蓝娜的舞蹈放缓了,脸上露出了让刘唱都无法理解的微笑。刘唱停止了歌唱。刘唱停止了歌唱后蓝娜还在翩翩起舞,无声的舞蹈更有一种力量。蓝娜一边翩翩起舞一边解开了自己的乳罩。她一句话也不说,脸上还是那种神秘的微笑。刘唱看呆了,蓝娜的乳房坚挺有力,像两座微型的富士山。刘唱一会儿看蓝娜,一会儿又扭头看宋总,她发现宋总脸上也露出了一种似是而非的微笑。两个微笑的人目光都是那种视死如归的。刘唱一下就读懂了双方的目光,原来他们俩在较劲。蓝娜是豁出去了,把少女的羞涩变成了茶几上的金钱；而宋总也豁出去了，把金钱变成了蓝娜的秀色。

蓝娜跳着，双手轻轻地捧起了双乳，展开了一种全新的舞蹈。这套动作是刘唱过去不曾见过的。刘唱觉得这根本就不是舞蹈，那只是女人在男人面前最自然、最原始、最天然的一种姿态。蓝娜身上只有下边最后一个金三角了。蓝娜的双手在那金三角处挥舞拨动，像弹一首优美的曲子，只是那曲子是无声的。

宋总从箱子里又拿出了一沓钱，说："脱，继续脱。"宋总的声音不大，却透着一种坚定。也许他坚信金钱的力量完全可以摧毁蓝娜的最后防线，使蓝娜的双手生出魔力，撕去自己最后的面纱。

可是，宋总错了。蓝娜的双手像渔家姑娘的收网，由远而近，渐渐拢身。在舞蹈中蓝娜首先把乳罩重新穿上了，然后是舞衣……蓝娜穿上舞衣后做了最后一个下腰动作，刚好跪在茶几边。蓝娜将宋总最后从箱子里拿出的几沓钱轻轻推到一边，然后把属于自己的钱拿到手里。蓝娜望着宋总说："你知道我为什么不脱了吗？"

宋总望望蓝娜问："为什么？"

蓝娜说："我这是为了你好。"

宋总说："为了我就应该继续脱。"

蓝娜说："我要是真脱了你会失望的。你会觉得花这么多钱看一个女人脱裤子毫无意思，也没有任何美感。"

宋总说："那你为什么要脱上身？"

蓝娜说："因为一个女人的乳房是美的，腰身是美的，大腿是美的，整个身体和皮肤都是美的；而生殖器却是丑的。女人的生殖器我相信你也见过，有什么好看的？每一个女人都一样。生殖器是用来做爱、生殖、排泄的，没有任何美感，它只是工具。它不值得你花这么多钱买来一看。买来一用是可以的，但我不是妓女，我不会卖。我只会用它来感受，去奉献，承受一个男人对我的爱；同时表达我对一个男人的爱。我也会做爱，但做爱的对象一定是我爱的人。"

宋总望着蓝娜一句话也说不出。刘唱没想到蓝娜会说出这番话来，刘唱自认还是了解蓝娜的。在刘唱看来蓝娜美丽、多情、多愁善感，从小生活在校园内，没有吃过多少苦，也没有见过多少世面，有一个美丽的外表，却没有多少思想，更没有多少原则的娇女孩。蓝娜的这番话让刘唱另眼相看了。

宋总面无表情地起身收拾了一下箱子，然后有些彬彬有礼地向蓝娜伸出了手。宋总说："谢谢你的舞蹈，咱们后会有期。"

蓝娜和宋总握了一下，面带微笑，说："但愿我没让你扫兴。"

"哪里，哪里，刚才蓝小姐的舞蹈让我大开眼界，一番高论又让我大长见识，蓝小姐不愧为名校的高材生，奇女子呀。"宋总说完这番话终于笑出声来，只是那笑声中多少包含了一些奸诈的成分，这让站在身边的刘唱有些心慌意乱。

告别了宋总刘唱对蓝娜说："我突然觉得宋总这个人挺奸诈的，你看他临走时望你的眼神，简直想把你一口吞下去，口水滴答的。"

蓝娜冷笑了一下说："他是癞蛤蟆想吃天鹅肉，以为有几个臭钱就能占我的便宜，没门儿。"

刘唱说："好了，下次打传呼咱们别再理他了。"

"为什么不理，"蓝娜不屑地说，"他还能玩出什么新花样出来，只要他愿意看，我就给他跳，拿钱就行。"

刘唱说："他可是不到黄河心不死的，你这次守住了，下次能守住吗？"

蓝娜冷笑了一下，说："放心，我就是不能让他心死，也不能让他看到黄河。他不是有钱吗，那就和他玩呗。"

刘唱嘻嘻淫笑了一下,说:"看你那黄河的路费也太贵了点吧!"

"什么?"蓝娜听刘唱没好话便去打,然后两个人笑着闹成一团。

47

　　蓝娜的纯舞蹈自从给宋总表演之后,后来又给其他客人表演过。不过,再也没有赚到第一次宋总给的那么多钱。那种表演后来由被动变成了主动。联系客人主要是刘唱,在一些酒吧刘唱和蓝娜表演之后,总是有客人要请她们喝一杯。通过一些了解之后,刘唱就会问看纯舞蹈吗?如果客人有兴趣,双方就开始讨价还价,价讲好后然后离开,或者约好来日。后来这种纯舞由蓝娜的独舞变成了蓝娜和刘唱的双人舞,而且有了专门的伴舞磁带。这种生意在我们学校四周的歌厅里持续了一段时间。

　　宋总再一次打传呼给蓝娜是在一个周末。当时蓝娜正在家里看中央台的《今日说法》。蓝娜回电话一听是宋总便不出声了。蓝娜向书房看看,见老爷子正写着什么,便小声问:"有什么事?"

　　宋总在电话中兴高采烈地说:"蓝小姐,我们能再见见吗?"

　　蓝娜说:"如果要想看跳舞直接和刘唱联系,一般由她安排。"

　　宋总说:"我这次不看你的舞蹈,我想请你吃饭。"

　　"吃饭……"蓝娜沉了沉说,"吃饭就免了吧。"

　　"蓝小姐给一个面子嘛!"宋总在电话中恳切地说,"我们交个朋友吧,说实话我身边也算是美女如云了,可像蓝小姐这样不但漂亮,而且有才华、有思想的奇女子却没有,所以我宋某只想和蓝娜成为朋友,绝没有其他非分之想。我这癞蛤蟆只有看天鹅的分,绝没有吃天鹅肉的野心。"

蓝娜被宋总逗乐了,在电话中顿了顿说:"那我和刘唱商量一下吧。"

"别商量了,刘唱就别叫了,就咱俩,我们好好谈谈。"

"那不行,如果不叫刘唱,我肯定不去。"蓝娜坚定地说。

"好吧,好吧!"宋总叹了口气,"我是遇到对头了,说实话我从来对女人没这么软过,都是说一不二的。"

"是吗,那你为什么不找那些女人吃饭呢?"

"是呀,人就是犯贱。"

"嘻嘻……别这样苦大仇深的,你这么有钱的大款都这样,人家一般老百姓还活不活。"

宋总说:"钱多有什么用,有些东西用钱是买不到的,是不是?"

蓝娜知道宋总指的是什么,便笑笑说:"任何东西只要有了价也就没有价了,世界上真正有价值的东西是用金钱买不到的。"

"是呀,是呀……"

宋总立在宾馆的穿衣镜前,握着话筒斜着嘴冲自己歪笑。宋总和蓝娜约好时间、地点之后把电话扔到床上,然后冷笑着骂。他妈的,一个小丫头片子还挺会教训人的。我就不信把你搞不到手。到那时候你才知道我的厉害。胎毛还没干就和我玩。

宋总穿戴整齐去宾馆的中餐厅要了一个包间,然后让服务小姐先把酒水上了。一瓶五粮液,一瓶XO,一瓶香槟。宋总坐那等了一会儿便让服务小姐先把酒都打开了。在服务小姐离开包间的时候宋总从上衣口袋里摸出了一个药瓶子。宋总拿着药瓶子在眼前摇了摇,十分得意地笑了,然后把瓶子里的药全部倒进了香槟酒里。做完这一切后宋总吁了口气，十分劳累的样子，又无奈地摇了摇头，然后把服务小姐叫了进来，说："刚才我不该急着把酒都打开了，你把酒先收起来吧。到时候客人来了你当着她们的面打开，不要让她们看到酒先打开了。"

服务小姐不解地望望宋总，说："可是瓶子已开了呀！"

宋总笑笑掏出二百块钱的小费递给服务小姐说："这不用我教你吧？"

服务小姐欢天喜地地接过小费，说："老板放心吧，我知道该怎么做。"

蓝娜和刘唱姗姗来迟，让宋总独自坐了两个小时的冷板凳。要在以往宋总早发作了，但这次没有，这次宋总不但没有生气，反而十分平静地坐在那里抽烟喝茶，品味着玩味着，悠悠然的。宋总找到了自己童年时在房顶上下马尾巴套小鸟的感觉。那是晴朗的冬季，成群的小鸟四处觅食。宋总把稻谷撒在马尾巴套的四周，然后仰望蓝天等待着。鸟儿们十分狡猾，它们总是在马尾巴的四周徘徊，不轻意接近诱饵。宋总便站在房檐下等待着，一等就是两个小时。宋总会眼睁睁地看到鸟儿一步步逼近马尾巴套，然后一颗一颗地捡食外围散落的稻谷，在不知不觉地接近圈套。走近圈套的鸟儿会不顾一切地争食稻谷，就在它们吃得最得意忘形之时，宋总会在房下一声长啸。鸟儿受了惊吓展翅要飞，爪子拉动马尾巴套的活结，套了个结实。这样那被套的鸟儿只能在房顶上上下下飞舞着舞蹈了。一直等到鸟儿跳累了宋总才会去解套，这时的鸟儿连垂死挣扎的力气都没有了。不过，也有例外，有的鸟儿会用最后的力气在手上啄一口。

蓝娜和刘唱姗姗来迟是蓝娜的意思。本来刘唱要按时到的，可蓝娜说晾晾他。就这样两人又去逛了一下商店，一逛两个小时就过去了。蓝娜走进宾馆时说："如果宋总给我脸色看，我转身就走。"

333

没想到宋总不但没有生气而且脸上露出了真挚而又欣喜的微笑。宋总让蓝娜点菜，蓝娜毫不犹豫地点了鲍鱼，还指使刘唱点了大龙虾。宋总面不改色心不跳地问："两位小姐想喝什么酒呀？"

蓝娜说："我们不会喝酒。"

宋总说："我要了五粮液和XO，你们不想尝尝？"

"不！"蓝娜坚定地说。

宋总装着很苦闷地说："我知道两位小姐对我不放心，怕我把你们灌醉了图谋不轨，哈哈……"

蓝娜说："我们这是防君子不防小人。"

宋总得意地大笑起来，说："没想到蓝小姐夸人也与众不同呀。你最好把我当小人，那就不用防备了。"宋总说，"你们总要喝点什么吧，本酒店应有尽有，香槟要不要，香槟不含什么酒精。"

蓝娜说："香槟是庆祝胜利时喝的，我们没有好庆祝的。"

宋总说："你们俩都是胜利者，只有我是失败者呀，我在你们俩面前早败下阵来了。"

刘唱望望蓝娜说："那就喝点香槟吧。"

蓝娜未置可否。宋总便喊了一声服务小姐，说："先给客人开香槟，我喝五粮液，XO最后上。"服务小姐双手拿着香槟进来了，一只手紧紧地捂着瓶盖，一只手托着瓶底。服务小姐把香槟在蓝娜和刘唱面前晃着又晃着，问："打开吗？"

刘唱点了点头，服务小姐转身走了出去。一会儿服务小姐又进来了，说打开了，要听响吗？宋总说不听响，不听响，小心喷得到处都是。服务小姐便小心翼翼地把瓶塞打开了，虽然很小心还是有不少泡沫溢了出来。小姐在给蓝娜和刘唱倒香槟的时候，宋总说这香槟不错，你们俩承包了；我承包五粮液。

刘唱说："你别喝醉了，吃过饭你不想看节目了？"

宋总说："喝醉算了，但愿长醉不愿醒。"宋总说完这话很忧伤地看看蓝娜。

蓝娜不理宋总，习惯性地端起杯子喝了一口。宋总见状大喜，连忙端起自己的白酒杯说："来，为了你们的胜利我的失败，干杯！"说着一仰脖子干了。

蓝娜和刘唱互相望望，脸上露出笑。那分明在说，我们喝香槟你喝白酒，十个宋总也灌醉了。两个人把香槟一口喝了，宋总喜欢得不得了，连声说好好好。喊小姐快上菜，我们的菜快点，忙得服务小姐不可开交……

第二天蓝娜在宾馆的大床上醒来了，蓝娜懵懵懂懂望望四周陌生的环境，不知自己身在何处。这时，蓝娜惊恐地发现自己一丝不挂地躺在床上，这一惊非同小可，蓝娜彻底醒来了。蓝娜慌乱中将自己的身体上下摸一遍，就像要找回丢失的东西。这时，蓝娜实实在在地感受到了全身都在隐隐作痛。

完了，蓝娜告诉自己。一种绝望伴随着愤怒一下将蓝娜包围了。蓝娜蒙着头在被窝里撕心裂肺地哭了。那哭声压抑而又沉闷。

蓝娜在被窝里昏天黑地地哭了一阵，这时，另一种情感仇恨开始充溢她的胸膛。蓝娜第一个念头是把宋总那个狗娘养的杀了，自己杀不了就让男朋友李雨回来为自己报仇。可是这种念头一闪就过去了，这件事是绝不能让男朋友知道的，甚至不能让第三人知道。这时蓝娜想起了刘唱，刘唱和自己一直在一起，她此刻在哪里？想到这里蓝娜又开始有些恐惧。

蓝娜在宾馆的大床上一时无法理清自己的思路，她赤身裸体地起身，从地毯上拾起自己的衣服冲向盥洗间。蓝娜站在浴头下开始用凉水冲洗自己，这使蓝娜冷静下来。蓝娜开始试着理出了头绪，回忆起了事情的经过。问题出在那顿饭菜上，宋总肯定在饭菜中下了蒙汗药之类的，因为吃饭之后的事一点也回忆不起来了。蓝娜洗完澡迅速地检查了一下房间。这是一个豪华套房，宋总的行李和衣服都还摆在大衣橱里，日常用品随处可见，笔记本电脑还是打开着的，也就是说宋总是临时出去了。蓝娜走到笔记本电脑前，发现有宋总给自己的留言：

娜娜：

我临时出去一下，下午回来。抽屉里有钱，中午自己吃饭，等我回来，咱们可以好好谈谈。

永远爱你的老宋

蓝娜看了宋总的留言一阵恶心，她迅速将留言删了，咬牙切齿地咒骂，流氓、恶棍、流氓……蓝娜怎么骂也不解恨，骂过了不由独自冷笑起来。你他妈的也太小瞧姑奶奶了，以为得了手我就会乖乖地就范，我要让你付出代价。蓝娜穿戴整齐准备出门，她觉得自己必须该行动起来了。在出门时蓝娜拉开了抽屉，见抽屉里有不少钱，好几万。蓝娜将钱一扫而光塞进了随身所带的包里，一边装着钱一边咒骂，狗娘养的太便宜你了，难道这几万块钱就把我打发了。蓝娜骂着不由停下了手，然后又把钱掏了出来。蓝娜觉得这是宋总的一个圈套。有意出去给我留出时间，让我拿了钱走人。蓝娜冷笑了一下一个计划在心中萌生。蓝娜在电脑上也给宋总留了言：

老宋：

我有事出去一下，等我回来吃晚饭，咱们好好谈谈。

娜娜

蓝娜在电脑上敲出"娜娜"两个字时，止不住心中又一阵恶心。可是，蓝娜还是忍住了。蓝娜知道必须稳住宋总，然后才能给他致命一击。

蓝娜和宋总的正面交锋是在晚上。当蓝娜急匆匆从外面回来时，发现房门没关，宋总正坐在电脑旁，一手敲着键盘，一手端着红酒,有滋有味地在为蓝娜的留言修饰花边。蓝娜走进房间看到宋总得意洋洋的样子,脸上便凝固了一种冷笑。

宋总见蓝娜进来了,微笑着像迎接下班而归的家里人。宋总说:"这么晚才回来,也不打个电话,让人担心。"

蓝娜说:"担心我干什么?难道还有比与狼共舞更危险的吗?"

宋总有些无耻地笑笑,说:"你这是在表扬我吧!说我是色狼。我就愿意人家夸我是色狼,总比说我是太监好。"

蓝娜坐下来为自己倒了杯水,说:"无论是什么狼都不能放到大街上去害人,要么关进动物园,要不就放回大自然,发配荒野。"

"好呀!"宋总一口喝干了杯中的酒,说,"只要能和你在一起,被你管着,无论是关进动物园还是发配荒野我都干。"

蓝娜说:"你放心吧,你这匹狼会由国家派专人管。"

宋总有些不耐烦地说:"好啦,好啦,什么狼不狼的,咱们吃饭去,你跑了一天到哪去了?"

蓝娜鄙视地望望宋总说:"你还有机会在外头吃一顿饭,剩下的饭到牢房吃吧。"

宋总愣了一下,定定地望着蓝娜问:"你说这话是什么意思?"

蓝娜冷酷地说:"什么意思你还不明白,一个强奸犯难道能逍遥法外?"

"强奸?"宋总笑笑,"你说我强奸。笑话,你只是一个舞小姐,大不了告我嫖妓。"

蓝娜说:"你太高看自己了,想有幸成为一个嫖客,没门儿。你是一个强奸犯。"

宋总阴沉沉地说:"你说我强奸有什么证据,我使用暴力了吗?你身上有伤痕吗?谁来证明。你的好友刘唱会为你作证吗?

337

上了法庭我也不怕，大不了说我没付够嫖资。嘻嘻，你是学法律的，我们之间只能是合同纠纷。"

蓝娜说："我不需要让任何人证明，我已有了足够的证据。"蓝娜说着从包里拿出了几张单据递给了宋总，"这是医院为我出具的证明，一张是我的尿样化验单，这可以证明你在香槟酒里放进了迷药；另一张是在我阴道里提取的精液验证书，到时候法医会从你身上再提取一点点进行认证的。这些证据你觉得够不够？"

宋总看了看两张单据，愤怒地揉成一团扔出了窗外。

蓝娜说："你这样能毁灭证据吗？那都是复印件。原件和报案材料一起封好交给了我的同学，如果在明中午三点钟见不到我，就会送到公安局。"

宋总有些气急败坏地说："你别吓唬我了，强奸是伴随暴力进行的，我对你没有使用任何暴力，你告不了我强奸。再说，都过了一天多了，你想告我强奸也晚了。"

"还不到二十四小时呢！所以还不存在诉讼时效问题。这一天的时间我可没浪费。我去医院搜集证据去了。"蓝娜又笑笑说，"看不出宋总真是博学多才呀，连法律也懂。既然懂法律你还记得《刑法》第二百三十六条吗？"蓝娜清了清嗓子喝口水道："《中华人民共和国刑法》第二百三十六条：以暴力、胁迫或者其他手段强奸妇女的，处三年以上十年以下有期徒刑。"蓝娜背完了又笑笑，说，"你只记得以'暴力'和'胁迫'手段奸污妇女构成强奸罪，别忘了还有一个'其他手段'。你用迷药把我迷倒就属于这'其他手段'的范围。"

宋总半天没吭声，过了一会儿冲蓝娜和蔼地笑笑，说："别开玩笑了，你要是真想告我强奸也不会在这和我废话了。说吧，让我怎么补偿你？"

蓝娜拿出了一个信用卡，说："在明天下午三点前你往我卡里打进一百万，超过三点我就报案。"

"哇噻……你要的太多了吧，又不是处女，你那是金B还是银B值这么多钱？"

"如果让我自愿卖，你多少钱也买不去。这一百万买的不是我的身体，是你的自由。一百万买十年的自由，我想你还是划算的。"

宋总这时虚汗都下来了，他没想到眼前的女孩这么厉害。蓝娜自始至终都微笑着和宋总说话，这种微笑最后将宋总打垮了，这种微笑后来成了宋总的噩梦，宋总痛苦地理解了笑里藏刀的内涵。

第二天宋总曾找过他的律师也就是我们的老板。老板大吃一惊。老板气急败坏地对宋总吼："你也太过分了，连我的师妹都敢上，她还是我学生的女朋友！"

宋总反唇相讥："我上你的师妹有什么了不起，你还不是上了我的外甥女。"

老板脸一下红了，说："我不知道梦欣是你的外甥女。"

宋总说："我也不知道蓝娜是你的师妹呀！"

老板便不吭声了。

宋总说："怎么办？这事恐怕要你出面了。"

老板说："这事我也无能为力，我不但不能出面，而且你千万别告诉她我知道了。女孩子都要个面子，如果她知道你告诉了我，她一急真会到公安局报案的。她现在不报案要你一笔钱，也是怕这事闹出去无脸见人。"然后老板摇摇头说，"这孩子考虑得太周到了，现在的年轻人比我们当年可有头脑多了。"

宋总说："那我只有给她一百万了？"

老板说："一百万你又不是拿不出来，破财免灾吧。"

"他妈的，"宋总骂，"没想到我在阴沟里翻船，被小家雀啄了眼。"

老板说:"这要看你怎么想,古人为得美人一笑连城池都可以不顾;老外也有不爱江山爱美人的佳话。你花一百万得一夜风流算是值了。"

宋总无言以对。不过,宋总无论如何也咽不下这口气。后来宋总向公安局举报蓝娜和刘唱跳脱衣舞。蓝娜和刘唱被公安局拘留了。宋总算是报了一箭之仇。

不过,让人费解的是蓝娜得到了宋总的一百万后还去跳了一段时间的舞。按理说那一百万足够蓝娜出国用了。

48

　　我们在宿舍聊起蓝娜这件事时,都无法想象蓝其文教授是如何把蓝娜从公安局领回家的。他当时的心情应该是用语言无法形容的。

　　蓝其文教授在公安局一句话都没说,办完手续领着蓝娜转身就走。警察问那位叫刘唱的怎么办?蓝教授说我不认识她,你们爱咋办就咋办。蓝教授把仇恨都记在刘唱身上了,他认为是刘唱将女儿带坏的。

　　警察又问蓝娜刘唱怎么办?蓝娜说我也不认识她。蓝娜一直怀疑刘唱被宋总收买,两个人合谋害了她。事后,蓝娜曾问过刘唱,那天晚上吃过饭到哪去了?刘唱回答说,吃过饭什么都不知道了,第二天醒来发现自己躺在家里的床上。蓝娜认为刘唱在撒谎,如果刘唱也被迷药迷倒,送她的人怎么知道她住处的,刘唱租的小平房宋总不可能知道在哪里。只有一个可能,刘唱事先知道了香槟里有迷药,喝了假酒。蓝娜联想到提出喝香槟的也是刘唱,而且宋总事后曾表露刘唱不会作证……这一系列的疑点使蓝娜认定刘唱是害自己的同谋。不过,蓝娜却再没有提那天的事,蓝娜甚至没有停止和刘唱继续跳舞,她在寻找报复刘唱的时机。在后来的合作中,两人几乎都不是为了钱了。可是两人谁也不主动提出结束表演,一直到被公安局拘留。

　　蓝娜的报复和蓝教授的仇恨彻底毁灭了刘唱。刘唱后来被公安局遣送原籍了。据说，刘唱吃了不少苦，在拘留期间刘唱取出了所有的钱，以为能买自己一个自由，结果这些钱被公安局以非法所得之名全部没收了。刘唱在遣送原籍之前先被弄到沙河筛了几个月的沙子，在筛沙子期间被流氓多次欺负。刘唱被送回原籍后身心健康受到了极大伤害，当她从原籍回来，再一次出现在我们校园四周时，她基本上成了一个废人。她会整天背着一个马桶包，在各个酒吧的门前徘徊。嘴里念念有词的：

"少见，少见，少见，全是错，全是错，啊，使人笑话，使人笑话。"

酒吧的老板基本不让她进门。挥着手嘴里一连串说出好多个"去"来。有些认识刘唱的客人会哼着刘唱过去的歌：

不想再问你，你到底在何方
不想再思量，你能否归来么
想着你的心，想着你的脸
想捧在胸口，能不放就不放
One night in BeiJing
我留下多少情
One night in BeiJing
我留下多少爱
不敢在午夜问路，怕触动了伤心的人
不敢在午夜问路，怕走到了地安门
不说地安门里面，有位老妇人
犹在痴痴等那出行的归人……

刘唱听着这首歌像是想起了什么，又好像更糊涂。她会跟着唱两句，但已经唱不全，唱着唱着也就只有那一句了：

"想捧在胸口能不放就不放，想捧在胸口能不放就不放，想……"

有时候我们会看到刘唱在校园内游荡,她时常会目中无人地匆匆穿过校园,也不知她在忙什么。听张岩说,他上自习的时候曾在教室碰到过刘唱,不过刘唱已不认识他了。她拿着一本英语书焦急地从头翻到尾,从尾翻到头。张岩问她:"你还认识我吗?"

刘唱望望张岩说:"对不起先生,你认错人了。"

……

蓝教授把女儿接回家后,三天没和女儿说话,也三天没有起床。蓝娜却像没事似的该吃吃该喝喝该看电视看电视。三天里都是蓝娜将饭端到蓝教授床头的。蓝娜时不时还劝蓝教授两句,说女儿没干什么见不得人的事,只不过被公安局叫去问了问话。蓝教授听了蓝娜的话连杀女儿的心都有了。蓝教授无论如何也想不通现代的年轻人价值观、人生观咋就和过去的那么不同。连一点羞耻感都没有了。

三天里,蓝教授并没有想着怎样惩罚女儿,思考的是如何面对学校的老师和同学,如何挽回自己的脸面。在第四天的早晨,蓝教授一个鲤鱼打挺坐了起来。蓝教授像一位作家获得灵感那样起身便奔向了写字台,拿起笔来奋笔疾书。

蓝教授写的是一份辞职报告。报告中着重谈了女儿蓝娜在跳舞时被一伙流氓困在歌厅,强逼跳脱衣舞的经过。蓝教授在报告中称,女儿开始临危不惧,坚决不从,随后惨遭毒打。后来女儿百般无奈,只有忍辱偷生,满足了那伙流氓的要求。那伙流氓后来东窗事发,在公安局的审讯中交待了看蓝娜跳脱衣舞一节,为此女儿才被公安局请去录口供。如今,女儿回家后,神色恍惚,茶饭不思,足不出户,无颜见人。本人虽劝过多回却无济于事,眼见女儿日渐消瘦,老夫心急如焚。近来本人见女儿神色更为不对,目光冷漠吓人,时常立足十六楼阳台之上。老夫已失去老伴,女儿是我唯一之亲人,我不敢大意,时刻不离女儿左右,唯

343

恐意外。今晨我见女儿桌上，有译诗一首，抄录如下：

> 我去了
>
> 我会是孑然一身
>
> 没有家园
>
> 没有绿树
>
> 没有白色的水井
>
> 没有深蓝的苍穹
>
> 而那留下的小鸟依然在啼鸣
>
> ——西门尼斯（西班牙）
>
> 蓝娜译

"我去了"，到何处去呢？而且是"孑然一身"。那里"没有家园，没有绿树，没有白色的水井，没有深蓝的苍穹……"毫无疑问那是一个另类世界。没有亲情，没有生命，漆黑一片，苍茫无边……那分明是地狱。可是，我去了又怎么样呢！一切都不会因我去了而停止运转，甚至连小鸟都不会停止歌唱。我去了，人间世界不会产生任何波动，不会留下任何痕迹。可是，即使如此我还要孑然而去。绝望、悲哀、无奈、失望、伤感，各种情感交织在一起，沉重得让人窒息。

最后，蓝教授写道：知女者莫过于父。女儿这是要"杀生成仁，舍身取义"……云云。

这份报告我们都看到了。院长接到蓝教授的辞职报告后也许一下就读懂了其中之含义。院长将辞职报告复印下发，并在公开场合表示对蓝娜的同情，对蓝教授的慰问，并表态说，蓝先生不必辞职，可以先请假两个月，在家中安慰女儿。

我们看了蓝教授的辞职报告后，觉得那首诗不像是蓝娜所译，对诗的分析也不像出自蓝教授之手。因为我们知道蓝娜的外语水平是译不出诗来的，而蓝教授是研究诉讼法的，怎么突然对诗也分析得这么头头是道。后来我们分析蓝教授肯定是在哪个杂志上抄录的。

为了表示对蓝娜的慰问，我们曾打过电话给蓝娜。在电话中我们没听出蓝娜有任何要自杀的意思。

蓝娜在电话中说："我在家闷死了，老爸不让出门，给我从书橱里翻出了几十年的藏书。有什么《女儿经》《道德经》《论语》之类的，我翻翻头都大了。好在我还可以给李雨发发电子邮件。"

我们问："你的事告诉师弟了吗？"

蓝娜说："告诉了，我让他放心，我没干对不起他的事。谢谢你们打电话来，放心吧，弟媳妇做人是有原则的。"

打完电话我们几个互相笑笑，王莞吁了口气说："我们还有机会看蓝娜跳舞。"

49

我们有一阵子没见到姚旋了。大家都有点为师哥着急。每逢谈到这个问题。雷文便面露冷笑。这一点我们几个都批评过他。说你雷文没必要这样,看人家笑话也不是这样看的。雷文很无辜的样子,说,我只不过笑了笑,连句话都没说,你们都说我看笑话,下次我哭好了。

老孟说,你这是猫哭耗子假慈悲。雷文说,你看你老孟,啥时候把自己比着耗子了。你可是个大灰狼呀!

雷文此话一出连老孟也笑了。师弟张岩说,雷文你是说我们师哥是一个大色狼吧!大家又笑。老孟笑得极为开朗,他好久没有这样开怀大笑了。男人嘛,被大家誉为大色狼是一种十分荣幸的事,否则说你是太监你试试。

姚旋一直没来,不过姚旋的信却不断地来,基本上两天一封,一周三封的样子。用的信笺就是那种粉红色的,还有香味。我们都说,老孟你真是艳福不浅呀,现在谁还写情书呀,很古典的。老孟说,那师弟李雨的女朋友不是整天让人送信吗,还叠成小鸟。

这样,如果老孟再接到信,把那粉红的信笺在灯下抖着说姚旋下周要来,雷文就不敢笑也不敢吭声了,他怕老孟说他看笑话。

这天中午,老孟收到了姚旋的来信,他习惯性地又说了句姚旋下周要来。当时宿舍里只有雷文一个人。雷文正看他那本《经济与快乐》的书。雷文看着看着便嘿的一声笑了。

这是雷文的老毛病了,无论在什么场合他总是要旁若无人地发出一些声音。比方他会在饭厅里愤怒地放屁,在阅览室焦急地擤鼻涕什么的。这些毛病基本上没给雷文人生带来什么损害,对生活也没产生影响。可是,这次雷文看着书轻轻一笑却给他带来了意想不到的后果。雷文的笑刚好和老孟的话重叠。本来这两个不搭界的事却神秘地链接在了一起。这使老孟误以为雷文又在嘲笑自己。老孟悻悻地将信塞进衣袋,长长地吁了口气,很郁闷地出了门。

老孟来到了我们宿舍,说雷文那厮又嘲笑我了。我们几个正忙自己手中的事,对老孟的老生常谈失去了兴趣。师兄王莞说,姚旋不来算了,她不来你可以去呀!反正你有她的钥匙。你突然出现在她面前给他一个惊喜,同时也检查一下她正忙什么。

王莞的话一下提醒了老孟,老孟有些激动地搓了搓手说,就是,我为什么不去呢!她既然给了我钥匙就是允许我随时去的,就像回自己家一样。

老孟兴冲冲找姚旋去了。在姚旋住的小区下了车,老孟顺便到花店买了一束鲜花。这对老孟来说也是绝无仅有的,要是以往老孟肯定买水果之类的,吃进肚子里才是真的。

老孟手捧鲜花走在傍晚的斜阳里。那时候太阳快落山了,斜阳将老孟的影子拉得很长很长。姚旋这个时候应当下班了,老孟想。万一有应酬之类的,我进去把花插上就走,等她回来了突然见一束鲜花开放在床头,肯定也会十分惊喜的。老孟想,或者把花瓣撒满一床……如果是这样她就不仅仅是惊喜了,肯定还会惊叹。大家都说我是老博士,傻博士,如果老博士愿意再浪漫一回,浪漫的也是博士水平。

老孟走在小区里,引得几个带孩子的保姆观望。老孟有些不好意思，望着自己长长的影子急走。老孟又有些后悔自己买这束鲜花了，显得极为矫情。都三十八岁的老男人了，还和十八岁的小男孩学。

老孟急匆匆进了姚旋的那一个单元，然后吁了口气上二楼。在二楼门前老孟不由又捋了捋头发，整理了一下衣领。本来老孟举手要敲门的，想了想又把举起的手放下了。老孟拿出了钥匙。

老孟打开门走了进去。老孟向厨房里望望，没有人烟。果然没回来，老孟叹了口气，不知是失望还是解脱。老孟提着的心又放下了。老孟走向卧室。老孟推开门顺手把灯就打开了。随着蓦然的亮光，姚旋"啊"的一声从床上坐了起来。

谁？姚旋惊恐地道。

老孟手捧鲜花转过身来微笑着答：我！

可是，当老孟转过身来的时候，他像被谁点了穴定在那里。老孟看到姚旋和小苏正忙着穿衣服，床上一派忙乱。老孟似乎听到自己体内"铮"的一声，有什么崩断了。

老孟冷笑着看看两人，一句话都没说，转身出了卧室。老孟走出了单元楼，一手捧着鲜花，一手拿着钥匙，在小区里乱转，像一个找不到家的人。

老孟走出小区之时，太阳已经下山。老孟已看不到了自己的影子。老孟想起小时候奶奶曾说，人都有影，如果看不见自己的影，就是掉魂了。老孟失魂落魄地走出了小区，刚好被一辆停在小区门前的 TAXT 接住了。师傅望望老孟喊："去哪呀，上车吧。"

老孟上了 TAXT，师傅又问去哪儿呀？

老孟说："随便。"

"随便？"师傅愣了一下，望望老孟轻轻将车滑了出去。师傅把车开上街之前又问，"你去哪儿呀？"

老孟不耐烦地从身上掏出一叠钱拍在计价器上，说："别问我去哪,我说随便就随便。"老孟一手搂着鲜花,一手握着钥匙,静静地靠在那里,微闭双眼,任凭师傅把车开到任何一个地方。

师傅望望身边的男人,判断肯定是一个失恋者。反正不是歹徒,歹徒哪有捧着鲜花的。只要不是歹徒师傅就不怕了,师傅开着车上了三环。师傅的车速不快,就像遛弯一样。师傅在三环遛了两圈,看看计价器又看看那叠钱,知道绰绰有余,然后又上了四环。

师傅在四环遛了一圈后已是十二点了。师傅看看表,又看看计价器,觉得今晚可以下班了,这才喊老孟。说我要下班了,你在哪儿下车?

老孟让师傅把车开到了学校的门口。

师傅收了钱,把剩下的塞给老孟,说:"小伙子看开点,天涯何处无芳草。"

老孟没听师傅啰嗦,下了车在校园里乱窜。老孟后来到了湖边,他奋力将鲜花和钥匙扔进了湖里,然后很粗鲁地骂了一句:

我日他娘。

50

老孟回到宿舍已经凌晨一点了。

老孟回到宿舍时雷文睡得正香。可是老孟却睡不着。老孟也没睡,和衣歪在床上也没抽烟也没喝酒。老孟想起了姚旋写给他的信。老孟把姚旋的所有来信都捣腾了出来,这其中还有几张姚旋的玉照。老孟把姚旋用图钉钉死在墙上,他看到图钉穿心而过像一枚明亮的扣子。钉死在墙上的姚旋还在冲他微笑。老孟冲姚旋的照片呸了一下。

这时,雷文突然说话了。

姚旋下周要来……嘿嘿,姚旋下周要来。

老孟跳起来冲到雷文床边,见雷文正甜美地睡。雷文睡着了还不放过老孟,一脸的坏笑。老孟盯着雷文那白皙而又泛着红晕的脸,觉得这张脸是他一生中见到的最可恶、最丑陋的脸。这张年轻的脸给自己太多的压力和重负。老孟望着这张脸,不得不承认雷文的年轻。年轻的雷文虽然现在没有自己值钱,但雷文迟早会值钱起来的,谁都会从年轻到年老。关键是雷文现在的生命效用价值比自己高,所以很多招聘单位都把年龄限定在三十五岁以下。

这时,雷文甜甜地咂了一下嘴,像是正品味老孟的痛苦。长期以来雷文一直把老孟的苦涩当成自己的甜点来品尝。老孟想起了和雷文在论争时所总结出的那套理论。

要消灭一个人的行为,首先要消灭他的理论;要消灭一个人的思想,就要消灭他的肉体。

老孟是唯物主义者,老孟认为无论年轻也罢,年老也罢,生命消失了什么就消失了。无论是痛苦也好,幸福也好,没有了肉体,一切无从感受。你雷文比我年轻,生命的效用价值比我高,可是消灭了你的肉体,什么价值都没有了。用我生命的低效用价值换取你生命的高效用价值,我也是合算的。

老孟得意地笑了,他觉得自己最终还是战胜了雷文。你雷文再聪明也万万想不到我会用生命的低效用价值换取你生命的高效用价值吧!你是经济学博士,数学学得好,如果我们一命换一命,你算算我们谁划算!

这时,雷文又翻了个身,仿佛要醒过来的样子。这让老孟十分吃惊。如果雷文醒来了,自己可能就没有机会进行这次生命的交换了。到了明天太阳出来的时候,雷文会笑嘻嘻地问姚旋怎么样啦?老孟觉得那时候自己无法回答。老孟不但无法面对雷文,也无法面对所有的同学。

老孟焦急地在宿舍里转了一圈。老孟觉得奇怪,宿舍里居然没有一件能一举致人死命的东西,从而完成自己和雷文生命效用的置换。最后,老孟将目光落在了那部笨重的旧电视机上。老孟迫不及待地冲到电视机旁,将电视机抱了起来。老孟抱着电视机走到雷文身边,将电视机费力地举到头顶,然后向雷文的头部砸去……

老孟将雷文的生命拿到手中之后,他砸开了雷文抽屉,自由地翻看着雷文的东西。抽屉里摆放着雷文的日记和十来本杂志,那杂志上有雷文发表的论文。老孟翻了翻杂志觉得哪个地方不对头,老孟和雷文都曾认为,要消灭一个人的行为,首先要消灭他的理论;要消灭一个人的思想,就要消灭他的肉体。肉体不存在了他就没办法和你论争了。这也是两个人达成的唯一共识。可是，消灭了一个人的肉体他的思想成果还在呀，这些精神产品还将影响后人，这样他就可能活在人们心中。老孟感到事情有些严重，雷文的成果比自己多，就是两个人生命置换了同时消灭了，雷文对后世的影响也比自己大。老孟觉得有些后悔，这生命的置换是不是太匆忙了。可是一切都晚了，老孟能做的只有去烧毁雷文已发表的论文和没有发表的日记了。由于在剥夺雷文的生命之时，已吵醒了隔壁的同学。当老孟点火烧杂志和日记时有同学已开始敲门。老孟听到敲门声有点忙乱，拿不准开不开门。这时敲门声变成了擂门声，并伴随喊声。

"老孟，老孟，雷文，雷文……开门，开门。"

喊声惊动了整个楼道的同学，有同学开始撞门。在门被撞开的一瞬间，老孟奔向了阳台，在同学们的惊呼中纵身跳下了楼。

老孟带着遗憾完成了和雷文生命的置换。

在我们后来整理老孟的遗物中，传阅了姚旋写给老孟的部分信件。在信中老孟和姚旋好像在论争一件事。姚旋在信中一直要求老孟把本科文凭寄去，借她用用。姚旋认为比着老孟的真文凭为小苏制造一个假文凭是完全可行的。那样即使电脑核查也不怕。实在不行就让小苏改名叫孟朝阳。这个世界上重名的人很多。

我们看了信互相望望，不由冷笑了。小苏的名字还没改为孟朝阳呢，却已顶替孟朝阳和姚旋干那事了。从姚旋的信中可以看出，老孟一直反对她为小苏制造假文凭。姚旋却一直给老孟施加压力。并且在信的末尾总是说，如果你同意，我下周就来。

所以，老孟在读完姚旋的来信时总是说，姚旋下周要来。

事发后姚旋的相片一直挂在老孟的床头，连刑警在勘察现场时都没注意。姚旋一脸的微笑，貌美如花，美丽如画。扫过一眼，完全以为是电影明星的招贴画。在照片的背后有一行小字：

赠给我亲爱的朝阳，永远爱你的姚旋。

后来我问师兄王莞，这些信件和照片如何处理。王莞说，这是师哥的私人东西，师哥走了应当物归原主，都还给姚旋吧。王莞又说，我已和她联系上了，姚旋下周要来。

对于老孟的死老板表达了足够的痛心。办完老孟的丧事后，老板给老孟年迈的母亲一笔钱，让她安度晚年。老孟母亲接着钱一下跪在老板的面前，我们几个在一边潸然泪下。后来我们背着师妹每人又拿出了一个月的工资给老孟母亲。由于师妹和雷文特殊的关系，我们不得不照顾师妹的感受。

可是，这件事还是被甄珠师妹知道了。师妹在一天下午开始为雷文的母亲募捐。当时正是同学们饭后在校园内散步的时候。我们几个在广告栏前胡乱浏览广告，我们突然发现师妹站在广告栏边，面无表情地注视着来往的学生。在师妹的面前放了一个小黑板，小黑板上贴了一个募捐的告示，募捐的箱子就放在小黑板的面前。师妹双手捧着小黑板一脸的忧愤。不少同学正围观着，看那募捐的告示。

募　　捐

　　我是一个不幸的女人，我的男朋友雷文博士被我的师哥孟朝阳博士杀害了。如今杀人者和被杀者都去了另外一个世界。现在雷文博士的母亲和孟朝阳博士的母亲都来到了学校，我的师兄们正背着我为孟朝阳博士的母亲捐钱，他们却忘记了真正受害者雷文博士的母亲。雷文博士的母亲失去了儿子也就意味着失去了唯一的亲人，她成了一个孤苦伶仃的老人。

　　同学们，伸出你的双手援助一下这无依无靠的母亲吧！在这里我替她老人家给你跪下了。

看了告示的同学开始向募捐箱内投钱。有两位女生主动上前帮忙，一个抱起了募捐箱，一个挽住了师妹的胳臂。这时我们看到师妹泪流满脸。

　　我们几个站在那里不知如何是好，最后我们一起向募捐箱走去。

　　师妹也许看到了我们，也许根本没有看到，她面无表情地望着同学们向募捐箱内投钱，泪水无声无息地流。

51

老板和师娘的冷战进行了一个多月，在这一个多月里双方都保持了足够的耐心。师娘没有问那天的事，老板也没有做过多的解释。两个人就像什么事都没发生一样。只是这种平静却孕育着风暴的到来。正所谓静水深流。

冷战中老板曾在有月的夜晚独自在湖边吹箫，有同学听见后曾试图接近那箫声，不过没有成功，那箫声飘忽不定，忽东忽西像在梦里。在箫声中正恋爱的同学便悄悄地撤离了后湖，那箫声伴着冷风有一种鬼气，让人害怕。那可能是老板一生中最后一次吹箫。

一个月后两人被冷战折磨得筋疲力尽，问题迟早是要解决的。这天，老板愁眉苦脸又找到了院长。院长说："我还以为你已经解决了呢，看你整天像没事似的。"

"拉倒吧，这种日子我一天都不想过了。"

院长说："那好吧，我去劝劝师妹。"

院长来到老板家，见大门正敞开着，师娘赵茹影面门而坐，泪流满面。门楣和窗棂之上挂满了录音带的磁条儿，那褐色的细条正随风飘荡，在阳光下茕茕发光，间或发出 之声，仿佛正向人们诉说着一个让人忧伤的故事。这时，阳光从窗口射进，爬满赵茹影的头发。赵茹影黑色的头发变得光明，明媚的面孔显得黯然。老板望着师娘不知所措，散乱的目光在师娘的逼视之下零落一地。

老板长长地叹了口气,老板此刻也只有叹气的分了。一种莫名的轻松使老板产生了腾云驾雾的感觉。老板觉得一切终于都来临了,一了百了。老板随院长穿过那用磁带条挂起的门帘,走进屋里。

院长说:"师妹,一个人在家呀。"

赵茹影抬起头冷笑了一下,说:"我不一个人在家难道还找个男人回来。"

院长笑笑说:"师妹越来越幽默了。"

师娘冷笑了一下说:"你终于来了,我知道你迟早要来的。"

"哇,师妹先知先觉呀。"院长望了望飘扬的磁带说,"还是师妹浪漫,人家欢迎仪式都用彩带,师妹用磁带。磁带好录音呀。"

"师兄,你少来这一套。"师娘说,"这磁带上记录的都是邵某人当年为我吹奏的箫声和甜言蜜语的诗句,我今天把它曝光,晒晒太阳。没想到这些东西是见不了光的,太阳底下一看全是骗人的鬼调。"

院长说:"不要这样嘛,这些东西都是有纪念意义的。损坏了就可惜了。"

"可惜个屁,我们同学多年,我还不知道你们,这些东西对你们来说什么都不是。好吧,既然你来了,那就让你邵师弟把话说清楚,让我死也死个明白。"

"是是,让邵师弟做检查。"

"什么检查不检查的,我只想知道那个女人是谁?"

"谁也不是……"老板回答。

"你不想说算了,咱们只有一条路了。"

"什么路?"

"离婚。"

老板有些急了，望望院长。

院长说："邵师弟，你就彻底向师妹交待了吧。"

老板知道交待是肯定要交待的，关键是怎么交待，把谁交待出来。董小令是万万不能交待的，人家还小，又是一位不谙世事的女孩子，交待出来后让她怎么面对赵茹影。老板知道仅有交待是不够的，赵茹影肯定是要见人的。于是，老板想起了梦欣，老板虽然没和梦欣在B城约会，但和梦欣毕竟有暧昧关系。再说梦欣不是一直对自己的家庭虎视眈眈嘛，让她们见个面，不但对老婆有一个交待，同时也挫挫梦欣的锐气，让梦欣别再做这个梦。再说梦欣也是一个漂亮女人，拿梦欣向老婆交差无论对自己抑或对老婆面子上都过得去。

老板说："她叫梦欣。"

"干什么的？"

"我律师所的。"

老板的回答让院长不解。师娘也不解，师娘说："自己律师所的跑到B城约会，你骗谁呢？"

"不是怕你发现了嘛。"老板厚颜无耻地说。老板话音未落，院长和师娘便乐了。老板刚想跟着乐，师娘突然暴跳如雷。师娘与其说是对老板发火不如说是对自己发火，师娘觉得自己真没出息，在这个节骨眼上居然笑了，这不是让敌人看笑话嘛。师娘觉得这样就过去了也太便宜敌人了。便说："这个人能让我见识见识嘛，我常听你挂在嘴上。"

"这……"

"告诉你，如果不让我见，我们的婚姻一点都没救了。"

"是不是见了她，我们还有希望？"老板油腔滑调地说。

"见了再说。"师娘回答。

"那好，我打电话叫她来。"

"我不允许她到我家，嫌脏。"师娘说。

"那好，我约她在草坪见。"

校园内的那块大草坪，空旷葱郁，散步的人远远地对望着。阳光被四周的高树分割成一条条的风筝飘带，落在草坪上把绿地涂上一道道的金色。漂亮的女生三三两两地在草坪上走来走去。成双的情侣坐在草坪上看书，很刻苦的样子。老板望着走动的学生觉得真美好，于是便有了一声优美的叹气。

梦欣已在草坪上散步。在草坪那头，梦欣丰姿绰约地走来，丰满的胸部裹在一件无袖的红色胸衣内，一对丰乳颤颤悠悠，抖动着跳跃着，不耐烦不听话跃跃欲试地向外冲撞。那是一对从乳罩的束缚中解放出来的具有灵性的活物。大腿和臀部被牛仔裤包裹得紧紧绷绷，丰硕而又具有激情，饱满而又富有弹性。小腹下微微隆起的部分性感而又迷人，如一朵呼之欲出的菊花。漂亮的脸蛋微仰着，一双杏仁美目左右顾盼，流光溢彩。

当时的太阳已经西斜，古典教学楼的尖顶挡住了太阳的光芒，在草地上投下一个巨大的阴影，有小风阴晦而起。老板远远地望着梦欣在草地上无所事事地走，身上糊满了人们残存的目光。那些红的、黄的、白的不洁目光像眼眵涂在梦欣身上让老板不忍目睹，而梦欣却浑然不知，将身体舒展开来在草坪上招摇。

当老板将一道崭新如霞的目光射向梦欣时，梦欣不由浑身一颤。她望着老板走近自己定定地立在那里。老板十分狼狈的样子，失魂落魄地走，走路的姿态显得忸怩。老板像一个落魄的商人显得邋遢而无生气。他远远地向梦欣眨着眼，那过多的眼语让梦欣不知所措。梦欣虽然无法回答老板的眼语，却用一种很灿烂的微笑迎接着老板。这时，梦欣发现老板的身后有一个女人，那女人紧跟着老板几乎瞄着前者的脚印走。站在梦欣的角度看他们正在一条直线上，就像两个重叠在一起的人。梦欣的脸一下黯淡了下来，梦欣非常准确地判断出那是老板的老婆。否则两个人不会如此和谐地走，连失魂落魄的样子都很合拍。梦欣隐约感到了一种潜在的危机，她决定离开草地。

"梦欣！"

老板喊了一声。

梦欣只有立在那里等老板走近。在等待老板走近的过程中，梦欣努力地定了一下神，然后换了一张面孔说话。

"嗨！邵老师，找我有事吗？"

梦欣脸上挂着只有同事间才有的那种十分正经十分坦荡十分友好的微笑。

"没什么事，不过……"老板回头望望说，"这是我爱人。"

"噢！你好。"

梦欣显得很激动地伸出了手。

老板的爱人赵茹影却将手抱在胸前，立在梦欣面前，冷冷的脸上透着一种静止的笑，嘴角如钩。

梦欣将手悬在半空，无处可放。那僵硬的手显得多余，梦欣无可奈何地将手就悬在那里，不动。老板发现梦欣的动作有些像橱窗里的时装模特儿十分滑稽，老板有趣地笑了。老板的笑引来了爱人赵茹影的严厉目光和梦欣的愤怒目光。这两种目光交织在一起将老板束缚在那里，就像被武林高手点了穴位一样。

院长十分同情老板的遭遇，却无能为力。面对僵持在那里的三个人，院长进退两难。院长的脑海里混乱不堪，就像一个银幕上正放着三部不同的电影，那画面交织在一起，图像混乱，人物重叠。

梦欣属于大家闺秀，她多情任性，热情奔放，激情澎湃。她靓丽、丰腴、性感。无论是不是属于她的，只要她喜欢她都要去追求。她希望世界上所有的男人都爱她，而她却将那些求爱者玩弄在股掌之中。爱情因她而显得活泼动人，要爱就轰轰烈烈，死去活来。

赵茹影出生书香门第。她举止优雅，性格沉静，美丽聪慧，情感专一。她为爱情而活着，她不但要品味爱的甜蜜，还要回味爱的酸痛。如果失恋她会沉浸在一种痛苦中不能自拔，也只有失恋才显示出她的美丽和楚楚动人。她怕失恋，可如果没有失恋的痛苦，她又觉得生活单调，无滋无味。她敏感、痴情、多疑、伤春悲秋，有很多无缘无故的爱和莫名其妙的恨。

这两种女人老板都喜欢，可是，对于这两种女人来说又是不可能的。

院长知道老板同时面对她们会显得无能为力。邵师弟是一个多情善感的人，他不会对不起任何一位自己喜欢过的女人，即便这个女人曾经伤害过他。院长无法相信眼前的一切就是现实生活中发生的。院长觉得有一种不真实感，就像三流影视剧中安排的情节。

沉默让人窒息，院长鼓足勇气先开了口。院长对梦欣说："事情邵老师都给老婆说了。"

"什么事？"梦欣不知所云。

"别装蒜，敢作敢为嘛！"赵茹影鄙视地道。

"我不明白你们说的是什么？"梦欣说着顺便把她那悬在空中的手抬起来迅速理了下头发。收回了悬空之手后，梦欣显得轻松多了，有些神秘兮兮幸灾乐祸地瞄了老板一眼。

"哼！还在抛媚眼，真是不要脸，勾引了人家老公连一点羞耻心都没有！"赵茹影有些愤怒地道。

梦欣的脸一下变得通红，院长见她杏仁眼一瞪，说："自己老公有外遇，难道自己就没责任？"梦欣说这话也就等于承认了和老板有一腿。

"是，我瞎了眼，找了一个这样的老公。可是苍蝇不叮无缝的蛋。"赵茹影有了哭腔。

院长知道女人一吵起架来什么都会不顾，院长怕她们的争吵引起草坪上散步的人的注意。院长连连摆手说："别吵，你们说这些有什么意思。"院长对赵茹影说，"你不是说见一下就算了嘛。"

"是呀！我就是要见识一下勾引我老公的坏女人，我还以为是什么天仙呢。原来不过是一个坐台小姐。"

"你！"赵茹影的话让梦欣吃不消。梦欣的眼里开始有了泪水。她气急败坏地说："我是坐台小姐，你是良家妇女。你老公就是不喜欢你这个良家妇女，要不怎么会偷偷和我好呢。"

"不要脸，你以为会真和你好？"赵茹影说着转身瞪了一眼老板，说，"今天当着我们的面你说到底要谁？"

"这……"老板不知如何回答，不由望了一眼梦欣。老板见梦欣也含泪注视着自己，目光是那样无助和可怜，像一个溺水的孩子。老板连忙低下了头，恨不能找一个老鼠洞钻进去。

"你说话呀。"赵茹影道。老板欲言又止，再一次低下了头。

"好，很好！"赵茹影说，"你不说话本身就表达了你的意思，那我走。"赵茹影说着转过身去。

"别，别走……呀你！"老板连忙叫住赵茹影，"你别走，我说。"

赵茹影站住说："我不走干嘛，在这儿看你们眉来眼去。"

老板低垂着头盯着草坪缓缓地说。"梦欣，我很爱我的老婆，我们结婚后，感情一直很好，我……"

老板的话还没说完，梦欣突然哈哈大笑起来，笑过了擦把泪扬长而去。

师娘赵茹影也扬长而去。老板想随着师娘往家走，走了几步又停下了，他还没忘记示意院长去劝劝梦欣。院长见赵茹影已走远，连忙上去安慰梦欣。老板却站在草坪边看风景。

院长追上梦欣说："邵老师的话你别当真，"院长说，"他说的不是真话，只是因为他当着老婆的面没办法，他是想给老婆一个面子。其实，其实他是喜欢你的。"

梦欣瞪了院长一眼，说："他给老婆一个面子，我要不要面子。你以为说那几句话他老婆就会饶过他？事已至此，晚了。他想两个都不得罪，这是不可能的。"

梦欣走了。

那时候太阳已落山，晚风掠过草坪，小风有些凉。这时，院长见老板孤零零地立在一隅，像路边无人过问的电线杆。院长走到老板的面前说。

"你他妈的真是笨蛋，你怎么能让两个女人见面呢。"

老板说："师妹不是说如果不让她们见面肯定就离婚嘛，我这是尽力而为。"

院长叹了口气，苦笑着摇摇头说："你既然不想离婚，你刚才为什么不表现得坚决一些呢？"

"可是，你不觉得梦欣很可怜吗？她千里迢迢来投奔我，我怎么能忍心去伤害她呢。其实她是无辜的。"

第二天，当太阳把霞光再次投在草坪之上时，老板还静静地睡在院长的客厅里，睡在十月的梦寐里。那时，草坪上的雾霭如岚，露水如珠。这时，师娘赵茹影已背上行囊离家出走。一直到寒假来之前，她都在另一个城市的大学当访问学者。

这也是院长早已安排好的。院长认为先让师弟和师妹分开一段时间也许好些。师娘走没有给老板打招呼，走后也没有给老板任何消息，老板蓦然觉得自己又回到了单身生活的日子里。

有一天师娘突然回来了。那天傍晚老板坐在窗前的藤椅之上，正努力思考着什么。这时，赵茹影突然开门进来。老板定定地望着赵茹影像望着一个陌生人。老板的确十分怀疑眼前这位女人的身份。她身着一套咖啡色的职业装，像高级商场里的一位严肃的营业员。极短的头发，精神得像一个男孩。老板喜欢的长发已不复存在，只有闭上眼睛才能看到了。老板熟悉的爱人身上的气息已被一种风味独特的香水味掩去，那香水味老板仿佛在哪闻到过。老板回忆起了，那是毒药。

在没有师娘的日子里，老板曾捧着老婆的照片独自思考，老板觉得不能失去师娘，不能和老婆离婚。没有师娘的照顾，老板觉得无法生活。换了任何一个女人老板都无法适应。无论是梦欣还是董小令，在外头图个新鲜是可以的，如果娶回家当老婆那是不可想象的。老婆是一棵树，外面的女孩只不过是树上的花朵，你不可能为了采摘树上的花朵，连树也砍了。老板最看不起那些外面有了女人就和老婆闹离婚的男人了，拆散一个家庭重建花的代价太大了。既然不离婚也可以享受外面的女人，为什么要离婚呢。老板望着师娘想笑一下，可努力的结果是笑得比哭还难看。老板知道自己已事实上失去了赵茹影，这种失去是无可奈何的，是不以个人的意志为转移的。这种失去已成事实，这和离不离婚已没有多大关系。

赵茹影在老板的面前按部就班地干着一个远途归来者应干的事。老板觉得赵茹影一点都不风尘仆仆，也没有因长途旅行留下的铁腥味。赵茹影就像刚串门归来，她的忙碌显得无所事事。

老板发现赵茹影一进门脸上自始至终都挂着一种意味深长的微笑，那种笑有些匪夷所思。那微笑让老板无法用任何一种表情去迎对，于是，老板的面部肌肉一直都处在一种紧张的抽搐中。应该说明的是这一切的过程都是在一种沉默中进行的。一直到黑夜来临，一直到赵茹影裹着毛巾被独自睡下，两个人都没说一句话。

老板定定地望着睡在自己床上的赵茹影，老板觉得有一种不真实的感觉。就像单身男人的一个美丽的幻想——一个陌生的女人突然冲进自己家里，然后睡在自己天天独睡的床上。

老板在那把藤椅上坐得太久了，从赵茹影进家到赵茹影躺下睡觉，这几个小时里老板一动都没动。老板就像坐在一张魔椅之上，坐在一种梦寐之中。这时，一种困倦和另外一种困倦一波又一波地冲击着老板。于是，当老板侧耳听到赵茹影有了熟睡后轻轻的鼻息声时，他小心翼翼地挪到了床边，在和赵茹影保持着一定距离的位置，在大床的一隅蜷伏着睡了。

老板一躺下便沉沉地进入到了睡眠状态，一种沙沙的雨声开始在他的耳边响起。自从师娘走后，老板在睡眠中耳边总是响起那沙沙的雨声，就像窗外真正下着雨。这使老板的睡眠十分香甜，有一种被遮了风挡了雨的安全感和平静感。

不过，这种安全感在赵茹影归来后的夜晚就不复存在了。老板觉得自己睡在一个四处漏雨，风雨飘摇的破败之家中。那种房顶要漏的感觉紧紧地攫住老板的心。果然，老板觉得雨滴在了脸上，一滴二滴无数滴，老板决定起身找块塑料布什么的去把漏雨的房顶盖上。老板多次命令自己起来，可是全身总是不听话，老板有些恨自己，气急败坏地睁开了眼。

老板睁开眼睛蓦然见一张愁云密布的脸正对着自己。在云翳堆积的双眸之中，雨点正在滴落。老板一动不动地望着赵茹影的泪水滴在自己的脸上，掉在自己的眼窝处。那泪水还是湿热的，在老板的眼窝处聚积，浸润在老板的眼睛里，顺着老板的眼角，流出，流逝。

老板定定地望着师娘，不敢说一句话。师娘说："我们离婚吧！"

老板不由点了点头。

"那今晚就是咱们最后一夜夫妻。"师娘说。

老板又点了点头。

"最后一夜夫妻，你想要我吗？"

老板又点了点头。

老板和师娘做爱之后，两个人并没有和好，离婚的事也没有忘在脑后。两个学法律的人开始在法律问题上找对方的过错。赵茹影觉得过错方在老板，老板使自己人财两空，颜面受损，精神和自信心受到了打击，造成精神痛苦，她将提起名誉权之诉，让老板赔偿精神损失。老板对赵茹影提出离婚没有异议，至于名誉权之诉老板说愿意奉陪，如果赵茹影真起诉，他将提出反诉，告赵茹影侵害他的隐私权。

双方的官司虽然没能打起来，不过却影响到了我国《婚姻法》的修改。老板后来坚决反对在《婚姻法》中写进对所谓"包二奶"进行处罚的条款。作为有影响的法学家老板的观点是很重要的，引起了有关部门的重视。

老板认为包二奶这种说法本身就是一个不科学的概念，这是市井俚语，而且带有对妇女的歧视性含义。这种概念怎么能写进中华人民共和国的《婚姻法》中呢；其次，法律规定对包二奶进行惩处，不具有可操作性，无法执行。要指证一个人包二奶，那就要捉奸成双，那么有谁来取证？如果由公安机关来举证，那么公安干警都去捉奸了将无法维护社会治安。如果由当事人举证，跟踪他人便成了合法，这将侵害公民的隐私权。在私人侦探不合法的国家，去追究包二奶或者第三者的法律责任，将无法做到违法必究。如果不能做到违法必究，那么这个法律制定的就有问题，法律的尊严何在。

老板是在一个很重要的立法会议上阐述这些观点的。

我们不能否认老板是有感而发，虽然老板最终也没和师娘打官司，更没有和师娘离婚。老板不和师娘离婚并没有改邪归正的想法，他甚至向师娘连不再泡妞的承诺都没有。师娘最大的胜利是老板答应把梦欣弄走，这对老板来说并不是什么失败，因为让梦欣走是老板既定方针。

52

师姐哭了。师姐哭的时候我们几个正在大富豪歌舞厅唱歌。应该说明的是我们唱歌和老板的唱歌不同,他们唱歌是假的,找小姐是真,而我们不可能找小姐我们只有师姐。唱歌这种事我们是不会自己掏钱去的,特别是去豪华歌厅的包厢里唱。并不是我们不想唱歌,想是想,可一晚上千儿八百的谁埋单呀,所以唱歌一般都是老板请。虽然是老板埋单,我们也心疼,为此只要我们一去包厢唱歌,我们都是攒着劲唱的,一定要把花在包厢上的钱唱回来,否则不划算。可是,师姐却在这个时候哭了。师姐的哭就显得太浪费,成本也高,流出的泪水也太昂贵,所以王莞连忙把酒杯移到师姐眼前,说:"多金贵的东西呀,接了,接了,完全是金豆子呀。"往常师姐在我们面前也哭过,师兄就是这样逗乐的,保管师姐会破涕为笑。

这次师兄的法子就不灵了,师姐这次没笑,索性趴在沙发上大放悲声。我们几个便拿眼瞪王莞,嘴上不说眼里却有话。

"傻×了吧,傻×了吧,方法不灵了吧……"

师妹甄珠冲我们笑笑说,没事的,师姐喝多了,说着便用手轻轻拍着师姐的后背,把头靠向师姐,细言絮语耳鬓厮磨着讲一些我们都不懂的"女话"。王莞很无辜地望望我们,不敢直视我们的目光,可怜巴巴的。

其实师姐一点都没醉,她是喝半斤白酒都没感觉的人,一点啤酒咋会醉呢！师姐的伤心之泪是为老板流的。老板只和梦欣唱了两首歌就走了。说是找不到歌儿唱。老板和梦欣唱了两首合唱的情歌，一首是《在雨中》，一首是《请跟我来》。原来唱歌的时候这两首歌师姐和梦欣各唱一首，可这回全和梦欣唱了，师姐提出和老板合唱一首《萍聚》老板都没答应。老板说不会《萍聚》，只会唱这两首歌。老板也许忘了，过去老板曾多次和梦欣唱过《萍聚》，而且每次都是亲自提出来的。老板这次说不会唱《萍聚》分明是不给师姐面子。

　　我们开始都搞不懂老板这次为什么对师姐如此冷酷，过去虽说尽量避着师姐，但大面上还是过得去的。在师姐的进攻下老板有时甚至有些得意。这次完全不是那么回事了，相反过去他在我们面前特别注意和梦欣的分寸，可这回简直是无法无天了。老板完全是在向梦欣献殷勤。

　　老板这样讨好梦欣一个最大的原因还是为了把梦欣弄走。老板曾说请大家吃饭、唱歌一是为了在饭桌上讨论一下高速公路那次交通事故的案子，二是给梦欣饯行。当梦欣得知这次唱歌的目的后便问老板，让我回南方是不是你老婆的意思？老板说，让你回南方是我们早就说过的，和我老婆无关，那时候她还不知道我们的事情。

　　梦欣说："既然你已决定让我回南方了，那你为什么还把我们的事告诉老婆？"

　　老板说："我和老婆摊牌还不是为了我们，我这是为我们做一下努力，其实我也想和你在一起呀。我努力了可还是摆脱不了她，我也没办法了。这样做是为了对得起你，也算是对得起自己的良心。"

　　梦欣说："本来我还考虑走，自从见到你老婆后，我决定不走了。我要和她战斗到底。"

　　"你这样逼我是为了什么？"

367

"我不是逼你,我是和她没完,因为你老婆侮辱了我。"

老板长叹一声,不知如何是好。老板觉得这才意识到丢卒保车策略是一个最大的失败。

在唱歌之前吃饭时,梦欣坐在了老板身边。梦欣表现出了小鸟依人的样子,这让老板不好意思,也让我们别扭。虽然我们都知道老板和梦欣关系不一般,但当着弟子的面表现出来还是少有的。我们几个师兄弟还没什么,大家最多在心中为师母鸣不平,但师姐就不干了。所以在讨论案子时师姐借机发泄对梦欣的不满,两个人观点针锋相对。师姐有深厚的法学底子,旁征博引;梦欣对案子研究得比较细,分析得透彻入微。两个人唇枪舌剑,弄得我们都成了听众。原先梦欣从来不和师姐交锋,这一次也不知是从哪来的胆气,毫不示弱。

师姐站在原告的立场上认为高速公路管理处应承担责任,并赔偿损失。认为原告在通过高速公路前履行了交费义务,为此享有安全通行的权利;同时,被告收取了费用,就负有保障车辆安全通行之义务。原、被告之间形成一种合同关系。被告未尽合同义务,导致原告车毁人亡,因此应承担违反合同的民事责任。

梦欣站在被告的立场上认为收取车辆通行费属于行政事业性收费。原、被告之间不存在民事合同关系,而是行政管理与被管理的关系。两者之间发生纠纷只能通过行政诉讼解决。如果应承担责任也是行政赔偿责任。但是在本案中,高速公路管理处已履行了巡查义务,交警部门并没认定被告有过错,原告起诉被告无法律依据,应起诉掉物车。

梦欣说:"如果认为违反了合同,那么原、被告之间形成了什么性质的合同?是租赁合同,还是服务合同?既然要求人家承担责任,就应坚持过错原则,举证责任则在原告;原告要证明被告有过错,而且过错与损害结果有因果关系。"

师姐说:"无论是行政管理,还是平等的民事关系,你收费后就应当履行公路安全畅通之义务；我留下了买路钱，就买了安全畅通。出了事你要负责，这是天经地义。"

梦欣说："你让人家负责应说出理由，说不出理由让别人怎么负责？法律讲的是事实而不是想当然的什么天经地义。你撞了车让我赔，凭什么？那高速公路上整天出那么多车祸都要高速公路管理处赔，赔得完吗？"

师姐说："我凭的是公路上有掉物你疏于巡查，没清除障碍。"

梦欣说："高速公路管理处有专门的巡道车，按时巡查，而且这种巡道间隙是有关部门认可的，你告我疏于巡查理由不充分。"

师姐说："按你的说法，在原掉物车无处查找的情况下，受害者只能自认倒霉，这不合情理，受害者得不到救济这也违背立法精神。但愿你别出这种车祸，否则你只能自认倒霉。"

梦欣说："你这是咒我。"

师姐冷笑着说："同学们都送我外号'小巫女'，我的话很灵验的哟。你要是这样昧着良心辩护，小心因果报应出同样的车祸。"

梦欣的脸一下就白了，老板的脸也拉下来了。师姐忘了此案老板是被告方代理人。老板说："律师的职责是维护当事人的合法权益，这不存在昧不昧良心的问题。"

师姐自知失言，可还是不服气。在下面小声回嘴："如果当律师，收了钱就昧着良心为当事人辩护，就会遭报应。"

师姐说这番话老板没听见，我和师兄都听见了，因为当时我和师兄坐在师姐两边。对于师姐的乌鸦嘴我们都领教过，虽说还达不到女巫之水平，可我们都怕她诅咒。她有一段时间研究中国法制史走火入魔偏到一边，弄到中国古代巫术史上了。整天给我们大谈中国法律史上对巫术杀人的判例。师姐说在中国古代曾流行过巫术杀人。如果某人与谁有仇，并恨之入骨，便刻一木头人，写上仇人名字，用针刺心，并咒之，仇人不久便会得心口疼病而死。若死者家属找到了咒者的证据可以报官，调查属实者将判为杀人之罪，斩立决。

关于巫术杀人，在电影小说中有过情节，但那只不过是小说，咒人者被判斩立决我们闻所未闻。

老板对师姐自称小巫女不屑一顾。老板说："谈案子就案子，别谈那些乱七八糟的事。"老板说刚才我听了她两个各自陈述的理由，我个人认为梦欣观点较充分，另一方下去后可以再研究一下。就本案来说有一个问题比较关键，那就是障碍物是何时掉下来的。如果是前车突然掉物，而后车没有保持适当车距，发现掉物躲避不及而出车祸，那么高速公路管理处恐怕不应负赔偿责任；如果前车掉物已很久了，而巡查车没有发现，或许可以告高速公路管理处一个疏于巡查。我这个假说建立在前车掉物后自己也未察觉，而后车又没有记下前车牌照，或后车目击在车祸中死亡的情况下。

经老板这一分析我们对此案基本上有底了。老板的一席话基本确定了这场争论的胜败，显然师姐占了下风。老板持这种观点我们能理解，因为老板是被告一方的代理人。

师姐吃亏吃在对此案不太熟悉上，研究也不细，所站的角度也有问题，再加上有太多的个人感情色彩。师姐是何许人，她好胜心极强，她根据自己对立法精神的理解，凭一种直觉认为原告应当得到赔偿，获得法律救济，否则有悖我国的立法精神。为此师姐后来对此案又进行了细致的研究，认为此案应属国家赔偿责任范畴。因为道路及其他公共设施是以满足公众需要为目的的，其委托管理的国家机关或公共团体因为管理上的漏洞而损害他人利益，应当通过民事诉讼由国家对受害人予以赔偿。道路管理责任为无过失责任，不以管理者有无故意为要件，但必须以道路及其公共设施的管理有漏洞为要件。就本案来说无论你是否进行过巡道，只要路上有障碍，而且引起车祸，那就说明你管理有漏洞。

当然如果是前车突然掉落，后车躲避不及那就另当别论了。这种情况只有事故车驾驶员才能证明，高速公路管理者是无法证明的。所以只要事故车驾驶员不证明有障碍物是前车突然掉落，就能获得赔偿。关键是有些驾驶员为了证明自己没有违章行车，往往会把真相事先道出。这样如果又找不到掉物车，这将对后来的赔偿产生不利影响。

师姐的这个研究结果显然对老板不利，因为老板是被告的代理人。但是师姐当然不会把这个结果告知原告方了。让人意外的是，师姐的研究结果却为老板挽回了经济损失。这是后话。

由于师姐和梦欣当时的争论，后来唱歌的气氛不太活跃。师姐心里憋了口气，她无法忍受梦欣在老板面前卖弄风骚。嫉妒之火让师姐成为一个真正的巫女，她在心中暗暗诅咒梦欣，恨不得让梦欣出门就被车撞死。

在唱歌的时候师姐的自尊心再一次受到了打击。由于老板拒绝和师姐合唱，在老板走后师姐拒绝了我们所有人的邀请。她只是一遍一遍地独自唱那首叫《把悲伤留给自己》的歌。

梦欣回到宾馆和老板大吵了一架。梦欣说："我这首老歌你是不是唱腻了，想唱新歌了？我知道你还有漂亮的女弟子。你不愿和她唱《萍聚》，是不是想和她唱《请跟我来》？"

老板说："你这是无理取闹。你又不是不知道，我对弟子一向很严肃的，无论是男弟子还是女弟子。"

梦欣说："我又不是不知道，那个年轻漂亮的师姐，从本科开始就一直恋你。"

老板说："你不要胡说，我和她一点事都没有。"

梦欣叹了口气说："我这是螳螂捕蝉，黄雀在后呀。我看你这辈子要欠多少女人的情。"

　　老板后来怕把事弄大，来了个缓兵之计。说你先走一段时间，将来找个理由再来嘛。其实老板知道走了想再来就不那么容易了。

53

  第二天梦欣走了。梦欣走的时候老板正给我们上课,老板没去送梦欣而让司机开着宝马送。那天的天气不太好,有雾。雾曾多次从窗户漫进教室。这样的天气不知飞机是否能按时起飞。据事后老板说,他曾打电话问过机场,被告知航班并没有取消。当太阳升起的时候,阳光可望驱散浓雾。

  老板那天给我们讲课的内容主要围绕着他刚代理的"车祸理赔案"。老板基本上是重复梦欣那天的观点,老板的分析当然比梦欣更有说服力。在课堂上我曾观察过师姐,师姐显得十分精神,面部表情笼罩着一种喜色。我知道这种喜色来源于梦欣的离去。师姐像一位好学的学生,一边记着课堂笔记,一边微笑着点头,一种完全被说服的样子,这使老板的讲课得到了呼应。老板的讲课充满激情,语言有一种张力,把本来干干巴巴的法学理论问题讲得声情并茂。

  老板的讲课最后达到了高潮,有同学不知不觉鼓起掌来。这使老板更加意气风发。正在老板意犹未尽之时,老板的手机突然响了。这使老板和同学们都大感意外。因为老板曾在课堂上宣布过纪律,在上课时任何人的手机和BP机都要关机,包括他本人。没想到他自己违反了自己规定的纪律。老板有些不好意思地看了一下来电显示,然后向同学们说对不起我忘关机了。老板说,既然打进来了我还是接一下吧,老板说完出了教室门。

老板出门接电话，遭到了部分同学的抗议，有无所事事的同学也打开手机向外打电话，一时间课堂上交头接耳的。这时我听到老板在教室门外的声音有些变调，我们几个弟子不由互相交换了一下目光。这时老板脸色苍白地走进了教室。老板对同学们说："今天的课到此为止，我不得不中止上课，请同学们原谅。"同学们望着脸色苍白的老板一时没有反应。老板又说"请我的研究生到法律系小会议室来一下。"老板说着扔下议论纷纷的学生，急匆匆地走出了教室。

我们几个悄无声息地收拾了一下书包，一起离开了教室。大家脸上显得极为肃穆，被老板的所作所为吓坏了。在我们记忆中老板中途退堂还是首次，不是出了大事他是不会这样干的。老板在会议室焦急地等待着我们，见大家齐了，老板首先关上了门，然后说："梦欣出车祸了！"

啊，是这样。

师妹这时却意味深长地望了师姐一眼。在师妹的带动下，我们的目光不知不觉都集中在了师姐身上，仿佛不是梦欣出了车祸而是师姐出了车祸。师姐被我们看得发毛，她脸色苍白，有些语无伦次地说，都看我干什么，又不是我出车祸。我们这时才清醒过来急忙转向老板。

老板说："司机和梦欣都是重伤，现在正在医院抢救，还没有脱离危险。"

车祸的经过是老板所代理的车祸案的又一次演示，这宗巧合的可疑的车祸像是人为的安排，给老板出了一个不大不小的难题。虽然我们不相信这是师姐这个"小巫女"咒语灵验的鬼话，但对她乌鸦嘴的认识又深了一层。难怪师妹一听说梦欣出了车祸就惊恐地望师姐呢，可见师姐私下在师妹面前没少咒骂梦欣。

梦欣在车祸中双臂骨折，可见她在飞出挡风玻璃时一双手是前伸的。据后来司机说，他当时看到一位真正的武林高手，一掌把挡风玻璃击碎,飞出了车外,然后司机才失去知觉。只不过梦欣的武功是不到家的,她虽身轻如燕地飞出了车外,却重重地摔在满是砾石的路基上。

我们在医院几乎无法辨认她了。如果不是床头贴有梦欣的名片,我们不敢相信躺在病床上的石膏人就是梦欣。她的整个头完全被绷带裹住了,只露出眼睛、鼻孔和半个嘴巴。双臂都打了石膏,正无可奈何地张开着,仿佛要拥抱所有的来访者。不过从她的目光中我们看到的不是热情的拥抱,而是愤怒和仇恨的怒火。那怒火从老板身上一直烧到师姐脸上,又从师姐脸上烧到老板身上。这让老板不寒而栗,让师姐虚汗淋漓。

这次车祸老板损失惨重,一辆七系列的宝马虽非新车也值八十多万,加上梦欣和司机的医疗费,没有一百来万下不来。由于气囊的保护司机伤势比梦欣还轻些,虽说肋骨骨折,但其他地方完好无损。老板对这个损失当然要讨个说法。老板后来向法院提起了诉讼,诉机场高速公路管理处疏于巡查,在管理上有漏洞,应赔偿损失。

这样,老板被迫在两条战线上战斗,又是被告的代理人,又是原告。虽然诉讼是两个不同的法院,但在法律问题上老板是典型的以子之矛攻子之盾。我们称老板的诉讼为"矛盾之诉"。老板的矛盾之诉一直持续了整整一年。在老板的"矛盾之诉"结案时我们已毕业了。三师弟张岩留校了,师兄王莞去了南方,师弟李雨在美国,我考了博。最可怜的是师妹,雷文死后她由一个性格爽朗的人变成了一个沉默寡言的人。最痛苦的是师姐,到最后她也没有赢得老板的爱情。

让人称奇的是老板的矛盾之诉最后都胜诉了。也就是说老板不但为高速公路管理处打赢了官司,同时也为自己打赢了官司。

老板这种真正的"双赢"在法律界引起震动。也使我们当弟子的张口结舌。这一方面说明作为律师老板的确是最优秀的,同

375

时也说明我国的法律的确还不健全。法院与法院之间缺少沟通，好在我们不是判例法国家。当然，老板的胜诉也正说明了中国律师大有前途。师兄评价说，打官司也和唱歌一样，同样的词可以唱出多种的调，不同的曲。

要说明的是在梦欣住院期间师姐却表现得极为可敬，她成了病人的守护者。师姐无微不至地伺候着梦欣，不但喂她吃喝，为她读书，还帮她大小便。师姐的任劳任怨使我们感动。可是无论多么尽心尽力，师姐都处在一种深深的自责中，师姐一直坚持认为梦欣之所以出车祸完全是她诅咒的结果。师姐自己也开始害怕自己了。她再也不敢乱说话了。这使她从一个百无禁忌的可爱女孩变成了一位沉默寡言的老大姐。

宋总为了梦欣的事情曾几次从南方赶来。宋总对老板说，我们不该打这个赌。我们赌的是钱，可梦欣她赌的是情、青春、命。要是我们不打赌，你就不会赶梦欣走；如果那天梦欣不去机场，她也就不会出这场车祸了。老板说你是只知其一不知其二呀。宋总没有更多地关心老板的生活二三四，后来宋总给了老板一张支票。

梦欣出院后我们都没见过。不是我们不想见她，而是她拒绝和任何人见面。梦欣出院后住在万柳公寓，这是老板专门为她租的。因为梦欣不愿意见任何人，所以宾馆当然也就不能住了。

梦欣在万柳公寓住了大约三个月。三个月后一个下午，我突然接到张岩的一个电话，他告诉我老板出事了，死在万柳公寓的大床上。老板的死状极其奇特。他全身被小刀捅了一百零八刀。但这些不是致命伤，真正的致命伤在头部，为钝器所击。后来经法医鉴定，老板在出事那天喝了大量的酒。老板是在酒后被害的，因为房间里没有任何反抗的痕迹。据公安局的初步判断，排除了谋财害命的可能性，因为现场还有现金，死者的金表、钻戒都没有被拿走。最为奇怪的是，在死者身上的一百零八个刀口中，都种下了一枚珍珠。经过鉴定，这些珍珠的品质极高，属贵重品。

事情发生之后，梦欣就永远地失踪了。

可以推断梦欣是最大的嫌疑人。因为那种在人家体内种植珍珠的矫情做法只有梦欣才能干得出。出车祸后，梦欣最惨痛的创伤其实是在脸上，一道长长的伤痕从她的左脸颊穿过嘴唇一直到右下颚。对于女人来说，这种伤痕是真正致命的。老板曾答应带她出国整容，但梦欣却说脸上的伤医治了，心灵的创伤如何医治。老板说你说这话就没意思了，我能做的只有这些。梦欣在出院后一直缠着老板，要老板离婚然后和她结婚，但是她的要求遭到了老板的拒绝。在我们看来，老板拒绝梦欣这是理所当然的事情。老板对这种事情是相当理智的，他认为婚姻和爱情，爱情和逢场作戏不能混为一谈。老板不可能那么轻率地离婚。梦欣一定是最后绝望了，才决定玉石俱焚。这也许是导致梦欣后来毁灭一切的关键。那些种在老板身体刀口内一百零八颗名贵的珍珠，就是她的态度的最好暗示。

后来公安局曾经发过通缉令，但是一直未能找到梦欣的下落。事实上，公安局的通缉令白发了。通缉令上是梦欣过去的照片，那时候，梦欣是一个美丽的姑娘。

2002年3月15日第4稿
于北京大学44楼